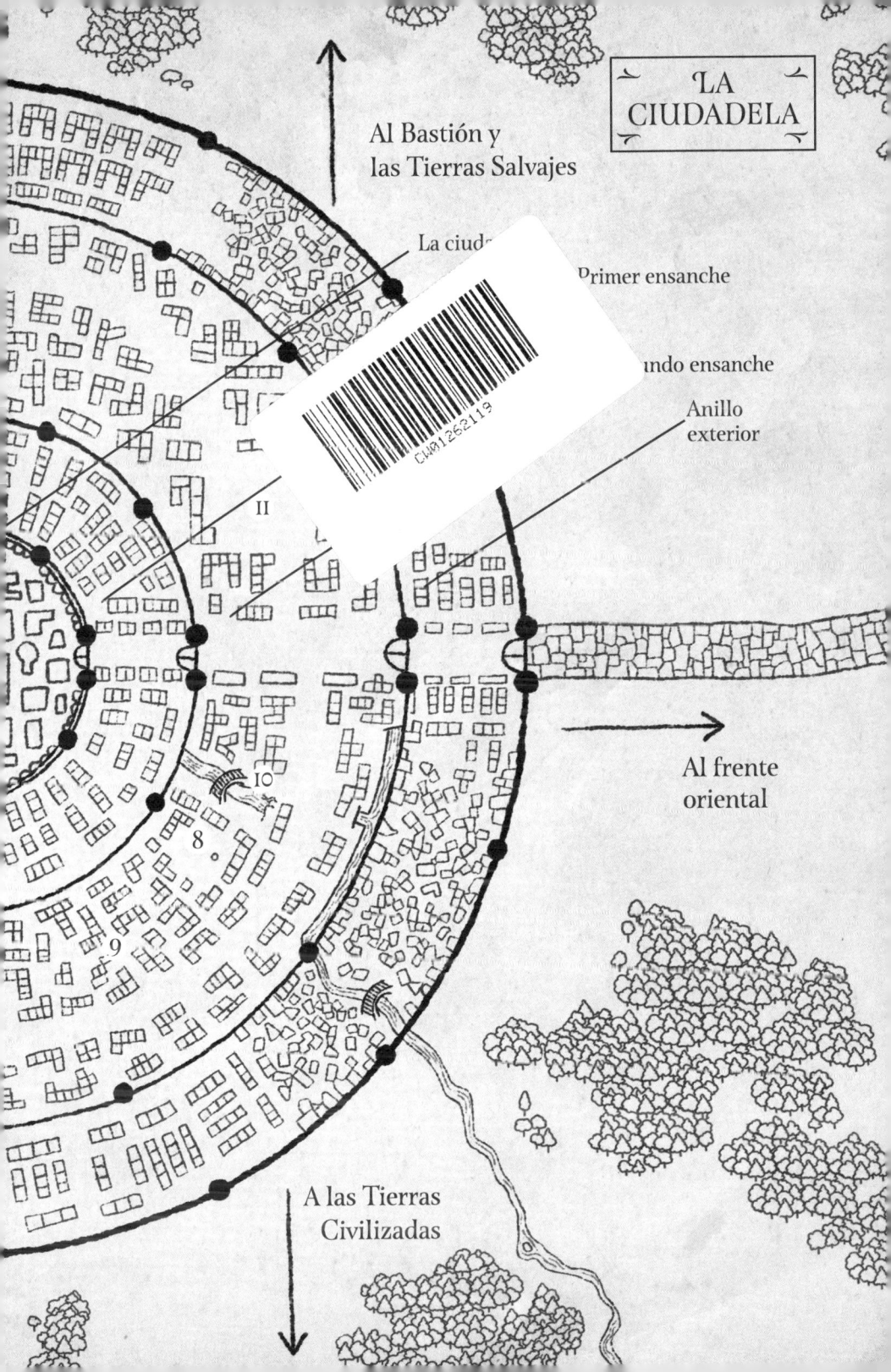

SERIE ∞ INFINITA

M

Laura Gallego

EL SECRETO DE XEIN

Guardianes de la Ciudadela
-II-

Montena

Primera edición: noviembre de 2018

© 2018, Laura Gallego
© 2018, Penguin Random House Grupo Editorial, S. A. U.
Travessera de Gràcia, 47-49. 08021 Barcelona
Paolo Barbieri, por la ilustración de cubierta y el mapa
Pepe Medina, por los elementos gráficos

Penguin Random House Grupo Editorial apoya la protección del *copyright*.
El *copyright* estimula la creatividad, defiende la diversidad en el ámbito de las ideas y el conocimiento, promueve la libre expresión y favorece una cultura viva. Gracias por comprar una edición autorizada de este libro y por respetar las leyes del *copyright* al no reproducir, escanear ni distribuir ninguna parte de esta obra por ningún medio sin permiso. Al hacerlo está respaldando a los autores y permitiendo que PRHGE continúe publicando libros para todos los lectores.
Diríjase a CEDRO (Centro Español de Derechos Reprográficos, http://www.cedro.org) si necesita fotocopiar o escanear algún fragmento de esta obra.

Printed in Spain – Impreso en España

ISBN: 978-84-9043-956-2
Depósito legal: B-18.622-2018

Compuesto en Compaginem Llibres, S. L.

Impreso en Romanyà Valls, S. A.
Capellades (Barcelona)

GT 3 9 5 6 2

Penguin
Random House
Grupo Editorial

1

Algo salido del fondo del pozo se deslizaba por las sombras en la sofocante noche estival de la Ciudadela. Avanzaba pegado a los muros, donde crecía la hierba más alta, buscando humedad. Se detuvo un momento bajo una ventana, se alzó sobre sus patas traseras y husmeó en el aire, dilatando sus orificios nasales.

La ventana estaba enrejada, pero el hueco entre los barrotes era lo bastante ancho como para que el ser del pozo pudiese utilizarlo para entrar en la habitación.

Allí dormían dos niñas en catres contiguos, destapadas debido al asfixiante calor; la pequeña se removió inquieta, pero la mayor permaneció sumida en un profundo sueño.

Tal vez fue esto lo que hizo que la criatura se decidiese por ella. Caminó sin hacer ruido por la habitación y trepó a su cama, olisqueando su rastro en la penumbra.

La muchacha abrió los ojos de pronto, sobresaltada. Vio ante sí un rostro pálido e hinchado, de enormes ojos saltones sin párpados, enmarcado por algo que parecía un amasijo de plantas acuáticas húmedas y pegajosas.

Quiso chillar, pero una mano fría y viscosa le cubrió la boca.

La criatura abrió la suya, ancha y sin labios como la de un sapo, y se relamió con una lengua gruesa y azulada. La niña se debatió, tratando de quitársela de encima, pero el monstruo tiró de ella, se la cargó al hombro sin dificultad y salió corriendo.

Todo fue tan rápido que la muchacha no fue capaz de asimilarlo. Sintió que salían al exterior, no llegó a saber cómo ni por dónde, y un instante después caía al agua con un grito de sorpresa.

Fue entonces cuando comenzó la verdadera pesadilla.

La niña más pequeña se despertó momentos después, con el corazón golpeándole con fuerza en el pecho. Se dio cuenta enseguida de que su hermana no estaba. Y gritó.

Apenas unos minutos más tarde, toda la familia estaba en pie. Buscaron a la muchacha por toda la casa, pero no la encontraron. La madre se había sentado en un taburete, presa de la angustia, y no podía dejar de sollozar, estrechando a su hija menor entre sus brazos. El padre se puso la chaqueta, pálido.

—Voy a buscar a los Guardianes —anunció con voz ronca.

—Por favor, date prisa —gimoteó su esposa.

Tras ellos, la abuela de la niña sacudía la cabeza con pesar. Llamó al hijo mayor del matrimonio, un desgarbado adolescente que se mantenía en un rincón aturdido, y le ordenó en voz baja:

—Trae a la chica de la biblioteca.

Él la miró sin comprender.

—¿La chica...?

—De la biblioteca, sí. Morena, cabello corto, cojea al andar. La habrás visto por el mercado. Vive en el sector oeste del segundo ensanche, ve a buscarla y pídele que venga.

—Pero, abuela..., no tengo permiso para cruzar la muralla...

—Pues le pides a tu amigo que te acompañe... Ese chico pelirrojo, ¿no tiene familiares en el segundo ensanche? Inventaos algo, pero id a buscarla y traedla a casa.

El muchacho salió de la casa detrás de su padre, que ya corría calle arriba en dirección al cuartel más cercano de la Guardia de la Ciudadela.

Un rato más tarde regresó acompañado de una pareja de Guardianes; entraron en la casa con autoridad pero sin aspavientos, imponiendo respeto con su mera presencia e infundiendo a la vez una llama de esperanza en los corazones de la familia. Eran jóvenes, como casi todos los que servían en el cuerpo. Un chico y una chica, ambos altos, fuertes y enérgicos; y, no obstante, caminaban en silencio, casi con elegancia, con la potencia contenida de los grandes felinos. Ambos vestían el mismo uniforme gris y llevaban el pelo muy corto, a la manera de los Guardianes; pero lo que realmente los distinguía como tales era el insólito color de sus ojos, plateados los de ella, dorados los de él.

El padre los guio hasta la habitación donde había desaparecido su hija. Los Guardianes entraron con las armas a punto; el joven echó un breve vistazo y salió enseguida, la chica examinó los rincones con algo más de atención, pero no tardó en seguirlo. Se detuvieron ante el matrimonio y el Guardián sacudió la cabeza.

—No detectamos monstruos aquí —dijo—. ¿Estáis seguros de que no ha sido obra de un criminal común?

El padre pestañeó, desconcertado.

—No... no lo había pensado.

—Es la explicación más probable —prosiguió el Guardián—. Después de todo, vivimos en la Ciudadela.

No necesitaba añadir que, en lo referente a los monstruos, aquel era el lugar más seguro del mundo.

—Examinaremos el resto de la casa de todas formas —añadió su compañera, sin embargo.

Los padres, abrumados, asintieron con un nudo en la garganta.

El edificio era de nueva construcción. La familia se había mudado allí recientemente, de hecho, después de haber pasado casi tres años apuntados en la lista de espera para poder instalarse en las zonas del anillo exterior que se iban urbanizando de forma paulatina. Los Guardianes recorrieron todas las estancias; la joven era algo más meticulosa, pero su compañero entraba y salía sin apenas detenerse, como si estuviese siguiendo un rastro y fuera consciente de estar buscando en el lugar equivocado. Por fin, ambos anunciaron que iban a salir a la calle a inspeccionar los alrededores.

—Especialmente detrás de la casa —añadió él—. Es la zona más cercana a la muralla; si ha sido un monstruo, probablemente habrá llegado desde allí.

La mujer redobló su llanto. El hombre se estremeció y logró preguntar:

—¿Ha sido un... un monstruo?

El Guardián se encogió levemente de hombros.

—Es posible, pero aún no podemos saberlo con certeza. No hay que descartar ninguna posibilidad.

—Volveremos para informar —prometió su compañera.

Los dos salieron de nuevo a la calle y se perdieron en la oscuridad.

—No lo soporto más —declaró el padre—. Voy a salir yo también.

—¡Espera! —lo detuvo su mujer—. ¿Y si el monstruo sigue por ahí fuera?

—Ya has oído al Guardián. No podemos estar seguros de que se trate de un monstruo.

Pero recorrió la estancia con la mirada, inquieto. Y fue entonces cuando se percató de la ausencia de su hijo mayor.

—¿Dónde está...? —empezó, pero no llegó a concluir la frase, porque justo en ese instante entró alguien en la casa.

Corrieron al recibidor pensando que eran los Guardianes, que regresaban. Pero se trataba del muchacho. Venía acompañado por una joven de cabello corto y negro que avanzaba renqueante y llevaba un pesado zurrón colgado al hombro.

El padre se detuvo, perplejo.

—¿Quién eres tú?

—Me llamo Axlin —respondió ella—. Trabajo en la biblioteca.

—La he mandado llamar —intervino la abuela—. Sabe mucho de monstruos.

—Para eso están los Guardianes —objetó el padre cruzándose de brazos—. Y tú no lo eres.

—Los Guardianes saben cómo luchar contra los monstruos, cuando se enfrentan a uno —dijo ella con suavidad—. Yo sé lo que hay que hacer antes de que lleguen. Y después.

El hombre se mostró indeciso un instante. Miró por encima del hombro de la muchacha, pero los Guardianes no regresaban, y se rindió, comido por la angustia.

—Está bien, pasa. Si logras encontrar a mi hija... —Se le quebró la voz antes de concluir la frase.

La anciana guio a Axlin hasta la habitación de sus nietas. Allí, la chica examinó la estancia a la luz de un candil. Se inclinó a los pies del jergón de la niña desaparecida y acercó la lámpara al suelo para estudiarlo con atención.

—¿Y bien? —preguntó el padre sin poder contenerse.

—Un piesmojados ha estado aquí —anunció ella.

Les indicó las marcas del suelo. Hacía ya un buen rato que se habían llevado a la niña y, sin embargo, allí seguían las huellas, charcos de agua con una forma demasiado regular y definida como para haberse creado por azar.

—Piesmojados —repitió el hombre con perplejidad. Tras él, su esposa volvió a estallar en llanto—. Pero... las ventanas están enrejadas. ¿Cómo ha podido entrar?

—Los monstruos allanadores siempre encuentran la manera. Son los que se cuelan en los enclaves, capturan a alguien y se lo llevan a su cubil para... sin que nadie se dé cuenta —se corrigió a tiempo—. Los piesmojados suelen salir fuera del agua en noches de lluvia o especialmente húmedas como esta. —Frunció el ceño, pensativa—. Estamos lejos del canal, ¿no es cierto? ¿Hay algún pozo cerca de aquí?

—Sí, uno, y es nuevo —respondió la abuela.

—Estamos en un área recién urbanizada —murmuró la madre, como si aquel hecho fuera garantía de que ningún tipo de monstruo pudiera rondar por allí.

Axlin fue a decir algo, pero lo pensó mejor.

—Hay que mirar dentro del pozo —resolvió.

—No vas a ir a ninguna parte, ciudadana —dijo de pronto una voz tras ella; una voz que Axlin conocía muy bien, y que la hizo estremecer—. Es demasiado peligroso.

Inspiró hondo para recobrar la compostura antes de darse la vuelta. Y allí estaba Xein, en la puerta, mirándola con expresión ceñuda. Llevaba el uniforme de verano de los Guardianes, con una camisa gris sin mangas que dejaba sus brazos al descubierto. Axlin no pudo evitar fijarse en las cuatro cicatrices paralelas, ya blanquecinas por el paso del tiempo, que se había llevado como recuerdo de su enfrentamiento con un velludo al que había capturado solo para impresionarla.

En otro lugar. En otra época. Antes del Bastión.

Se habían visto de lejos en varias ocasiones desde aquella mañana en que Xein había fingido que no la conocía. Por las calles de la Ciudadela, en el mercado, al atravesar alguna puerta que él custodiaba. Los Guardianes siempre estaban allí, vigilantes, protegiendo a los ciudadanos, correctos y distantes al mismo tiempo.

Hasta aquel momento, sin embargo, Xein no había tenido necesidad de dirigirse a ella, ni lo había intentado tampoco. Para él, Axlin era una ciudadana más. Y así la miraba, con total indiferencia, aunque la joven tenía la sensación de que había un ligero tono irritado en sus palabras, como si estuviese enfadado con ella por alguna razón que todavía se le escapaba.

—¿Habéis buscado en el pozo? —insistió—. A la muchacha se la ha llevado un piesmojados.

—Esto no es asunto tuyo, ciudadana. De los monstruos nos ocupamos los Guardianes.

Ella clavó su mirada en los ojos dorados de él, firme y serena.

—Entonces ve y ocúpate, Guardián, antes de que sea demasiado tarde.

—¿Creéis que... aún podemos salvar a mi hija? —se atrevió a preguntar el padre.

Xein fue a responder, pero Axlin se le adelantó:

—No lo sabremos hasta que no lo intentemos.

—No perdamos más tiempo, Xein —intervino la otra Guardiana, que había llegado en silencio y aguardaba tras él—. Si hay algo en ese pozo, debemos eliminarlo antes de que haga más daño.

Él dirigió una última mirada a Axlin y salió de la habitación tras su compañera. Instantes después, los dos se perdían de nuevo en la oscuridad de la noche.

Axlin sabía que era muy poco probable que encontrasen a la niña con vida. Pero no quería angustiar a la familia con pensamientos ominosos, por lo que se centró en cuestiones prácticas. Miró de nuevo a su alrededor.

—Lo mejor para ahuyentar a los piesmojados es una buena lumbre —señaló—. Esta habitación no tiene chimenea, pero un brasero debería bastar.

—No los usamos ahora porque hace mucho calor... —murmuró la madre, y Axlin leyó en sus ojos que se sentía profundamente culpable.

—Es natural —la tranquilizó—. Y no debería ser necesario, si los pozos se construyesen de forma adecuada.

El padre frunció el ceño.

—¿Qué quieres decir?

—Los piesmojados intentan entrar en la Ciudadela a través del canal, los pozos y el sistema de alcantarillado. Por eso todos los conductos están asegurados con rejillas especiales que les impiden el paso. Los Guardianes las revisan todas las semanas, y a veces encuentran alguno atrapado en ellas. Si en efecto se ha colado un piesmojados por el pozo que tenéis cerca de casa, es porque ese en concreto no estaba bien asegurado.

—Eso significa que podrían entrar más —dedujo la anciana—. Pondremos braseros, aunque pasemos calor. ¿Qué más podemos hacer?

—Podéis rodear las camas con un círculo de harina o serrín.

—¿Detendrá eso al piesmojados? —se sorprendió el hermano mayor.

—No del todo, pero sí lo retrasará. Si la harina se le queda pegada a las plantas de los pies, tratará de quitársela antes que nada, y es muy posible que se ponga nervioso y empiece a dar patadas en el suelo. Eso servirá para despertaros y tratar de ahuyentarlo. A los monstruos allanadores no les gustan los enfrentamientos directos, prefieren llevarse a sus víctimas sin testigos.

El hombre sacudía la cabeza, perplejo.

—Todo esto... suena absurdo —logró decir por fin—. ¿Por qué los Guardianes no nos cuentan estas cosas?

—Porque a ningún Guardián lo ha sorprendido jamás un piesmojados —respondió Axlin con sencillez.

Aquellos guerreros de ojos metálicos percibían la presencia de los monstruos mediante un extraño sexto sentido del que la gente corriente carecía. Probablemente por esa razón habían pasado por alto las huellas húmedas junto a la cama. Los Guardianes buscaban monstruos y los destruían; si no encontraban ninguno, los buscaban en otra parte.

Axlin sospechaba que hallarían al piesmojados donde ella les había indicado, y no quería estar presente cuando regresasen para confirmarlo. Ya no tenía nada más que hacer allí, de modo que se despidió de la familia, deseándoles de corazón que la búsqueda de su hija concluyese con buenas noticias.

Pese a que sabía en el fondo que no sería así.

En el exterior se cruzó con Xein y su compañera. Trató de evitarlos, pero la calle era estrecha y no tuvo más remedio que detenerse junto a ellos. Vio las salpicaduras de agua en sus uniformes y la sangre viscosa del piesmojados que impregnaba la lanza de Xein. Suspiró para sus adentros. Había demostrado que estaba en lo cierto, pero eso no la hacía feliz.

—¿Y la niña...? —se atrevió a preguntar.

La Guardiana negó con la cabeza.

—Hemos avisado para que saquen su cuerpo del fondo del pozo. Vamos a informar ahora a la familia.

Axlin inclinó la cabeza, pesarosa.

—Lo siento mucho.

Xein la miró fijamente.

—No deberías interferir en la labor de los Guardianes, ciudadana. Lo que ha pasado aquí esta noche no es asunto tuyo.

—He venido porque ellos me llamaron para pedirme consejo —se defendió ella.

—¿Insinúas que tú sabes más de monstruos que los Guardianes de la Ciudadela, que llevan siglos enfrentándose a ellos?

Axlin le devolvió la mirada. Aquella pregunta habría resultado totalmente lógica procedente de cualquier otra persona. Pero Xein sabía que ella había dedicado varios años de su vida a estudiar a los monstruos y que continuaba haciéndolo. Que había viajado desde muy lejos y visitado docenas de aldeas por el camino, recabando información para completar su trabajo. Se preguntó si pretendía herirla o simplemente burlarse de ella. Pero no permitió que sus palabras la afectaran.

—Nadie sabe más que los Guardianes acerca de cómo matar monstruos —respondió—. Pero las personas corrientes no podemos hacer lo mismo, y por eso debemos aprender a protegernos de ellos en la medida de lo posible, de otras maneras más creativas y menos convencionales.

Xein fue a replicar, pero su compañera se le adelantó:

—Gracias por tu ayuda, ciudadana. Ahora regresa a casa y déjalo todo en nuestras manos.

Axlin podría haberle dicho que «todo» no incluía, al parecer, consejos básicos de protección para la gente corriente. Pero no se lo tuvo en cuenta. Al fin y al cabo sabía que, cuando los Guardianes afirmaban que ellos eran lo único verdaderamente eficaz contra los monstruos, lo creían de verdad.

Y tenían razón, en cierto modo. Pero no podían apostar un Guardián en cada casa. Cuando ellos no estaban cerca, la gente corriente debía arreglárselas para defenderse a su manera.

A los habitantes de la Ciudadela no les hacía falta, por lo general. Y quizá por eso cualquier piesmojados podía cogerlos completamente por sorpresa.

Eso le recordó el asunto del pozo.

—Guardiana —llamó, cuando ella y Xein ya se alejaban calle abajo.

La joven se detuvo y aguardó a que Axlin la alcanzara.

—Hay que revisar ese pozo —le dijo.

—No había más monstruos, te lo aseguro —respondió ella.

Pero Axlin negó con la cabeza.

—Las protecciones han fallado. No debería haber entrado ningún monstruo en primer lugar. Quizá la rejilla no esté bien ajustada o tal vez el pozo ni siquiera disponga de ella. Hay que arreglarlo, o vendrán más.

—Entiendo. Pero ¿por qué me lo dices a mí? Habla con el Delegado para exponerle tu demanda. El trabajo de los Guardianes es matar monstruos, no arreglar pozos.

—Lo sé. Pero a mí no me harán caso, no soy más que una ciudadana corriente. Si el aviso viene de parte de los Guardianes, tal vez se den más prisa en revisarlo.

La joven inclinó la cabeza.

—Entiendo —repitió—. Veré qué puedo hacer.

Axlin asintió, agradecida, y prosiguió su camino. No se dio la vuelta para ver cómo la Guardiana se reunía con Xein al final de la calle.

—No deberías hablar tanto con esa chica, Rox —opinó él cuando reanudaron la marcha.

—¿Por qué? No tengo nada contra ella, para mí es una ciudadana más. Pero no se puede decir lo mismo de ti, por lo que veo —añadió antes de que Xein abriese la boca—. Sé que esa muchacha forma parte de tu pasado; de una época anterior al Bastión. —Él quiso protestar, pero ella no había terminado—. Todos tenemos un pasado, Xein. Pero lo dejamos atrás cuando nos convertimos en Guardianes. Y eso va también por ti.

Él desvió la mirada y apretó los labios.

—Ella no significa nada para mí.

—Demuéstralo entonces, y deja de actuar ante ella como un crío despechado.

Xein se envainó la crítica y logró esbozar una sonrisa.

—No me gusta que se entrometa en nuestro trabajo, eso es todo.

—No te preocupes tanto por eso. Si supone un inconveniente o un peligro para la seguridad pública, las autoridades intervendrán tarde o temprano. Pero no nos corresponde a nosotros juzgarlo.

2

El Mercado de la Muralla, a diferencia de los que se celebraban en otros lugares, era permanente. Había mercaderes y buhoneros que iban y venían, por lo que los puestos no eran siempre los mismos; pero algunos comerciantes de la Ciudadela, además de las tiendas que poseían en los barrios correspondientes, mantenían también pequeñas sucursales en el mercado.

Axlin acudía allí siempre que podía. La mayor parte de las veces no tenía nada que comprar, pero le gustaba hablar con los recién llegados, preguntar a los buhoneros por los lugares que habían visitado en sus viajes y recabar información sobre las aldeas de origen de los nuevos habitantes de la Ciudadela.

Así iba, poco a poco, ampliando su investigación. Durante los meses anteriores, además, se las había arreglado para interrogar a algunos Guardianes sobre los monstruos que conocían. La mayoría de ellos no eran muy habladores, pero siempre había alguno más amable que los demás. Cuando los llamaban para que se encargasen de algún monstruo, Axlin trataba de presentarse en el lugar para examinarlo una vez que ellos concluían su trabajo. Que le permitieran o no acercarse dependía mucho también de los

Guardianes que se hubiesen ocupado del asunto en cada caso. Había algunos que no veían inconveniente en ello, siempre que el monstruo hubiese sido ya debidamente neutralizado. Otros, por el contrario, la enviaban a su casa con amabilidad, pero con firmeza.

En los últimos tiempos, sin embargo, Axlin tenía la sensación de que los Guardianes cordiales escaseaban cada vez más. La gente corriente, por el contrario, acudía a ella más a menudo en busca de consejo. Y así fue como descubrió que, pese a los esfuerzos de los Guardianes, el número de ataques de monstruos iba aumentando poco a poco.

Fue una mañana en el mercado, días después de su encontronazo con Xein a causa del piesmojados. Axlin recorría los puestos sin prisa, disfrutando de su día libre. Se detenía especialmente en los herbolarios porque estaba tratando de recuperar la colección de venenos que había tenido que vender a su llegada a la Ciudadela. Las autoridades le permitían poseer una ballesta porque había demostrado que sabía utilizarla, pero el asunto de los venenos les generaba cierta desconfianza. Ella sabía que podía tener problemas si se corría la voz de que adquiría sustancias peligrosas en el mercado, de modo que iba poco a poco comprando los ingredientes por separado y en pequeñas cantidades.

Aquel día le salió al paso una mujer cuando estaba ya a punto de marcharse.

—Disculpa..., ¿eres la joven que trabaja en la biblioteca? —le preguntó. Axlin se detuvo y asintió—. He oído que la otra noche los Guardianes mataron a un piesmojados en el pozo de la zona nueva, ¿es cierto?

Ella dudó. Tiempo atrás habría respondido sin problemas, pero últimamente algunos Guardianes se molestaban si contaba detalles de lo que hacían. Axlin opinaba que toda información sobre los monstruos debía ser compartida y difundida, pero no deseaba enemistarse con ellos ni darles motivos para que le impidiesen seguir asistiendo a sus cacerías.

—Mi familia y yo vamos a mudarnos allí la próxima semana —insistió la mujer—. Necesito saber si es verdad que hay monstruos.

Axlin suspiró. No podía negarle aquello.

—Había un piesmojados, pero ya no lo hay —respondió—. Entró en la ciudad a través del pozo, pero ya han dado aviso de que lo reparen.

Ella no parecía muy convencida.

—Se llevó a una niña, ¿no es así? —preguntó en voz baja.

—Sí. Pero ya está muerto y no va a llevarse a nadie más.

La mujer sacudió la cabeza.

—Mi familia y yo vinimos a la Ciudadela huyendo de los monstruos que atacaban nuestra aldea —murmuró—. Llevamos dos años aquí; mi marido y mi hijo mayor han trabajado en la construcción del barrio nuevo, todos los días levantando muros de sol a sol, para que tuviésemos preferencia en las listas. Por fin había llegado nuestro turno; nos han concedido una de las casas que ellos mismos construyeron, pero, si hay monstruos..., ¿qué sentido tiene?

Axlin quiso decirle que en la Ciudadela no había monstruos; no obstante, aún recordaba las huellas del piesmojados junto a la cama de la niña desaparecida, y no fue capaz de mentirle. Le ofreció el único argumento que podía consolarla:

—Puede que haya monstruos, pero son muchos menos que en cualquier enclave al otro lado de la muralla. La Ciudadela está mucho más protegida que la aldea de la que os marchasteis. Y están los Guardianes.

La mujer suspiró.

—A veces ni siquiera los Guardianes llegan a tiempo. El mes pasado abatieron a un malsueño en el sector sur..., pero no antes de que devorara a tres personas mientras dormían.

—¿De veras? —se sorprendió Axlin—. No me había enterado. Quizá sean solo rumores.

—Son más que rumores. Uno de los muchachos que murieron era amigo de mi hijo. Y eso no es todo —añadió—. Cuentan que han desaparecido niños pequeños en el segundo ensanche. A causa de las pelusas.

Axlin palideció. Mucho tiempo atrás, en su aldea natal, las pelusas habían devorado también a un chiquillo que estaba bajo su cuidado. Ella no había podido hacer nada por evitarlo, y los gritos de Pax todavía resonaban a veces en sus peores pesadillas.

—... y se comenta que hay escupidores y nudosos en los jardines del primer ensanche —seguía diciendo la mujer.

La joven se repuso.

—Eso no puede ser verdad —replicó—. Existe la posibilidad de que algún monstruo logre entrar en el anillo exterior superando las murallas y a los Guardianes, pero tanto el primer como el segundo ensanche son completamente seguros.

—La primavera pasada, el dueño de una taberna del sector oeste encontró un crestado en su sótano, entre los barriles de cerveza. Pudo huir a tiempo, cerrar la puerta y avisar a los Guardianes, pero...

Axlin asintió. Conocía la historia y sabía que esa sí era cierta.

—En cualquier caso, son ataques puntuales —le recordó—. Y la mitad de ellos no han sucedido en realidad. Siempre que los Guardianes cazan algún monstruo, la gente se pone nerviosa y empieza a imaginar que los ve por todas partes, pero eso no es así. A pesar de todo, la Ciudadela es el lugar más seguro del mundo.

La mujer la miró con cierta suspicacia, pero Axlin hablaba muy en serio. Había viajado mucho y había visto muchas cosas, y sabía lo que decía.

Su interlocutora suspiró y dejó caer los hombros.

—De acuerdo —admitió—. Entonces ¿podemos instalarnos en el barrio nuevo?

—Hasta donde yo sé, sí. —Axlin dudó un momento antes de añadir—: No obstante, mientras no se arregle el pozo, sería conveniente mantener la chimenea encendida por las noches y prender braseros en los dormitorios.

La mujer alzó la mirada hacia el sol abrasador que relucía sobre la Ciudadela, pero no discutió. Le dio las gracias y se alejó calle abajo.

Axlin comprobó que se le estaba haciendo tarde y echó a andar con su paso renqueante, buscando siempre la sombra de la alta muralla, que en invierno convertía aquel barrio en un lugar frío, húmedo y oscuro, pero que en verano suponía una auténtica bendición. Cuando se vio obligada a caminar de nuevo a pleno sol, pensó en los Guardianes que patrullaban en las almenas. Alzó la mirada y localizó la silueta de uno de ellos en lo alto de la muralla, erguido como un poste, como si el intenso calor no lo afectara. Llevaba una lanza, y Axlin pensó inmediatamente en Xein; pero desde aquella distancia no podía identificarlo con seguridad, y de todas formas no tenía por qué ser él. Muchos Guardianes portaban lanzas; por lo que ella sabía, en el Bastión los entrenaban para pelear con toda clase de armas, pero después ellos escogían una o dos en concreto para utilizarlas de forma habitual. Casi todos eran expertos en el manejo de las dagas y también había numerosos arqueros.

Sacudió la cabeza y prosiguió su camino. Debía dejar de pensar en Xein. Durante un tiempo había creído que podían volver a estar juntos o, al menos, ser amigos; pero, con el paso de los meses, iba asimilando que él quería dejar su pasado atrás, y que eso la incluía a ella. Le hubiese gustado, sin embargo, que su corazón dejase de acelerarse cuando lo veía por la calle o junto a la puerta de la muralla. Habría deseado que sus ojos no lo buscaran en los rasgos de todos los Guardianes con los que se cruzaba. Una parte de ella incluso anhelaba que su mente dejara de soñar con él por las noches. Después de todo, era Axlin quien se había marchado y lo había dejado atrás para seguir viajando. Habían prometido que volverían a encontrarse, y después ella había pasado un año entero angustiada porque los Guardianes de la Ciudadela se lo habían llevado al Bastión a la fuerza y no tenía noticias de él.

Pero Xein estaba vivo, estaba bien, y parecía haber encontrado su lugar entre los Guardianes. Había iniciado una nueva vida en la que no había espacio para Axlin. Ella tenía la sensación de que él había cambiado, o tal vez lo habían obligado a cambiar de alguna manera. Pero había pasado mucho tiempo después de todo, y no podía asegurarlo.

Quizá él la había olvidado voluntariamente. Y, si era así, ¿acaso tenía ella derecho a tratar de hacerle cambiar de opinión?

Suspiró. No tenía sentido seguir dándole vueltas. Después de todo, había otros asuntos que reclamaban su atención.

Estaba, por ejemplo, todo lo que le había contado la mujer del mercado. Axlin vivía en el segundo ensanche y le inquietaba mucho la posibilidad de que los monstruos hubiesen podido llegar hasta allí. Resultaba poco probable: podían superar una muralla y burlar a los Guardianes en el anillo exterior, porque era el barrio más caótico de la Ciudadela y porque recibía muchísimos visitantes de fuera, pero era prácticamente imposible que lograsen superar la segunda muralla sin que los Guardianes los detectasen. Podía hablar con ellos al respecto, aunque tenía la intuición de que no estarían muy dispuestos a responder a sus preguntas.

Pero quedaba la gente del barrio. Si se habían producido ataques de monstruos en el segundo ensanche, o incluso en el primero, alguien lo sabría.

Decidida a averiguarlo, se internó por las calles de la Ciudadela, desafiando al calor, en dirección a la puerta que comunicaba el anillo exterior con el segundo ensanche.

Desde lo alto de la muralla, Xein la observaba.

Le había tocado guardia de almenas aquella mañana. No era un cometido agradable; los Guardianes pasaban calor en verano, se congelaban de frío en invierno y se aburrían profundamente en cualquier época del año. Pero, como ellos mismos solían decir, alguien tenía que hacerlo.

Había muchas y muy variadas tareas para un Guardián recién graduado como Xein. Todos los días hacía un turno de patrulla, ya fuese por las calles, en las puertas o en lo alto de la muralla. Pero, además de eso, continuaba su formación en el cuartel general de los Guardianes, donde se le había asignado una habitación sencilla y austera, como las de todos los miembros del cuerpo, incluidos los altos mandos. En alguna ocasión lo habían enviado también en misión a las Tierras Salvajes para cazar monstruos o a algún enclave cercano para solucionar problemas puntuales ocasionados por ellos. Xein agradecía aquellas escapadas porque le permitían poner a prueba sus habilidades, pero, sobre todo, porque podía salir de la Ciudadela.

No se encontraba mal allí en realidad. Tenía una vida ocupada y ordenada que compartía con compañeros que habían seguido el mismo adiestramiento que él y poseían sus mismas capacidades. Comparado con su experiencia en el Bastión, su destino en la Ciudadela era algo parecido a unas relajantes vacaciones.

Pero había enormes murallas y cientos de edificios. Y gente, mucha gente por todas partes. Y no podía salir al exterior cuando lo deseaba. Xein se había criado con la única compañía de su madre en una aldea que ni siquiera tenía una empalizada en condiciones. La Ciudadela lo abrumaba en muchos sentidos.

Cuando le tocaba guardia de almenas, podía contemplar el horizonte y recordar lo grande que era el mundo en realidad. Su adiestramiento en el Bastión se había centrado sobre todo en la caza de monstruos, pero allí, en la Ciudadela, continuaba complementando su formación con otro tipo de conocimientos. Había visto por primera vez mapas que incluían todo el mundo conocido, con la Ciudadela justo en el centro. Ahora, cuando miraba a lo lejos desde lo alto de la muralla, podía poner nombre a los territorios que divisaba. Al norte estaban las Tierras Salvajes, donde solo había monstruos y lo único que quedaba del mundo civilizado era el Bastión, en el que se entrenaban los futuros Guardianes. Le habían contado que, en los días claros, se podía ver su silueta en el horizonte desde las almenas, pero, por mucho que se esforzara, solo lograba distinguir los picos de las montañas.

Hacia el sur, en cambio, las cosas eran muy diferentes. Xein había aprendido que en aquella dirección se extendían las Tierras Civilizadas, un entramado de aldeas fortificadas bien comunicadas entre sí, que se habían desarrollado bajo la influencia de la Ciudadela y la protección de los Guardianes. Las más grandes tenían, de hecho, pequeños acuartelamientos permanentes. Él deseaba que algún día lo destinasen a uno de ellos. Decían que la vida allí era más tranquila y apacible, pero aún sufrían ataques de monstruos y, por tanto, la presencia de los Guardianes seguía siendo imprescindible.

En el horizonte oriental se alzaba una inmensa cadena montañosa que los Guardianes conocían como «la Última Frontera». Xein no tenía mucha información sobre lo que había más allá; solo sabía que al otro lado de la cordillera habitaban los monstruos más aterradores a los que se habían enfrentado, y que los Guardianes custodiaban los pasos y los desfiladeros para evitar que atravesasen las montañas y llegasen hasta la Ciudadela. Tenía entendido que solo enviaban allí a los más curtidos porque era un territorio demasiado peligroso para los jóvenes recién graduados como él.

Aquella mañana, sin embargo, lo habían mandado a patrullar la muralla exterior en el sector oeste. De allí partía una larguísima calzada que se transformaba en camino a partir de la Jaula, y que en algún lugar, mucho más lejos, comunicaba con las aldeas perdidas. Desde la Ciudadela se estaba poniendo mucho empeño en transformar aquella región en algo parecido a las Tierras Civilizadas del sur, y poco a poco lo estaban consiguiendo. Los territorios que se extendían entre la Jaula y la Ciudadela eran más prósperos y estaban mejor defendidos que los enclaves más alejados, y los Guardianes, de hecho, estaban estableciendo ya acantonamientos en algunas aldeas. Más allá de la Jaula, sin embargo, la vida era un poco más difícil. Xein procedía de aquella región y sabía por experiencia que allí los monstruos todavía destruían aldeas enteras a veces. Debido a ello, los enclaves más alejados se estaban quedando aislados, y cada vez llegaba menos gente desde tierras lejanas. Cada cierto tiempo, en la Ciudadela se daba por hecho que los últimos enclaves occidentales habían caído por fin, pero entonces llegaba alguien procedente del oeste e informaba de que algunos resistían todavía en condiciones muy precarias. Algún día, le habían explicado a Xein, los Guardianes de la Ciudadela viajarían al oeste para ayudar a aquellas personas a luchar contra los monstruos; no obstante, primero había que asegurar la capital, proteger debidamente los enclaves cercanos y consolidar la defensa de la Última Frontera en oriente.

Así que con toda probabilidad las aldeas perdidas del oeste caerían mucho antes de que los Guardianes acudiesen a rescatarlas, cavilaba Xein. Axlin procedía de allí, y le había contado historias verdaderamente sobrecogedoras.

Sacudió la cabeza para no pensar en ella. A menudo, su mirada se perdía en la larga calzada que conducía al oeste, el mismo camino que había llevado a Axlin desde su remota aldea hasta la Jaula, y de allí a la Ciudadela. La había admirado mucho al principio por haber viajado desde tan lejos; porque era bella, inteligente y valiente. Se había enamorado de ella como un estúpido.

Pero eso había sucedido mucho tiempo atrás, antes de que él comprendiera cómo funcionaba el mundo en realidad. Antes de que conociera lo que había en el fondo del corazón de Axlin.

El camino del oeste siempre estaba muy transitado, y tal vez por eso el Mercado de la Muralla se había desarrollado en aquel sector de la ciudad, el que recibía un mayor flujo de visitantes. De las aldeas occidentales venían buhoneros y comerciantes de todo tipo, pero también mucha gente que emigraba a la Ciudadela en busca de un futuro mejor. Era más entretenido, por tanto, hacer la guardia de almenas en aquel sector. Desde allí debía vigilar no solo el camino y los terrenos fuera de las murallas, sino también lo que sucedía en el interior. Y el mercado solía estar muy animado todas las mañanas.

Mientras observaba los puestos desde su atalaya, Xein la vio. La reconoció por su forma de caminar; la vio detenerse a conversar con una mujer y proseguir después su camino. Se irguió de forma inconsciente cuando ella alzó la cabeza para mirar a lo alto de las almenas. Pero era poco probable que lo identificara desde allí. Cuando por fin Axlin se puso en marcha de nuevo y se alejó hacia el corazón de la urbe, Xein se quedó mirándola unos instantes y después apartó la vista.

Rox tenía razón, pensó. Debía dejar aquella historia atrás y no permitir que la presencia de Axlin lo perturbase. Tiempo atrás, durante sus primeras semanas en el Bastión, habría dado lo que fuera por volver a verla, por tenerla cerca..., y ahora lo único que deseaba era perderla de vista de una vez por todas. Se había resignado a encontrársela de vez en cuando por la calle; al fin y al cabo, era una ciudadana más. Pero no soportaba que se entrometiera en los asuntos de la Guardia de la Ciudadela. Hubo una época en que el interés de Axlin por los monstruos le había resultado cautivador, un rasgo de su carácter que la hacía más especial y atractiva a sus ojos. Pero, ahora que Xein se dedicaba en cuerpo y alma a luchar contra los monstruos, la insaciable curiosidad de la joven lo irritaba profundamente. Y se sentía también molesto consigo mismo por permitir que lo afectara cualquier asunto relacionado con ella.

Por fin dio la espalda a la Ciudadela y clavó su mirada en el horizonte, decidido a no pensar más en ello. Su historia con Axlin pertenecía al pasado y allí debía quedarse; él, por su parte, no sentía el menor deseo de reavivarla.

Al llegar a la biblioteca, Axlin miró de reojo las grandes puertas enrejadas del cuartel general de los Guardianes, que se alzaba al otro lado de la calle, con la esperanza de vislumbrar a Xein. Se estremeció un momento ante el enorme escudo grabado en piedra sobre la entrada; tenía forma de ojo, y su laberíntico diseño simbolizaba la mirada vigilante de los Guardianes sobre todos los rincones de la Ciudadela. Pero ella tuvo la inquietante sensación de que la observaba con reprobación, de modo que apartó la vista, sacudió la cabeza y se obligó a centrarse en otros asuntos.

Cuando estaba a punto de subir por la escalinata, le llamó la atención una joven que aguardaba en la esquina, a la sombra del edificio, como si estuviese esperando a alguien. Lucía un peinado muy elaborado y vestía ropas coloridas y ostentosas que no eran habituales en aquel barrio, por lo que Axlin se preguntó si acaso residiría en la ciudad vieja. En la biblioteca no solían recibir visitantes tan distinguidos. Todos sabían leer, naturalmente, ya que el centro de la Ciudadela era el lugar más próspero y cultivado del mundo conocido. Pero los residentes nunca acudían personalmente a consultar los libros. Si tenían interés en alguno en particular, enviaban a un asistente a buscarlo en su nombre.

La joven se dio cuenta de que Axlin la observaba; vaciló un instante, como si quisiera dirigirle la palabra, pero finalmente desistió y dio media vuelta. Axlin apreció entonces la abultada curva de su vientre y se apresuró a acercarse a ella.

—¿Buscas a alguien, ciudadana? —le preguntó—. ¿Te puedo ayudar?

Ella dudó unos segundos, pero por fin negó con la cabeza.

—No, yo solo... estaba paseando.

Axlin se quedó mirándola. Había un buen paseo desde la ciudad vieja, sobre todo para una mujer en avanzado estado de gestación como ella, que además calzaba unos zapatos pequeños e incómodos. Aunque tal vez se hubiese desplazado hasta allí en carruaje, lo cual seguía sin tener sentido. En el centro había amplios jardines mucho más agradables que la avenida en la que estaba situada la biblioteca.

—¿Quieres pasar a descansar dentro? Hace calor. Podemos ofrecerte agua fresca.

Ella pareció sentirse seriamente tentada por la oferta, pero acabó declinándola.

—No, muchas gracias. Seguiré paseando por aquí.

Axlin abrió la boca para insistir, pero al final desistió. Después de todo, tenía entendido que la gente de la ciudad vieja era un tanto extravagante.

Entró en la biblioteca y respiró hondo, sintiéndose como en casa. Había pocas personas en la sala; muchas de ellas eran escribas contratados por otras personas, por lo general residentes del centro o del primer ensanche, para que realizaran copias de libros que deseaban añadir a sus colecciones privadas. Axlin saludó con un gesto y una sonrisa a uno de los habituales, un joven pelirrojo que acudía regularmente a consultar tratados filosóficos, y buscó a Dex con la mirada, pero no lo encontró. Sí vio a la maestra Prixia, sumida, como de costumbre, en la lectura de un grueso volumen. Se acercó a ella y carraspeó para llamar su atención. La bibliotecaria alzó la cabeza y la miró por encima de sus anteojos.

—Perdona que te moleste, maestra —dijo Axlin—. ¿Hoy no ha venido Dex? Me había dicho que me traería un nuevo bestiario.

Ella se mostró algo desconcertada.

—Sí, por supuesto. ¿No lo has visto? —Axlin negó con la cabeza—. Hoy ha llegado incluso antes que yo —prosiguió la bibliotecaria—, y me ha dicho que se quedaría hasta tarde porque tenía mucho trabajo. Búscalo, no puede andar muy lejos.

Pero Axlin no lo encontró. Preguntó al portero si había visto salir a su compañero, y él le respondió negativamente. Aquello no quería decir gran cosa en realidad; ella sabía que el hombre tendía a echar cabezadas ocasionales.

—Le habrá surgido algún asunto urgente —dijo la maestra Prixia cuando la joven le comentó que no había localizado a Dex.

Era una posibilidad, pero a ella le extrañaba que se hubiese ido sin dejar en la biblioteca el bestiario que había prometido llevarle. Aquello no era propio de él.

Se dedicó, por tanto, a otros quehaceres. Ordenó las estanterías, atendió a un escriba que buscaba un volumen en particular y después se sentó para continuar con su trabajo. El libro que había redactado durante su viaje se había quedado pequeño en comparación con todo lo que había aprendido con la lectura de los bestiarios de la Ciudadela. Todos los días dedicaba un tiempo a tomar notas y a realizar nuevos bocetos e ilustraciones con la intención de pasar a limpio todo aquel material en cuanto hubiese acabado de compilarlo. Tiempo atrás, había descubierto que la maestra Prixia tenía razón con respecto a su propia obra: durante su viaje, Axlin había aprendido muchos detalles sobre los monstruos que no había visto recogidos en ninguno de los bestiarios de la biblioteca. De modo que ahora estaba trabajando en una obra mucho más completa y ambiciosa, que recogiese tanto el conocimiento de los Guardianes como la antigua sabiduría de las aldeas, todo en el mismo volumen.

Cuando llegó la hora de marcharse a casa, Dex todavía no había regresado, y ella se preguntó qué andaría haciendo. Su amigo podía parecer despreocupado a veces, pero adoraba su trabajo en la biblioteca y rara vez faltaba. Quizá se había sentido indispuesto, pensó Axlin mientras salía del edificio.

Pero a la mañana siguiente lo vio de nuevo en la biblioteca, puntual y sonriente como de costumbre; se había acordado de llevar el libro para Axlin y parecía encontrarse en perfecto estado de salud, de manera que ella optó por no conceder mayor importancia a su repentina desaparición del día anterior.

3

Rox cargó otra flecha más. Xein sabía que ella prefería la lucha cuerpo a cuerpo con armas contundentes como el hacha o el machete, pero a los verrugosos era mejor atacarlos a distancia. Y a Rox tampoco se le daba mal el arco.

Controlaba los movimientos del monstruo desde lo alto de un edificio en construcción al que se había encaramado sin la menor dificultad. El verrugoso alzó la cabeza hacia ella y enseñó los colmillos. Tenía el tamaño aproximado de un perro grande, y su pelaje presentaba un diseño moteado que combinaba cinco colores diferentes, vivos y brillantes. No era precisamente una criatura que pasara desapercibida.

Xein obligó a retroceder a los obreros, que contemplaban la escena a cierta distancia, sobrecogidos.

—Atrás, atrás... El veneno de los verrugosos puede proyectarse bastante lejos —les advirtió.

Desde allí podía distinguir las pústulas que cubrían el cuerpo del monstruo y que quedaban ocultas por su llamativo pelaje. Probablemente, los obreros no las habían visto, pero para un Guardián como Xein resultaban muy evidentes. De lejos parecían simples bultos inofensivos..., pero, cuando se inflamaban, podían disparar chorros de una sustancia tan corrosiva que devoraba la carne de sus víctimas y les producía espantosas laceraciones. Pocas personas corrientes sobrevivían a un encuentro con un verrugoso, y muchas de las que lo hacían quedaban marcadas para siempre por terribles y dolorosas llagas que jamás terminaban de cicatrizar.

Rox disparó la flecha, pero el verrugoso la vio venir y se hizo a un lado. Aun así, el proyectil le impactó en un muslo y el veneno salió despedido de su cuerpo por varios surtidores diferentes.

—¡Atrás! —insistió Xein.

Dio la espalda a los obreros y avanzó hacia la criatura enarbolando su lanza, listo para atacar. Por encima de sus cabezas, Rox cargó de nuevo el arco sin apartar la vista de su objetivo, que se sacudía para arrancarse la flecha. Pocos monstruos sucumbían al primer golpe.

Xein echó a correr hacia el verrugoso con un grito para atraer su atención. La criatura se dio la vuelta, retrocedió unos pasos entre gruñidos y se pegó al suelo, dispuesto a lanzarse sobre él.

Pero Xein fue más rápido. Con un prodigioso salto, se elevó por encima del monstruo y lo alanceó desde el aire. El arma le atravesó el vientre, empujándolo hacia atrás. El verrugoso trató de mantener el equilibrio entre rugidos de dolor y chorros de ácido y se volvió hacia Xein, que rodaba por el suelo para minimizar el impacto del aterrizaje. Centrado en él, la bestia había dejado de prestar atención a la Guardiana del tejado y, al girarse hacia Xein, se colocó de nuevo en su punto de mira. Rox disparó otra vez.

La flecha se hundió en la cabeza del verrugoso, justo entre ambos ojos, y la criatura cayó al suelo patas arriba mientras su cuerpo disparaba instintivamente media docena de chorros de ácido. Los dos Guardianes se mantuvieron prudentemente alejados y lo observaron con atención mientras agonizaba en el suelo. Xein ya había desenfundado sus dagas y Rox había cargado una tercera flecha en el arco, solo por si acaso.

No hizo falta. Con un último estremecimiento, el verrugoso expiró por fin.

Los obreros lanzaron vítores, pero los Guardianes aún permanecieron un instante más con las armas a punto, para asegurarse de que el monstruo estaba definitivamente muerto. Por fin, Rox bajó el arco y descendió al suelo de un salto, mientras Xein se reunía de nuevo con los trabajadores.

—No os acerquéis a él —advirtió—. Incluso muerto puede resultar muy peligroso.

—Pero ¿se va a quedar ahí? —inquirió el jefe de la obra, preocupado—. Tenemos que volver al trabajo y hemos perdido a dos hombres...

Se le quebró la voz. Su mirada se desvió entonces hacia el rincón donde yacían los dos cuerpos; uno, medio devorado, del obrero que había tenido la desgracia de toparse con el verrugoso en primer lugar; el otro, casi irreconocible, con la piel prácticamente licuada a causa de las secreciones de la criatura, pertenecía al compañero que había tratado de rescatarlo antes de que llegaran los Guardianes.

Xein echó un vistazo al cielo; el sol comenzaba a declinar.

—Será mejor que lo dejéis por hoy —opinó—. Está atardeciendo, y todavía nos queda trabajo por hacer aquí.

—Mañana por la mañana estará todo limpio —prometió Rox mientras se acercaba a ellos.

Les costó un poco conseguir que los obreros despejaran la zona; lo lograron con la ayuda de otros tres Guardianes, que llegaron momentos después desde el puesto de vigilancia más cercano. Los acompañaba el capitán Salax.

Xein y Rox se cuadraron al verlo.

—Informad —se limitó a decir su superior.

La Guardiana relató brevemente lo que acababa de pasar y el capitán asintió, conforme.

—¿Habéis hallado indicios de más monstruos por los alrededores? Los verrugosos rara vez atacan en solitario.

Se dirigía a los dos, pero de nuevo contestó Rox, mientras Xein permanecía callado. Habían acordado tiempo atrás que lo harían así, porque ella era una Guardiana ejemplar y Xein, que había dado problemas en el pasado, prefería no llamar la atención. El capitán Salax conocía muy bien el historial de ambos.

—No hemos tenido ocasión de revisar la zona todavía, señor.

Él cabeceó de nuevo.

—Bien. ¿Teníais turno de vigilancia después de la cena?

—Esta noche no, señor.

—Pues ahora lo tenéis. Ayudad a despejar esto. Luego formaremos patrullas e inspeccionaremos el área por si hubiese más verrugosos ocultos en alguna parte. Y también reforzaremos la protección en el barrio, al menos por esta noche.

Rox y Xein asintieron sin una sola protesta. Sabían que se quedarían sin dormir, y probablemente también sin cenar, pero eran conscientes de la importancia de asegurarse de que ya no quedaban más monstruos que pudieran amenazar las vidas de los habitantes del barrio.

Los Guardianes organizaron grupos de trabajo. Había que acometer la delicada tarea de retirar el cadáver del monstruo, que entrañaba graves riesgos incluso para ellos, y también de llevar los cuerpos de las víctimas a sus familias. A Rox y Xein, no obstante, los enviaron a patrullar los alrededores, con gran alivio por su parte. Los Guardianes, como luchadores que eran, estaban poco acostumbrados a las sutilezas. Y a la mayoría de ellos no se les daba bien relacionarse con la gente corriente en general, ni consolar a los familiares de los fallecidos en particular.

—Qué bien —comentó Xein medio en broma mientras él y

Rox se alejaban calle abajo—. Aún puede que nos llevemos alguna quemadura de propina después de todo, ¿eh?

Ella lo miró fijamente.

—¿Tenías que saltar por encima de él de esa manera? Podía haberte alcanzado con el ácido.

Él se encogió de hombros.

—Te lo puse a tiro, ¿no? Vamos, Rox, relájate. Todo ha salido bien.

—Hoy, sí; mañana, ¿quién sabe?

—¿Crees que me arriesgo demasiado?

—Creo que presumes demasiado. Te encanta exhibir tus habilidades ante la gente corriente. Y algún día olvidarás cortarte el pelo.

Xein sonrió. Aquella expresión era habitual en las aldeas que debían hacer frente a los dedoslargos, y se utilizaba para describir a la gente demasiado descuidada. No todo el mundo conocía su significado, sin embargo. Él lo había aprendido de Axlin.

—Disfruto haciendo lo que hago —se limitó a responder—. Supongo que se me nota un poco, pero ¿qué tiene eso de malo? Está bien que al menos uno de los dos sonría de vez en cuando, para variar.

Ella le dirigió una mirada de soslayo cargada de reproche. Xein suspiró.

—Rox, no tienes sentido del humor.

—Y tú no tienes sentido del ridículo.

Él no se lo tomó a mal. A pesar de que a veces estaban en desacuerdo sobre cuestiones menores, a la hora de la verdad eran un equipo eficaz y muy bien compenetrado, y por esta razón los emparejaban a menudo en patrullas, puestos de vigilancia o misiones de reconocimiento. Xein tenía entendido que los reclutas recién graduados solían patrullar junto a Guardianes más veteranos, pero, en el caso de ellos dos, sus superiores parecían haber hecho una excepción. Al fin y al cabo, Rox y Xein habían sido los únicos de su promoción en graduarse con honores. Habían sobrevivido a una prueba en la que habían caído todos sus compañeros de brigada, y lo habían hecho juntos. Xein no sabía si la compenetración que exhibían a la hora de pelear era algo natural o había surgido como consecuencia de su experiencia conjunta en el Bastión, pero lo cierto era que no le importaba. Él había formado equipo con otros compañeros en diferentes misiones y, aunque funcionaba bien con cualquiera, porque todos los Guardianes eran profesionales serios y disciplinados, con Rox se sentía mucho más cómodo. Y tenía la sensación de que, a pesar de todo, a ella le sucedía lo mismo con él.

Axlin tenía alquilada una habitación en un edificio de dos plantas en el segundo ensanche. Había estado habitado por una familia con varios hijos que se habían independizado con el paso de los años, dejando algunas habitaciones vacías. La madre, ya viuda, las alquilaba sobre todo a jóvenes solteros como Axlin, que se había quedado con el más pequeño de los cuartos. Dado que ella pasaba la mayor parte del tiempo en la biblioteca, no necesitaba más.

Cuando llegó a casa, encontró a la dueña barriendo la entrada.

—Llegas tarde hoy, Axlin —le dijo cuando la vio—. No deberías apurar tanto.

Ella sabía que a su casera no le gustaba que estuviese fuera después de la puesta de sol. Por un lado, su preocupación le resultaba entrañable, porque implicaba un afecto auténtico; por otro, no podía evitar que la irritara a veces. Había viajado mucho y, con excepción de la Jaula, cualquier lugar que hubiese visitado antes era cien veces más peligroso que pasear de noche por la Ciudadela. Hasta en la aldea de la que procedía el simple hecho de salir de casa en pleno día conllevaba muchos más riesgos en comparación. Pero aquella mujer era miedosa, y no lo podía entender. No veía más allá de la cojera y la juventud de Axlin. Ella trataba de mostrarse paciente con aquellos comentarios, aunque a veces le resultaba muy difícil.

—No va a pasar nada, Maxina. Vivimos en la Ciudadela, aquí no hay monstruos. Los Guardianes nos protegen, ¿recuerdas?

La casera negó con la cabeza.

—A veces consiguen entrar y matar a alguien, ya lo sabes. No está de más ser prudente.

Axlin pensó que era la segunda persona en pocos días que le hablaba en aquellos términos. Llevaba más de un año viviendo en la Ciudadela, y una de las cosas que siempre le habían llamado la atención era la despreocupación con la que vivían sus habitantes, especialmente los de los ensanches. Como si los monstruos no fueran una realidad, sino criaturas de ficción que solo existían en las pesadillas y nunca salían de ellas.

En las últimas semanas, sin embargo, tenía la sensación de que los ataques se habían multiplicado. Y con ellos, el miedo de los ciudadanos. Y su desconfianza.

—¿Ya estás tratando de asustar a Axlin otra vez, madre? —intervino entonces el hijo menor de la casera, el único que vivía todavía con ella—. No lo vas a conseguir; ella ha visto muchos más monstruos que tú y que yo juntos.

Maxina suspiró.

—Ese es el problema, que se cree una Guardiana. Y algún día tendremos un disgusto.

Axlin le dirigió una mirada de sospecha. Maxina solía extremar sus quejas y lamentos cuando se producían nuevos ataques e incursiones por parte de los monstruos.

—¿Ha pasado algo mientras estaba fuera? —interrogó.

La mujer negó rápidamente con la cabeza.

—¿Cómo...? No, en absoluto...

—Han entrado verrugosos en el anillo exterior, en una zona en obras —informó su hijo.

Maxina le dirigió una mirada de reproche.

—¡No deberías hablar de esas cosas!

—¿Por qué? A Axlin le interesan. Mira cómo le brillan los ojos.

—Pues precisamente por eso. Y no me parece bien. Lo que debería hacer es buscarse un muchacho honrado y trabajador, formar una familia y...

—Puede que lo haga algún día, Maxina, pero no a corto plazo —interrumpió ella con firmeza.

—Si sigues persiguiendo monstruos, quizá no vivas para hacer realidad esos planes, muchacha —rezongó ella.

—Madre, déjala en paz, ya tiene edad para saber lo que hace. ¿Vas a ir a ver a los verrugosos? —le preguntó el chico con interés.

Lo cierto era que Axlin nunca había visto un verrugoso de cerca. Estaban magníficamente ilustrados en algunos de los bestiarios que había consultado en la biblioteca, pero no era lo mismo.

—No lo creo —respondió, sin embargo—. Ya se ha hecho tarde, y estoy cansada.

Maxina asintió con satisfacción. Axlin se despidió de ellos y subió a su casa, un cuarto pequeño y estrecho en el que solo cabían un catre, una mesa, una silla, un baúl y un pequeño brasero que en aquella época del año solo utilizaba para calentar la comida que compraba en los puestos callejeros o que le preparaba la propia Maxina. Pero aquella tarde no tenía tiempo para cenar. Sacó del zurrón los libros que había cogido en la biblioteca y metió en él su cuaderno, pluma y tintero para tomar notas y un carboncillo para dibujar.

Tras un instante de indecisión, rebuscó en su baúl hasta encontrar un saquillo de hojas de menta y lo añadió al equipo. Echó un vistazo dubitativo a su ballesta, que descansaba olvidada en un rincón, y finalmente decidió no llevarla consigo. A algunos Guardianes no les gustaba verla armada por las calles de la ciudad y, después de todo, una zona medio urbanizada, incluso en el anillo exterior, era bastante segura. Además, si la alerta por los verrugosos había llegado hasta allí, sin duda para entonces los Guardianes ya se habían ocupado de ellos.

Terminó de preparar su zurrón, se lo echó al hombro y bajó de nuevo las escaleras. Se asomó con precaución al patio antes de salir, y comprobó que Maxina ya no estaba.

Salió de la casa y se marchó cojeando calle abajo en dirección al anillo exterior.

Rox y Xein recorrieron el área que les habían asignado, pero no hallaron rastro de nuevos monstruos. Por otro lado, allí no vivía prácticamente nadie, al menos por el momento. Se trataba de una zona en obras que estaba siendo urbanizada para que los nuevos habitantes de la Ciudadela pudiesen instalarse en el futuro. Tiempo atrás, se había expulsado de allí a toda la gente que vivía en chamizos improvisados para poder iniciar los trabajos de construcción. Cuando estos terminaran, las calles estarían empedradas, los edificios serían robustos y seguros, y el barrio contaría con servicios sanitarios básicos, fuentes, alcantarillado, una escuela para los niños, una consulta médica y hasta zonas ajardinadas. Algún día, todo el anillo exterior de la Ciudadela estaría urbanizado de la misma manera y se acabarían las chabolas, las calles embarradas y los pozos insalubres. Xein había aprendido muy pronto que las zonas precarias del anillo exterior eran un coladero de monstruos, a pesar de las murallas. Tanto el corazón de la ciudad como los dos ensanches habían sido remodelados siguiendo un plan diseñado de antemano y no solo incluían comodidades urbanísticas, sino también medidas efectivas de seguridad contra las incursiones de los monstruos.

Cuando regresaron a la zona del ataque para informar, se enteraron de que sus compañeros habían localizado dos verrugosos ocultos en otro edificio en construcción y los habían despachado de forma rápida y eficaz. Se encontraron además con una escena curiosa: un Guardián alto y musculoso escuchaba impávido las protestas de una muchacha de cabello corto y ensortijado a la que mantenía lejos del lugar donde sus compañeros seguían retirando los cuerpos de los monstruos. Xein suspiró resignado al verla.

—... pero ya están muertos, ¿verdad? —insistía Axlin—. ¿Por qué no puedo acercarme a verlos?

—Los verrugosos son peligrosos incluso después de muertos, ciudadana —respondió el Guardián con voz neutra, pero con un ligero tono de hastío que sugería que no era la primera vez que pronunciaba aquellas palabras.

El resoplido impaciente de Axlin indicó que tampoco era la primera vez que ella las escuchaba.

—Ya sé que sus forúnculos secretan una sustancia altamente corrosiva, pero...

—¿De dónde saca esas palabras? —se preguntó Rox, divertida.

—Es posible que últimamente haya estado leyendo demasiado —opinó Xein.

Mientras avanzaba hacia ellos, dispuesto a intervenir, oyó tras él la voz de Rox:

—Será mejor que no lo hagas.

Él no hizo caso de su advertencia. Por alguna razón, sentía que la presencia de Axlin en aquel lugar era en parte responsabilidad suya. Le había dicho que no debía entrometerse en la tarea de los Guardianes, pero quizá no se lo había dejado lo bastante claro.

—Ya es de noche, ciudadana —hizo notar—. Deberías regresar a casa antes de que tengamos que lamentar más incidentes.

Notó con cierta satisfacción que ella se estremecía ligeramente al oír su voz. Sin embargo, cuando se volvió hacia él, sus ojos le sostuvieron la mirada con firmeza, y su voz no vaciló al responder:

—He contado hasta media docena de tus compañeros por los alrededores, Guardián. Ahora mismo no existe en la Ciudadela ningún lugar más seguro que este. Salvo vuestro cuartel general, por supuesto. ¿Acaso me vas a mandar allí? —inquirió, alzando una ceja.

—Nosotros solo nos ocupamos de los monstruos —replicó Xein con frialdad—. De modo que, si causas problemas, serán los alguaciles del Jerarca quienes se encarguen de ti. Quizá prefieras pasar la noche en una de las celdas de la prisión. Yo, personalmente, opino que estarías mejor en tu propia casa, pero tú decides.

Axlin entornó los ojos.

—Solo estoy paseando por la ciudad. No pueden detenerme por eso.

—Quizá no te han explicado que esta zona está restringida por el momento. Si no sigues nuestras instrucciones, presentaremos una queja a los alguaciles, y créeme, por eso *sí* pueden detenerte.

Ella se quedó mirándolo, muy indignada. Pero él se limitó a seguir observándola con indiferencia y los brazos cruzados ante el pecho.

Finalmente, Axlin desistió. Alzó la mano en la que sostenía su cuaderno y dijo:

—Solo quiero hacer unos dibujos, Xein. No tengo la menor intención de tocar a esas cosas.

Esta vez fue él quien tuvo que reprimir un estremecimiento al oír su nombre en labios de ella. Pero no permitió que le afectara.

—Márchate, ciudadana —insistió—, o te sacaremos de aquí a la fuerza.

Axlin se cruzó de brazos también.

—Adelante, hazlo —lo desafió.

El otro Guardián se adelantó un paso e intervino por fin:

—No beneficia a nadie que lleguemos a esos extremos, ciudadana. Los Guardianes estamos aquí para proteger a los habitantes de la Ciudadela, no para enfrentarnos a ellos. Por favor, regresa a tu casa y permítenos seguir con nuestro trabajo. Si sientes curiosidad por los verrugosos —prosiguió antes de que Axlin pudiera replicar—, puedes consultar los bestiarios que se conservan en la biblioteca del primer ensanche. Algunos son muy completos.

Xein no pudo reprimir una sonrisa, y Axlin se enfureció, convencida de que ambos se estaban riendo de ella. Pero no quiso seguir discutiendo. Se inclinó ante ellos con gesto burlón, como si lo hiciese ante una alta autoridad, les dio la espalda y se alejó cojeando en la noche.

—Le ha molestado de verdad lo de los bestiarios —comentó Xein, aún sonriendo.

Su compañero se mostró desconcertado.

—¿Por qué? Yo solo pretendía ayudar.

—Trabaja en la biblioteca. Copiando bestiarios, precisamente. O algo parecido.

—Oh. No lo sabía. Sí sé que se interesa mucho por los monstruos, la he visto otras veces preguntando por ellos. Algunos Guardianes la dejaban acercarse a mirar, pero creo que ya les han llamado la atención al respecto.

Xein se mostró de acuerdo.

—Es lo mejor.

Buscó con la mirada a Rox, deseoso de dar por finalizada aquella conversación, y vio que estaba un poco más lejos, informando al capitán.

Su compañero captó el gesto y se despidió de él con un par de palmadas amistosas en el hombro.

—Buena guardia —dijo.

—Buena guardia —respondió él.

Se reunió por fin con Rox, que llegaba con novedades.

—Hay que hacer otra ronda por el sector de la puerta este —informó—. Temen que puedan haber entrado por allí.

Xein asintió, conforme.

4

Axlin no se había ido a casa aún. Aguardaba no lejos de allí, en la entrada de un callejón desde donde podía observar a los Guardianes, y vio que Rox y Xein volvían a separarse del grupo. Avanzó unos pasos hacia ellos, dubitativa, con el saquillo de hojas de menta bien sujeto en su mano derecha. Pero después se detuvo y sacudió la cabeza con un suspiro.

—Qué más da —murmuró para sí misma, contemplando la bolsita con cierta amargura—. Supongo que no necesitan esto, después de todo.

En realidad, la había llevado para Xein. Ella había dejado su ballesta en casa y tampoco tenía suficiente menta para todos los Guardianes, pero se habría quedado más tranquila si hubiese podido ofrecerle aquella protección extra al menos a él.

No había tenido valor para proponérselo, sin embargo. No mientras él mantuviese aquella actitud distante y desdeñosa. No estaba dispuesta a permitir que volviese a burlarse de ella delante de sus compañeros.

Alguien carraspeó a sus espaldas, sobresaltándola, y al darse la vuelta se encontró cara a cara con un hombre al que no conocía. Recordó, no obstante, haberlo visto rondando por los alrededores mientras los Guardianes se ocupaban de los cuerpos.

—Soy el encargado de la obra —se presentó—. Hoy un monstruo ha matado a dos de mis hombres.

—Lo siento mucho —murmuró Axlin, sin comprender a dónde quería ir a parar.

—Los Guardianes han acabado con él enseguida, pero... —dudó un momento—, no estaban aquí cuando el monstruo atacó.

—No pueden estar en todas partes.

—No, por supuesto que no. Es solo que... tiene que haber algo más que podamos hacer. Para que no vuelva a pasar, quiero decir. —Y la miró esperanzado.

Axlin comprendió entonces que no se había acercado a ella por casualidad. Se sintió un poco abrumada.

—No volverá a pasar —le aseguró—. Los Guardianes han acabado con todos los monstruos, y si queda alguno escondido sin duda lo encontrarán y lo abatirán antes del amanecer.

Pero el jefe de obra no parecía convencido.

—Mi casa está muy cerca de aquí —insistió—. Tengo mujer y dos hijos. El pequeño es un bebé todavía.

Volvió a mirarla con cierta ansiedad, y ella suspiró y contempló el saquillo de menta que había llevado para Xein.

—Toma —le dijo, entregándoselo—. Esto servirá, al menos por esta noche.

El hombre cogió la bolsita que Axlin le tendía y la olisqueó con curiosidad. Su rostro se tiñó de incomprensión al identificar su contenido.

—¿Esto...? Pero...

Ella sonrió.

—Durante mi viaje —explicó con suavidad—, visité un enclave situado en territorio de verrugosos. Sus habitantes habían plantado menta en todo el perímetro y ellos mismos la consumían a menudo. Cuando salían de patrulla, se frotaban la piel con hojas de menta.

»La razón era que a los verrugosos no les gusta. Se mantenían lejos de la aldea si podían evitarlo y, aunque atacaban a las patrullas igualmente..., si devoraban a uno de sus miembros, se sentían tan indispuestos que no podían continuar atacando, de manera que el resto tenía alguna oportunidad de escapar.

Axlin hizo una pausa, rememorando aquella experiencia. Durante su estancia en aquella aldea, había probado a elaborar un ungüento de extracto de menta concentrado para envenenar las armas de los patrulleros y los centinelas. Ellos nunca habían pensado en ello con anterioridad; después de todo, no convenía acercarse mucho a los verrugosos debido a los chorros de ácido que excretaban, de modo que, por lo general, se limitaban a huir de ellos en lugar de atacarlos. Pero decidieron que pondrían en práctica la idea de Axlin de todas formas.

No le permitieron unirse a la siguiente patrulla, así que ella no había tenido ocasión de verlo con sus propios ojos, pero le contaron que habían sido sorprendidos por un verrugoso en el bosque y habían logrado escapar gracias a que uno de los hombres había disparado contra él las flechas untadas con extracto de menta.

Desde entonces, Axlin se aseguró de contar con un frasco de aquella sustancia en su colección. Solo servía contra los verrugosos, hasta donde ella sabía, y además era muy fácil de hacer. Por esta razón no había dudado en venderlo durante sus primeras semanas en la Ciudadela. Recientemente había comprado hojas de menta en el herbolario con la intención de fabricar más, pero aún no había tenido ocasión de hacerlo.

—Haced una infusión con esto y aseguraos de que en toda la casa se respira el olor —concluyó—. Si queda algún verrugoso por las inmediaciones, lo pensará dos veces antes de acercarse.

El jefe de la obra asintió, algo más reconfortado.

—Así lo haremos. Muchas gracias, chica.

Axlin dudó un momento antes de añadir:

—Corred la voz, por favor. La tienda del herbolario está ya cerrada, pero seguro que habrá vecinos que tengan menta en la despensa.

—Conozco al herbolario del barrio y sé dónde vive —respondió el hombre, cada vez más animado—. Quizá pueda convencerlo de que abra la tienda unas horas para atender a la gente que lo necesite.

Axlin suspiró. También ella conocía a aquel herbolario, y no era la primera vez que le enviaba ciudadanos preocupados preguntando por un remedio en concreto. Al hombre no le disgustaba recibir clientes adicionales, pero no terminaba de acostumbrarse a que lo buscaran a horas intempestivas.

—Todo saldrá bien —dijo, sin embargo—. Confía en los Guardianes.

El encargado de la obra asintió, pero Axlin notó que oprimía con fuerza el saquillo de menta contra su pecho.

Era ya de madrugada cuando Xein y Rox acabaron la ronda por fin. El área había quedado asegurada, de modo que les dieron permiso para regresar al cuartel general. Para entonces, los cadáveres habían sido ya retirados y el lugar del ataque estaba completamente limpio, como si nada hubiese sucedido. Cuando los obreros regresaran al trabajo unas horas más tarde, solo la ausencia de sus compañeros muertos recordaría la pesadilla que habían sufrido.

Detectaron un curioso olor a menta en el ambiente, y Xein suspiró. Recordaba haber leído en el libro de Axlin algo relacionado con los verrugosos y aquella planta en particular, aunque no había visto reflejado aquel dato en ningún otro bestiario. El joven empezaba a pensar que quizá había sobrevalorado los conocimientos de Axlin, y no se sentía cómodo con la idea de que ella los compartiera con otras personas. Después de todo, lo único verdaderamente eficaz contra los monstruos era la Guardia de la

Ciudadela. El hecho de que la gente corriente buscara otro tipo de protección tal vez indicara que no confiaban en los Guardianes tanto como deberían.

De todas formas no comentó nada al respecto y, junto a Rox, se encaminó de vuelta al primer ensanche. Las calles del anillo exterior estaban desiertas a aquellas horas de la noche. Solo se cruzaron con otros compañeros suyos que estaban de patrulla o custodiando las puertas de las murallas.

En el segundo ensanche había algo más de movimiento; las tabernas cerraban tarde y los vecinos no tenían problema en salir a la calle de noche, si así lo deseaban. Se trataba de un barrio más seguro y, por esta razón, la presencia de los Guardianes era más reducida.

Los dos jóvenes cruzaron por fin la penúltima muralla y recorrieron las calles del primer ensanche con paso ligero. Había sido un día muy largo, y no veían la hora de llegar a casa, cenar algo en la cantina y dormir un par de horas antes de la llegada del amanecer. Pero poco después oyeron pasos apresurados tras ellos.

—¡Guardianes! ¡Por favor, os lo suplico..., ayudadnos!

Ellos se volvieron, sorprendidos. Aquel tipo de peticiones eran relativamente habituales en el anillo exterior, pese a que la mayoría de las veces se trataba de una falsa alarma o de algún conflicto no relacionado con monstruos. Pero el primer ensanche era una zona muy tranquila donde nunca pasaba nada.

La persona que solicitaba su atención era una muchacha, a todas luces una sirvienta de alguna casa bien situada. Se detuvo junto a ellos, y los Guardianes esperaron a que recuperara el aliento. Solo entonces logró decir:

—Un monstruo ha entrado en nuestra casa, Guardianes. Tenéis que acompañarme, os lo ruego.

Rox y Xein cruzaron una mirada. Él frunció el ceño.

—¿Aquí, en el primer ensanche? Es imposible que sea un monstruo.

—No lo sabemos seguro, Guardián, pero ha matado al señor y

ha atacado a la señora. —Sus ojos se llenaron de lágrimas de angustia—. Lo hemos encerrado en la habitación. Si nos entretenemos más, tal vez logre escapar y nos devore a todos.

Xein abrió la boca para replicar, pero Rox se le adelantó:

—Echemos un vistazo. Si es verdad que ha muerto un hombre, sea lo que sea, es peligroso y no puede esperar.

Él dudó, pero finalmente asintió y dijo:

—Te acompañaremos.

La joven los guio hasta una casa de tres plantas situada en una pequeña plaza. Algunos vecinos se habían congregado allí, inquietos ante el alboroto que se había producido en el lugar, y se pusieron mucho más nerviosos al ver llegar a los Guardianes.

—¿Es un monstruo? ¿Se trata de un monstruo? —preguntó una anciana muy alterada.

—Probablemente no, señora —respondió Rox con tono tranquilizador—. Por favor, ciudadanos, volved a vuestras casas. Nosotros nos ocuparemos de todo.

Algunos obedecieron, pero otros se resistían a marcharse. Los Guardianes se abrieron paso entre ellos y siguieron a la muchacha hasta el interior del edificio. Allí los recibió una mujer muy sofocada, que vestía todavía con ropa de dormir y se cubría con una bata ligera y elegante. Llevaba el cabello revuelto y las mejillas empapadas de lágrimas.

—Oh, gracias al Jerarca que habéis llegado —suspiró.

Cerró la puerta tras ellos, dejando fuera los vecinos. Se volvió hacia los Guardianes y se llevó las manos al rostro, angustiada.

—¿Qué ha sucedido, ciudadana? —inquirió Xein.

—Sentí algo en la habitación..., algo que me tocaba, y grité... Y esa... cosa... trató de hacerme callar, y entonces mi marido... mi marido...

No pudo terminar; estalló en sollozos, y Xein comprendió que no contestaría a más preguntas. Se volvió hacia la joven sirvienta e interrogó:

—¿Dónde está?

—En el primer piso —respondió ella—. En su habitación. Lo hemos encerrado con... eso —susurró muy pálida—. Y hemos atrancado la puerta. Antes golpeaba tratando de echarla abajo... —Dirigió una mirada interrogante a su señora, y ella se sobrepuso lo bastante como para continuar:

—No lo ha conseguido. Ha dejado de dar golpes, pero creemos que sigue ahí dentro. Estamos vigilando la puerta y sigue cerrada.

—¿Y la ventana? —preguntó Rox.

—Enrejada.

—¿Pudo haber entrado por ahí, a pesar de todo?

Las dos cruzaron una mirada de incertidumbre.

—No... no lo sabemos, Guardián.

Xein frunció el ceño.

—¿Qué aspecto tiene?

La muchacha abrió la boca, pero no pudo contestar. Su señora acertó a decir:

—No estamos seguras.

—No perdamos el tiempo, Xein —lo apremió Rox—. Vamos a ver qué es.

Subieron al piso superior. Allí, en el pasillo, parapetado tras una esquina, había un muchacho de unos trece años que vigilaba una puerta de doble hoja contra la que habían apoyado una mesita auxiliar, un diván y un par de sillas. El chico se mostró muy aliviado cuando vio a los Guardianes.

—Todo sigue igual, madre —informó a la dueña de la casa—. No se oye nada dentro. Quizá se haya ido —aventuró esperanzado.

—Lo averiguaremos enseguida —dijo Xein—. ¿Queda alguien más en el edificio?

—No. A mi suegra, que duerme en la habitación contigua, y a mi hija pequeña las hemos llevado a casa de los vecinos —explicó la mujer.

—Mi padre sigue ahí dentro —les recordó el muchacho angustiado—. Por favor, Guardianes, tenéis que rescatarlo.

—Haremos cuanto esté en nuestras manos —le aseguró Rox—. Y ahora quiero que os vayáis todos de aquí.

—Pero... —quiso objetar la madre.

—Por favor, ciudadana —insistió la Guardiana, serena pero firme—. Si se trata de un monstruo, es responsabilidad nuestra.

Lograron por fin que los tres desaparecieran escaleras abajo. Después llegaron hasta la puerta de la habitación y retiraron uno a uno los muebles que la aseguraban.

—¿Qué crees que puede ser? —preguntó Xein, un tanto desconcertado—. No percibo ningún monstruo ahí dentro. ¿Piensas que puede estar muerto?

—Veremos —se limitó a responder Rox.

Estaba extraordinariamente seria, pero él lo atribuyó al cansancio. Cuando por fin lograron abrir la puerta, su compañera lo apartó a un lado para entrar primero.

—No te confíes, Xein —le advirtió.

Se adentraron en la habitación, una amplia estancia iluminada por una lámpara de aceite y presidida por dos camas gemelas cubiertas con suaves y blancas sábanas de algodón. En una de ellas yacía el cuerpo de un hombre. Lo habían estrangulado.

Xein se acercó a examinar el cadáver mientras Rox inspeccionaba todos los rincones. El hombre no había fallecido mientras dormía, a juzgar por las sábanas revueltas. Había estado bien despierto, había peleado, pero no le había servido de nada. Incluso a la débil luz del candil se podían apreciar con claridad las marcas amoratadas en el cuello.

—No ha sido un monstruo —le dijo a Rox.

Era una obviedad, ya que sus sentidos de Guardián seguían sin alertarlo; sin embargo, su compañera aún se mostraba inquieta, por lo que añadió:

—No se lo ha comido, Rox. Se ha limitado a matarlo. Creo

que lo que estamos buscando es un asesino humano, y en ese caso...

—Presta atención, Xein —lo interrumpió ella—. Sea lo que sea, no ha salido de la habitación.

—¿Cómo...? —empezó él, pero ella le señaló la ventana, pequeña y protegida por rejas. Ningún humano podría haber entrado o escapado por ahí.

Él se volvió hacia ella, perplejo.

—¿Insinúas que a este hombre lo ha matado su mujer?

—Calla de una vez y déjame trabajar.

Él entornó los ojos y la contempló sin comprender. La Guardiana había abierto el armario y examinaba su contenido con el ceño fruncido y los músculos en tensión.

—Oye, Rox, déjalo —insistió Xein—. Estamos cansados, ha sido un día muy largo. Avisemos a los alguaciles y que se encargue de este tema la justicia del Jerarca. Nosotros...

Se calló de pronto, porque Rox se había vuelto hacia él y lo miraba de una forma muy peculiar. A la luz del candil, sus ojos plateados mostraban un cierto brillo sobrenatural que se le antojó hasta siniestro. Lo contemplaba con asco, casi con odio..., como si mirara más allá de él, comprendió Xein de pronto. Comenzó a darse la vuelta, pero ella fue más rápida. Echó el brazo hacia atrás y arrojó su hacha contra él.

El arma salió disparada, dando vueltas en el aire, y el joven la esquivó por los pelos. Cuando lo hizo, sintió también un movimiento a su espalda, una especie de siseo irritado.

El filo del hacha se clavó en la pared, y Rox lanzó una maldición. Xein se volvió por fin.

Pero no había nada allí. Nada que él pudiese ver o sentir.

—Rox, ¿qué...?

La mirada de ella seguía la trayectoria de algo que no estaba ahí. De pronto exclamó:

—¡Xein, la puerta! ¿No has cerrado la puerta?

Él seguía demasiado confundido como para responder. La joven recuperó su hacha y salió disparada de la habitación.

Su compañero la siguió. La vio correr por las escaleras hacia la buhardilla con las armas a punto, y subió tras ella. Rox entró luego en una habitación que debía de ser la de la joven criada. Xein trató de darle alcance, pero ella ya había salido por la ventana, que no estaba enrejada como las de los pisos inferiores. Él se asomó y la vio trepar por el tejado, tomar impulso y saltar a la azotea del edificio contiguo.

«¿Qué está pasando aquí?», se preguntó, perplejo. Se aseguró la lanza a la espalda, se encaramó al alféizar y siguió a su compañera, que, con agilidad felina, perseguía a la luz de la luna algo que solamente ella parecía ver.

5

La alcanzó en lo alto de un tejado. Rox estaba quieta, había cargado su arco y apuntaba a algo que, a juzgar por el movimiento de la flecha que lo seguía, avanzaba por la azotea de la casa de enfrente.

Aunque tenía muchas preguntas, Xein se detuvo junto a Rox y se limitó a esperar en silencio a que ella hiciese su trabajo. La Guardiana soltó la cuerda y la flecha surcó la noche en busca de un objetivo que su compañero aún no podía localizar. Siguió con la mirada la trayectoria del proyectil y comprobó con sorpresa que se detenía bruscamente en el aire y descendía como si, en efecto, se hubiese clavado en un cuerpo y lo hubiese derribado. Rox se incorporó, se cargó el arco al hombro, tomó impulso y alcanzó el tejado del edificio contiguo con un prodigioso salto. Xein la siguió.

Llegaron al fin hasta la azotea donde había caído la flecha. Él vio que parecía suspendida en el aire, apenas a un palmo del suelo. Cuando Rox se acercó, se movió un poco. La joven descargó el hacha sin dudar y de nuevo Xein oyó aquel extraño siseo, que esta vez venía cargado de miedo y dolor. Observó con atención la flecha, que se agitó en el aire un par de veces y después se quedó definitivamente inmóvil.

Xein aguardó unos instantes hasta que vio que su compañera se relajaba. Entonces preguntó:

—¿Qué se supone que es eso?

Ella le dirigió una mirada resignada.

—Algún día tenías que descubrirlo, supongo —murmuró—. Examínalo si quieres, ahora ya está muerto.

Xein se acuclilló en el suelo de la azotea, junto a la flecha que seguía quieta en el aire. Alargó la mano, dubitativo..., y palpó con sorpresa un cuerpo todavía tibio. Retiró la mano, alarmado.

—¿Qué es? ¿Por qué no lo puedo ver?

—Es un monstruo invisible —respondió ella, como si fuera obvio.

Pero él sacudió la cabeza.

—No puede ser un monstruo. No he notado su presencia, y no ha devorado a su víctima. Solo... la ha estrangulado. Porque es esta cosa..., sea lo que sea..., lo que ha matado al dueño de la casa, ¿verdad?

—Seguramente.

Xein volvió a tocarlo, con precaución. Palpó el cuerpo para tratar de hacerse una idea de su forma y volumen. Le pareció antropomórfico, pero no podía estar seguro. Tenía una piel lisa y suave, sin pelaje, escamas, plumas ni nada similar.

—Me gustaría saber qué aspecto tiene —murmuró. Cayó en la cuenta de pronto de que Rox lo había perseguido hasta abatirlo, y se volvió hacia ella con sorpresa— Tú sí puedes verlo, ¿no es cierto?

Ella le devolvió la mirada.

—Solo percibo una silueta oscura —contestó—. Por eso los llamamos «sombras», aunque tienen otros nombres también.

Xein se echó hacia atrás, abrumado.

—Puedes ver su silueta —repitió—. Sabías que estaba allí. Yo ni siquiera lo sentí.

—Los Guardianes no detectamos a las sombras como nos sucede con otros monstruos. Por eso son tan peligrosas.

—Pero tú puedes ver su silueta —insistió Xein—. ¿Por qué yo no?

Rox se removió, incómoda.

—No me corresponde a mí hablarte de eso.

—¿Qué? —casi gritó Xein—. ¡Nos hemos topado con un monstruo al que no puedo ver, no puedo sentir y del que nadie me había hablado hasta ahora! ¿Cómo esperas que haga mi trabajo si no sé a qué me enfrento?

Ella suspiró.

—No te alteres, Xein. La existencia de las sombras y otras criaturas es un asunto muy delicado. Es información que debe manejarse con mucha precaución.

Él entornó los ojos.

—Rox, soy tu compañero de patrulla. No sé de qué me estás hablando, pero no puedes mantenerme al margen de esto.

—No fue decisión mía. A mí tampoco me parecía prudente que no lo supieras, y así se lo hice saber al capitán. Pero él insistió en que no te lo contara.

Xein se sentó en el suelo, apoyó la espalda en la pared y hundió el rostro entre las manos.

—Es un monstruo invisible e indetectable —dijo con voz ahogada—. No recuerdo haber leído acerca de él en los bestiarios.

—Los bestiarios no lo recogen. Ni siquiera los de los Guardianes.

Él alzó la mirada hacia ella.

—¿Por qué?

—Porque lo que escribimos en los bestiarios puede leerlo cualquiera.

El recuerdo de Axlin cruzó brevemente su memoria, pero lo apartó con decisión.

—¿Y por qué lo sabes tú? —siguió preguntando—. ¿Por qué los puedes ver, en primer lugar?

Rox suspiró otra vez y se sentó junto a él. Xein no la presionó. La conocía lo bastante como para saber que estaba dispuesta a hablar.

—Todos los Guardianes de la División Plata podemos ver a las sombras, Xein —le explicó finalmente.

Él inspiró hondo, sorprendido por aquella revelación.

—¿Por qué...? —empezó, pero la respuesta iluminó su entendimiento antes de que acabara de formular la pregunta.

Se volvió para mirar a Rox. Los ojos de ella se clavaron en los suyos; bajo la luz de la luna parecían hechos de plata líquida.

—Porque poseemos una mirada especial —dijo.

Xein no podía dejar de mirarla. Aquella revelación lo había dejado anonadado y, sin embargo, explicaba muchas cosas.

Los habían separado en el Bastión, pese a que, a un lado y a otro del muro, ambas Divisiones recibían el mismo entrenamiento. Aquello era algo que Xein nunca había entendido, puesto que todos los Guardianes poseían las mismas habilidades y las desarrollaban de manera similar.

Lo único que los diferenciaba... era el color de los ojos.

No eran un capricho de la naturaleza, comprendió. Ni una peculiaridad que solo servía para distinguir a los que eran Guardianes de los que no.

Aquellos ojos tenían una función.

—Así que existen unos monstruos invisibles incluso para los Guardianes de la División Oro —recapituló con lentitud—. Pero los Plata podéis verlos. ¿Os han entrenado para luchar contra ellos?

Rox asintió.

—Nos hablaron de su existencia en el Bastión. Tuvimos una sesión de entrenamiento con uno de ellos. Lo habían encerrado en una celda en el Foso. Pero no peleamos. Solo... aprendimos a mirar.

Xein frunció el ceño.

—¿No... peleasteis?

—Las sombras no son muy abundantes. A aquella la mantenían viva para mostrarla a los reclutas de la División Plata. —Hizo una pausa y añadió—: Quizá incluso hayas pasado ante su celda en alguna ocasión junto a tu brigada sin darte cuenta de que estaba ahí.

Xein se estremeció.

—Si es un monstruo..., debería haberlo sentido. Detectamos la presencia de monstruos, es otra de nuestras habilidades como Guardianes.

—Los monstruos de la Ciudadela son diferentes.

Él se volvió de nuevo hacia ella, con los ojos muy abiertos.

—¿Has dicho... los monstruos de la Ciudadela?

Rox respiró hondo.

—Imagino que después de lo de esta noche te lo contarán todo, así que supongo que no pasa nada si te lo adelanto yo. —Calló un momento, pensativa, como si tratase de ordenar sus ideas, y luego continuó—: Las sombras solo viven en la Ciudadela, que sepamos, aunque se han reportado casos aislados en algunas aldeas. Habitan entre nosotros, pero solo los Guardianes de la División Plata podemos verlas. No se comportan como la mayoría de los monstruos, es cierto. No las detectamos sin más. Ni ellas devoran a los humanos, como hacen otras criaturas. No sabemos qué quieren en realidad: a veces matan a alguien..., pero no a cualquiera. Hay quien opina que eligen a sus víctimas siguiendo alguna clase de plan que nosotros no comprendemos todavía. Otros dicen que los ataques no siguen un patrón, que lo único que buscan es fomentar el caos.

»Y por eso —añadió, mirando a Xein muy seria— nadie debe saber que existen. Nadie.

Él se sentía cada vez más abrumado.

—Pero... esta noche podrían habernos matado —objetó—. Yo no entendía qué estabas haciendo en esa habitación, Rox. Me sentía tan confundido como un pellejudo a la luz del día. Entiendo que no puedo ver a estas criaturas como tú, pero... si al menos hubiese sabido antes que existían..., mi presencia no habría supuesto un estorbo. Habría cerrado bien la puerta, en primer lugar —concluyó, frustrado.

—No te preocupes tanto. No ha pasado nada en realidad. Llevaremos el cadáver del monstruo al cuartel general y ellos ya se ocuparán del resto.

Xein sacudió la cabeza.

—No me puedo creer que mantengáis esto en secreto. En serio, Rox, es un riesgo. Los Guardianes de la División Oro deberíamos saber también que existen estos monstruos, aunque no los podamos ver.

La joven guardó un silencio culpable. Xein buscó su mirada, pero ella volvió la cabeza.

—¿Qué me estás ocultando, Rox?

Ella suspiró.

—Por supuesto que los Guardianes de la División Oro deben conocer a los monstruos invisibles, Xein —dijo por fin con suavidad—. Y los instructores actúan en consecuencia.

—Pero yo no... —empezó él desconcertado, pero se detuvo—. Espera —comprendió de pronto—. Lo sabe todo el mundo, ¿verdad?

—Todo el mundo no, Xein. La gente corriente...

—No me refiero a la gente corriente. Te estoy hablando de los Guardianes. De la División Oro. De los reclutas del Bastión, ¡por todos los monstruos!

El silencio de ella confirmaba sus peores sospechas, y Xein se estaba enfadando por momentos.

—Lo sabe todo el mundo menos yo.

Rox se pasó una mano por su corto pelo rubio.

—Ya te he dicho que yo no estaba de acuerdo.

Él dejó escapar una carcajada de perplejidad.

—¿Cómo es posible? ¿La División Oro también ha recibido adiestramiento sobre esto? ¿Y las brigadas de las que he formado parte? En ese caso...

Ella seguía rehuyendo su mirada.

—Tu brigada recibió la formación específica mientras estabas convaleciente —dijo a media voz.

—¿Convaleciente...?

Los recuerdos acudieron a su mente en aluvión. Su intento de fuga. La sanción correspondiente. Latigazos. Latigazos. Latigazos.

Sacudió la cabeza, luchando por olvidarlo. Pero no pudo evitar que le temblara la voz cuando añadió:

—Tardé unas semanas en restablecerme por completo, pero no me salté ninguna lección. Tuve que recuperar el tiempo perdido para volver a ponerme al nivel de mis compañeros.

Rox no dijo nada.

—¿Insinúas que me excluyeron a propósito?

—Se nos dijo que estarías en observación un tiempo —murmuró ella—. Y que, entretanto, nadie debía hablarte de esto.

Xein se sujetó la cabeza con las manos.

—No puedo creerlo. No puedo creerlo. Me gradué con honores, Rox. Tú lo sabes mejor que nadie. Lo dimos todo en aquella prueba, conseguimos los estandartes, fuimos... los dos... los mejores de nuestra promoción. Nos han entrenado para luchar contra los monstruos. ¿Cómo es posible que hayan dejado incompleta mi formación... a propósito?

—Solo temporalmente. Temían que...

—... que volviera a traicionar a la Guardia de la Ciudadela —musitó él—. Cometí un error, pagué por él y he luchado desde entonces cada día por enmendarlo. ¿Qué más tengo que hacer?

La Guardiana colocó una mano sobre su brazo, tratando de calmarlo. Xein no se movió.

—Esperar —respondió la joven—. Eres un buen Guardián. Hace ya tiempo que le pedí al capitán que me permitiera hablarte de las criaturas innombrables. Le dije que estabas preparado, que podíamos confiar en ti. Pero él no estaba convencido.

—¿Por qué? —preguntó él con voz ronca.

—Creo que, principalmente, debido a esa chica que investiga sobre los monstruos.

—Axlin. —Xein sintió que hervía de ira por dentro—. Pero ¿por qué? ¿Temíais acaso que iría corriendo a contárselo?

—Yo no lo temía. Ni lo temo ahora. Sé quién eres, Xein. Sé que eres de los nuestros.

Él resopló y apartó la mirada, molesto.

—Pero ya no importa —prosiguió Rox—, porque nos hemos topado con una sombra y has averiguado la verdad. Y yo me alegro. Estaba empezando a resultar complicado tomar precauciones contra las sombras sin poder explicarte por qué lo hacía.

Xein esbozó una media sonrisa.

—Y yo que pensaba que eso de inspeccionar todos los rincones en busca de monstruos era una manía tuya... —comentó.

—No, todos los Plata lo hacemos, es parte del protocolo. Aunque puede que yo sea un poco más concienzuda —admitió—. Porque, aunque no percibas la presencia de ningún monstruo, las sombras pueden esconderse en cualquier lugar sin que nadie las detecte, salvo nosotros.

Él se estremeció.

—¿Por qué no lo sabe la gente corriente? —preguntó—. Nunca les ocultamos información sobre los monstruos. Es bueno que sepan reconocerlos para huir de ellos y pedir ayuda cuando los ven.

—Estos son diferentes. Si los ciudadanos supieran que se ocultan entre ellos y es imposible detectarlos..., cundiría el pánico. Los Jerarcas han luchado durante siglos para convertir la Ciudadela en un lugar seguro y ordenado. La gente corriente sabe que puede haber ataques en el anillo exterior, pero no en el área urbanizada de la ciudad. Es bueno que tengan claro que está todo bajo control. Que podemos protegerlos.

»Pero estos monstruos podrían llegar a cualquier parte. Al palacio del mismísimo Jerarca si se lo propusieran. Si esto se supiera..., si la gente tuviera la más remota idea de a qué nos enfrentamos en realidad, contra qué luchamos aquí..., dejarían de confiar en nosotros. Todo el proyecto civilizador de este lugar se vendría abajo. No podemos consentir que esto pase, bajo ningún concepto. Nadie debe saber jamás que estas criaturas existen.

Rox miraba ahora fijamente a Xein con sus ojos de plata, y él asintió muy serio.

—Nadie lo sabrá jamás por mí —prometió—. Nunca. Ninguna persona corriente y, por supuesto, tampoco Axlin. Soy leal a la Ciudadela. Soy leal a los Guardianes. Lo juro.

—Lo sé —contestó ella sonriendo.

Xein le devolvió la sonrisa.

Juntos contemplaron las primeras luces del amanecer acariciando los tejados de la ciudad. Él bostezó y apoyó su cabeza contra la de Rox. Aquel simple gesto le trajo recuerdos de otra noche complicada que había compartido con ella tiempo atrás.

—Debo de estar perdiendo facultades —comentó—. No me sentía tan cansado desde que sobrevivimos a los pellejudos en las montañas.

—No, eso fue mucho peor.

—Quizá para ti. Pero yo me acabo de enterar de que era el único Guardián que no sabía que hay monstruos que no se pueden ver. Por un lado, me siento estúpido y, por otro, estoy como si me hubiesen dado una paliza.

—Baja la voz —susurró ella—. La ciudad está despertando, y no conviene hablar de estos temas en voz alta.

Xein se volvió para mirar el lugar donde se suponía que estaba la sombra muerta. Los primeros rayos del sol iluminaron la flecha suspendida en el aire, pero él seguía sin ver el cuerpo en el que estaba clavada. Estiró el pie para tocarlo.

—Sigue ahí —sonrió Rox.

—Esto es muy raro. ¿Qué vamos a hacer con el cuerpo? ¿Lo dejamos aquí?

—No, alguien podría descubrirlo por accidente.

Rox se puso en pie de un salto.

—En marcha, Guardián. Ya hemos perdido mucho tiempo aquí, y hay cosas que hacer.

Se inclinó sobre el cadáver de la sombra, le arrancó la flecha del cuerpo y la limpió. A Xein le llamó la atención el gesto.

—¿Sangra?

—Sí, pero su sangre no se ve, obviamente.

Le tendió la mano para ayudarlo a levantarse. Él la tomó e inmediatamente retiró la suya al notar que estaba húmeda y resbaladiza. Se miró la palma, pero no había nada a simple vista.

—Aaaj. ¿Qué es esto?

—Sangre de monstruo invisible —se burló ella, mostrándole su propia palma. Estaba limpia y seca en apariencia.

—Al final resulta que sí tienes sentido del humor —gruñó él, secándose la mano en el pantalón—. Extraño y retorcido, pero lo tienes.

Rox levantó el cuerpo del monstruo y se lo echó a los hombros. O, al menos, Xein supuso que eso era lo que hacía. La contempló fascinado, mientras ella se volvía hacia su compañero con el brazo alzado en una posición extraña, sujetando algo que él no podía ver.

—¿Piensas quedarte ahí todo el día?

—¿Pesa mucho? —preguntó él con curiosidad mientras se levantaba.

—No demasiado. Son altos, pero relativamente esbeltos. No muy fuertes, en todo caso, aunque sí rápidos y escurridizos.

—Esto es muy raro —repitió Xein.

—Si tanto te lo parece, encárgate tú de la familia. Yo iré a llevar el monstruo al cuartel.

El joven se había olvidado por completo del hombre muerto, de su atribulada esposa y de la joven sirvienta.

—¡Es verdad! Y... ¿cómo les explico lo que ha pasado?

—Diles que se trataba de un ladrón humano. No podemos permitir que nadie sospeche que hay monstruos en el primer ensanche, Xein —añadió bajando la voz—. Has entendido, ¿verdad?

Él asintió. Rox pareció relajarse un tanto.

—No te preocupes. Probablemente, a estas alturas ya habrán llegado otros Guardianes a la casa para encargarse de la limpieza. Si es así, habla con el capitán que esté al mando y él se ocupará.

—Tendré que decirle que me lo has contado todo... —objetó Xein.

Rox se rio.

—Oh, no, no te lo he contado todo. Pero no te preocupes. Después de lo de hoy, ya no podrán mantenerte por más tiempo en tu feliz ignorancia. Nos vemos luego en la cantina, Guardián —se despidió antes de darle la espalda.

Xein la vio marcharse, envuelta en las luces del alba, caminando con paso felino sobre el antepecho, oscilando levemente a un lado y a otro para mantener el equilibrio bajo el peso de algo que solo ella podía ver.

Parpadeó. Aún le costaba creer lo que le había contado. Se sentía molesto porque lo habían mantenido apartado de todo aquello, pero, por otro lado, su deseo de demostrar que era de confianza, digno de lucir el uniforme, era aquella mañana más intenso que nunca.

Su mente aún bullía repleta de preguntas. Sin embargo, Xein era un Guardián, de modo que las apartó a un lado y, saltando por los antepechos, los aleros y los balcones, aterrizó de nuevo en la calle, dispuesto a cumplir la misión que le habían encomendado.

6

Un rato después, Xein se presentaba de nuevo en la casa acompañado por dos alguaciles. Nadie les abrió, por lo que llamaron a la puerta de la vivienda contigua. Y, en efecto, allí estaba la familia.

—¡Gracias al Jerarca! —exclamó la mujer cuando los vio—. ¿Habéis matado ya al monstruo, Guardián?

Xein inspiró hondo y dijo la primera de las muchas mentiras que iba a contar aquella mañana.

—No se trataba de un monstruo, ciudadana, sino de un vulgar ladrón. ¿Podemos pasar?

Una vez dentro, les relató la nueva versión de la historia que había acordado con Rox, añadiendo más detalles de su cosecha: les explicó que un hombre se había colado en el edificio por la ventana del cuarto de la sirvienta, que había dejado abiertas las contraventanas. El intruso estranguló luego al dueño de la casa, pero su esposa logró encerrarlo en la habitación donde, un rato después, lo habían encontrado los Guardianes.

—Entonces ¿dónde está? —preguntó la vecina muy nerviosa—. ¿Lo han atrapado ya?

—Se escondió en el armario y se las arregló para escapar en

cuanto abrimos la puerta. Lo perseguimos escaleras arriba, pero salió por la misma ventana por donde había entrado y huyó por los tejados. Aunque lo seguimos durante un buen rato, acabamos por perderlo de vista.

La dueña de la casa se dejó caer sobre un diván, anonadada.

—No puede ser. Si hubiese sido un hombre cualquiera, lo habríamos visto.

—Iba con el rostro cubierto, llevaba ropas oscuras y era muy sigiloso —dijo Xein—. Es muy probable que no tuviera problemas para camuflarse en la oscuridad y confundir vuestros sentidos.

Ella seguía negando con la cabeza. Entonces él aportó el argumento definitivo:

—El cuerpo de tu esposo sigue tendido en la cama, intacto. Si lo hubiese matado un monstruo, lo habría devorado.

Varios de los presentes asintieron, admitiendo aquella evidencia. La mujer se volvió hacia su joven sirvienta.

—Y tú, ¿no te enteraste de que un hombre entraba por tu ventana? ¿No notaste nada raro?

Ella se ruborizó.

—No, señora. Yo estaba dormida y solo me desperté cuando oí gritos y ruido de pelea en el piso de abajo.

Los alguaciles comenzaron a hacer preguntas, y Xein aprovechó para retirarse a un segundo plano, muy aliviado. Dejó el asunto en sus manos, se despidió y salió de la casa. Había sido una noche muy larga y no veía la hora de regresar al cuartel general para tomar un merecido descanso.

En la plaza comprobó, con cierto disgusto, que se había congregado un pequeño grupo de gente. Sin duda la noticia de su regreso había circulado con rapidez entre los vecinos.

—¡Guardián! —lo llamó un joven—. ¿Hay monstruos en el barrio?

—No, ciudadano —respondió—. Los habitantes de esta casa

han sufrido el asalto de un criminal humano. La justicia del Jerarca se ocupará del asunto a partir de ahora.

Todos parecieron algo más aliviados. Sin embargo, entre la multitud se alzó una voz que Xein conocía muy bien.

—¿Un criminal humano? En ese caso, ¿qué hace aquí la Guardia de la Ciudadela?

Se volvió hacia Axlin, que lo miraba ceñuda, con los brazos cruzados. Suspiró para sus adentros. ¿Cómo era posible que se cruzara constantemente en su camino? La Ciudadela no era tan pequeña.

Estuvo tentado de ignorarla, pero había otras personas presentes; si no respondía a sus preguntas, podían sospechar que realmente tenía algo que ocultar.

—Nos avisaron a nosotros por error, ciudadana —contestó—. Acudimos a la llamada y comprobamos que no había monstruos. Y esa es toda la historia —concluyó, con un tono quizá demasiado cortante.

Pero Axlin, como no podía ser de otra manera, no se dio por satisfecha.

—Cualquiera puede diferenciar una persona de un monstruo, Guardián. ¿Cómo es posible que esa gente se equivocara?

—Era de noche, estaba oscuro, tenían miedo, el asaltante se comportaba de forma agresiva y había matado a un hombre —enumeró Xein—. Además, últimamente algunas personas insisten en difundir falsos rumores sobre ataques de monstruos y lo único que consiguen con ello es atemorizar y confundir a los ciudadanos de bien.

Axlin iba a replicar cuando vio que salían los supervivientes de la familia perjudicada, acompañados por los alguaciles. Los vecinos, inseguros, se volvieron para mirar a Xein, pero él se mantuvo de pie en la plaza, sereno y tranquilo, mientras los funcionarios abrían las puertas de la casa y las víctimas volvían a tomar posesión de su hogar. La actitud del Guardián terminó de convencer a los curiosos de que no había ningún monstruo acechando por los alrededores, de modo que regresaron a sus quehaceres, y el grupo acabó por disolverse.

Xein dio media vuelta para marcharse, pero de nuevo se tropezó con Axlin.

—He hablado con la sirvienta antes de que llegaras —dijo ella—. Me ha contado detalles muy extraños. Xein, ¿qué está pasando?

—También yo he hablado con ella, y por eso sé que estaba muy trastornada —repuso él, esforzándose por mostrarse inexpresivo—. Fuimos Rox y yo quienes nos enfrentamos al asaltante. Si hubiera sido un monstruo, nos habríamos dado cuenta, créeme.

—Sí, y eso es justo lo que más me sorprende. —Axlin ladeó la cabeza y se quedó mirándolo con fijeza—. ¿Cómo se os pudo escapar una persona corriente... precisamente a vosotros?

Él no encontró argumentos para responder. Por fin, se encogió de hombros y murmuró:

—Los Guardianes también fallamos a veces. Estamos acostumbrados a matar monstruos, no a perseguir criminales corrientes. Y ahora, por favor, márchate. No tienes nada que hacer aquí.

Pero ella seguía mirándolo.

—¿Por qué mientes, Xein? —le preguntó a bocajarro.

Él sintió que de nuevo lo invadía la ira. Había sido una jornada muy larga, estaba cansado y aún no había terminado de asimilar todo lo que Rox le había contado. No tenía tiempo ni ganas de seguir contestando a aquel interrogatorio, y por ello replicó sin rodeos:

—¿Crees que me conoces lo bastante como para saber qué estoy pensando, Axlin? Pues estás equivocada.

Ella retrocedió un paso, sorprendida. Pero no pudo reprimir una leve sonrisa triunfal.

—Me has llamado por mi nombre.

Xein respiró profundamente para recuperar el control.

—¿Pensabas acaso que lo había olvidado? —Ella abrió la boca para responder, pero él no había terminado de hablar—. Lo recuerdo todo, Axlin. Todo. No perdí la memoria en el Bastión, ni me convirtieron en una persona diferente a la que era. Sigo siendo Xein, el mismo que conociste cuando visitaste mi aldea natal. El mismo que después se unió a la Guardia de la Ciudadela, maduró por fin y decidió dar la espalda a su pasado e iniciar una nueva vida. Sin ti. Así que asúmelo de una vez y deja de cruzarte en mi camino, de intentar salvarme o de lo que quiera que estés haciendo.

Ella palideció, claramente herida, pero no le tembló la voz cuando contestó:

—¿Crees que te sigo allá donde vas? No seas tan presuntuoso. Estoy realizando un trabajo de investigación importante y me limito a acudir a donde se reportan ataques de monstruos. No hay más.

—No hay más, en efecto —coincidió él—. Y quizá ese es el problema, y lo ha sido desde el principio: que te importan mucho más los monstruos que las personas. Por eso no tienes inconveniente en dejarlas atrás.

Lo que más le dolió a Axlin no fueron estas palabras, sino el tono desapasionado con que Xein las pronunció, como si se limitara a describir un hecho por completo ajeno a él. Se quedó tan sorprendida que no fue capaz de responder. Él inclinó entonces la cabeza, con la fría cortesía de un perfecto Guardián de la Ciudadela, y concluyó:

—Y ahora, ciudadana, he de volver a mi trabajo: proteger a las personas de los monstruos, porque nosotros, los Guardianes, tenemos muy claras nuestras prioridades.

Le dio la espalda y se alejó de ella sin mirar atrás.

Se las había arreglado para mostrarse sereno durante la conversación, a pesar de que, por dentro, su corazón temblaba de ira y resentimiento. Ahora se arrepentía de haberle hablado a Axlin en aquellos términos, pero no por lo que ella pudiese sentir al respecto, sino por lo que podía haber revelado acerca de sus propias emociones. Le había dicho lo que pensaba, y le había salido del corazón; pero era muy consciente de que lo que debía hacer era ignorarla por completo y no sentir absolutamente nada por ella.

«Pero es tan difícil...», reconoció. Porque Axlin no le era indiferente. Había significado mucho para Xein en el pasado, pero lo había traicionado y él, que debería haber dejado atrás aquella historia, todavía se sentía lleno de rabia y rencor cada vez que la veía.

Se prometió a sí mismo que la evitaría siempre que pudiera. No solo porque aún no había aprendido a tratarla como a una ciudadana cualquiera —tampoco ella se comportaba como tal, tuvo que admitir—, sino también, y sobre todo, porque cualquier tipo de relación que mantuvieran haría dudar a sus superiores acerca de su lealtad al cuerpo. Xein tenía ahora secretos que ocultar y sabía muy bien que, cuando Axlin sentía curiosidad por algo, lo aferraba con la terquedad de un caparazón y no lo soltaba hasta que obtenía las respuestas que estaba buscando.

No podía consentir que ella descubriese cosas que no debía saber. Y mucho menos que se enterase a través de él. Si no era capaz de enfrentarse a Axlin sin perder el control..., tal vez los Guardianes habían hecho bien ocultándole información importante.

Se sintió herido en su orgullo al pensar en ello. «Soy un Guardián», se dijo. «Soy leal a la Ciudadela.» Si tenía que pasar por encima de Axlin para demostrarlo, apartarla de su vida definitivamente..., lo haría.

Aquella mañana, Axlin se había desviado de su camino hacia la biblioteca al oír rumores acerca del ataque de un monstruo en el mismísimo primer ensanche, y se había acercado para tratar de averiguar qué había sucedido.

No esperaba encontrarse allí a Xein. Tenía entendido que los Guardianes se turnaban para las rondas de vigilancia, y ya lo había visto por la noche patrullando el anillo exterior en busca de verrugosos.

Tembló de rabia al recordarlo. En pocas horas había hablado con él más que en todo el año anterior, pero el joven se las había arreglado para mostrarse cada vez más antipático, a pesar de que ni siquiera le había levantado la voz en ningún momento.

Axlin no comprendía por qué lo hacía. Sus palabras indicaban que estaba enfadado con ella, pero su actitud era tan fría y distante como si estuviese hablando con una pared. Tampoco entendía la finalidad de aquellos comentarios. Por un lado, le había dicho que le molestaba encontrársela en todas partes, insinuando que ella lo estaba siguiendo o que se cruzaba con él a propósito para llamar su atención. Por otro, le había echado en cara que lo hubiese dejado atrás para viajar a la Ciudadela. Como si se sintiese abandonado. ¿Qué pretendía exactamente?

Por muchas vueltas que le daba, seguía sin comprenderlo.

«Te importan mucho más los monstruos que las personas.» Lo había dicho como si se tratase de un hecho objetivo, con el mismo tono que habría empleado para afirmar una obviedad como que los pellejudos volaban.

«Quizá tenga razón», pensó, alicaída. «Debería olvidarlo. No pensar más en él. Aceptar que nos separamos y que él siguió su camino sin mí.»

Pero Xein se había equivocado al menos en una cosa: Axlin no lo buscaba. Era cierto que sus encuentros hasta entonces habían sido casuales, pero previsibles en cierta manera, ya que ambos solían acudir a los lugares donde atacaban los monstruos. Ella siempre había creído en el fondo de su corazón que el chico que había conocido en la aldea era el verdadero Xein, y que el Guardián que había salido del Bastión era, de algún modo, una persona diferente.

Pero era lo bastante juiciosa como para saber también que existía la posibilidad de que no fuera así. De que Xein hubiese cambiado, crecido o madurado, o simplemente elegido un rumbo distinto que lo alejaría definitivamente de ella.

O quizá no lo conocía tan bien como pensaba. Después de todo, tampoco habían pasado tanto tiempo juntos.

La conversación que habían mantenido aquella mañana había sido desagradable y le había planteado muchas dudas, pero también le había aclarado algunas cosas. Hacía ya tiempo que Axlin sabía que a Xein no le gustaba verla en los lugares donde se habían avistado monstruos. Al principio había querido creer que se debía a que deseaba protegerla, pero pronto había comprendido que lo que ocurría era que simplemente no quería verla. Y cada día que pasaba lo tenía más asumido.

En ningún momento, sin embargo, se había planteado dejar de hacer su trabajo solo porque a él no le gustara. Pero en los últimos tiempos la actitud de los Guardianes hacia ella se había vuelto también menos tolerante. Cada vez le costaba más obtener información, y en algunas ocasiones la hacían sentirse inútil. Así que ya no tenía que ver solo con Xein.

Quizá se había extralimitado aquella mañana dudando de su palabra. Le había parecido que trataba de ocultarle algo sobre aquel extraño incidente en el primer ensanche. La joven sirvienta le había contado que se habían enfrentado a una criatura que nadie había sido capaz de ver, y aquella historia, que ya de por sí era bastante rara, se volvía todavía más misteriosa si había Guardianes implicados.

Pero, después de todo, el caso había pasado a manos de los alguaciles. El atacante no había devorado a su víctima. Y tal vez ella no conocía a Xein tanto como pensaba. Quizá él le había dicho la verdad, y Axlin simplemente estaba buscando dobles sentidos donde no los había, deseosa de sentirse útil.

Cuando llegó a la biblioteca, localizó de nuevo a la joven embarazada aguardando junto a la escalinata. En esta ocasión, sin embargo, se apresuró a dirigirse a Axlin en cuanto la vio. Ella se detuvo para esperarla.

—Buenos días —la saludó.

—¿Sabes si trabaja aquí un muchacho llamado Dexar? —preguntó la joven abruptamente.

Axlin se quedó mirándola con perplejidad.

—¿Buscas a Dex?

—Sí... Yo... necesito hablar con él. —Su mano bajó hasta su vientre de forma inconsciente, y Axlin alzó una ceja.

—¿Por qué no has entrado a buscarlo?

La joven suspiró con cierta irritación.

—Porque estoy tratando de ser discreta —susurró—. Pero no ha venido todavía, y yo no puedo esperarlo más. Cuando llegue..., ¿le dirás que Oxania lo está buscando?

—Claro.

La joven asintió con energía, dio media vuelta y se alejó, sin despedirse ni dar las gracias. Axlin sacudió la cabeza, todavía desconcertada, y prosiguió su camino.

Al entrar en la biblioteca comprobó con estupor que Dex sí estaba allí, ocupado catalogando los libros de una de las estanterías. Se acercó a él cojeando.

—¡Buenos días! —la saludó el chico con una amplia sonrisa—. Sí que has madrugado esta mañana.

—No tanto como tú —observó ella—. ¿Cuánto rato llevas aquí?

—No mucho, en realidad. Acabo de empezar. ¿Por qué lo preguntas? —inquirió él al detectar su ceño fruncido.

—Había una chica esperándote en la puerta. ¿No la has visto?

El joven dio un respingo.

—¿Una chica? No..., no me suena. Seguramente buscaba a otra persona.

Axlin entornó los ojos. Dex apartó la mirada, incómodo.

—Acabo de hablar con ella. Ha preguntado por ti. Se llama Oxania.

—Ah, Oxania. —Dex dejó escapar una risa nerviosa—. Claro, no había caído. Gracias por el recado, Axlin. Iré a verla después del trabajo para ver qué quiere.

—No lo retrases. Es la segunda vez que viene, y dice que aún no ha conseguido contactar contigo. ¿No lo sabías?

—No, qué raro. Seguramente no hemos coincidido. Pero, en fin, estas cosas pasan.

La joven se quedó mirándolo unos segundos más; finalmente asintió, apartó la vista y se centró en su propio trabajo. Ya tenía suficientes cosas en las que pensar, y lo que quiera que sucediera entre Dex y aquella chica no era asunto suyo.

Xein regresó al cuartel, entró en su cuarto y se derrumbó en su catre sin más. Estaba tan agotado física, mental y emocionalmente que se durmió nada más tocar las sábanas.

Lo despertó al mediodía la campana que anunciaba el turno de comida en la cantina. Se cambió de ropa, se aseó y, mucho más despejado, bajó al comedor, hambriento como un escuálido.

Momentos después estaba devorando el almuerzo. No había cenado la noche anterior, ni tampoco había desayunado por la mañana. Había sido un día muy largo.

Poco a poco, su mente empezó a funcionar con normalidad, y comenzó a darle vueltas a la extraña conversación que había mantenido con Rox. Habían pasado tantas cosas que apenas había tenido tiempo de asimilarlas.

Monstruos invisibles... ¿Cómo podía ser verdad? Alzó la cabeza y miró a su alrededor, intranquilo. Criaturas que no podía ver y a las que era incapaz de detectar. Podían estar en cualquier parte. Incluso allí, entre ellos. En el mismo corazón del cuartel general. Y nadie lo sabría.

Se relajó un tanto al identificar a varios Guardianes de la División Plata dispersos por el local. «No te pongas tan nervioso», se recomendó a sí mismo. «Ellos, igual que Rox, pueden ver a las sombras. La Guardia de la Ciudadela lo tiene todo bajo control.»

Pero resultaba inquietante de todas formas. Había ingresado en el cuerpo sin tener noticia de la existencia de aquellos monstruos, y Rox le había insinuado que aún quedaban secretos por desvelar.

—Buena guardia —saludó entonces una voz junto a él, sobresaltándolo, y añadió entre risas—: Oye, cálmate, no soy un monstruo.

A su lado se sentó un Guardián de su división, un poco más joven que él. Xein lo recibió con una sonrisa. Se llamaba Yarlax, pero él lo había conocido por su nombre de recluta: Seis Niebla Oro. Probablemente había sido su primer amigo auténtico en el Bastión, aunque el intento de fuga de Xein los había distanciado. Después ambos habían ingresado en brigadas diferentes; habían vuelto a coincidir en la prueba final y más tarde, al graduarse, habían empezado a compartir guardias y patrullas en la Ciudadela. Así, con el tiempo habían recuperado la camaradería de antaño, marcada por el respeto mutuo y una sana competitividad. Casi todos los nuevos Guardianes preferían formar pareja con veteranos, pero Xein tenía claro que, después de Rox, Yarlax era su primera opción.

—Pareces un poco tenso —comentó él—. ¿Te tocó ayer el aviso de los verrugosos?

Xein se quedó mirándolo. Cayó en la cuenta por primera vez de que, según lo que Rox le había contado, su amigo sí conocía la existencia de los seres invisibles, aunque no pudiera verlos. Pensó en que, si no hubiese tratado de escapar del Bastión, probablemente él también habría recibido aquella información al mismo tiempo que Yarlax y el resto de sus compañeros de brigada.

Él nunca le había dicho nada. Habían patrullado juntos en alguna ocasión, a pesar de pertenecer ambos a la División Oro.

Podría haberlos sorprendido una sombra y ninguno de los dos la habría visto venir. Xein ni siquiera habría sabido qué era lo que los estaba atacando. Al menos Yarlax sí tendría una idea formada al respecto, pero eso no lo consolaba.

«Solo cumplían órdenes», se recordó a sí mismo. Sacudió la cabeza.

—Sí, y luego Rox y yo atendimos una falsa alarma en el primer ensanche. —Decidió mantener la versión oficial, porque se suponía que nadie le había hablado de las sombras aún—. Una tontería, pero nos ha tenido ocupados toda la noche y parte de la mañana.

—Ah, bueno, a mí me tocó guardia en la puerta oeste. La del mercado.

Xein sonrió, compasivo. Los Guardianes que vigilaban las puertas exteriores tenían que registrar todos los vehículos que entraban en la Ciudadela. Era un trabajo monótono que resultaba tedioso para gente de acción como ellos.

—No hay que despistarse con eso —recomendó, sin embargo—. ¿Has oído la historia de los chillones que entraron escondidos en un cargamento de toneles de manzanas?

—Eran pelusas, no chillones. Mucho peor, en mi opinión. —Se estremeció—. Menos mal que consiguieron cogerlas a todas a tiempo.

—No estoy seguro de eso —murmuró Xein, que en cierta ocasión había sufrido el ataque de una horda de chillones y aún sentía migrañas al recordarlo.

—No, no; las pelusas son peores, créeme. Los chillones atacan de frente, los ves, los oyes, por descontado, puedes luchar contra ellos. Las pelusas son rastreras como víboras, se mantienen ocultas y solo salen para engañar a los niños cuando no hay adultos delante. Pueden llevarse a muchos antes de que los Guardianes lo calicemos su nido y acabemos con todas ellas.

—En eso te doy la razón —musitó Xein. Lo miró con fijeza al

añadir—: Un enemigo que no puedes ver siempre es mucho más peligroso.

Yarlax entornó los ojos, intuyendo un doble sentido en sus palabras. Pero en aquel momento llegó Rox oportunamente y se derrumbó en el banco frente a ellos con un gruñido de cansancio.

—Otra que ha tenido un día de trabajo duro —comentó el chico con una sonrisa.

—Pero alguien tiene que hacerlo —murmuró ella de forma automática. Levantó la cabeza y clavó su mirada plateada en Xein—. Y tú, ¿dónde estabas? El capitán Salax quiere verte con urgencia.

—¿Qué? —se alarmó él—. Pensaba que tenía permiso para tomarme un descanso...

—Pues ahora ya no lo tienes. Date prisa, lleva esperándote desde hace dos horas por lo menos.

Xein se levantó de un salto.

—No te dejan respirar, ¿eh? —bromeó Yarlax sonriendo—. Parece que alguien en el alto mando está un poco molesto contigo.

—Vaya, espero que no —respondió Xein, sinceramente preocupado.

Cruzó una mirada con Rox, pero ella se encogió de hombros.

—Yo ya he presentado el informe. Puede que queden algunas cosas por aclarar. Nada de importancia para una misión rutinaria, imagino —dijo, devolviéndole una larga mirada.

Xein comprendió, y el corazón empezó a latirle más deprisa.

7

Halló cerrada la puerta del despacho y llamó con suavidad. La voz de su superior le dio permiso para entrar. Cuando Xein lo hizo, se quedó paralizado por la sorpresa.

Junto al capitán Salax se encontraba la comandante Xalana. Xein la había visto en contadas ocasiones, y la primera vez que lo habían llamado ante su presencia, ella le había informado de la traición de Axlin y le había impuesto un severo castigo por tratar de escapar del Bastión.

Había pasado bastante tiempo desde entonces, pero todavía no sabía cuál de las dos cosas le había causado más daño.

El hecho de volver a encontrarse con el capitán Salax y la comandante en la misma habitación le trajo recuerdos de aquella espantosa noche. Retrocedió un paso instintivamente.

—Me... me han indicado que debía presentarme aquí, capitán —logró farfullar.

—Te han indicado bien. Tengo entendido que tú y la Guardiana Rox atendisteis anoche una petición de auxilio en el primer ensanche. ¿Es correcto?

—Sí, capitán —respondió él con precaución.

—Ya he escuchado el informe de Rox. Ahora quiero oír el tuyo.

Xein dirigió una breve mirada a la comandante Xalana. Ella seguía de pie junto a la ventana con los brazos cruzados, sin intervenir.

El capitán Salax reparó en sus dudas.

—Y quiero la verdad —añadió—. No la versión para la gente corriente. Todo lo que pasó, al detalle. Y lo que contaste a los alguaciles y a la familia después.

Xein todavía vacilaba. Decir la verdad implicaba confesar que Rox le había contado cosas que, en teoría, él no debía saber aún. Pero no conocía los detalles del informe de su compañera, por lo que, si ocultaba datos, podía dar a entender que no era leal al cuerpo. Se decidió por fin y asintió.

Relató, pues, todo lo que había sucedido la noche anterior, desde que la sirvienta los había alcanzado en la calle: la conversación con la familia, la inspección del cuarto de la víctima y el momento en que Rox había hallado a un ser invisible agazapado en una esquina. Describió la persecución por los tejados y su propia sensación de desconcierto al no comprender qué estaba tratando de cazar su compañera en realidad. Les contó cómo finalmente Rox había abatido a la criatura invisible en su presencia.

—¿Te dijo qué era exactamente? —quiso saber el capitán.

Xein titubeó un instante, aún dividido entre su temor a perjudicar a Rox y su deseo de demostrar a su superior que era digno de confianza.

—Me habló de las sombras —dijo por fin—. Me explicó que son monstruos a los que solo los Guardianes de la División Plata pueden ver.

El capitán Salax asintió lentamente, por lo que Xein, más tranquilo, enumeró todos los detalles que ella le había proporcionado al respecto. Cuando contó que sabía que se le había ocultado aquella información a propósito, trató de evitar cualquier tono de acusación o reproche.

—¿Qué más te dijo Rox?

—Que la gente corriente no debe enterarse jamás de la existencia de los monstruos invisibles. Por la seguridad y el mantenimiento del orden en la Ciudadela.

—Es correcto. ¿Cómo justificaste después la muerte del padre de aquella familia?

Xein parpadeó, un tanto desconcertado por la pregunta. Había esperado que el capitán hiciese algún comentario sobre el hecho de que había descubierto el secreto que se suponía que debía seguir ignorando, pero parecía que él encontraba más preocupante la posibilidad de que se enterasen otras personas ajenas al cuerpo.

Repitió, por tanto, la historia que había relatado a las autoridades civiles, a la familia y a los vecinos, mientras la comandante Xalana lo escuchaba impasible y el capitán Salax asentía brevemente.

—¿Creyeron tu versión? —preguntó por fin.

Xein hizo una pausa, dudando sobre si mencionar a Axlin o no. Suspiró y admitió finalmente:

—Casi todos, capitán.

Su superior alzó una ceja.

—¿Casi todos?

—Una ciudadana hizo más preguntas que el resto. Resolví sus dudas de la forma más conveniente, pero no estoy seguro de que ella quedara satisfecha con las respuestas.

El capitán y la comandante cruzaron una mirada.

—Te refieres a la chica de la biblioteca —dijo ella, despegando los labios por primera vez.

Xein sintió que le ardía la cara de vergüenza. Ambos conocían muy bien el papel que Axlin había desempeñado en su reclutamiento para la Guardia de la Ciudadela. Él habría deseado poder asegurarles que la joven escriba no volvería a cruzarse jamás en su camino.

—Es una muchacha muy observadora, por lo que tengo entendido —comentó el capitán.

—Demasiado, quizá —murmuró Xein.

La comandante Xalana lo miró con curiosidad.

—Habéis hablado en varias ocasiones desde tu graduación —afirmó.

Xein recordó las palabras de Rox: «Principalmente, debido a esa chica que investiga sobre los monstruos», había dicho para justificar que sus superiores todavía no confiaran en él.

—Tiene por costumbre presentarse en los lugares donde se han reportado ataques de monstruos, para observarlos, realizar esbozos y preguntar sobre ellos a los Guardianes —se limitó a responder—. Todos hemos hablado con ella alguna vez. Quizá yo lo haya hecho en más ocasiones, porque ella suele dirigirse a mí debido a que me conoce de mi vida anterior.

—No debería tener permiso para merodear por las zonas atacadas —dijo la comandante, pensativa.

—No podemos impedírselo, es una ciudadana libre —contestó el capitán.

—¿Ni siquiera por su propia seguridad?

—Nosotros establecemos recomendaciones, no dictamos las leyes. Aunque en la práctica ningún ciudadano desoiga nuestras advertencias. Al fin y al cabo, todos saben que estamos aquí para protegerlos.

—Esa muchacha no parece tener el menor sentido del peligro.

—Viene de las aldeas perdidas del oeste. Para ella, la Ciudadela debe de ser un lugar mucho más seguro en comparación, a pesar de las incursiones.

—En cualquier caso, no podemos consentir que siga interfiriendo en la labor de los Guardianes. Por su propia seguridad y porque podría enterarse de algo inconveniente.

Xein asistía a aquella conversación con creciente incomodidad. Parecía que sus superiores se habían olvidado de él, y no estaba seguro de si debería o no estar escuchando aquel intercambio de opiniones sobre Axlin. Pero en aquel momento la comandante se volvió hacia él y lo estudió con ojo crítico.

—¿Piensas que ella podría llegar a descubrir la existencia de los monstruos innombrables? —le preguntó sin rodeos.

Xein se sobresaltó.

—Yo...

—Tú la conoces bien, ¿no es cierto?

Respiró hondo. Aún le resultaba extraño hablar de Axlin con otras personas.

—Eso pensaba —murmuró al fin—. En cualquier caso, si algo sé de ella, es que siente un gran interés por el estudio de los monstruos. Y no me cabe duda de que, si existen criaturas que no aparecen en los bestiarios..., ella las buscará, las encontrará y las catalogará. —Xalana había entornado los ojos, y Xein se apresuró a añadir—. Pero jamás lo sabrá por mí. Lo juro.

Salax esbozó una breve sonrisa.

—No dudamos de tu lealtad, Guardián.

Xein desvió la mirada, pero no dijo nada.

—Las circunstancias nos han llevado a mantenerte al margen del que quizá sea el mayor secreto de los que custodiamos en el cuerpo —prosiguió el capitán—. El orden y la seguridad en la Ciudadela dependen de que nuestras verdaderas capacidades, la auténtica razón de ser de los Guardianes, jamás se desvelen fuera de estos muros. La Guardiana Rox te ha contado una parte, pero no todo.

Xein alzó la mirada, sorprendido. El corazón se le aceleró.

La comandante le dirigió una sonrisa felina.

—No dudo que la joven escriba puede llegar a ser muy tenaz. Habrá que hacer algo para mantenerla al margen a partir de ahora —dijo, volviéndose hacia el capitán—. ¿Alguna idea?

—Podemos presentar una queja formal al Delegado o al Portavoz, si es necesario —respondió él, encogiéndose de hombros—. Si hay suficientes Guardianes que atestiguan que esa muchacha es un peligro para la seguridad pública, las autoridades podrían tomar una decisión sobre ella.

A Xein le costaba asimilar lo que estaba oyendo. Él mismo había amenazado a Axlin con denunciarla ante los alguaciles, pero lo había dicho solo para ahuyentarla. No había imaginado ni por un momento que alguien tan importante como la comandante Xalana se tomara en serio aquella posibilidad. Quiso preguntar qué pasaría con Axlin; si la detendrían, si la expulsarían de la Ciudadela... o quizá algo peor. Pero se obligó a sí mismo a permanecer en silencio. Pasara lo que pasase, el destino de Axlin no era asunto suyo.

—En cuanto a ti... —dijo entonces la comandante, y Xein se irguió, inquieto—, creo que ya ha llegado la hora de que completes tu formación. ¿Qué opinas, capitán?

—Sin duda, Xein es un excelente Guardián —confirmó Salax—, y sería una lástima seguir desperdiciando su potencial. Además de que puede llegar a poner en peligro a sus compañeros si sigue ignorando aspectos esenciales de su misión.

Xein tragó saliva.

—¿Voy... a volver al Bastión, capitán? —se atrevió a preguntar.

Por un lado, deseaba recuperar todo lo que se había perdido; por otro, la simple idea de regresar a aquel lugar le producía retortijones en el estómago.

—Sí, pero solo durante unos días, mientras completas la parte de la instrucción que te perdiste debido a las... circunstancias. Después te incorporarás a un nuevo destino: un enclave en las Tierras Civilizadas, a las órdenes del capitán Grexdam. Hemos establecido un puesto temporal allí mientras mejoramos las defensas, aseguramos las comunicaciones y reducimos la población de monstruos. —Consultó sus notas y enumeró—: Galopantes, sorbesesos, babosos, cegadores, rechinantes.

Xein asintió, reprimiendo la sonrisa que luchaba por iluminar su rostro.

—Estarás allí un par de semanas a lo sumo —prosiguió el capitán. Lo miró fijamente antes de concluir—. Después regresarás a la Ciudadela, y espero que para entonces tengas muy claro cómo enfrentarte a los monstruos... peculiares... y cómo manejar esa información.

El joven Guardián inspiró hondo y asintió de nuevo.

—Así lo haré, capitán.

Dex se fue pronto a casa aquella tarde. Axlin esperó un poco más a propósito, y salió de la biblioteca cuando él ya se había marchado.

Sin embargo, al bajar las escaleras, comprobó con consternación que Oxania había vuelto y aguardaba de nuevo en la esquina, paseando arriba y abajo con nerviosismo. Trató de hacer como que no la había visto, pero ella la identificó enseguida y corrió a su encuentro.

—¿Has visto hoy a Dexar? —fue lo primero que le preguntó.

Axlin suspiró.

—Ha salido hace un momento, tienes que haberte cruzado con él.

Ella negó con la cabeza, desolada.

—Llevo un buen rato esperándolo. He visto salir a una mujer y dos hombres, pero ninguno de ellos era Dexar.

Axlin frunció el ceño, desconcertada. Se preguntó si Dex había salido en realidad. Quizá se había quedado escondido en algún rincón de la biblioteca. Pero desechó aquella idea porque le resultaba ridícula. Entonces recordó vagamente que, tiempo atrás, alguien le había hablado de una puerta de servicio por la que también se podía acceder al edificio.

Quizá Dex había estado utilizándola aquellos días para no

cruzarse con Oxania. La contempló con pena, sintiéndose un poco culpable por la actitud de su amigo.

—Me está evitando, ¿verdad? —comprendió la joven.

—Quiero pensar que hay otra explicación —murmuró Axlin—. La verdad, no me parece una actitud propia de él.

—No sé a quién más recurrir —gimió Oxania, retorciéndose las manos con nerviosismo—. Y tampoco sé dónde puedo encontrarlo. Vengo aquí porque me dijeron que trabaja en la biblioteca, pero no he conseguido averiguar dónde vive. —Miró a Axlin esperanzada.

—Yo tampoco lo sé —admitió ella.

Lo cierto era que, pese a que pasaba casi todos los días con él en la biblioteca, sabía muy poco acerca de Dex en realidad. Tenía entendido que habitaba en el segundo ensanche, como ella, pero nunca se había cruzado con él por la calle, por lo que debían de vivir en barrios distintos. Tampoco estaba al tanto de que se relacionase con personas del centro como Oxania, pero, después de todo, Dex era muy discreto en todo lo concerniente a su vida privada.

—Tienes que decirle que necesito hablar con él.

Axlin suspiró de nuevo.

—Ya se lo he dicho. Me respondió que se pondría en contacto contigo, pero volveré a recordárselo mañana. Es todo cuanto puedo hacer.

Oxania asintió satisfecha, dio media vuelta y se alejó calle abajo, de nuevo sin agradecérselo ni despedirse.

Axlin sacudió la cabeza y reemprendió el camino a casa.

Xein recibió por la tarde la notificación oficial de su nuevo destino. Lo enviarían al Bastión al día siguiente, por lo que acudió a la cantina a la hora de la cena para despedirse de sus compañeros. Allí volvió a reunirse con Yarlax, que estaba cenando con otros

Guardianes, pero se separó de ellos para llevarse a Xein a una mesa aparte. Él tuvo la sensación de que lo miraban de forma extraña.

—¿Ha ido todo bien con el capitán? —le preguntó su amigo—. ¿Qué ha pasado?

Parecía preocupado, y Xein sonrió.

—Nada, está todo aclarado. Me han asignado un nuevo destino, pero será solo temporal.

Él seguía mirándolo, muy serio.

—¿Y qué hay de Rox?

—¿Rox? —repitió Xein, perdido—. No lo sé, ¿la van a enviar fuera a ella también?

Yarlax resopló irritado.

—La han sancionado, Xein.

Él se quedó helado.

—¿Cómo...?

—¿Por qué a ti no? ¿Qué habéis hecho?

Xein frunció el ceño, confuso. Entonces comprendió de pronto lo que había detrás de las preguntas indignadas de su compañero.

—No hemos hecho nada, Yarlax. No nos hemos tocado. Lo juro.

Él lo miró fijamente, y Xein sostuvo su mirada. Las relaciones íntimas estaban terminantemente prohibidas para los Guardianes, que debían mantener una severa distancia emocional no solo con la gente corriente, sino también con sus propios compañeros. En el Bastión mantenían separados a chicos y chicas, pero cuando terminaban su adiestramiento formaban patrullas mixtas sin problemas, pues para entonces se habían convertido en guerreros disciplinados perfectamente capaces de controlar sus impulsos.

Xein era consciente, no obstante, de que algunos compañeros no veían con buenos ojos su afinidad con Rox. Quizá temían que, con el tiempo, pudiese surgir algún tipo de sentimiento entre ellos que pusiera en peligro la templanza y objetividad necesarias para llevar a cabo su misión. En aquel asunto, como en todos los demás, Xein se había dejado guiar por el criterio de sus superiores. En alguna ocasión, algún capitán los había separado a propósito en patrullas diferentes, pero la mayoría reconocían que ambos formaban un equipo que se compenetraba a la perfección y no veían en ello señales de alarma.

El propio Yarlax los había apoyado desde el principio... hasta aquel momento.

—No hay nada entre nosotros —le aseguró Xein—. Somos compañeros, nada más. Ya lo sabes.

Él sostuvo su mirada un instante más. Por fin sacudió la cabeza.

—¿Qué ha pasado, entonces? Rox es una Guardiana intachable. Las sanciones que ha recibido, incluso en su época de recluta, podrían contarse con los dedos de una mano.

—Claro, y por eso presupones que yo soy una mala influencia para ella y el culpable de su sanción. ¿Y sabes qué? Tienes razón, pero no por lo que tú piensas.

Mientras cenaban, Xein le contó con detalle lo que les había sucedido el día anterior con la criatura invisible, y le habló también de la reunión que había mantenido con el capitán Salax y la comandante Xalana. Presuponía que ya no había motivos para no hablar de ello.

—Bueno —dijo por fin su amigo, abrumado—. Bueno, no sé qué decir. Por un lado, me alegro de que por fin vayan a dejar de mantenerte al margen. Por otro, siento que te hayas enterado por Rox. Y, sobre todo, siento que a ella la hayan sancionado por contártelo.

Xein tragó saliva.

—No me lo esperaba. No fue culpa suya, las cosas sucedieron así.

«No deberían haberla castigado por ello», pensó, pero no lo dijo en voz alta.

Yarlax se encogió de hombros.

—Todos hemos de acatar las normas, después de todo. Y recibimos órdenes de no revelarte la existencia de los monstruos innombrables. Quizá Rox no podía haber actuado de otra manera después de vuestro encuentro con la sombra. Pero aun así tenía que afrontar las consecuencias, supongo.

Xein desvió la mirada.

Yarlax sonrió.

—Oye, no te sientas mal. Rox es dura, puede con eso y con mucho más.

—¿Por qué... los llaman «innombrables»? —preguntó Xein, aún con un nudo en la garganta—. Tienen nombres, ¿no?

—Oh, sí, están estudiados y catalogados, aunque no conservemos apuntes escritos sobre el tema por razones de seguridad. Pero está prohibido hablar de ellos con la gente corriente, y por eso los conocemos como «innombrables».

En el fondo, Xein todavía se sentía indignado por haber sido considerado durante tanto tiempo como parte de la «gente corriente» a la que no se podía confiar la existencia de aquellas criaturas. Yarlax lo notó.

—De todo esto ya te hablarán en el Bastión. Mientras tanto, prefiero no arriesgarme a que me sancionen a mí también —concluyó, guiñándole un ojo.

Xein vio entonces a Rox en la puerta de la cantina. Ella los localizó y avanzó hacia ellos con paso tranquilo. Xein, que la conocía bien, notó que caminaba un poco envarada. Se preguntó cuántos latigazos le habrían aplicado por su culpa, y después decidió que prefería no saberlo.

La Guardiana se sentó junto a ellos, con el ceño ligeramente fruncido.

—¿Por qué nos mira tanto la gente?

Xein carraspeó. No estaba seguro de cómo se lo tomaría ella si se lo contaba. Pero Yarlax se adelantó:

—Es por lo de tu sanción. Hay quien piensa que se debe a algún tipo de relación inapropiada. Con Xein, imagino.

Rox se puso roja, pero no de vergüenza, sino de ira.

—¿Cómo se atreven? —siseó.

Xein no sabía dónde mirar. Pero Yarlax seguía sonriendo.

—Relajaos, muchachos. En cuanto Xein vuelva de su nuevo destino, levantarán la prohibición de mencionar a los innombrables en su presencia, y entonces se sabrá la verdad.

—¿Te marchas? —preguntó Rox, volviéndose hacia Xein.

—Al Bastión, a completar por fin mi adiestramiento —confirmó él—. Y luego una temporada a las Tierras Civilizadas del sur.

—Te vendrá bien un cambio de aires —opinó ella con una media sonrisa—. Y, cuando vuelvas, por fin podrás cubrirme las espaldas alguna vez. Es muy molesto que siempre tenga que ser al revés.

Xein la miró sin comprender. Yarlax y ella cruzaron una sonrisa de entendimiento.

—Cuando regreses, Xein —dijo él—, no volverás a ver la Ciudadela del mismo modo. Y entonces comprenderás muchas cosas.

8

Axlin no vio a Oxania frente a la biblioteca al día siguiente, y lo consideró una buena señal. No obstante, decidió preguntar a Dex al respecto, por si acaso.

Estuvieron muy ocupados toda la mañana, porque su compañero tenía que copiar un libro antiguo y le costaba descifrar la apretada caligrafía del autor. Axlin, que había aprendido a leer con textos escritos en condiciones muy precarias, tenía menos problemas para entenderlo, de modo que lo ayudó con los pasajes más difíciles. Horas después, cuando hicieron una pausa para descansar la vista, ella le preguntó:

—¿Qué pasó con Oxania? ¿Hablaste con ella al final?

Él dio un respingo, muy nervioso.

—Yo... yo... —tartamudeó, pero calló ante la mirada acusadora de Axlin.

—¿No lo has hecho todavía? —adivinó ella—. No la estarás evitando a propósito, ¿verdad? Dex —insistió al ver que su amigo apartaba la vista—, está embarazada.

Él suspiró.

—Mira, es un asunto complicado...

—A mí en cambio me parece algo muy simple.

—Ya, es lo que parece, pero se trata de algo mucho más complejo. —La miró intensamente, con sus ojos azules abiertos como platos—. No debes decirle dónde encontrarme. Es importante.

Ella abrió la boca, indignada, pero él la aferró de los hombros para retener su atención.

—Oxania tiene dos hermanos —siguió explicando—. No deben verme con ella bajo ningún concepto.

Axlin alzó una ceja.

—¿Es que quieren... exigirte responsabilidades?

En aquel momento entró la maestra Prixia en la sala. Dex alzó la mirada hacia ella y se colocó un dedo sobre los labios indicando silencio.

—Ahora no puedo hablar de esto contigo, Axlin. Si vuelves a ver a Oxania...

—No pienso hacerte el trabajo sucio. Tienes que hablar con ella y aclararlo todo.

El joven sacudió la cabeza.

—Aquí no, es demasiado arriesgado. Tiene que dejar de venir a la biblioteca.

—Pues díselo, pero no sigas escurriendo el bulto. No podrás evitarla siempre.

Dex se quedó mirándola un segundo. Por fin sacudió la cabeza y suspiró.

—Supongo que tienes razón, pero... ¿qué puedo hacer?

—Si no quieres hablar aquí con ella, ¿por qué no la citas en un lugar más discreto?

—Oxania no sabe lo que es la discreción —protestó él—. Además, estoy convencido de que sus hermanos controlan todos sus movimientos. Si aún no han entrado en la biblioteca a buscarme, es porque ella no lo ha hecho tampoco.

Había alzado un poco la voz, y la maestra Prixia levantó la cabeza de sus legajos para dispararles una mirada reprobatoria. Dex se pasó una mano por su rizado cabello castaño, con una sonrisa de disculpa. Después agarró a Axlin de la muñeca y la arrastró hasta el pasillo para poder hablar con tranquilidad.

—Oxania no se da cuenta de que sus hermanos la están utilizando para llegar hasta mí —prosiguió entonces—. ¿Por qué crees que tiene tanta libertad para entrar y salir a su antojo?

—¿No debería tenerla? —se sorprendió Axlin.

—Es la única hija de una familia poderosa. Y está embarazada. Y no está casada. Es más: está prometida con un joven de alta alcurnia como ella que no es el padre del hijo que espera. Cualquiera de esos factores bastaría para que no le permitieran salir de la ciudad vieja, pero ella va y viene de su casa a la biblioteca y piensa que les ha dado esquinazo. ¿Me entiendes?

—No muy bien —murmuró ella un tanto aturdida.

—Bueno, supongo que no importa —dijo él con un suspiro—. Pero tú, ¿qué pretendes exactamente? —le preguntó de pronto—. ¿Quieres ayudar o solo entrometerte?

—Yo... quiero ayudar, por supuesto —se defendió ella.

Dex se quedó mirándola, pensativo. Finalmente sonrió.

—Bien. Entonces, quizá sí puedas hacer algo por mí, y también por Oxania, después de todo.

Axlin lo miró, interrogante, y él le devolvió una amplia sonrisa.

—¿Podemos reunirnos en tu casa? —le preguntó de golpe.

—¿Qué? —saltó ella—. ¿Por qué?

—Porque es un lugar neutral. Y porque está en el segundo ensanche. Incluso si trataran de seguirla hasta allí, sería más fácil perderlos de vista.

—Pero, Dex..., yo no vivo exactamente en una casa. Dispongo solo de una habitación pequeña en la que a duras penas caben tres personas.

—En realidad, basta con que puedan entrar dos. Y si el lugar es estrecho, mejor. No necesitamos más para una reconciliación de enamorados —añadió, y le guiñó un ojo con picardía.

—Dex, esto es serio —protestó Axlin, molesta.

—Lo sé. Créeme que nadie parece tomárselo más en serio que yo —replicó él, dirigiéndole una mirada sombría—. Te propongo un plan: queda con Oxania y acompáñala a tu casa. No estoy seguro de que logre llegar ella sola sin que la vean.

—¿Y tú qué harás? —preguntó ella, cada vez más alarmada.

—Me reuniré con vosotras más tarde. Con suerte, pronto estará todo solucionado. Si no...

La joven negaba con la cabeza.

—Mira, Dex, me parece que...

—Axlin —la interrumpió él—, no te pido que me ayudes. Pero si quieres hacerlo, esta es la manera. Si no estás dispuesta, por favor, al menos no interfieras más en este asunto y deja que yo me ocupe.

—Sí, porque, desde luego, te estabas ocupando muy bien —ironizó ella.

Él seguía mirándola fijamente.

—¿Vas a ayudar... o vas a mantenerte al margen? Yo te agradeceré cualquier cosa que hagas.

Axlin reflexionó. Por un lado, en realidad no quería entrometerse en un asunto cuyas implicaciones se le escapaban por completo. Pero, por otro, deseaba ayudar no solo a Oxania, sino sobre todo a Dex. Al fin y al cabo, era su amigo y temía que se hubiese metido en un problema más serio de lo que parecía.

Además, le debía la vida. Literalmente.

El joven bibliotecario no la había salvado del ataque de un monstruo, como podría haber hecho un Guardián. Como había hecho Xein en alguna ocasión. En realidad, era bastante probable que Dex no hubiese visto un monstruo en su vida.

Pero la había sacado de la calle cuando no tenía nada y le había dado un trabajo.

Todo aquello lo había hecho por encargo de la maestra Prixia, por supuesto. Pero él se había aplicado a ello de buena gana y con gran eficiencia. Y, sobre todo, se había mostrado muy amable con ella y le había ofrecido su amistad desde el primer momento, incluso cuando Axlin no parecía otra cosa que una vagabunda sucia y maloliente.

«Te importan mucho más los monstruos que las personas», había dicho Xein. «Por eso no tienes inconveniente en dejarlas atrás.»

Sacudió la cabeza.

—Te ayudaré —decidió por fin.

Dex sonrió, inclinó la cabeza ante ella y le besó la mano con cierta galantería.

Xein llegó al Bastión aquella misma tarde. No estaba preparado para la mezcla de emociones que despertó en él la visión de la vieja fortaleza enclavada en las montañas: nostalgia, alivio, nerviosismo y un amargo poso de angustia que le retorció las tripas cuando el carro en el que viajaba traspasó la doble puerta del edificio. Se dio la vuelta para ver cómo se cerraba tras él, luchando contra el impulso de escapar. Respiró hondo, tratando de calmarse. No era un prisionero. Solo tendría que pasar unos días en el Bastión y después podría marcharse.

Cuando bajó del vehículo, su aprensión se disipó en parte al reconocer a la persona que había salido al patio a recibirlo.

—Buena guardia, Xein —saludó el instructor Baxtan.

El joven sonrió.

—Buena guardia, señor —respondió.

Baxtan era quien había preparado a su brigada para la prueba final durante su adiestramiento, pero, de los seis muchachos del grupo, él era el único que había regresado con vida. Aunque aquello había afectado al hombre más de lo que pretendía aparentar, solo Xein se había dado cuenta. El trágico final de la brigada Sombra había creado un estrecho vínculo entre el instructor y el recluta superviviente, pero nunca hablaban de ello. No era necesario.

—Me han informado de que te envían de vuelta para que completes tu formación por fin —comentó el instructor Baxtan, encaminándose hacia el edificio principal.

Xein apresuró el paso para ponerse a su altura.

—Así es, señor.

—No debería llevarnos más de un par de días —prosiguió Baxtan, y Xein lo miró con sorpresa.

—¿Es que acaso...?

—Sí, en efecto. Se me ha encomendado que me encargue personalmente de adiestrarte en la búsqueda e identificación de monstruos innombrables.

El joven disimuló una sonrisa. Había dado por supuesto que lo pondrían de nuevo bajo las órdenes de Ulrix, el instructor que le había tocado durante sus primeras semanas en el Bastión. Cualquier preceptor era mejor que Ulrix, pero si le hubiesen dado a elegir, Baxtan habría sido sin duda su primera opción.

Cenaron en el comedor, con el resto de los reclutas. A Xein le costaba trabajo creer que una vez había sido uno de ellos. Había llegado al Bastión con diecisiete años, dos más que la mayoría de sus compañeros, pero estos le habían parecido entonces extraordinariamente maduros para su edad. Ahora miraba a los nuevos reclutas y solo veía niños. Tampoco ayudaba el hecho de que ellos lo tratasen con gran respeto y consideración debido a su condición de Guardián experimentado, a pesar de que solo hacía unos meses que se había graduado.

Después de la cena lo llevaron a su alojamiento. Aunque se trataba de un cuarto individual, no era menos sobrio que el barracón que había compartido con sus compañeros de brigada. A Xein, sin embargo, no le importó. Se tendió en el camastro y se quedó inmediatamente dormido.

Aquella noche, cuando Oxania se presentó en el jardín en el que habían quedado, Axlin se quedó mirándola, preguntándose si no estaría tomándole el pelo.

—Te dije que vistieras de forma más discreta —susurró.

Ella la miró sin comprender.

—Llevo puesto mi vestido más viejo.

—Sigues sin parecer una sirvienta. ¿No te han detenido en la puerta de la muralla?

—No —replicó Oxania con los ojos muy abiertos—. ¿Por qué habrían de hacerlo?

Axlin se preguntó qué habría visto Dex en ella. Era guapa, sí, pero no parecía tener muchas luces. Le tendió la capa ligera que llevaba y la animó a ponérsela por encima.

—Así llamarás menos la atención. Vamos, deprisa. Aún tenemos que pasar otro control antes de llegar a mi casa.

—Esto es muy emocionante —dijo Oxania—. Es la primera vez que voy al segundo ensanche.

Axlin tampoco contestó en esta ocasión. Se sentía inquieta porque, a pesar de que Oxania le había asegurado que no encontraría problemas para burlar la vigilancia de sus hermanos, tenía la impresión de que todo estaba resultando demasiado fácil.

Había estado guiando a Oxania por el camino más corto hacia su casa, pero, llevada por un súbito impulso, cambió de idea y se desvió por una calle lateral. Hizo caminar a su acompañante un poco más hasta desembocar en una avenida principal más concurrida.

Había muchas personas que, como la propia Axlin, trabajaban de día en el primer ensanche o incluso en la ciudad vieja y que, al caer la tarde, regresaban a sus casas, situadas en otras zonas de la Ciudadela. A veces había controles en las puertas, pero los funcionarios solo se interesaban por la gente que entraba en el primer ensanche, no por los que salían. Las dos jóvenes se situaron justo detrás de un grupo de mujeres que caminaban calle abajo charlando animadamente y las siguieron en silencio.

Axlin conducía a Oxania hacia la puerta sur, a pesar de que ella vivía en el sector oeste. Pero no llegaron a atravesarla. Poco antes de llegar a la muralla, tiró de su compañera para ocultarla tras las columnas de un soportal.

—¿Qué..?

—Chisss, silencio.

Las mujeres cruzaron la puerta. Una de ellas saludó con coquetería a uno de los Guardianes, pero este le respondió con la fría cortesía que era habitual en ellos.

Cuando las voces de las trabajadoras se apagaron, dos hombres llegaron hasta la puerta de la muralla caminando a paso ligero. Uno de ellos se detuvo junto al Guardián y preguntó:

—Acaba de pasar por aquí un grupo de mujeres, ¿por dónde se han ido?

Axlin sonrió cuando los vio perderse por entre las calles del segundo ensanche, siguiendo la dirección que les habían indicado los Guardianes. Se volvió hacia Oxania, que se había puesto pálida.

—Eran tus hermanos, ¿verdad?

La joven asintió sin una palabra.

Axlin tampoco dijo nada más. Condujo a Oxania de nuevo calle arriba, alejándola de la puerta. Ella estaba todavía tan impresionada que no preguntó por aquel súbito cambio de dirección.

Finalmente, salieron del primer ensanche por la puerta oeste. Oxania daba muestras de fatiga y Axlin, más tranquila al verse ya en terreno familiar, redujo el paso.

—No estamos lejos de mi casa —la tranquilizó.

Oxania se pegó más a ella.

—No quiero que me encuentren —susurró de pronto.

Axlin la miró sorprendida. Había creído en todo momento que solo Dex corría algún riesgo en aquella expedición. Pero el miedo de ella era real.

—Pero... son tus hermanos. ¿Qué van a hacerte? Solo te llevarían de vuelta a casa, ¿no?

La joven suspiró.

—Mi familia quiere que me case con un hombre al que no amo, a pesar de que el hijo que espero no es suyo.

—No lo puedo entender —murmuró Axlin, sacudiendo la cabeza.

Ella le dirigió una mirada triste, pero de nuevo esbozó una sonrisa de superioridad.

—Claro, qué va a saber una chica del oeste sobre matrimonios por obligación —comentó.

Axlin se esforzó por no sentirse ofendida.

—Pues quizá más de lo que tú piensas —replicó sin alzar la voz—. Algunas aldeas del oeste son tan pequeñas que realmente no puedes elegir con quién emparejarte. Puede que haya solo uno o dos chicos solteros de tu edad en toda la aldea, y eso con suerte.

Oxania se quedó mirándola con la boca abierta.

—¿Es lo que te pasó a ti? Por eso te fuiste de tu aldea y viniste a la Ciudadela, ¿verdad? Porque aquí hay más muchachos.

Axlin se ruborizó. Estuvo a punto de responderle que ella no había partido en busca de chicos, sino de monstruos, pero probablemente aquella respuesta empeoraría las cosas.

—Yo estuve a punto de casarme, sí —asintió—. Con el único chico que había disponible para mí. Y no puedo decir que no me gustara, pero...

«Pero no como Xein», la traicionó la voz de su conciencia. «Nunca has sentido por nadie lo que sientes por él... Lo que *sentías* por él», se corrigió a sí misma con firmeza.

Resopló. En el fondo, no tenía la menor intención de compartir aquello con Oxania. No quería hablarle de Tux, y mucho menos de Xein.

—Hemos llegado —concluyó abruptamente.

Se detuvieron en la entrada de la calle donde vivía Axlin. Ella se adelantó para asegurarse de que no había nadie por los alrededores. Se quedó más tranquila al comprobar que la puerta de la planta baja, donde vivía Maxina, estaba cerrada a cal y canto. Regresó a buscar a Oxania y la condujo en silencio por la estrecha escalera que llevaba hasta su cuarto. Cuando por fin estuvieron las dos dentro, Axlin encendió un candil con un suspiro de alivio.

—Acomódate, si puedes —le dijo a su invitada—. No es una habitación muy grande.

Oxania se sentó en una esquina de la cama, lanzando miradas nerviosas a las paredes.

—Es pequeña, pero no se te va a caer encima —comentó Axlin, un poco molesta. Había dedicado la tarde a ordenar y limpiar su cuarto para que sus invitados se sintieran a gusto.

La joven reaccionó.

—¿Qué...? No, no es por el espacio. Es que la decoración... —Se estremeció—. En fin, nunca había visto nada tan horrible, la verdad.

Axlin miró a su alrededor sin comprender. Tardó unos instantes en darse cuenta de que lo que inquietaba a Oxania eran los bocetos de monstruos que había colgado en las paredes. Se sonrojó, sintiéndose estúpida por no haber pensado antes en ello. Estaba tan acostumbrada a verlos que su presencia le parecía algo natural.

—Oh, eso... Es parte de mi trabajo. Estoy escribiendo un bestiario.

Su invitada no respondió, como si no hubiese nada que mereciese la pena comentar al respecto. Se puso en pie y comenzó a pasear arriba y abajo por la habitación, incapaz de contener su nerviosismo. También Axlin se sentía inquieta. ¿Por qué tardaría tanto Dex? Por un instante, temió que hubiese dado esquinazo a Oxania otra vez. Pero rechazó aquella idea. A pesar de que lo había visto actuar de forma extraña aquellos días, quería creer que cumpliría su palabra.

—Esto es... hermoso —comentó entonces Oxania.

Axlin se acercó a ella. La joven se había detenido ante uno de los bocetos, que representaba a una criatura alta y esbelta, de grandes ojos facetados como los de un insecto. Su figura, de formas femeninas, estaba envuelta en lo que parecían livianos jirones de niebla multicolor que caían desde sus hombros como una capa y se enroscaban a su alrededor.

—Es una lacrimosa —murmuró Axlin.

—Es muy bonita —opinó Oxania, alzando la mano para tocar el dibujo.

—Es un monstruo. Probablemente ni siquiera sea una hembra en realidad.

La joven la miró sorprendida.

—¿Cómo...?

—¿Has visto alguna vez esas mariposas que tienen en las alas unas grandes manchas que parecen ojos? Fingen ser lo que no son para asustar a los depredadores. Yo pienso que las lacrimosas solo tienen ese aspecto porque engaña a los humanos. También emiten un sonido que parece una canción tan triste que te rompe el corazón. De modo que primero oyes a la lacrimosa, y su canto te conmueve tanto que, cuando por fin se muestra ante ti, te quedas contemplándola sin más, tan sobrecogida por su belleza que ni siquiera reaccionas cuando se lanza sobre ti para devorarte.

Axlin se calló de golpe al ser consciente por fin de la expresión de horror con que Oxania la miraba.

—Pero, en fin, da igual, porque las lacrimosas no entrarán jamás en la Ciudadela —se apresuró a añadir—. Los Guardianes se encargan de eso.

Oxania cruzó las manos sobre su vientre con gesto protector.

—¿Y qué haremos cuando nos vayamos de aquí? —murmuró—. ¿Cómo sobreviviremos más allá de las murallas?

—¿Piensas huir de la Ciudadela? —se sorprendió Axlin—. ¿Con Dex?

La chica la miró sin comprender.

—¿Dex? —repitió.

Justo entonces llamaron suavemente a la puerta.

—¿Axlin? —susurró la voz de Dex desde fuera.

Ella exhaló un profundo suspiro de alivio y corrió a abrir.

—¡Por fin! Dex, estábamos... —Se interrumpió de pronto al ver que su amigo no llegaba solo.

Lo acompañaba un joven de veintipocos años, más alto y apuesto que él, cuyas ropas elegantes y coloridas lo señalaban como habitante de la ciudad vieja.

—¡Broxnan! —exclamó Oxania, encantada de verlo.

Y, ante el estupor de Axlin, se echó a sus brazos. Él la correspondió, pero se mostraba un poco incómodo.

—¡Axlin! —dijo Dex—. ¿Habéis tenido algún problema en llegar? ¿Os ha seguido alguien?

—Sí, pero los hemos despistado antes de entrar en el segundo ensanche —respondió ella, aún perpleja—. Nadie nos ha visto subir.

Dex sonrió, más tranquilo.

—Bueno, pues entonces ya está. Dejemos a la parejita a solas para que intercambien impresiones. Aquí estamos de más.

—Espera, Dex... —empezó a protestar Broxnan. Pero el bibliotecario ya le había dado la espalda, y alzó la mano a modo de despedida.

—Ya hemos hecho suficiente. Ahora te toca a ti. Habla con ella y no nos metas en más líos. Vamos, Axlin.

La agarró de la mano y la condujo fuera.

—Oye, oye, Dex, espera —trató de detenerlo ella—. ¿Qué está pasando aquí?

—¿Cómo? —preguntó él sorprendido—. Pues es evidente, ¿no? Todo marcha según el plan.

Axlin lo siguió escaleras abajo, todavía confundida.

—Pero... ese joven que has traído..., ese tal Broxnan..., ¿quién es?

—Pues... es mi hermano, claro. ¿Quién pensabas que era?

—¿Es... el enamorado de Oxania? Pero ¡si ella vino a la biblioteca preguntando por ti!

—Claro, porque Broxnan estaba ilocalizable desde que ella hizo público su embarazo. Pero a mí sí saben dónde encontrarme, si se toman la molestia de preguntar a las personas adecuadas.

Axlin seguía mirándolo sin dar crédito a lo que oía. Dex comprendió entonces cuál era el problema.

—Un momento... ¿pensabas que *yo* era el padre del bebé que espera Oxania?

Se echó a reír. Se tapó la boca para evitar que el sonido de sus carcajadas despertara a los vecinos. Se contuvo hasta que estuvieron fuera, y de nuevo rio, de buen humor.

—A mí no me parece tan gracioso —protestó ella—. Me he pasado toda la semana convencida de que habías dejado embarazada a esa chica y de que ahora no querías saber nada de ella.

Dex seguía riendo. Logró contenerse y se secó las lágrimas de los ojos.

—En fin..., tienes razón, no es gracioso. Después de todo, eso es exactamente lo que ha pasado. Pero has hecho responsable al hermano equivocado. Ven, vamos a tomar algo a la taberna y hablamos con calma. Yo invito.

9

No había muchas tabernas abiertas a aquellas horas en el segundo ensanche, o al menos Axlin no conocía ninguna. Sin embargo, Dex la guio sin vacilar hasta un local no lejos de su propia casa que aún mantenía los faroles encendidos.

—Vaya, ni siquiera sabía que existía este sitio —comentó ella, perpleja.

—Es un lugar tranquilo, y a estas horas no está muy concurrido —dijo Dex mientras tomaban asiento en un rincón—. Justo lo que necesitamos para esperar a que esos dos terminen de aclarar sus cosas... Oh, te recomiendo el licor de hierbas. Aquí lo hacen muy bueno y no es demasiado fuerte.

Axlin suspiró.

—No, gracias. Creo que me vendrá bien tener la cabeza despejada esta noche. —Lo miró con curiosidad—. No tenía ni idea de que fueras experto en locales nocturnos, Dex.

Él movió la mano, quitándole importancia.

—Tampoco tanto. En todo caso, son muchas las cosas que no sabes acerca de mí, señorita.

—Bueno, tú eres un tipo reservado y yo soy una chica discreta que no hace muchas preguntas.

Dex se rio.

—Salvo cuando se trata de monstruos, claro —apuntó.

«Te importan más los monstruos que las personas», volvió a susurrar Xein en su recuerdo.

Axlin se mantuvo en silencio mientras su amigo pedía una bebida. Ella no tenía ganas de tomar nada, por lo que se limitó a cruzarse de brazos sobre la mesa y a esperar a que él estuviera un poco más relajado. Entonces dijo:

—En fin, hoy he descubierto que, definitivamente, no vas por ahí dejando un rastro de corazones rotos y, lo más interesante..., que tienes un hermano... ¿de familia antigua? —tanteó alzando una ceja—. Lo cual te convierte a ti en...

—Exacto —asintió él, alicaído de pronto—. Dexar de Galuxen, para servirte.

Hasta Axlin, que no estaba muy al tanto de la genealogía de las grandes familias, había oído mencionar a los De Galuxen en alguna ocasión.

—¿Y qué haces viviendo en el segundo ensanche, si puede saberse? Tu familia debe de tener un palacio en la ciudad antigua, ¿no?

—Tres en realidad —corrigió él, aparentemente sin concederle importancia—. En fin, ya has visto a mi hermano. Alto, apuesto y encantador. No nos parecemos mucho, después de todo.

Aquello no era justo, pensó Axlin. Era cierto que, de los dos, Broxnan era sin duda el más atractivo, pero ambos compartían un innegable aire familiar. Su rasgo más llamativo eran aquellos ojos azules; no obstante, mientras que los de Dex se mostraban a menudo cálidos y amistosos, en la mirada de Broxnan había descubierto un punto de dureza y arrogancia.

—Cualquiera que lo vea pensará que es un digno heredero de la casa De Galuxen —prosiguió Dex—. Pero los que lo conocemos sabemos que, en el fondo, es un cabeza hueca que solo piensa en sí mismo. En fin —suspiró—, la ciudad vieja está repleta de tarados como él. O como los hermanos de Oxania. Yo crecí siendo muy consciente de la historia de mi familia y de su importancia en la Ciudadela. Me preparé lo mejor que supe para cumplir mi papel, y... bueno, resultó que daba lo mismo, porque Brox es el mayor y obviamente el heredero. Así que mis padres siempre lo prefirieron a él, y en el fondo no les importaba gran cosa lo que yo hiciera o dejara de hacer.

Axlin no supo qué decir. Aún no comprendía muy bien cómo funcionaba una familia de verdad. Dex notó su incomodidad y sonrió.

—Bueno, no es tan grave en realidad —dijo—, porque, cuando decidí marcharme de casa, nadie me lo impidió. No ser demasiado importante también tiene sus ventajas... Eh, no pongas esa cara. Soy feliz viviendo en el segundo ensanche y me siento muy a gusto con mi trabajo en la biblioteca. No volvería a la ciudad vieja por nada del mundo.

—Entonces, tu hermano... ¿también se ha ido? —preguntó Axlin.

Dex suspiró.

—No. Mi hermano es un cobarde que está eludiendo sus responsabilidades y que se esconde temporalmente en mi casa como una rata. Y esa es toda la historia, me temo.

—Las relaciones amorosas parecen seguir unas normas diferentes en la Ciudadela —murmuró Axlin—. Y no termino de entenderlas del todo. ¿Tu hermano debería casarse con Oxania? ¿Es por eso por lo que la familia de ella se siente agraviada?

—Bueno, es algo más complicado. Mi hermano es un buen partido, lo cual le ha hecho creer durante años que todas las chicas están deseando seducirlo. Y no negaré que en muchos casos es así. Pero él se aprovecha de ello, y por el momento no ha cerrado ningún compromiso en firme con nadie, para desesperación de mis padres.

—Y ahora que hay un bebé en camino, ¿no sería un buen momento para tomar una decisión por fin?

—Es lo que intento hacerle ver. Pero sospecho que Broxnan no ama a Oxania en realidad. Para él fue solo una diversión, me temo. Hasta niega que el bebé sea suyo, lo cual probablemente significa que o bien miente para salvar su pellejo, o bien, cuando se acostó con ella, estaba demasiado borracho como para recordarlo. Ninguna de las dos opciones lo deja en buen lugar.

—Oh, pobre Oxania —exclamó Axlin, indignada—. Creo que ella sí que está enamorada. Incluso se está planteando abandonar la Ciudadela para escapar de su familia y vivir con él.

Dex sacudió la cabeza.

—Será difícil. Oxania es una pieza demasiado importante en los planes de futuro de su familia. No la dejarán marcharse sin más.

—Pero tu hermano es el heredero de tu familia. Un buen partido, tú mismo lo has dicho.

—El prometido de Oxania lo es todavía más. Su boda estaba concertada desde que ambos eran niños. Mi hermano lo sabía y debería haberse mantenido alejado de ella. Ahora no hay mucho que pueda hacerse. Creo que los padres de la chica pretendían mantenerlo en secreto, pero les ha salido mal la jugada. Porque resulta que ella está perdidamente enamorada de Broxnan, y ha declarado públicamente que espera un hijo de él y que no se casará con nadie más. A Brox le faltó tiempo para escabullirse después de eso. Lleva varias semanas escondido en mi casa porque pensaba que los hermanos de Oxania no iban a seguirlo hasta allí. Y, en fin, ya conoces el resto de la historia.

—Entonces ¿qué va a pasar ahora?

—Pues que, probablemente, Brox tratará de convencer a Oxania para que vuelva con su familia, se case con su prometido y se olvide de él. Y será lo mejor para todos.

Apuró su vaso y se incorporó.

—¿Volvemos? Ya han tenido tiempo suficiente para aclarar las cosas, y supongo que querrás recuperar tu habitación.

Regresaron a casa. Axlin, muerta de sueño, iba bostezando por el camino. Pero se despejó del todo cuando la sorprendió Maxina al pie de la escalera.

—¿Axlin? ¿Qué haces en pie a estas horas? Oh —añadió al ver a Dex junto a ella—. Entiendo.

Ella no tenía tiempo ni ganas de sacarla de su error.

—Buenas noches, Maxina —se limitó a contestar, mientras el joven esbozaba una sonrisa de disculpa.

Esta vez fue ella quien lo agarró de la mano y tiró de él escaleras arriba. Llegó hasta la puerta de su cuarto y entró sin llamar.

La escena que encontró era muy diferente de lo que había esperado. Broxnan y Oxania se hallaban cada uno en un extremo de la habitación, claramente incómodos. El rostro de ella estaba todavía húmedo.

—Brox, ¿qué le has hecho? —suspiró Dex.

Su hermano le dirigió una mirada gélida.

—Estoy tratando de explicarle que lo nuestro tiene que acabarse. Ella tiene que casarse con De Fadaxi y olvidarse de mí.

Axlin comprobó con cierta sorpresa que Broxnan se mostraba altivo y seguro de sí mismo, como si no hubiese pasado las últimas semanas escondido en casa de su hermano menor, huyendo de unos tipos que querían vengarse de él a causa de una relación amorosa inoportuna.

—Broxnan, ¿cómo puedes decirme algo así? —sollozó Oxania, posando las manos sobre su vientre—. ¡Me prometiste que estaríamos juntos para siempre! Que me salvarías de un matrimonio que no deseo... Que me llevarías lejos de la Ciudadela... Que criaríamos juntos a nuestro hijo... y nos defenderías de todos los monstruos...

Axlin vio con satisfacción que Broxnan palidecía.

—Yo no... no recuerdo haber dicho todo eso.

—La noche de la fiesta en casa de los De Vaxanian, ¿no lo recuerdas? Cuando me juraste amor eterno y después...

Brox carraspeó.

—Recuerdo la fiesta, por supuesto, pero no los detalles.

—Oh, dicen que estuvo muy bien —intervino Dex, con cierta malicia—. Y que Oxania y tú hacíais una bonita pareja de baile. Se habló de ello incluso en el segundo ensanche.

Su hermano se ruborizó un poco.

—Puede que sí, pero eso no significa...

—Broxnan —le interrumpió Oxania—, no voy a volver a casa. Si me abandonas, recurriré a la justicia del Jerarca y contaré toda la verdad.

Dex suspiró y se llevó a su hermano aparte. No había mucho espacio en la habitación, por lo que Axlin estaba lo bastante cerca para escuchar lo que decían.

—Brox, esto es más serio de lo que creía. Si no fue solo un desliz, una aventura de una noche con consecuencias inesperadas...

—Eso es exactamente lo que fue, Dex. ¡Está prometida con De Fadaxi!

—Ella dice que le juraste matrimonio. Si acude a la justicia, será tu palabra contra la suya.

Broxnan no dijo nada.

—Vamos, Brox, está embarazada. Si se ha empeñado en casarse contigo, no veo otra opción. Los De Fadaxi no estarán contentos, pero tampoco la recibirán en la familia con los brazos abiertos si da a luz un hijo tuyo. La has metido en un buen lío, hermano.

Broxnan vacilaba.

—Esto no tenía que suceder así —murmuró.

—Bueno, tengo una noticia para ti: a veces, cuando te llevas a una chica a la cama, estas cosas ocurren.

Él le disparó una mirada irritada.

—No me digas...

Axlin oyó como los dos hermanos debatían las distintas opciones. Al parecer, el plan de romper la relación y seguir adelante con el matrimonio concertado resultaría inviable sin la colaboración de Oxania.

—¿Y si hacéis lo que ella quiere? —preguntó entonces Dex—. Te la llevas fuera de la Ciudadela, a las Tierras Civilizadas, tal vez. Tenéis a vuestro hijo, dejáis pasar el tiempo hasta que las cosas se calmen y después volvéis para instalaros en la ciudad vieja. Para entonces, con un poco de suerte, De Fadaxi habrá encontrado a otra joven de buena familia con la que casarse, y la diplomacia de nuestro padre habrá templado los ánimos.

—Dex, no quiero casarme con ella.

—Haberlo pensado antes, hermano.

Broxnan gruñó y desvió la mirada, incómodo. Al hacerlo, se fijó en Axlin.

—Y tú, ¿qué haces aquí? —inquirió de pronto.

Ella se envaró, ofendida.

—Vivo aquí.

El joven echó un vistazo a su alrededor, con el ceño ligeramente fruncido, como si esperase ver salir cucarachas de los rincones.

—La decoración es bastante mejorable —opinó—. Salvo que lo que pretendas sea espantar a las visitas con esos horribles dibujos.

Axlin respiró hondo y dirigió a Dex una mirada irritada que él captó al instante.

—Nos vamos enseguida. Venga, Brox, hay que solucionar esto. No podemos seguir ocupando la habitación de Axlin ni molestando a los vecinos con vuestras discusiones.

—Muy considerado por tu parte —dijo ella.

Broxnan suspiró y dirigió una mirada de reojo a Oxania, que había vuelto a sentarse en la cama con gesto ultrajado.

—¿Y cómo esperas que la saque de la Ciudadela? Su familia la está buscando.

—Bueno, es evidente que hoy no podéis marcharos. Los hermanos de Oxania saben que se ha escapado de casa y es posible que todas las salidas estén controladas. Habrá que esperar unos días, quizá, para organizar una huida en condiciones.

Su hermano inclinó la cabeza.

—Podría funcionar.

El debate no se prolongó mucho más. Oxania, más animada porque parecía que su amado estaba dispuesto a fugarse con ella, se mostró razonable cuando Dex le dijo que era hora de volver a casa.

—No podemos sacarte de aquí todavía, es demasiado peligroso. Pero lo prepararemos todo para que puedas reunirte con Brox dentro de unos días, cuando tus hermanos hayan bajado la guardia un poco. ¿Podrás esperar?

Ella asintió, con las mejillas arreboladas.

—Lo haré... si él cumple su promesa también. No puedes desaparecer de nuevo, Broxnan —le reprochó—. No es propio de alguien de tu linaje.

Él entornó los ojos, pero no dijo nada.

Por fin, los tres invitados se despidieron de Axlin.

—Quizá no pueda pasarme por la biblioteca mañana —le dijo Dex, antes de marcharse—. Tengo que asegurarme de que Oxania vuelve sana y salva a su casa, y de que a Brox no lo sorprenden sus futuros cuñados por el camino.

—Buena suerte, pues —murmuró ella—. Te disculparé ante la maestra Prixia.

Cerró la puerta tras ellos y dejó escapar un profundo suspiro, contenta por hallarse de nuevo a solas. Y pensó que, a pesar de todo, las personas eran mucho más complicadas que los monstruos.

Xein debía reunirse con el instructor Baxtan en el patio principal al amanecer. Mientras lo esperaba, se quedó observando a los reclutas que se ejercitaban con sus respectivas brigadas. De nuevo, sintió aquella extraña mezcla de aprensión y añoranza. Una de las peores experiencias de su vida había tenido lugar allí, en aquel mismo patio, pero, por mucho que se esforzara, se veía incapaz de sentir rencor. Los Guardianes eran ahora su única familia, y el Bastión se había convertido en el primer hogar que había compartido con ellos.

Eso no significaba que desease revivir la época de su adiestramiento, a pesar de los momentos de camaradería que había experimentado junto con sus compañeros de brigada.

—¿Echas de menos todo esto? —preguntó la voz de Baxtan junto a él, como si hubiese adivinado sus pensamientos.

—No estoy seguro —respondió Xein con prudencia.

El instructor sonrió, pero no hizo más comentarios.

—Vamos, acompáñame —ordenó.

Xein lo siguió a través del patio. Se detuvo un instante, sin embargo, al advertir que Baxtan lo guiaba hacia la entrada del nivel subterráneo conocido como el Foso.

—¿Es una lección práctica, señor? —preguntó—. ¿Vamos a luchar?

—No tendrás que pelear hoy, Xein. Pero es importante que prestes mucha atención.

El joven asintió en silencio.

Descendieron por las escaleras hasta el entramado de galerías que se extendía bajo el Bastión. A la entrada del corredor principal los esperaban dos Guardianes. Uno de ellos era el que se encargaba de controlar a los monstruos del Foso, y Xein retrocedió instintivamente, como siempre que lo veía. Aquel hombre había sido también el verdugo que le había aplicado un brutal castigo por tratar de escapar del Bastión durante la primera etapa de su adiestramiento. Trescientos treinta y tres latigazos, recordó con un estremecimiento.

Tratando de centrar sus pensamientos en otra cosa, observó

con curiosidad al segundo Guardián. Le sorprendió descubrir que pertenecía a la División Plata. Xein sabía, por descontado, que al otro lado del muro que dividía el recinto había también un acceso al Foso, por donde entraban sus compañeros de ojos plateados cada vez que tenían una sesión de entrenamiento allí abajo. Pero los horarios estaban configurados de manera que los reclutas de ambas divisiones pocas veces coincidían.

—Hoy nos acompañará el instructor Galadax —explicó Baxtan, presentando así al Guardián de la División Plata—. No lo entretendremos mucho, sin embargo. Su brigada lo está esperando.

Los tres hombres se pusieron en marcha, y Xein los siguió. A ambos lados del corredor había sendas hileras de celdas. La mayoría de ellas estaban vacías, pero en otras había monstruos, muchos de ellos encadenados, que se revolvieron y bramaron con furia cuando los Guardianes pasaron ante ellos. Finalmente, los cuatro se detuvieron ante una puerta cerrada al final de un pasillo lateral.

—Empezaremos por este —anunció el instructor Baxtan—. Adelante, echa un vistazo.

El joven se asomó a la ventanilla enrejada de la puerta para otear el interior de la celda. Estaba vacía. Se volvió para mirar a los instructores, desconcertado. Pero ellos se mantuvieron serios y en silencio.

Y entonces Xein lo comprendió.

—Hay... algo ahí dentro, ¿verdad? —murmuró con un estremecimiento—. Algo que yo no puedo ver. Ni percibir.

—Tampoco nosotros, si eso te hace sentir mejor —respondió el instructor Baxtan, haciendo un gesto que incluía al Guardián del Foso.

—Está allí —señaló el instructor Galadax, tras echar un vistazo por la ventanilla—. Acurrucado en esa esquina. —Se volvió hacia Xein y comentó—: Me han dicho que ya te has topado con uno de estos en la Ciudadela.

—Sí, mi compañera de patrulla lo abatió sin grandes dificultades, pero yo... ni siquiera entendía lo que estaba sucediendo cuando lo hizo. —Frunció el ceño, pensativo—. Entonces ¿hay una sombra encerrada en esta celda para que los reclutas se entrenen luchando contra ella? —preguntó.

Fue el Guardián del Foso quien respondió. No era, por lo general, un hombre muy hablador, pero siempre solía contestar a las preguntas referidas a los monstruos de los que se encargaba.

—No está aquí para que luchen contra ella —dijo—. Todos los reclutas de la División Plata pasan por aquí en algún momento para aprender a mirar, para saber cómo son estas criaturas y cómo reconocerlas. Pero a esta no la sacamos nunca de la celda. Ni nos acercamos a ella sin un Guardián de la División Plata que pueda tenerla controlada. Sería muy fácil que se escapase en un descuido, sobre todo teniendo en cuenta que yo ni siquiera soy capaz de verla.

—Comprendo —murmuró Xein.

—Pero a veces vienen Guardianes desde la Ciudadela para interrogarla. —El hombre se encogió de hombros con indiferencia—. Una pérdida de tiempo, en mi opinión.

—¿Interrogarla? —repitió Xein sin comprender.

—Hay muchas cosas que desconocemos todavía acerca de los monstruos innombrables —explicó el instructor Galadax—. La Guardia se ha propuesto averiguar cuáles son sus planes o, al menos, sus intenciones con respecto a los humanos..., y no me cabe duda de que algún día lo conseguiremos.

—Sigue soñando, Guardián —susurró entonces una voz áspera desde el interior de la celda.

Xein dio un respingo y volvió a asomarse a la ventanilla con el corazón desbocado. Pero continuaba sin ver nada en el interior.

Oyó, sin embargo, una risa baja.

—¿Qué sucede, niño? ¿No soy como esperabas?

Xein se apartó de la puerta con brusquedad y se volvió hacia los Guardianes.

—Ha... ha hablado —musitó con voz temblorosa.

—Sí, en efecto —confirmó el instructor Galadax—. Se podría pensar que los monstruos innombrables no son tan temibles como los demás, porque no atacan a la gente para devorarla, como hacen los monstruos comunes. Pero eso es un error muy habitual. Lo cierto es que estas criaturas son peores todavía. Porque son inteligentes.

—¿Inteligentes... como nosotros? —se atrevió a preguntar Xein. Oyó la risa socarrona del invisible a sus espaldas, y tuvo que reprimir un escalofrío.

Pero los Guardianes le dirigieron una mirada severa.

—Inteligentes, sí —respondió el instructor Baxtan—. Pero no como nosotros. Y eso es lo que los hace tan peligrosos.

Dio media vuelta y echó a andar por el pasillo para alejarse de la celda. Xein y los otros dos Guardianes lo siguieron.

—El caso es que llevamos siglos estudiándolos y aún no hemos sido capaces de comprender qué quieren ni por qué actúan como lo hacen —añadió el instructor Galadax—. Lo único que sabemos con certeza es que odian a los humanos. Por eso debemos hacer todo lo posible por localizar a todos los que se ocultan en la Ciudadela y neutralizarlos cuanto antes. Pero es difícil porque, como ya habrás podido adivinar, no se detectan con facilidad. Ni siquiera con la mirada de los Guardianes.

—Los innombrables no son especialmente fuertes —dijo el Guardián del Foso—, y es fácil derrotarlos en una lucha cuerpo a cuerpo. Ellos lo saben, y por eso tratan de pasar inadvertidos. Y muy a menudo lo consiguen.

—El hecho es que no tenemos idea de cuántas criaturas como esa pueden andar sueltas por la Ciudadela, Xein —concluyó el instructor Baxtan—. Por otro lado, a diferencia de otros monstruos, ellos no atacan a todas las personas con las que se cruzan.

Solo matan de vez en cuando, y todavía no hemos conseguido encontrar un patrón en sus ataques. Eso los vuelve todavía más impredecibles.

—Comprendo —murmuró Xein.

Se detuvieron un instante en el corredor principal.

—Mi cometido aquí ya ha terminado —anunció el instructor Galadax—. Espero que el resto de la mañana os resulte provechoso.

—Lo será, sin duda. Buena guardia, Galadax.

—Buena guardia —se despidió él.

Lo vieron marchar por el pasillo en dirección a la escalera. Entonces el instructor Baxtan le hizo un gesto de asentimiento al Guardián del Foso, y este dio media vuelta y los guio de nuevo hacia las entrañas de su reino.

Momentos después, se detuvieron de nuevo ante otra celda. El instructor invitó a Xein a que se asomara al interior, y él obedeció, esperando encontrarla también vacía.

Lanzó una exclamación de asombro al descubrir una figura humana en un rincón.

10

Era pequeña y estaba muy delgada. Vestía una túnica fina, sucia y rota en algunas partes, y tenía el cabello largo y rubio. Se volvió hacia él al percibir su presencia, y Xein se sintió enfermo.

No era más que una niña. Como mucho, debía de tener siete años. Sus ojos, enormes y febriles, estaban cercados por oscuras ojeras y destacaban en su rostro famélico. Xein apreció que las lágrimas habían trazado surcos en la suciedad de sus mejillas y no fue capaz de seguir mirando.

—¿Qué hace esa niña ahí dentro? —preguntó a los otros Guardianes con voz ronca—. ¿Por qué la habéis encerrado?

El instructor sacudió la cabeza.

—Mira otra vez, Xein.

Él tragó saliva y se debatió entre la obligación de obedecerlo y el impulso de salvar a aquella chiquilla de la cruel miseria en que la mantenían los Guardianes. Pero la presencia del Guardián del Foso le recordó lo que había sucedido la última vez que había osado pensar por sí mismo y desafiar las normas del cuerpo al que pertenecía. De modo que inspiró hondo y volvió a asomarse a la ventanilla.

La niña lo miró aterrorizada, parpadeó un par de veces y se puso a llorar en silencio. Xein se apartó de nuevo de la puerta.

—Señor —dijo, con voz ligeramente temblorosa—, esto no está bien. No sé por qué razón se encuentra esta niña aquí abajo, pero este no es su sitio. Hay que sacarla de ahí inmediatamente.

El instructor suspiró.

—Por supuesto, es lo que quiere que hagas. Y le funcionaría con la gente corriente y con la mitad de los Guardianes. Pero no debería hacerlo contigo, Xein. Sigue mirando.

—Pero...

—Sigue mirando, Guardián.

Xein se tragó lo que iba a decir a continuación y observó a la niña por tercera vez. Quería creer que existía una explicación lógica a aquella atrocidad, y se esforzó por hacer lo que el instructor le había ordenado, dejando a un lado sus sentimientos al respecto. Pero la pequeña parecía tan aterrorizada y desvalida... Por no hablar de aquella extrema delgadez que indicaba que no estaba siendo convenientemente alimentada.

—La primera vez es difícil distinguirlos —dijo entonces el instructor Baxtan a sus espaldas—. Hay que entrenar la mirada. Él lo sabe, y hará lo posible por confundirte mientras aún eres vulnerable.

Xein entornó los ojos.

—¿Él? —repitió.

Observó a la pequeña con mayor atención. Y entonces ella gimió y dejó escapar una súplica desesperada.

—Por favor..., por favor, dejadme salir. Quiero irme a casa.

Xein estuvo a punto de apartar la mirada de nuevo, pero se obligó a sí mismo a mantenerse asomado a la ventanilla. En ese instante de vacilación, cuando parecía que iba a retirarse de la puerta, la expresión de la niña cambió de pronto y se volvió hostil y extrañamente calculadora. Era un gesto tan impropio de una chiquilla de su edad que el joven Guardián parpadeó y volvió a fijarse en ella con el corazón desbocado, preguntándose si lo había imaginado. Pero la pequeña ya volvía a mostrarse llorosa y asustada.

Él, sin embargo, se esforzó por observarla con mayor atención. Y entonces sus rasgos se difuminaron un instante.

Xein pestañeó, desconcertado. La niña le dio la espalda con brusquedad y enterró el rostro entre los brazos, pero él percibió de nuevo aquella extraña ondulación en su silueta, como si no estuviese realmente allí.

—Por ahora ya es suficiente —dijo el instructor Baxtan—. Esto requiere algo de tiempo y práctica, de modo que volverás esta tarde para seguir mirando. Y de nuevo otro rato por la noche, antes de la cena. Y así todos los días. ¿Has comprendido?

Xein asintió y se apartó definitivamente de la puerta. Sin entender todavía lo que estaba sucediendo, siguió al instructor y al Guardián del Foso de regreso a la superficie. Una vez en el patio, respiró hondo, aliviado por encontrarse de nuevo al aire libre; pero las preguntas se retorcían en su mente como babosos atrapados en una red de perejil, y no pudo evitar plantear al menos una de ellas:

—¿Qué... se supone que tenía que ver?

El instructor clavó sus ojos dorados en él.

—Dímelo tú —respondió—. ¿Qué has visto?

—He visto una niña... la mayor parte del tiempo. Pero ha habido un momento en que me ha parecido... —vaciló antes de concluir— otra cosa. Como si no fuera del todo real.

El instructor asintió, pero no dijo nada.

—¿No es... una niña de verdad? —se atrevió a preguntar Xein.

Fue el Guardián del Foso quien contestó:

—Ahora es una niña, y es posible que siga siéndolo esta tarde, cuando vuelvas. Pero lo más probable es que mañana tenga otro aspecto. Un anciano. Un bebé. Una mujer embarazada. Un hombre gravemente herido. Cualquier identidad que pueda conmoverte hasta el punto de hacerte dudar.

Xein se quedó mirándolo, asombrado.

—¿Cualquier identidad...? —repitió.

—Esa criatura no es humana en realidad —explicó el instructor Baxtan—. Se trata de un metamorfo, también llamado «cambiapiel». Un monstruo con la habilidad de suplantar a un ser humano con tal maestría que nadie es capaz de notar la diferencia.

Xein se detuvo en medio del patio, anonadado.

—¿Cambia... piel? Pero... ¿cómo es posible?

—Los metamorfos son el otro tipo de monstruos innombrables —siguió explicando Baxtan—. También habitan en la Ciudadela, camuflados entre la gente corriente. Indetectables incluso para los Guardianes de la División Plata. Solo nosotros, los de la División Oro, podemos reconocerlos. Porque nuestros ojos tienen la capacidad de percibir su engaño, de la misma forma que los miembros de la División Plata detectan a los seres invisibles.

Xein sintió que le temblaban las piernas y tuvo que apoyarse en el muro para no perder el equilibrio.

—Pero esto es...

No fue capaz de finalizar la frase. Se quedó callado, tratando de desentrañar las implicaciones de aquella revelación.

Monstruos que parecían humanos. Fingiendo que lo eran. Esperando el momento adecuado para sorprender a sus víctimas, conscientes de que estas ni siquiera tendrían la oportunidad de huir o pedir ayuda, porque no los reconocerían como amenazas.

Se le revolvió el estómago.

—Ahora tú debes aprender a mirar —concluyó el instructor—. Debes ser capaz de diferenciar a un metamorfo de una persona real en medio de una multitud. Todos los Guardianes luchamos contra los monstruos, pero la misión específica de la División Oro consiste en proteger a las personas de los cambiapieles que se esconden entre ellas sin que lo sepan. No obstante —añadió, antes de que Xein pudiese replicar—, hay algo tan importante como encontrar y abatir metamorfos, y es mantener su existencia en secreto. No debemos permitir que los ciudadanos empiecen a desconfiar unos de otros. No podemos consentir que los innombrables siembren el miedo y las dudas en sus corazones. La Ciudadela es el núcleo del mundo civilizado, es la última esperanza de la humanidad, y eso no debe cambiar. ¿Has entendido?

Había un tono admonitorio en sus palabras, casi amenazante, y Xein comprendió por qué. Tiempo atrás había traicionado a la Guardia, y por esa razón se le había ocultado aquella información vital. Probablemente había sido el único recluta que se había graduado en el Bastión sin conocer la existencia de los monstruos innombrables. Pero él mismo se lo había buscado.

Apretó los dientes. No volvería a pasar.

—Lo he entendido, señor —respondió, irguiéndose como un poste.

Pero aún temblaba ligeramente, y el instructor lo notó. Sonrió y dijo:

—Ve a tu cuarto a pensar sobre ello, Guardián. Soy consciente de que lo que te hemos revelado hoy es difícil de asimilar. Pero te quiero de vuelta en el Foso después de comer. Tenemos mucho que hacer estos días, y espero que estés a la altura.

Xein asintió con decisión.

Dex estuvo un tiempo sin ir a la biblioteca, y Axlin empezó a preocuparse. Prestó atención a los cotilleos que circulaban por el mercado y, preguntando aquí y allá, se dio cuenta de que la breve escapada nocturna de Oxania no había trascendido. No obstante, sí corrían rumores sobre el conflicto que implicaba a las tres grandes familias. Nadie sabía dónde se encontraba Broxnan de Galuxen, el padre del hijo que esperaba Oxania, y muchos suponían que había huido lejos de la Ciudadela. No había noticias sobre la desaparición de ella, sin embargo, y Axlin se preguntó por qué no se habían fugado juntos aún. Tal vez, después de todo, al final Broxnan sí había optado por marcharse sin ella, tal como se rumoreaba.

Una mañana, por fin, Dex apareció de nuevo por la biblioteca. Axlin casi se le echó encima cuando lo vio.

—¡Dex! ¡Qué alegría verte! Empezaba a temer que te habías metido en algún problema serio.

—Bueno, ya ves que no te va a resultar tan fácil librarte de mí —dijo él sonriendo—. Tengo cosas que contarte. Si tienes un momento libre, quizá te las pueda resumir.

Se sentaron en un rincón discreto, y Dex le explicó en pocas palabras que aún no habían podido llevar a cabo su plan de fuga, porque la familia de Oxania ya no le permitía salir de casa sin vigilancia. Mientras encontraban la forma de reunirlos a ambos, Broxnan seguía escondido en algún lugar del segundo ensanche.

—Ya no vive conmigo, por suerte. Ayer me localizaron los hermanos de Oxania. Se presentaron en mi casa, se aseguraron de que Brox no estaba allí y se marcharon. Por eso he pensado que ya podía volver a hacer vida normal. Solo tengo que asegurarme de que nadie me siga cuando vaya a ver a mi hermano.

Axlin frunció el ceño.

—¿Crees que se han creído los rumores que dicen que él ya no está en la Ciudadela?

—Espero que sí, aunque probablemente me tendrán vigilado unos días, por si acaso. —Suspiró—. Odio tener que pedirte esto, pero voy a necesitar que nos sigas ayudando.

—¿Quieres utilizar mi casa como punto de reunión otra vez?

—No, no va a hacer falta. Mi hermano está bien instalado..., aunque seguro que él no opina lo mismo, pero, bueno, lo importante es que se trata de un lugar que en teoría no pueden relacionar conmigo. Por eso necesito que hagas tú de contacto entre nosotros, que le lleves algunas cosas... Porque no debe salir a la calle y exponerse a que lo vean y lo reconozca alguien.

Axlin suspiró. No le había caído especialmente bien el hermano de Dex y no tenía ganas de volver a verlo.

—De acuerdo, cuenta conmigo —respondió, sin embargo—. Pero no puede esconderse para siempre, Dex.

—Será solo hasta el día del desfile —la tranquilizó él.

—¿El... desfile?

—Me refiero al Desfile del Homenaje, que se celebra dentro de diez días. Es el momento que hemos elegido para que se escapen juntos, aprovechando que habrá mucha gente en las calles...

—También más Guardianes.

—Sí, pero controlarán especialmente a la gente que entra, no a la que sale. La Guardia de la Ciudadela no está aquí para vigilar a las personas, sino para asegurarse de que ningún monstruo atraviesa la muralla exterior.

Axlin inclinó la cabeza.

—Podría funcionar.

—Para entonces, espero haber podido arreglar lo de la fuga de esos dos. Con un poco de suerte, los perderemos de vista de una vez y todo volverá a la normalidad.

Axlin había asistido al Desfile del Homenaje el año anterior y sabía que, en efecto, congregaba a mucha gente. Conmemoraba el aniversario de la fundación de la Ciudadela y en él participaban todos los Portavoces y Consejeros del Jerarca, además de representantes de las principales familias de la ciudad vieja. Algunas veces, la comitiva estaba encabezada por el mismísimo Jerarca. Que Axlin supiera, era la única vez durante todo el año que abandonaba la ciudad vieja para que los ciudadanos lo vieran. En aquella ocasión, no obstante, ya se había anunciado que el dignatario estaba indispuesto y que el Consejero de Planificación Urbana ocuparía su lugar.

—¿Participará Oxania en el desfile? —preguntó Axlin con curiosidad.

—No, lo presenciará desde el palco de su familia. Yo me encargaré de sacarla de ahí sin que nadie se entere, ya he movido algunos hilos. Pero necesitaré que tú te quedes con Brox hasta que pueda reunirlos a ambos. ¿Te importa perderte el desfile?

A Axlin aquella celebración la intimidaba un poco, porque seguía sin acostumbrarse a estar rodeada de tanta gente. No lamentaría no asistir.

—En absoluto —respondió. Hizo una pausa y añadió—: ¿No te molesta a ti tener que solucionarle la vida a tu hermano mayor como si fuera un niño pequeño?

Dex suspiró con resignación.

—No es la primera vez, no te preocupes. Estoy acostumbrado.

Ella movió la cabeza, preocupada.

—Espero que no te metas en líos por esto.

No volvieron a hablar del tema aquel día, pero, por la tarde, Dex le pasó a Axlin un papel con las indicaciones para llegar hasta el lugar donde se ocultaba su hermano, un sótano bajo un almacén de grano en el sector sudeste del segundo ensanche. Ella memorizó la información y después destruyó la nota para que nadie pudiera verla.

Para cuando llegó a su casa aquella tarde, ya había organizado mentalmente su horario para ir a visitar a Broxnan un par de veces aquella semana. Sin embargo, Maxina la esperaba con una noticia desagradable.

—Axlin, ha llegado un mensajero con una notificación para ti —le anunció con gesto serio, tendiéndole una carta lacrada.

La joven vaciló antes de cogerla.

—¿Son... malas noticias?

—No necesariamente. Pero, en fin..., no lo sabrás hasta que no lo leas.

Axlin abrió la carta, muy intrigada. Tuvo que leer varias veces el contenido de la notificación, primero con perplejidad, después con creciente enojo, para comprender qué estaba sucediendo.

—¿Va todo bien? —preguntó Maxina.

Ella respiró hondo para controlar su ira.

—«Ciudadana Axlin, segundo ensanche, sector oeste» —leyó en voz alta—, «por la presente se te comunica que, a petición de la Guardia de la Ciudadela, y debido a que se te ha sorprendido en diversas ocasiones interfiriendo en su trabajo de vigilancia y protección, se te prohíbe salir de tu domicilio y deambular por cualquier sector de la Ciudadela entre la puesta y la salida del sol, por tu propia seguridad y la del resto de los ciudadanos...». No puedo creerlo. ¡Xein! —gruñó entre dientes.

Maxina la contemplaba desconcertada.

—¿Qué quiere decir eso exactamente?

Axlin estrujó el papel entre sus dedos, furiosa.

—Tengo prohibido salir de noche —murmuró—. Pero la Guardia de la Ciudadela no tiene autoridad sobre mí, ¿verdad?

Su casera cogió la notificación, la alisó y la examinó con detenimiento.

—No, esto es una resolución del Consejero de Orden y Justicia. No de él en persona, claro, sino de sus funcionarios. La orden parte de ellos, pero han tomado esta decisión debido a que la Guardia de la Ciudadela ha solicitado que hagan algo con respecto a ti.

—¿Y ellos... obedecen sin más?

—No es así, Axlin. Aunque cualquiera puede presentar una queja en la Oficina de Orden y Justicia, son ellos los que valoran después si deben actuar o no.

—Pero a mí nadie me ha dicho nada. No me han preguntado mi opinión. ¿Se fían sin más de lo que dicen los Guardianes?

Maxina se encogió de hombros.

—¿Y por qué no? Lo que hacen es muy importante. Nuestra supervivencia depende de la Guardia de la Ciudadela, ellos lo saben y se toman muy en serio su misión. Si consideran que lo mejor es que te mantengas al margen..., probablemente tengan razón.

La muchacha no respondió, pero seguía furiosa.

—Ellos llevan siglos enfrentándose a los monstruos, Axlin. Saben lo que hacen.

«Supongo que sí», pensó ella, abatida de pronto. Pero llevaba meses tratando con los Guardianes, y no había tenido nunca ningún problema... hasta que Xein le había dejado claro que no quería verla por allí. Teniendo en cuenta cómo se había portado con ella, le costaba creer que detrás de aquella carta no hubiera ninguna clase de venganza personal.

Por otro lado, si se veía obligada a visitar a Broxnan durante el día, tendría más problemas para pasar desapercibida. Suspiró, irritada. «Esto no va a quedar así», se prometió a sí misma.

Axlin llevaba un tiempo sin coincidir con Xein, pero lo había atribuido a la casualidad. Tras recibir la notificación, sin embargo, lo buscó por la Ciudadela, sin éxito. Una mañana, al cruzar la puerta que conducía al Mercado de la Muralla, reconoció a una de las Guardianas que la vigilaban: era la joven rubia que a menudo formaba equipo con Xein. No recordaba su nombre, si es que ellos habían llegado a mencionarlo en su presencia alguna vez.

—Disculpa, Guardiana —le dijo—. Estoy buscando a Xein. Hace tiempo que no lo veo, y necesito hablar con él. ¿Sabes dónde tiene guardia hoy?

Ella clavó sus ojos plateados en Axlin, quien, a pesar de que llevaba ya bastante tiempo viviendo en la Ciudadela, no terminaba de acostumbrarse a la turbadora mirada de los Guardianes.

—Xein ya no está aquí. Lo han enviado al Bastión.

Axlin inspiró hondo, alarmada. La Guardiana la observaba, atenta a sus reacciones.

—Es temporal —añadió, pese a que Axlin no había seguido preguntando—. Le han asignado un nuevo destino, pero probablemente estará de vuelta en un par de semanas.

Ella seguía sin hablar; no sabía qué decir, porque ni siquiera tenía claro cómo sentirse al respecto.

—Si tienes preguntas o alguna clase de problema, tal vez otro Guardián pueda ayudarte —siguió diciendo la joven rubia.

Axlin reaccionó por fin.

—Sí, yo..., gracias, Guardiana...

—Rox.

—Guardiana Rox. He recibido una notificación oficial. Me ordenan que no vuelva a salir de mi casa por la noche. La carta dice que las autoridades han tomado esa decisión debido a una queja de los Guardianes.

Rox continuaba mirándola con curiosidad y Axlin empezaba a sentirse incómoda.

—No sé nada de eso, ciudadana —contestó por fin—. Los Guardianes luchamos contra los monstruos; no nos corresponde a nosotros decir a la gente corriente cuándo puede salir de casa.

—No es eso lo que me dijo Xein —observó Axlin cruzándose de brazos.

Le pareció que Rox sonreía levemente.

—Xein puede ser un poco impertinente a veces —le respondió con amabilidad—, pero lo cierto es que ninguno de nosotros tiene autoridad para prohibirte pasear de noche, salvo que se haya declarado una emergencia puntual debido a la presencia de un monstruo. Eres una ciudadana residente, deberías conocer las normas.

—Entonces ¿por qué...?

—Una decisión así solo pueden haberla tomado nuestros superiores por razones justificadas. Y debe ser ratificada por la justicia del Jerarca. Deberías hablar con ellos en primer lugar.

Axlin no preguntó nada más. Le dio las gracias, se despidió de Rox y se alejó pensativa por las calles de la Ciudadela.

Quizá estaba sacando las cosas de quicio. Tal vez Xein no tenía nada que ver con todo aquello, al fin y al cabo. Todo lo que Rox y Maxina le habían dicho sonaba perfectamente razonable.

Sin embargo..., no podía evitar pensar que existía algún tipo de conexión. Y estaba también el hecho de que hubieran enviado a Xein otra vez al Bastión. ¿Por qué motivo? La Guardiana no se había mostrado preocupada por ello, pero Axlin se sentía inquieta.

«Tal vez deba confiar más en ella», se dijo. Rox siempre le había parecido muy competente. Y conocía bien a Xein. Probablemente mejor que ella. Seguro que lo apreciaba en cierto modo.

Algo se retorció en su estómago, pero trató de ignorarlo.

Suspiró. En los últimos días estaban sucediendo demasiadas cosas que no le gustaban y que no podía controlar. Y las jornadas siguientes iban a ser muy largas: tendría que hacer de enlace entre Dex y su hermano sin poder salir por la noche y procurando que nadie la siguiera.

Y sin ver a Xein.

Axlin no solía buscarlo, pero le gustaba cruzarse con él por la Ciudadela, aunque no quisiera admitirlo. Había pasado un año entero sin tener noticias suyas, y ahora, pese a que la relación entre ellos se hubiese acabado, una parte de ella se sentía reconfortada al saber que él estaba allí. Incluso aunque no se dirigieran la palabra. Mejor, de hecho, cuando no lo hacían, porque tenía la sensación de que, cada vez que hablaban, la distancia entre ellos se volvía aún mayor.

«Seguramente no tendrá importancia», se repitió a sí misma.

Pero no podía dejar de pensar lo que había sucedido la última vez que a Xein lo habían enviado al Bastión, aquella fortaleza en las Tierras Salvajes donde se forjaban los futuros Guardianes de la

Ciudadela. Trataba de convencerse a sí misma de que su relación se había roto a causa del tiempo y de la distancia. Ambos habían crecido y madurado. Las cosas ya no eran como antes.

Sin embargo, en el fondo seguía creyendo que Xein no había cambiado por voluntad propia. Si regresaba al Bastión, ¿qué quedaría del joven que ella había conocido cuando volvieran a encontrarse?

Cerró los ojos con fuerza. «Confía en los Guardianes, Axlin», se dijo. «Están aquí para protegernos.»

Era consciente de que el recelo que sentía hacia ellos se debía, muy probablemente, al hecho de que la madre de Xein se había esforzado mucho por mantenerlos lejos de su hijo, hasta el punto de que nunca le había hablado a él de su existencia.

Pero Kinaxi no tenía por qué saberlo todo. Quizá estaba equivocada con respecto a los Guardianes..., como lo había estado en tantas otras cosas.

Trató de apartar aquellos pensamientos de su mente. Tenía cosas que hacer, no podía pasarse todo el día pensando en Xein.

Pero la Ciudadela le pareció de pronto más triste y oscura solo por el hecho de que iba a pasar al menos dos semanas sin verlo.

11

Cuando Xein regresó a la Ciudadela, la encontró mucho más ruidosa y concurrida de lo que recordaba. Pensó que probablemente se debía a que la aldea donde había pasado las últimas semanas era bastante más pequeña, tranquila y organizada. Nunca había visitado antes las Tierras Civilizadas, y le pareció un buen lugar para vivir. Era algo intermedio entre el desolado abandono de la aldea en la que él se había criado y el bullicio abrumador de la Ciudadela. Un lugar donde, a pesar de los esporádicos ataques de los monstruos, se podía llevar una vida tranquila, convivir en paz con otras personas o incluso formar una familia.

Aquellos pensamientos lo asaltaban a veces, sobre todo durante las largas horas de guardia. Trataba de eliminarlos de su mente, porque sabía muy bien que no le estaba permitido soñar con ese tipo de cosas. Él era un Guardián. Su misión consistía en luchar contra los monstruos hasta morir en combate. Su vida estaba dedicada a la causa. No podía aspirar a compartirla con nadie más.

Quizá por este motivo se alegró en cierto modo de regresar a la Ciudadela, a pesar de que aquel lugar todavía lo desconcertaba un poco a veces. Pero allí estaban sus compañeros, las únicas personas que podían comprenderlo porque estaban en su misma situación.

—¿Te ha sentado bien tu retiro, Xein? —le preguntó Yarlax en cuanto lo vio en el patio del cuartel general—. ¿No te has aburrido demasiado entre campos de hortalizas?

—Soy un chico de aldea, después de todo —respondió él con una sonrisa—. Las hortalizas no tienen secretos para mí.

Yarlax, urbanita convencido, resopló con desdén.

—No me digas que quedan tan pocos monstruos en las Tierras Civilizadas que te han puesto a cultivar calabazas.

—No es época de plantar calabazas ahora, Yarlax.

—Puf, lo que sea. Bienvenido por fin de vuelta a la capital. Seguro que la encontrarás bastante más animada que cuando te fuiste.

—Sí —contestó él, súbitamente interesado—. No son imaginaciones mías, ¿verdad?

—Es por el Desfile del Homenaje. Habrás oído hablar de él. Viene mucha gente de otros enclaves, el mercado se amplía más que en cualquier otra época del año y el día del desfile la gente importante de la ciudad vieja se pasea por los ensanches como si les perteneciesen. Una pesadilla.

Xein lo miró sin comprender.

—Por eso te han hecho volver antes, imagino —siguió explicando Yarlax—. El Consejero de Orden y Justicia siempre manda redoblar la seguridad estos días. También los Guardianes debemos hacer turnos especiales. En ningún otro momento del año es más fácil que se cuele un monstruo en la Ciudadela. O que los innombrables consigan cruzar una muralla más hacia el centro de la ciudad.

Él inclinó la cabeza en silencio. Yarlax lo miraba fijamente.

—¿Has acabado ya tu entrenamiento en el Bastión? —preguntó por fin.

—Sí, o al menos eso creo. Me ha parecido más... teórico de lo que esperaba.

Yarlax tardó un poco en responder.

—Bueno, ya lo pondrás en práctica —dijo.

—¿Lo haré realmente? Tengo entendido que los innombrables no son muy numerosos.

—Yo no estoy tan seguro de eso —contestó Yarlax, pensativo—. Viven en la Ciudadela y aun así solo nos topamos con uno o dos al año. Pero eso puede significar que se esconden muy bien.

—Sí, lo sé, tienen... una especial habilidad para ello.

Yarlax sonrió y colocó una mano sobre el hombro de su amigo para transmitirle su apoyo.

—Lo harás bien.

Xein le devolvió la sonrisa.

—Tú ya has pasado por esto, ¿verdad?

—Todos. Ni te imaginas lo que fue para nosotros regresar del Bastión después del adiestramiento sabiendo lo que sabíamos. Monstruos indetectables. Criaturas que no son lo que parecen viviendo entre nosotros sin que nadie se dé cuenta. —Se estremeció—. Estábamos siempre en tensión, escudriñando todos los rincones, sin fiarnos ni de nuestra propia sombra, mientras tú te paseabas de un lado para otro tan tranquilo...

—Por la ciudad que, según me habían dicho, era el lugar más seguro del mundo.

Yarlax se había puesto muy serio.

—Por lo que al resto de la gente concierne, sí, la Ciudadela es el lugar más seguro del mundo. No lo olvides.

—Lo sé, lo sé.

Iba a añadir algo más cuando vio que Rox se acercaba a ellos con una media sonrisa.

—Me alegro de verte, Xein —dijo.

Él le devolvió la sonrisa.

—Yo también, Rox. Es bueno estar de vuelta.

«En casa», pensó. En el lugar al que pertenecía.

Aún faltaban tres días para el Desfile del Homenaje y Axlin ya lo odiaba con todas sus fuerzas.

Había mucha más gente en todas partes. El mercado estaba abarrotado. Los alguaciles se mostraban inquietos, paraban a los ciudadanos por la calle y los interrogaban acerca de los asuntos más peregrinos. Los controles en las puertas se volvieron más estrictos, por lo que a menudo se formaban colas para pasar de una zona a otra de la ciudad. Perdía más tiempo en desplazarse de un lado para otro, por lo que ni siquiera podía entretenerse curioseando por los nuevos puestos del mercado o hablando con la gente que venía de lejos.

También había más Guardianes. Patrullaban sobre todo por el anillo exterior, pero Axlin los había visto, además, rondando por los ensanches. Lo observaban todo con una intensidad que le resultaba un tanto inquietante. Se repetía a sí misma que a los Guardianes no tenía por qué interesarles adónde iba ni lo que hacía cuando se desplazaba cojeando hacia la zona sur del segundo ensanche, donde se escondía el hermano de Dex. Aun así, no podía evitar ponerse nerviosa cada vez que se cruzaba con alguno de ellos.

Había vuelto a ver a los hermanos de Oxania rondando por la biblioteca. Uno de ellos le había dirigido también la palabra en una ocasión, al cruzarse con ella una mañana de camino a casa, con la excusa de preguntarle una dirección. Era evidente que sospechaban de ella. Probablemente la habían visto hablando con Oxania alguna vez y, por otro lado, la noche de su pequeña escapada las habían seguido a ambas por las calles del primer ensanche. Quizá no habían tenido ocasión de verla de cerca entonces, pero sin duda la habían reconocido en la distancia a causa de su cojera.

Aunque Axlin no tenía indicios de que la estuviesen siguiendo, se mostraba siempre muy cautelosa cuando acudía a ver a Broxnan, solo por si acaso. Solía aprovechar sus visitas al mercado; se perdía entre la multitud, fingiendo estar interesada en las mercancías de los puestos, y después volvía a entrar en el segundo ensanche por la puerta sur.

Aquella mañana lo hizo también, pero tuvo que guardar cola antes de que le permitieran pasar. Inquieta, miró a su alrededor mientras esperaba. Y fue entonces cuando reconoció a uno de los Guardianes que custodiaban la puerta de la muralla.

Su corazón se detuvo un breve instante.

Xein. Xein había vuelto.

Inspiró hondo y trató de recobrar la compostura, pero, a medida que se acercaba a la puerta, sintió que crecía su inseguridad. Aunque lo había buscado para pedirle explicaciones por la notificación que había recibido, ya no estaba segura de que quisiera hablar de ese tema con él. Seguía convencida de que Xein tenía algo que ver con ello, pero no tenía pruebas. Y no deseaba darle más razones para acusarla de estar persiguiéndolo, acechándolo o cualquier cosa por el estilo.

¿Estaba enfadada con él? Probablemente. Pero, a pesar de eso, se alegraba de verlo. Aunque en el fondo no deseara que él la viera.

Cerró los ojos un momento, irritada consigo misma por sentirse aún confusa con respecto a Xein. «Se acabó. Asúmelo de una vez.» De modo que, cuando por fin se detuvo junto a él, se limitó a mirar hacia otra parte, como si no lo conociera, mientras el alguacil comprobaba las credenciales de la persona que estaba ante ella en la cola.

Pero Xein sí se volvió para mirarla. Axlin percibió el movimiento y alzó la cabeza hacia él.

Sus ojos se encontraron. Los ojos dorados del Guardián la observaban con atención, pero no había emoción en ellos, como si estuviese examinando algún tipo de extraño insecto. Ella le sostuvo la mirada, desafiante. «Atrévete a decirme algo. Vamos, habla.»

Pero él no pronunció palabra. Cuando acabó con su examen, volvió la cabeza y se centró en el siguiente ciudadano de la fila.

Axlin sintió que enrojecía. De rabia, de vergüenza..., no sabía muy bien por qué.

«No debería afectarme tanto. Se acabó. Se acabó.»

Sin embargo, aún soñaba con él algunas noches. Incluso aunque lograra dejar de pensar en él conscientemente, no podría evitar que su recuerdo la visitara cuando dormía.

Se esforzó por centrarse. Recordó dónde estaba y lo que había ido a hacer allí. Se detuvo en medio de la calle y miró a su alrededor. Aunque nadie parecía pendiente de ella, por si acaso, se internó en un pequeño callejón y aguardó hasta asegurarse de que no la seguían. Salió por el otro lado y se dirigió al escondite de Broxnan.

Se trataba del sótano de un edificio que servía para almacenar grano para el invierno y que en aquella época del año estaba vacío. No era un espacio demasiado confortable. Broxnan, de hecho, se quejaba por ello todos los días, pero Axlin había aprendido a no prestarle atención.

Llegó a la puerta trasera del edificio y sacó la llave. Según tenía entendido, Dex la había conseguido porque el funcionario que debía custodiarla era familiar de un amigo suyo, o le debía un favor o algo así. A Axlin todavía le maravillaba el hecho de que Dex conociese a gente tan diversa.

Entró en el almacén y bajó por las escaleras. Era, en efecto, un espacio estrecho y oscuro en el que flotaba un cierto olor a moho.

—¿Quién anda ahí? —oyó la voz de Broxnan en la penumbra.

—Soy yo, Axlin.

Hubo un breve silencio, como si él no terminase de ubicar su nombre.

—Ah, bien —dijo por fin—. Llegas tarde.

Ella suspiró, y no le contestó. Broxnan yacía en su jergón, mirando al techo con aire aburrido. Por lo que ella sabía, no hacía prácticamente otra cosa en todo el día. Le había llevado libros de la biblioteca, pero él no parecía interesado en la lectura.

—Dex me ha dado un paquete para ti —anunció, mientras sacaba las cosas del zurrón—. Comida, otra muda de ropa, velas y... hum, un tarro de algo que no sé lo que es.

Broxnan se incorporó, se acercó a ella y le quitó el frasco de las manos. Al destaparlo, un agradable olor floral se desparramó por la habitación.

—Mmm..., mucho mejor —dijo él, aspirando con deleite.

Axlin se quedó mirándolo.

—¿Le pediste a Dex que te consiguiera perfume?

—No es perfume, es aroma ambientador. El hedor de este sitio es tan insoportable que apenas logro dormir.

Ella seguía mirándolo, tratando de decidir si hablaba en serio o estaba de broma.

—Con un poco de suerte, también espantará a las cucarachas —añadió Broxnan, más animado.

—Lo dudo mucho —repuso ella, sacudiendo la cabeza.

Él resopló, de nuevo irritado.

—Bueno, en tal caso tendrás que conseguir algo que acabe con ellas de una vez por todas. No se me ocurre nada peor que tener a esos bichos asquerosos correteando entre mis pies.

—Oh, a mí sí se me ocurren muchas cosas peores —replicó Axlin, sonriendo con malicia—. Podría haber babosos. O chupones, por ejemplo. Si te quedas sin ideas al respecto, puedes consultar un bestiario. Tienes uno bastante bueno entre los libros que te traje.

Broxnan frunció el ceño. Volvió a tapar el frasco, pero el aroma permaneció aún unos instantes en el ambiente.

—No me gustan los bestiarios, muchas gracias. Ni ninguno de

esos libros que me has prestado, ya que lo mencionas. ¿No tenéis novelas en esa biblioteca vuestra?

—¿Novelas? —repitió ella sin comprender.

Broxnan suspiró impaciente, como si estuviese hablando con alguien corto de entendederas.

—Fábulas. Leyendas. Libros de aventuras...

—Oh. Ficción —comprendió ella.

Además del bestiario, le había llevado volúmenes de otros temas que consideraba interesantes: un tomo que relataba la historia de la Ciudadela, otro acerca de la pacificación de las Tierras Civilizadas y un tercero sobre hierbas y plantas curativas. Conocía las obras de ficción, por supuesto. Las había descubierto por primera vez en la biblioteca de la Ciudadela. Había empezado a leerlas con interés y creciente asombro, hasta que la maestra Prixia le había explicado que lo que relataban no había sucedido en realidad. Entonces Axlin había dejado de leer novelas. ¿Cómo iba a descubrir cómo funcionaba el mundo si aquellos libros la confundían con historias inventadas?

Por lo que parecía, los habitantes de la ciudad vieja eran muy aficionados a las historias de ficción. Algunos incluso las escribían. Axlin había averiguado, de hecho, que en la misma biblioteca había un par de relatos de aquel tipo redactados por Dex.

—No entiendo mucho acerca de esa clase de libros —murmuró—. Le pediré a tu hermano que seleccione algunos para ti.

Broxnan respondió con un gruñido. Volvió a tumbarse en el jergón y clavó la mirada en el techo, dándole a entender que la conversación había finalizado y que deseaba que lo dejara a solas.

Axlin se molestó. Llevaba tiempo soportando a aquel joven engreído y egoísta, y lo había hecho por Dex; pero aquel día, sencillamente, sentía que ya se le había acabado la paciencia.

—Podías dar las gracias de vez en cuando, ¿sabes?

Él se limitó a mirarla de reojo.

—¿Disculpa?

—¿Tienes idea de todas las molestias que nos estamos tomando por ti? ¿Por un inútil malcriado que deja embarazada a la chica equivocada y luego corre a esconderse como un cobarde, cargando toda la responsabilidad sobre los hombros de su hermano menor?

Él alzó las cejas.

—Es una encerrona —se limitó a responder.

Axlin gruñó, cada vez más molesta.

—No estás encerrado. Puedes salir de aquí cuando gustes. Y perderte bien lejos, me da igual. Por mí como si no vuelvo a verte la cara en mi vida.

—No, no. Me refiero a que todo esto es una encerrona. Oxania miente. No sé quién la dejó embarazada, pero estoy bastante seguro de que yo no fui.

Axlin suspiró. Aún recordaba el gesto de genuina perplejidad de la joven la primera vez que Broxnan había insinuado aquello. Ni siquiera su hermano lo creía.

—Ella dice que estuvisteis juntos la noche de la fiesta...

—... de los De Vaxanian, sí.

—Todo el mundo os vio. Dex dice —añadió tras un titubeo— que una de las criadas os vio cuando entrabais en el cuarto de Oxania.

Al parecer, además de eso, la chica había oído sonidos que delataban sin duda la actividad a la que ambos se habían dedicado en el interior de la habitación. Pero Axlin prefirió no entrar en detalles.

Brox volvió la cabeza hacia la pared.

—Si no estuviste con ella esa noche —insistió ella—, ¿qué hiciste?

Pero él no contestó. Axlin resopló, cargó de nuevo con su zurrón y se marchó de allí sin despedirse. No veía la hora de que Broxnan y Oxania salieran de su vida para siempre.

Xein terminó su turno y se encaminó de regreso al primer ensanche. Estaba contento porque había sido capaz de mantener la compostura frente a Axlin y, por alguna razón, tenía ganas de contárselo a Rox. Quería que se sintiese orgullosa de él.

Mientras recorría en silencio las calles del segundo ensanche, vio a lo lejos la figura renqueante de Axlin, como si sus propios pensamientos la hubiesen invocado. Se detuvo, inseguro de pronto. No deseaba cruzarse con ella de nuevo. Aguardó un momento a que se alejara y entonces vio que se detenía en una esquina y miraba a su alrededor con suspicacia.

Xein retrocedió para ocultarse en un soportal y la observó con curiosidad. Sus movimientos le parecieron furtivos, como si temiera que la sorprendiesen haciendo algo que no debía. «¿Qué estará tramando?», se preguntó.

Axlin dobló una esquina, y él decidió por fin que no la seguiría. «No es asunto mío», pensó. Dio media vuelta y prosiguió su camino en busca de Rox.

Sabía dónde encontrarla, por lo que se dirigió a la plaza donde ella estaba a punto de terminar también su turno de guardia. Por lo que tenía entendido, allí estaban montando los palcos para el desfile. A lo largo del día habían pasado por el lugar diversas autoridades, y sus superiores habían considerado necesario reforzar la vigilancia.

Cuando llegó, los operarios estaban ya recogiendo para marcharse. Se reunió con su compañera, que esperaba en una de las entradas de la plaza.

—¿No has acabado todavía? —le preguntó.

—Enseguida. Parece no se ponen de acuerdo sobre la distribución de los asientos.

Xein miró en la dirección indicada y vio a un hombre elegantemente vestido que discutía con los operarios y con el funcionario al mando. Desde allí lo oyeron protestar:

—¿... qué es lo que no entiendes? Nuestro palco debe ser el cuarto y no el quinto. Hay un error en los papeles. Llevo días exigiendo que lo cambien, pero sois tan inútiles que todavía no habéis hecho nada al respecto.

—¿Por qué le concede tanta importancia? —murmuró Xein, desconcertado.

—Por lo visto, la influencia de una familia se refleja también en la posición que ocupan en los actos públicos. Las más poderosas son las que se sitúan más cerca del palco principal.

—Pero si el Jerarca ni siquiera va a asistir. ¿Qué más da?

—Así funcionan las cosas en la ciudad vieja.

Xein suspiró.

—Te espero, pues. ¿Estás sola?

—Elixa estaba conmigo, pero ha tenido que volver al cuartel por algo urgente. Puedes irte tú también. Esto está bastante tranquilo.

—No, te espero —insistió él. Volteó la lanza sin apenas darse cuenta, y Rox, que lo conocía bien, comprendió que estaba nervioso por alguna razón.

—¿Hay algo de lo que quieras hablar?

Xein abrió la boca para responder «He visto a Axlin», pero finalmente no lo hizo. Rox, no obstante, lo adivinó sin necesidad de palabras.

—Te has cruzado de nuevo con la chica de la biblioteca, ¿verdad? Bueno, tenía que suceder.

—No hemos hablado —se apresuró a aclarar él.

Ella no contestó a aquel comentario.

—Me preguntó por ti cuando te fuiste —dijo, sin embargo—. Las autoridades le han prohibido salir por la noche, y ella creía que tú tenías algo que ver.

—En cierto modo —murmuró él, bajando la vista—. Me la encontré el día que mataste a la sombra. Le dije a la comandante que me parecía que estaba haciendo demasiadas preguntas.

—Bueno, te limitaste a dar tu informe. Si las autoridades han considerado necesario tomar medidas al respecto, es porque así debía hacerse.

Él seguía con la cabeza gacha.

—Xein. Mírame —ordenó Rox. Él obedeció, fijando sus ojos en sus iris plateados—. No podemos..., no debemos sentir nada por nadie. Ya sabes por qué, ¿recuerdas? Ahora lo sabes.

Él desvió la mirada de nuevo.

—Me han contado historias...

—Son más que historias. Sucede más a menudo de lo que pensamos, y debemos estar preparados. Y reaccionar al instante. Sin vacilar. Hay vidas inocentes que dependen de ello, ¿comprendes? Si dudas, aunque solo sea un momento..., alguien lo pagará después. Siempre.

Xein no dijo nada. Rox tomó su rostro con las manos y lo obligó a mirarla a los ojos.

—Por eso debemos confiar ciegamente en nuestros compañeros, en sus ojos y en su palabra. Para no dudar. ¿Lo tienes claro?

—Sí, Rox. Gracias —respondió él, apartando las manos de ella con suavidad.

—Es difícil al principio. Los Guardianes debemos mantenernos alejados de la gente corriente. Pero, al menos, nos tenemos los unos a los otros.

Xein apenas la estaba escuchando ya. Había clavado la vista en las personas que aún discutían al pie del palco. Los operarios parecían aburridos, y el funcionario ya no sabía qué decir para escapar de la ira de su interlocutor. Suspiró y echó un vistazo a los dos hombres que acompañaban al aristócrata. Uno de ellos sostenía un cartapacio con un montón de papeles, y Xein supuso que sería su asistente. El otro, alto y robusto, debía de ser un escolta.

Su mirada resbaló por ellos sin apenas prestarles atención..., y entonces la silueta del escolta se difuminó un instante.

Xein se irguió, alerta, y se fijó en él con mayor atención.

Y ahí estaba de nuevo: los contornos borrosos, como si se diluyeran en el aire. Parpadeó y la silueta volvió a parecer normal. Pero su corazón ya latía con violencia contra su pecho.

—Rox —susurró—. Rox, he visto uno.

—¿Cómo dices?

Se esforzó por no perder la compostura. Fingió que no prestaba interés al escolta, pero lo controlaba con el rabillo del ojo.

—El hombre de la barba. Es uno de ellos.

Su compañera lo miró sorprendida.

—Debes de estar equivocado, Xein. He pasado aquí toda la tarde con Elixa, hemos verificado a todos los que han pasado y también a ese hombre...

—Rox —cortó él—. Tienes que confiar en mí, ¿recuerdas? En mis ojos y en mi palabra.

Ella abrió la boca para replicar, pero finalmente asintió.

—Adelante, pues. Ya conoces el protocolo. Yo te cubro.

Xein se encaminó hacia el grupo, aparentando más seguridad de la que sentía en realidad. Sus ojos seguían fijos en el escolta y volvió a percibir aquella especie de ondulación en su perfil que creaba un extraño efecto en sus rasgos: parecían derretirse como si fuesen de mantequilla. Cada vez que parpadeaba, todo volvía a su lugar; pero, si seguía mirándolo con atención...

Un metamorfo. Estaba completamente seguro.

Su corazón se aceleró. No había vuelto a ver a un metamorfo desde que había abandonado el Bastión, donde se había entrenado observando todos los días a la criatura encerrada en el Foso, que, tal como le habían anticipado, había cambiado de aspecto en varias ocasiones durante su estancia allí. Había asimilado el hecho de que aquellos seres eran reales y vivían infiltrados entre la gente corriente de la Ciudadela. Pero no era lo mismo saberlo que toparse con uno de ellos en plena calle.

El escolta se había percatado de su presencia y lo miraba con curiosidad. No obstante, a Xein le pareció que se ponía en tensión. Aferró su lanza con fuerza, inseguro de pronto. Sí, conocía el protocolo. Detener al monstruo sin despertar sospechas entre la gente corriente.

—Disculpa, ciudadano...—empezó.

El hombre retrocedió unos pasos. Había identificado el color dorado de los ojos del Guardián. Xein lo comprendió al instante, pero reprimió el impulso de arrojar su lanza contra él. El funcionario y el aristócrata habían dejado de discutir y los observaban con curiosidad. Xein sabía que no podía atacar a lo que ellos pensaban que era un ciudadano corriente. Probablemente, ni siquiera podría detenerlo, porque los criminales comunes no eran competencia de los Guardianes.

Pero tenía que hacer algo. El escolta seguía retrocediendo con cautela y sus contornos continuaban fluctuando. Pero ninguno de los presentes podía percibirlo. Nadie, salvo él.

—¿Qué sucede, Guardián? —preguntó entonces el aristócrata, frunciendo el ceño.

—Está anocheciendo —intervino Rox oportunamente—. Deberíamos despejar la plaza ya.

Se había acercado por detrás del escolta, cortándole el paso sin que pareciera que lo hacía, para evitar que saliera corriendo en un descuido.

—Me parece una gran idea —respondió el funcionario muy aliviado.

—Os escoltaremos hasta la ciudad vieja —ofreció ella.

—Yo ya llevo mi propia escolta... —empezó el aristócrata, pero Xein le interrumpió:

—Nos viene de camino, ciudadano. No supone ninguna molestia para nosotros.

Su tono sugería que no era buena idea llevarle la contraria, así que el aristócrata cedió por fin. No obstante, Rox dirigió a su compañero una mirada de advertencia.

Acompañaron al grupo de regreso al centro de la ciudad. Sin

necesidad de hablarlo previamente, los dos Guardianes se situaron a ambos lados del metamorfo para no perderlo de vista. El monstruo seguía comportándose con normalidad, como el escolta que fingía ser, caminando unos pasos por detrás de su señor.

Xein no soportaba la tensión. Todo su cuerpo le pedía que atravesase con su lanza a aquella criatura antes de que pudiese desaparecer de nuevo, pero conocía el protocolo, y sabía que no se podía atacar a un innombrable delante de otras personas.

Pasaron por delante de una taberna justo en el momento en que entraba en ella un grupo de jóvenes. Hablaban en voz alta y reían estruendosamente, lo cual sugería que no era aquel el primer local que visitaban aquella tarde. Algunos se desviaron de su trayectoria para no cruzarse con la pequeña comitiva que llevaba a dos Guardianes como escoltas, pero la mayoría no se dieron cuenta y prosiguieron su camino sin apartarse. Uno de ellos, que se tambaleaba un poco, chocó contra Xein, y él lo sostuvo para que no cayera al suelo.

Y entonces perdió de vista al cambiapiel.

12

Se volvió hacia todos lados, desconcertado. El escolta había desaparecido. El aristócrata y su asistente se volvieron para ver qué sucedía, pero su acompañante sencillamente se había esfumado.

Xein escudriñó los rostros a su alrededor... y entonces lo vio de nuevo, pero ya no tenía el mismo aspecto. Ahora era un joven que entraba en la taberna junto con los demás.

Pero su silueta aún fluía como si fuera líquida.

Lo siguió. Tuvo que apartar a los otros jóvenes y, para cuando llegó a la puerta del local, el metamorfo ya había entrado. El Guardián se detuvo y echó un vistazo al interior de la taberna, desconcertado. Sintió a su lado a Rox, que lo había seguido sin cuestionar sus motivos, y se volvió hacia ella.

—Está aquí dentro, en alguna parte.

—Bien. Tratará de confundirse con la gente, es posible que cambie de aspecto un par de veces más. Situémonos cerca de la puerta. Procura verificar a todo el que trate de salir.

Ocuparon una mesa desde la que controlaban la entrada, y Xein repasó con la mirada a todos los presentes, cada vez más nervioso.

—No lo veo, Rox. No sé dónde se ha metido.

—Tranquilo. Actúa con normalidad.

Un joven empleado se acercó a preguntarles qué querían tomar. Xein clavó su mirada en él y solo cuando se hubo cerciorado de que era una persona corriente respondió:

—No sé, ¿qué nos recomiendas?

—Xein, estamos de guardia —le advirtió Rox.

—No, en realidad ya hemos acabado nuestro turno. Vamos, relájate un poco. Actúa con normalidad —le espetó, guiñándole un ojo.

El camarero se mostraba un tanto incómodo, probablemente intimidado ante la presencia de los Guardianes y desconcertado por la actitud festiva de Xein.

—Tenemos un licor de arroz muy bueno que hemos traído de las Tierras Civilizadas con motivo del desfile, señor.

—Estupendo, pues sírvenos un par de vasos.

—Para mí un zumo de bayas —lo contradijo Rox.

Cuando el empleado se alejó, ella le dirigió una mirada irritada.

—«Actuar con normalidad» significa seguir el comportamiento que se espera en un Guardián, no fingir que eres un chico corriente que está de juerga. No lo eres, ¿recuerdas?

—Lo sé —contestó él.

Se había puesto serio en cuanto el camarero les había dado la espalda, y su mirada recorría de nuevo el local sin perder detalle. Se recostaba contra su silla, relajado en apariencia, pero sus manos crispadas sobre la mesa delataban la tensión que contenía.

—¿No lo ves? —murmuró Rox.

Él negó con la cabeza.

—Lo he perdido. Por todos los monstruos, lo he perdido.

Ella colocó una mano sobre su antebrazo.

—Tranquilo. Quizá no fuera quien tú pensabas en realidad. Lleva un tiempo aprender a utilizar la visión, ¿sabes? Y los... ciudadanos como él no son tan abundantes, después de todo.

Xein se volvió hacia ella.

—Sé lo que he visto, Rox. ¿Confías?

Esta vez fue él quien buscó la mirada de ella. En su última visita al Bastión había comprendido por fin el vínculo que se establecía entre dos compañeros de divisiones diferentes que patrullaban juntos. Los Plata veían a las sombras y los Oro tenían que confiar en su palabra cuando señalaban un objetivo que ellos no podían ver. Por otro lado, los Oro eran los únicos capaces de distinguir un ser humano de un metamorfo, y sus compañeros de la División Plata debían creerlos sin dudar. Si uno de los dos fallaba, el monstruo podía escapar o, peor aún, acabar con la vida de una persona inocente.

Durante su primera etapa en la Ciudadela, ambos habían formado equipo muy a menudo, pero ahora Xein sabía que Rox había corrido un gran riesgo aceptándolo como compañero en tantas misiones cuando él ni siquiera conocía aún el alcance de todas sus capacidades.

Ahora estaba dispuesto a demostrar que no era un Guardián incompleto, que podía desarrollar su misión tan bien como cualquier otro compañero. Que Rox podía confiar en él.

—Claro que sí —respondió ella—. Sigue mirando. No te desconcentres.

El camarero les sirvió las bebidas que habían pedido. Rox no tocó su vaso, atenta a los gestos de Xein. Pero este, todavía inquieto, tomó un trago del licor de arroz mientras seguía escudriñando la estancia.

La bebida le quemó la garganta y le hizo toser. Rox sonrió levemente.

—Te lo dije. Y ahora, presta atención.

Xein pasó por alto las miradas burlonas que le dirigieron desde la mesa del fondo, donde se habían reunido los jóvenes que habían entrado justo antes que ellos. Los había estado observando con detenimiento, por si el metamorfo se había camuflado entre ellos, y ahora comprendió que algunos se lo habían tomado como una especie de desafío.

—No lo veo, Rox. Y tampoco ha salido por la puerta.

Antes de que ella pudiera responder, se levantó y se dirigió a la barra para interrogar al tabernero.

—Buenas tardes, ciudadano. Estamos buscando a un joven que entró con ese grupo del fondo.

Volvió a mirarlos, estudiando sus rostros con intensidad. Pero de nuevo comprobó que todos eran personas normales.

—¿Cómo...? —dijo el hombre confundido—. Tal vez deberías preguntarles a ellos, Guardián. Yo no sé...

—No, no. Entró con el grupo, pero no pertenecía a él. Lo están buscando los alguaciles y pensamos que puede haberse ocultado aquí.

El tabernero asintió con el ceño fruncido.

—Comprendo. ¿Y qué aspecto tenía?

Xein solo lo había visto de espaldas, por lo que no podía describirlo. Además, era probable que el metamorfo hubiese vuelto a cambiar de rostro mientras lo buscaban.

—No lo hemos visto salir —prosiguió, sin responder a la pregunta—. ¿Es posible que se haya marchado por otra puerta?

—¿Otra puerta...? Bueno, tal vez la que da al callejón..., pero está en la trastienda, y los clientes no tienen acceso a ella.

Xein asintió y no preguntó más. Sintiéndose estúpido por no haberlo pensado antes, pagó las bebidas e hizo una seña a Rox para que se reuniera con él.

Salieron juntos del local y rodearon el edificio en busca de la puerta que había mencionado el tabernero. El callejón estaba desierto, y Xein dejó escapar un gruñido de frustración.

—¡Lo he perdido!

—Tranquilo. Es tu primer avistamiento. Cuando se producen en público, además, resulta difícil decidir cómo actuar.

—Hay un protocolo...

—Sí, que nos ata las manos porque nos prohíbe atacar delante de gente corriente. Volvamos al cuartel, anda. Se está haciendo tarde y tendremos que presentar un informe acerca de esto.

Xein negó con la cabeza.

—No podemos dejarlo escapar así como así. Hagamos al menos una ronda por el barrio.

Rox dudó un instante, pero finalmente asintió.

Recorrieron las calles cercanas. Había mucha animación. Se trataba de una zona con bastantes tabernas que, además, no quedaba lejos de la puerta oeste, por lo que muchas de las personas que se habían desplazado hasta la Ciudadela para el desfile rondaban por el barrio en busca de un lugar donde cenar o pasar el rato.

Aquello suponía un inconveniente para los Guardianes, especialmente para Xein, que tenía que fijarse en todas las personas con las que se cruzaba por la calle. Rox lo acompañaba en silencio, atenta a su señal.

Entonces, por fin, Xein detectó una figura borrosa y se detuvo de golpe. Rox se paró junto a él, lista para entrar en acción. Su compañero señaló con un gesto a una mujer que caminaba presurosa calle abajo, y ella asintió. A continuación se encaramó a un balcón y de allí saltó a una ventana al otro lado de la calle. Algunas personas se detuvieron a mirarla, asombrados, mientras ella alcanzaba el tejado del edificio para tener una visión más amplia de la situación.

—Ronda de reconocimiento, ciudadanos —anunció Xein con tono tranquilizador—. No hay nada de que preocuparse.

Pero echó a correr tras la mujer, que se volvió para mirarlo con sorpresa. Parecía una vecina cualquiera, incluso llevaba el delantal manchado de harina.

Xein, sin embargo, no se dejó engañar. Detectó de nuevo aquel extraño efecto en la figura del metamorfo, como una distorsión, como si se derritiera literalmente bajo su mirada; y, ante la alarma de la gente que los observaba, enarboló su lanza, listo para atacar.

Percibió con el rabillo del ojo, sin embargo, que Rox corría por el tejado hacia ellos, y se retrasó a propósito para permitir al cambiapiel desaparecer por una calle lateral. Lo siguió, pero cuando dobló la esquina ya no lo vio.

—¡Xein, allí! —indicó Rox desde las alturas.

Él entró por una bocacalle y volvió a ver la falda de la mujer desapareciendo tras la siguiente esquina. La siguió y se detuvo, desconcertado, al entrar en el callejón. Empezaba a dolerle la cabeza; era un rumor sordo y punzante que le impedía pensar con claridad. Un poco más abajo había un grupo de muchachos jugando a las cartas, pero ni rastro de la mujer del delantal. Xein alzó la mirada y vio a Rox en lo alto del tejado con el arco preparado, lista para disparar a quien él le indicase.

Y lo haría sin dudar, comprendió Xein, con un estremecimiento. Aunque no pudiera distinguir a un ser humano inocente de un monstruo metamorfo.

Recorrió los rostros de los jóvenes con la mirada en busca de la criatura a la que perseguía. Algunos de ellos se sorprendieron al ver a un Guardián en el callejón, y Xein alzó las manos para tranquilizarlos.

—No pasa nada, ciudadanos. Patrulla de rutina.

Pero aún llevaba la lanza en la mano, y los muchachos miraron a su alrededor con nerviosismo, temiendo encontrar un monstruo agazapado en algún rincón.

No vieron ninguno, y tampoco Xein halló lo que estaba buscando. Bajó la mano, y Rox, comprendiendo, también bajó el arco.

Xein tomó un desvío por un estrecho pasadizo en busca del cambiapiel. Les había dado esquinazo de nuevo, pero al menos lo estaban empujando hacia espacios menos concurridos. Si lograban acorralarlo, probablemente podrían acabar con él sin que nadie más los viese.

Recorrió las calles con ligereza. Aún sentía aquel latido dentro de la cabeza, pero sus músculos estaban respondiendo bien, y todo su cuerpo le pedía que corriese, que luchase. Rox lo seguía por los tejados, silenciosa y veloz como un felino.

Por fin se detuvo, frustrado. Lo había perdido de vista definitivamente.

Su compañera aterrizó a su lado con suavidad.

—Volvamos al cuartel, Xein —dijo—. Elaboraremos un informe completo con la descripción de las identidades que ha adoptado. Quizá así podamos seguirle la pista más adelante.

Él negó con la cabeza.

—Desaparecerá de nuevo. Podríamos haber acabado con él, Rox. Lo tenía a tiro de lanza.

—Había demasiada gente delante —le recordó ella.

Él apoyó la espalda en la pared y cerró los ojos. Estaba furioso por no haber podido acabar con el monstruo, pero además se sentía extrañamente enardecido. Aún le dolía la cabeza como si tuviese un corazón latiendo atronadoramente en su interior. Deseaba hacer algo, cualquier cosa. Correr. Saltar. Matar monstruos. Apretó los dientes, tratando de controlar el fuego que de pronto se había encendido en su interior, alentado por la cacería.

—Xein, ¿te encuentras bien? —preguntó Rox, inclinándose junto a él.

Él se volvió para mirarla. Inspiró hondo y su olor lo inundó por dentro. Y algo salvaje acabó por despertar en su interior.

La aferró por los brazos con brusquedad y la apoyó contra el muro. Ella se tensó, pero cuando Xein buscó su boca y la besó con urgencia dejó de retorcerse y relajó su cuerpo contra el de él.

Los interrumpió una pequeña exclamación de sorpresa. Rox recobró la compostura. Apartó a Xein de un empujón y se volvió hacia la entrada del callejón. Allí, una pareja que quizá buscaba un lugar más tranquilo para intimar los observaba con estupor.

—Di... disculpad, Guardianes —murmuró el joven—. Ya nos vamos.

Xein no les prestaba atención. Apenas habían salido del callejón y ya estaba tratando de retener de nuevo a Rox entre sus brazos. Pero ella lo mantuvo apartado.

—Xein, compórtate.

Él gruñó con frustración. Forcejearon, pero ella lo inmovilizó sin apenas dificultad y lo mantuvo contra la pared. El joven se retorcía, como si algo se hubiera apoderado de él.

—Guardián Xein de la División Oro —le dijo Rox al oído con tono gélido—, esto es una conducta absolutamente inapropiada e intolerable.

Él jadeó al principio con irritación, pero, poco a poco, su respiración se calmó. Los latidos de su corazón se ralentizaron. El dolor de cabeza remitió.

—¿Qué... qué me ha pasado? —murmuró por fin.

Se volvió hacia Rox, confuso. El gesto de ella era de piedra. De pronto, comprendió lo que había hecho y la contempló, horrorizado.

—Rox —susurró—. Rox, te juro que no quería... No sé en qué estaba pensando.

Trató de avanzar hacia ella, pero la Guardiana retrocedió.

—Atrás —le advirtió—. No me toques, Xein.

Él no lo intentó. Apoyó de nuevo la espalda contra la pared y resbaló hasta el suelo, abrumado.

—No entiendo por qué lo he hecho. Es como si me hubiese vuelto loco de repente. No era yo, me sentía... un animal. O algo peor.

Rox frunció el ceño y lo miró con un nuevo interés.

—Explícame eso.

Él había hundido el rostro entre las manos. Se sentía espantosamente débil, como si todo el fuego que lo había consumido momentos antes se hubiese desvanecido de repente. Trató de reorganizar sus ideas.

—Estaba... persiguiendo al innombrable... Y he empezado a

sentirme extraño. —Se oprimió las sienes—. Como si hubiese en mi cabeza algo que nublaba mis sentidos y me hacía perder el control.

Ella entornó los ojos.

—Ya sé que no es excusa —prosiguió el joven, angustiado—. No hay palabras para expresar cuánto lo siento, Rox. Ni nada que pueda hacer para compensarte. Si decides denunciarme al capitán, estás en tu derecho; lo admitiré todo.

Sintió que ella se inclinaba a su lado, manteniendo, sin embargo, una prudente distancia.

—Eres impulsivo, pero ni siquiera tú caerías en algo así voluntariamente.

Xein alzó la cabeza para mirarla.

—¿Cómo dices?

—Algo te ha alterado. Puede que estuviese en esa bebida que te han dado en la taberna.

—Bueno, era solo un licor. No suelo beber muy a menudo, pero tampoco...

Ella seguía negando con la cabeza.

—No creo que fuese un licor cualquiera. —Seguía pensando intensamente—. El tabernero te dijo que los clientes no tienen acceso a la puerta de atrás.

Él arrugó el ceño, tratando de seguir su razonamiento. Poco a poco su mente se iba aclarando.

—¿Quieres decir que el cambiapiel se hizo pasar por uno de los empleados?

—Y así pudo adulterar tu bebida y escapar por la otra puerta.

Xein se quedó mirándola.

—No pueden ser tan inteligentes.

—Oh, sí que lo son. Si fuesen monstruos corrientes, no podrían mezclarse con los humanos y hacerse pasar por ellos.

—Pero... pero... ¿por qué a mí me ha afectado y a ti no?

—Yo no probé mi bebida —le recordó ella, muy seria.

Lo miró con fijeza, tratando de evaluar su estado. Xein aún se sentía tan avergonzado que no tuvo valor para sostenerle la mirada. Ella lo obligó a alzar la cabeza.

—¿Cómo te sientes?

—Mejor. Estoy más tranquilo, tengo la cabeza despejada y... —titubeó— no se me ocurriría volver a ponerte la mano encima. Tienes mi palabra, Rox.

Ella le dirigió una mirada indescifrable. Finalmente, sonrió.

—Eso está bien. No estaría de más que te viese un médico, Xein. Si te echaron algo en el vaso..., si te afectó hasta ese punto, a pesar de que solo tomaste un sorbo..., imagina lo que habría sucedido si llegas a bebértelo entero. Quién sabe..., quizá ahora mismo estarías muerto.

El joven se estremeció, pero no dijo nada.

Rox se levantó.

—Regresemos al cuartel. Informaremos de lo que ha pasado esta noche. —Hizo una pausa y añadió—: Omitiré la última parte.

Xein sintió una repentina oleada de alivio.

—Gracias. Gracias, Rox. Te debo una bien grande.

La Guardiana Vix era lo más parecido a un médico que había en el cuartel general. Había servido en la Última Frontera cuando era más joven, pero había resultado gravemente herida durante una batalla y la habían devuelto a la Ciudadela porque no estaba en condiciones de seguir luchando. Al parecer, sus superiores habían considerado que tampoco era adecuada para asumir mayores responsabilidades, puesto que seguía siendo Guardiana rasa y no la habían ascendido a capitana, a pesar de su experiencia. No obstante, Xein había oído decir que sí le habían ofrecido el rango tiempo atrás y que ella lo había rechazado.

Desde entonces, Vix cuidaba de la salud del resto de los Guardianes. En el frente oriental había aprendido a reparar miembros rotos y a curar heridas, por graves que fueran, y había puesto aquellos conocimientos en práctica muy a menudo antes de ser retirada del servicio activo.Y seguía haciéndolo ahora, en la Ciudadela, donde pocos Guardianes podían presumir de tener tanta experiencia como ella en la materia.

Aun así, Xein dudaba de que pudiera ayudarlo. Su especialidad eran las enfermedades del cuerpo, no de la mente. Permaneció callado mientras Rox exponía el caso en su lugar. Su compañera enumeró los síntomas que él había referido, empezando por el dolor de cabeza y acabando con la súbita debilidad que se había abatido sobre él cuando aquella inexplicable exaltación lo había abandonado de repente. No mencionó para nada, sin embargo, el arrebato que lo había llevado a propasarse con ella sin motivo alguno.

La Guardiana Vix la escuchó sin mover un solo músculo y sin apartar la mirada de Xein. No sonreía, pero eso era algo habitual en ella. Los nuevos Guardianes la encontraban intimidante al principio, hasta que acababan por acostumbrarse a sus bruscos modales y a su aparente falta de sentido del humor. Xein pensó que podía estar molesta con ellos por haberla despertado a altas horas de la madrugada, o tal vez no; probablemente les habría dedicado el mismo gesto agrio en cualquier otro momento del día.

Cuando Rox terminó su relato, Vix se acercó renqueando a Xein, que apartó la vista. El rostro de la médica conservaba secuelas de las graves heridas que había sufrido tiempo atrás, pero esa no era la razón de que a él le resultase difícil mirarla. Se debía, sencillamente, a que su forma de caminar le recordaba demasiado a la de Axlin.

—Mírame —ordenó ella, y el joven lo hizo.

Le extrañó que se pusiera a examinar sus ojos con atención a la luz de una lámpara, pero no hizo ningún comentario.

—Ya veo —murmuró Vix al final; le soltó la barbilla y se volvió hacia Rox para preguntar, como si él no estuviese presente—: Bebió o comió algo poco antes de empezar a sentirse así, ¿verdad?

Xein se sorprendió, porque Rox no había mencionado en su relato la visita a la taberna. A pesar de ello, se sintió en la obligación de aclarar:

—No estaba borracho.

—No he dicho que lo estuvieras —cortó Vix con sequedad—. Es obvio que te ha envenenado un innombrable.

—¿Envenenado? —repitieron los dos a la vez.

—Eso he dicho. ¿Voy a tener que revisaros los oídos a los dos? —los riñó—. Bien, no conocemos con exactitud la composición de esa sustancia, ni sabemos cómo funciona ni por qué solo afecta a los Guardianes, pero parece ser que confunde la mirada. Yo la llamo «aturdidor», aunque «ofuscador» o «desorientador» también servirían. Los innombrables lo utilizan a veces para evitar ser identificados por los Guardianes. Interfiere en nuestras capacidades y nos impide reconocerlos, aunque los tengamos ante nuestras narices. Lo otro..., la euforia, el descontrol, el comportamiento irracional, son solo efectos secundarios de la sustancia.

Rox y Xein la contemplaban asombrados. Cuando fueron capaces de reaccionar, plantearon sus preguntas al mismo tiempo:

—Entonces ¿ya no puedo identificar a los metamorfos?

—¿Por qué nadie nos había hablado de esto antes?

—Uno a uno, Guardianes —cortó ella—. Primero, la pregunta sencilla: los efectos del aturdidor son temporales. Estarás como nuevo después de unas cuantas horas de sueño —le dijo a Xein, para alivio de este—. En cuanto a la otra cuestión... —sacudió la cabeza con gravedad—, es más complicada. Dejémoslo en que, oficialmente, el veneno aturdidor ni siquiera existe.

Xein parpadeó, desconcertado. Rox frunció el ceño.

—¿Cómo es eso posible? —planteó—. ¿Envenenó el metamorfo a Xein, sí o no?

La Guardiana Vix les dirigió una larga mirada.

—Dado que me lo habéis preguntado a mí, os responderé que, en mi opinión, rotundamente sí.

—¿Entonces...?

—El asunto es que no tengo pruebas que lo demuestren, más allá de mi experiencia con otros Guardianes que han sufrido los mismos síntomas que Xein. Y los altos mandos... prefieren actuar con prudencia en este tema —concluyó con un bufido desdeñoso—. Allá ellos. Yo sé lo que he visto y sé por qué digo lo que digo. Así que ahora ya lo sabéis: mucho cuidado con lo que tomáis cuando estéis de patrulla, sobre todo si sospecháis que hay un monstruo innombrable por los alrededores.

Xein quería seguir preguntando, pero Vix los echó de su consulta alegando que ya habían sido convenientemente atendidos.

Los dos Guardianes se dirigieron a sus respectivas habitaciones sin pronunciar palabra. Cuando estaban a punto de separarse, él detuvo a Rox un momento.

—Yo... quería pedirte disculpas otra vez —farfulló—. Y volver a agradecerte que no...

—Olvídalo —cortó ella con brusquedad—. Parece claro que no eras del todo tú cuando pasó, así que no vuelvas a mencionarlo.

—¿Crees que Vix tiene razón? ¿Que existe una sustancia... que usan los innombrables para despistar a los Guardianes?

—Mira, tuve ocasión de tratarla cuando yo no era más que una recluta recién llegada al Bastión —le contó ella—. Me rompí una pierna en un ejercicio y me devolvieron al cuartel para que me recuperara lo más rápido posible bajo sus cuidados. Si hay algo que aprendí de ella, es que nunca bromea. Y que no hay nadie que conozca mejor cómo funciona el cuerpo de los Guardianes. Si Vix piensa que ese veneno existe..., yo la creo.

Xein no respondió, y Rox no añadió nada más. Se despidió de él y se dirigió a su habitación, dejando a su compañero sumido en hondas reflexiones.

13

La Ciudadela amaneció radiante el día del Desfile del Homenaje. Había llovido la tarde anterior y, aunque los operarios tuvieron que trabajar intensamente desde primeras horas de la mañana para secar el agua de los asientos, el aire estaba más limpio y el calor había remitido un poco. Sería un gran día para todos, tanto residentes como visitantes. Había puestos de comida, artistas callejeros y buhoneros venidos desde tierras lejanas. Las calles estaban engalanadas y las risas de los niños se oían por todos los rincones.

Axlin, no obstante, se sentía más inquieta que emocionada. Dex había trazado cuidadosamente el plan para sacar a Broxnan y a Oxania de la ciudad aprovechando los festejos, pero a ella seguía pareciéndole muy arriesgado.

—La comitiva saldrá de la ciudad vieja y recorrerá todo el primer ensanche —le había explicado su amigo, señalándole la ruta en un mapa de la Ciudadela—. Después cruzará la muralla por la puerta sur y seguirá por el segundo ensanche hasta la plaza de la Asamblea, donde se han instalado los palcos. Los Consejeros y el resto de las autoridades ocuparán el palco de honor, y las delegaciones de vecinos les entregarán ofrendas...

—¿Ofrendas?

—Cestas de flores y frutas, artesanía y cosas así. Es la costumbre desde tiempos inmemoriales, cuando los Ocho Fundadores salvaron la ciudad vieja del ataque de los monstruos y promovieron la construcción de la primera muralla. Entonces los ciudadanos les mostraron su agradecimiento de esta manera, y hoy día siguen expresándoselo así a sus descendientes el día del Homenaje. Dado que la Ciudadela ha crecido mucho desde aquella época y hay muchos más barrios, esta parte de la fiesta se ha ido alargando con el paso del tiempo. Son muchas las comisiones que acuden a entregar regalos a los Consejeros, o al Jerarca cuando preside la fiesta, así que probablemente acabarán muy tarde.

»El escondite de Broxnan está lejos de la plaza, pero el desfile pasará muy cerca de allí. Tienes que esperar a que se alejen los carros y los escoltas. Los ciudadanos los seguirán hasta la plaza de la Asamblea para ver al menos la primera parte de la ofrenda, porque es la más espectacular. Ese es el momento, Axlin. El barrio quedará desierto. Es entonces cuando Broxnan y tú debéis salir en dirección al círculo exterior.

—¿Y cómo cruzaremos la muralla? Habrá Guardianes en la puerta.

—No tienen por qué preocuparse por vosotros, no sois monstruos. Todavía hay gente buscando a Broxnan, pero muchos creen que ya no está en la Ciudadela y, por otro lado, todas las personas que podrían estar interesadas en encontrar a mi hermano tendrán otras cosas que hacer por entonces.

Axlin asintió. Dex se mostraba muy seguro acerca de las costumbres y la mentalidad de la aristocracia, y eso la tranquilizaba un poco.

—¿Y Oxania?

—Se las arreglará para abandonar el palco a lo largo de la mañana. Mucha gente lo hace para refrescarse o tomarse un descanso; después de todo, la ofrenda es un ritual muy largo. Ya he acordado con ella un punto de reunión. Desde allí la llevaré al lugar que te he indicado. ¿Lo tienes anotado?

Axlin asintió, señalándolo en el mapa.

—Aquí, junto al puente del canal.

El canal de la Ciudadela era una obra de ingeniería notable. Desviaba parte del río que pasaba junto a la urbe y servía para recoger los desperdicios que llegaban hasta él mediante un complejo sistema de alcantarillado. La corriente se llevaba el agua sucia lejos de allí, hacia el este.

—Exacto. Seguiremos su curso hasta la muralla. Es un lugar poco transitado debido al hedor.

Axlin sonrió pensando en la sensibilidad de Broxnan a los malos olores.

—¿Ese es el único motivo por el que has elegido esa ruta?

—Bueno, no el único, pero sí uno de ellos —reconoció él con una sonrisa traviesa—. Eh, no me digas que no se lo tiene bien merecido.

—No lo oirás de mis labios.

—Al final del canal, junto a la muralla, nos esperará el carro del buhonero que llevará a Brox y a Oxania hasta las Tierras Civilizadas. Y por fin los perderemos de vista y podremos regresar a disfrutar de la fiesta. Eso también lo tenemos bien merecido, ¿no te parece?

Todo parecía muy sencillo, pero Axlin no podía evitar sentirse nerviosa.

La mañana de la celebración, acompañó a Maxina y a su hijo a buscar un lugar adecuado para ver el desfile. Después se despidió de ellos, alegando que se había citado con un amigo. Su casera sonrió con picardía; le había preguntado por Dex en varias ocasiones, pero Axlin siempre respondía con ambigüedades. Era evidente que pensaba que mantenían una relación, pero ella no la había sacado de su error porque, al menos por el momento, le convenía tener una coartada. ¿De qué otra forma iba a explicar la presencia de Dex en su habitación la noche que se habían reunido allí con Broxnan y Oxania?

De modo que se despidió de ellos y se dejó llevar por la multitud, caminando lentamente hacia el almacén donde se escondía Broxnan. Eligió un lugar para esperar a que pasara el desfile y, una vez allí, se consumió de impaciencia hasta que por fin vio bajar las carrozas por la calle principal. Había ocho, una por cada Consejero del Jerarca. Cada uno de ellos pertenecía a una de las grandes familias que se repartían el poder en la Ciudadela. Existían otros clanes de gran influencia, por descontado, pero los Consejeros solían llevar los apellidos de los Fundadores, y el Jerarca también era elegido siempre entre sus descendientes.

Junto a cada carroza caminaba una pareja de Guardianes. Axlin intentó no fijarse en ellos, pero no podía evitar mirarlos de reojo a veces, tratando de localizar a Xein. No lo vio y, por un lado, se sintió aliviada y, por otro, decepcionada.

Cuando el desfile pasó, mucha gente siguió las carrozas en dirección a la plaza de la Asamblea. Otros regresaron a sus quehaceres habituales, y Axlin aprovechó que la multitud se dispersaba para encaminarse hacia el almacén.

Se aseguró de que nadie la seguía. Nadie la vio tampoco entrar en el escondite donde Broxnan la esperaba, listo ya para huir de la Ciudadela en compañía de Oxania.

Xein asistía con curiosidad al desfile desde su posición en lo alto de la segunda muralla. Vio pasar las carrozas y contempló a la multitud vitoreando a los Consejeros, que los saludaban desde sus sitiales. Nunca había asistido a un espectáculo semejante, y deseó poder participar de ello, mezclarse con la gente, asistir a la ofrenda, que, según le habían dicho, era un acto magnífico. Se consoló pensando que lo repetirían todos los años, y que quizá en alguna ocasión podría escoltar las carrozas.

Se había recuperado ya por completo del extraño malestar que lo había acometido mientras perseguía al metamorfo. Habían informado al capitán Salax de casi todo lo que había acontecido aquella noche, pero ni él ni Rox habían mencionado el arrebato que lo había llevado a propasarse con ella. En cambio, habían descrito las únicas identidades del cambiapiel que habían tenido ocasión de ver con detalle: el escolta barbudo y la mujer del delantal. Xein sabía que los metamorfos siempre imitaban el aspecto de alguien que existía de verdad. El original podría estar en cualquier otra parte de la Ciudadela, viviendo su vida sin saber que había un doble suyo rondando en alguna parte..., pero probablemente estaría muerto. A menudo, los metamorfos no se contentaban con suplantar a una persona de forma puntual. La asesinaban, se deshacían de su cadáver y usurpaban su vida hasta que los Guardianes los desenmascaraban.

Por esta razón, la mejor manera de seguirle la pista a uno de ellos era buscando a la persona original. Si tenían suerte, hallarían su cadáver.

Si no, no encontrarían nada.

El caso del escolta era especialmente preocupante, porque el aristócrata al que acompañaba la tarde que Rox y Xein lo habían descubierto procedía de la ciudad vieja. Había que averiguar, por tanto, cuánto tiempo hacía que suplantaba al escolta original.

Pero eso ya no entraba dentro de su competencia. Había Guardianes más experimentados que se dedicaban a investigar los avistamientos de innombrables. El caso del escolta había quedado en sus manos. Rox y Xein, por su parte, no podían hacer otra cosa que regresar a sus labores rutinarias de vigilancia.

—Buena guardia —lo saludaron entonces.

Xein se volvió hacia el compañero que acababa de subir a la muralla y avanzaba hacia él con el paso elegante, sereno y seguro de todos los de su clase.

—Buena guardia —respondió—. ¿Ya es la hora del relevo?

El otro asintió.

—Necesitan reforzar la vigilancia en la plaza de la Asamblea, se ha reunido más gente de la que se esperaba. Parece que al final vas a poder ver la ofrenda, al fin y al cabo —añadió, guiñándole un ojo.

Xein sonrió de corazón.

—Tampoco pasaba nada por perdérmela —respondió, no obstante—. Pero gracias.

Bajó de nuevo hasta la calle y se encaminó hacia el lugar que le habían indicado. Se detuvo, no obstante, cuando localizó una figura conocida en un puesto de comidas. Se acercó a ella, aún sonriendo.

—Buena guardia, Rox. ¿Cambio de turno?

—Me han enviado a la plaza para vigilar la ofrenda. ¿También a ti? —Xein asintió—. Vamos juntos, pues —sugirió ella.

Terminó de pagar su compra y le tendió uno de los dos bollos que acababa de adquirir. Él lo aceptó con una sonrisa de agradecimiento. Al morderlo, descubrió que estaba relleno de mermelada de ciruelas, la favorita de Rox. Siempre le había llamado la atención que a una chica tan disciplinada como ella le gustara tanto el dulce.

Caminaron juntos por la avenida principal, intercambiando noticias y novedades. Por lo que sabían, la jornada se estaba desarrollando con normalidad. Sus compañeros habían abatido a tres trepadores en la muralla, a un sindientes enganchado en los bajos de un carro y a un nudoso que había asomado sus tentáculos en el sector norte. Parecía que, a pesar de la gran afluencia de gente que había acudido a la Ciudadela, los Guardianes estaban manteniendo a los monstruos bajo control.

—Yo no bajaría la guardia, sin embargo —comentó Rox—. Todavía faltan muchas horas para que termine la ofrenda, y la fiesta continuará en las calles hasta altas horas de la madrugada. La noche es el mejor refugio para los monstruos.

Xein ya no la escuchaba. Acababa de distinguir a una pareja que se separaba de la multitud para refugiarse tras uno de los soportales. Le dio la sensación de que actuaban de forma extraña, con cautela, como si no quisiesen llamar la atención. Lo alertó especialmente la actitud del chico: tiraba con urgencia de su acompañante, en avanzado estado de gestación. Su instinto protector se despertaba especialmente ante niños y mujeres embarazadas. Se detuvo, indeciso.

—Xein, ¿qué sucede?

Él inspiró hondo. Acababa de reconocer al joven: trabajaba en la biblioteca con Axlin. Los había visto juntos algunas veces. Sin embargo, no conocía a la muchacha que lo acompañaba ahora. Lucía un suntuoso vestido digno de la alta aristocracia; a Xein no le habría extrañado en absoluto verla sentada en los palcos principales de la plaza o incluso en una de las carrozas.

Sacudió la cabeza. «No es asunto mío», pensó.

La pareja desapareció por un callejón. Xein estaba dispuesto a olvidarse de ellos y continuar su camino cuando detectó que una tercera persona los seguía. Otro aristócrata, según parecía. También vestía ropas elegantes, acordes con su posición social y la solemnidad de la ocasión, pero sus movimientos furtivos recordaban más bien a los de un ladrón. Desde donde se hallaba no podía estar seguro, pero le pareció que compartía un cierto aire de familia con la joven embarazada.

El aristócrata se detuvo en la esquina y miró a su alrededor para asegurarse de que nadie lo seguía. Sus ojos se clavaron en Xein, que dio un respingo, sobresaltado.

Otra vez. Aquella figura fluctuante.

—No puede ser —murmuró.

Los ojos de la criatura se estrecharon un instante. Después, en un visto y no visto, entró en el callejón con rapidez inhumana y desapareció.

Xein enarboló su lanza.

—Rox —murmuró—, objetivo avistado.

Ella lo miró con sorpresa.

—¿Cómo puede ser...? ¿Otro?

—O tal vez el mismo que estábamos buscando. En cualquier caso, debemos comprobarlo.

Ella no discutió.

Se separaron de la multitud y se adentraron en el callejón, pero el metamorfo ya había desaparecido. Sin necesidad de intercambiar una sola palabra, los dos se encaramaron a un muro en construcción y desde ahí saltaron al balcón del edificio de enfrente. Apenas unos instantes después corrían de nuevo por los tejados de la Ciudadela.

Xein no tardó en divisar a la pareja, que avanzaba con presteza por una callejuela. Se detuvieron en una esquina, no obstante, cuando la joven se quejó de que estaba fatigada. El Guardián esperó, observándolos con atención desde las alturas. Rox aterrizó sin ruido a su lado.

—¿Es él o ella? —preguntó en voz baja, tomando su arco.

Xein la detuvo con un gesto.

—Ninguno de los dos. Es alguien que los está siguiendo.

Miró a su alrededor. Las calles estaban desiertas porque todo el mundo estaba en las plazas y las avenidas principales disfrutando de la fiesta. Xein oyó música a lo lejos; aquel barrio del segundo ensanche, tan silencioso y vacío a aquella hora del día, parecía un mundo aparte.

Por eso pudo localizar al metamorfo con relativa facilidad. Avanzaba por una calle paralela, amparándose en las sombras. Pero ahora ya no parecía un aristócrata, sino un inofensivo anciano que caminaba con dificultad, apoyándose en su bastón.

Xein lo observó con atención para asegurarse de que era él. En efecto, sus contornos aparecían borrosos de nuevo. Enarboló la lanza y se dispuso a arrojársela desde allí. A su lado, Rox tensó la cuerda de su arco.

El sonido de una discusión, no obstante, distrajo a Xein un momento.

—No podemos pararnos ahora, Oxania. Creo que tu hermano nos está siguiendo.

—Pero ¡es que no puedo más! —resollaba ella.

—Vamos, haz un esfuerzo. Ya estamos cerca del lugar donde nos esperan Axlin y Brox.

La flecha salió disparada del arco de Rox, pero Xein, pendiente de la conversación, no atacó a su vez. El cambiapiel, sin embargo, había alzado la cabeza al oír las voces de los dos jóvenes, y vio venir el disparo. Se apartó a un lado de un salto y miró hacia arriba.

Rox lanzó una maldición por lo bajo. Su objetivo acababa de descubrirlos sobre el tejado. Xein arrojó su lanza contra él... demasiado tarde. El metamorfo se refugió bajo un soportal y lo perdieron de vista.

Los dos Guardianes saltaron al suelo. Miraron a su alrededor, pero el monstruo había desaparecido.

—Lo hemos vuelto a perder —masculló Xein, frustrado.

—Estaba siguiendo a esa pareja, ¿verdad? —apuntó Rox—. Si no los perdemos de vista, tal vez volvamos a localizarlo.

Xein permaneció en silencio durante un instante.

—Van a encontrarse con Axlin —murmuró por fin.

—Lo sé. Lo he oído.

—No sé qué andan tramando. Se comportan de forma un poco extraña, ¿no crees? Ya sé que no es asunto nuestro —añadió de inmediato—, pero...

—Los sigue un monstruo, Xein —cortó ella—. Por supuesto que es asunto nuestro.

Volvió a echarse el arco al hombro, se dio impulso y se encaramó a la balaustrada más cercana. Desde ahí saltó de nuevo al tejado. Xein la siguió.

Contemplaron la ciudad que se extendía a sus pies. No divisaron al metamorfo, pero sí localizaron a la pareja, que había reemprendido la marcha, ajenos a la criatura que los acechaba y a los Guardianes que velaban por ellos desde las alturas.

—¿Estás segura de que este es el lugar de la reunión? —preguntó Broxnan por enésima vez.

Axlin no se molestó en responder. Su compañero estaba nervioso, y ella sabía que tenía motivos para ello. Después de todo, iba a fugarse con la hija de un poderoso aristócrata de la ciudad vieja. Aunque no estaba segura de si lo que inquietaba más a Broxnan eran las posibles represalias de su familia o el hecho de iniciar una nueva vida junto a Oxania.

Y estaba el olor, claro. No era demasiado intenso, pero él no dejaba de quejarse. Se había tapado la nariz con un pañuelo y se había pegado a la pared, lo más lejos posible del canal. Habían quedado con Dex y Oxania un poco más allá, sobre el puente; los verían desde allí cuando llegaran.

—Están tardando demasiado —murmuró Broxnan con voz ahogada—. Tal vez deberíamos volver e intentarlo otro día.

Axlin tampoco respondió esta vez, pero también ella estaba comenzando a inquietarse.

Justo entonces oyeron la voz de Oxania:

—¡Broxnan!

Y ella y Dex aparecieron tras una esquina. La joven se echó en brazos de su amado, que la estrechó sin demasiado convencimiento.

—¡Por fin! —exclamó Dex, secándose el sudor de la frente—. Creía que no íbamos a llegar nunca. Uno de los hermanos de Oxania nos vio juntos en la plaza y creo que nos ha estado siguiendo.

—¡¿Qué?! —se alarmó Axlin.

—Le hemos dado esquinazo —la tranquilizó su amigo—, pero no podemos entretenernos más. Venga, andando.

Los guio hasta el canal y los hizo descender por las escaleras que llevaban hasta la orilla.

—¿En serio, Dex? —se quejó Broxnan.

—Un poco más allá, el canal circula bajo tierra al pasar por los barrios nuevos —dijo él—. Si seguimos los túneles, podemos llegar hasta la muralla exterior sin que nadie nos vea. Aunque, si lo prefieres —añadió—, podemos ir por la avenida principal hasta la puerta y salir por donde todo el mundo. Yo no tengo problema con eso; después de todo, tus cuñados no me están buscando a mí.

Broxnan entornó los ojos, pero no dijo nada. Oxania caminaba muy pegada a él, aferrada a su brazo. Axlin cerraba la marcha, ralentizada por su cojera.

Avanzaron en silencio por la orilla, pegados al muro. Cualquiera que se asomara al antepecho podría verlos desde arriba, pero existían pocas posibilidades de que alguien se tomara la molestia de hacerlo. La corriente sucia y maloliente del canal no era un espectáculo agradable. Axlin tenía la sensación de que borboteaba y se ondulaba, como si hubiese algo vivo debajo. Se preguntó qué clase de peces habitarían allí, y si serían comestibles.

Y entonces el temblor se hizo más pronunciado y algo asomó un breve instante. Axlin parpadeó, preguntándose si lo había visto de verdad. Le pareció apreciar entonces un patrón en las burbujas, como si se estuviesen desplazando bajo el agua.

Vio el tentáculo en cuanto emergió, mudo y sinuoso, buscando el tobillo de Broxnan.

—¡Cuidado! —exclamó, y tiró de él hacia atrás—. ¡Dex!

El apéndice golpeó sobre el suelo con frustración y después volvió a sumergirse. Axlin palpó su cadera, echando de menos la ballesta que solía pender de ella cuando viajaba por los caminos. Llevaba una daga, sin embargo. Hurgó en su zurrón sin perder de vista el rizo que aún permanecía en la superficie del agua.

—¡¿Qué era eso?! —chilló Broxnan horrorizado.

Axlin rebuscaba frenéticamente en su memoria. Solo había

visto una pequeña parte del cuerpo de la criatura, pero le bastó para descartar piesmojados, espumarajos y espaldalgas.

—Es un burbujeador —murmuró, aterrada.

Los espumarajos, voraces criaturas que se ocultaban bajo el limo de los lechos fluviales para acechar a sus presas, eran más pequeños. Los espaldalgas nunca salían del agua. Los piesmojados solo lo hacían de noche o cuando llovía.

Los burbujeadores, por el contrario, no tenían problemas en abandonar sus guaridas subacuáticas para atrapar a sus presas. Y no se daban por vencidos con facilidad.

La gente que vivía cerca de ríos o pantanos habitados por burbujeadores tendía trampas por todas partes para evitar que se acercaran a sus aldeas. Con un poco de suerte, los monstruos quedaban enganchados en sus redes cuando avanzaban por tierra firme, donde eran bastante más torpes que en su entorno habitual.

El tentáculo se alzó de nuevo y azotó el aire como si fuera un látigo. Oxania chilló. Axlin la apartó y trató de acuchillar a la criatura, pero su piel era demasiado resbaladiza.

—¡Corred! —gritó—. ¡Volved atrás, hay que salir del canal!

El grupo dio media vuelta y se precipitó hacia la escalera más cercana. Pero de pronto el burbujeador salió del agua con un resoplido y dejó caer medio cuerpo sobre la orilla, cortándoles el paso.

Axlin contuvo el aliento. Nunca antes había visto un burbujeador de verdad, y aquel era más grande de lo que había calculado. Estaba formado por un enorme cuerpo adiposo, hinchado y cubierto de limo, y siete largos tentáculos que, aunque a veces podían confundirse con tallos de plantas subacuáticas, eran mucho más fuertes y resistentes. Axlin sabía que bajo aquella capa de lodo había una enorme boca erizada de dientes que podía engullir a una persona de un solo bocado.

El hedor los golpeó con fuerza cuando la criatura se alzó ante ellos, agitando sus tentáculos en el aire. No tenía ojos. Seguramente se orientaba mediante el tacto, pensó Axlin.

Broxnan lanzó un grito horrorizado, dio media vuelta y echó a correr por la orilla del canal, dejando atrás a sus compañeros.

—¡Brox! —gritó Dex.

Dio un par de pasos atrás, pero se quedó paralizado en el sitio mientras Oxania, a su lado, sollozaba aterrorizada.

Axlin comprendió que sus compañeros jamás habían visto un monstruo antes y no sabían cómo reaccionar. Probablemente, el más inteligente había sido Broxnan: su cobardía le salvaría la vida.

Los empujó con urgencia.

—¡Vamos, atrás!

Dex se movió por fin. Agarró a Oxania de la mano y echó a correr, tirando de ella.

Axlin sabía que, si el monstruo los seguía, ella sería la primera a la que atraparía. Pero tal vez así sus compañeros tuviesen una oportunidad para escapar.

Ella, desde luego, no la tenía.

Su amigo pareció darse cuenta en aquel mismo instante. Se detuvo de golpe y se volvió hacia ella para comprobar, horrorizado, que se había quedado atrás.

Axlin avanzaba como podía, arrastrando su pie torcido. Pero el monstruo abatió su tentáculo sobre ella y la derribó de bruces en el suelo.

—¡Axlin! —gritó Dex.

Justo entonces una sombra cayó sobre ellos, rápida y letal como una centella. Hubo un destello metálico y el monstruo bramó enfurecido mientras el tentáculo caía al suelo, separado de su cuerpo y todavía convulsionándose.

Axlin lo contempló un momento, con una mezcla de fascinación y repugnancia. Después alzó la cabeza, aturdida. Ante ella, protegiéndola del burbujeador, estaba Xein.

14

Llevaba la lanza sujeta a la espalda y enarbolaba el machete con el que acababa de seccionar el apéndice de la criatura. Se erguía alerta, pero sereno y seguro de sí mismo, con los músculos en tensión.

—Atrás, Axlin —dijo sin mirarla.

Ella trató de retroceder, aún sin terminar de asimilar lo que estaba sucediendo. Logró ponerse en pie y apoyarse contra la pared.

No podía dejar de mirar a Xein. Por un lado, le horrorizaba el hecho de que estuviese tan cerca del monstruo, que podía matarlo de un solo golpe y después devorarlo ante sus ojos. Por otro, había algo extraordinario en el modo en que se enfrentaba a la criatura. Sin miedo. Con firmeza. Absolutamente convencido de su victoria.

«Soy un cazador de monstruos», le había dicho en cierta ocasión. «Son ellos los que me temen a mí.»

El burbujeador retrocedió hasta el agua. No se retiró del todo, sin embargo. Aún dejó medio cuerpo fuera, listo para atacar desde allí.

Una segunda figura aterrizó entonces en la otra orilla del canal, y Axlin la reconoció enseguida: era Rox, armada con un hacha. Ella y Xein cruzaron una mirada, no más. Y después hicieron algo tan increíble que a Axlin le costó aceptar que no estaba soñando.

Los dos saltaron a la vez y se cruzaron en el aire. Fue un salto prodigioso, que Xein remató con una voltereta. El monstruo elevó los tentáculos, tratando de capturarlos, pero el súbito movimiento de los Guardianes lo había confundido. Xein aterrizó en la otra orilla. Rox se dejó caer, flexionando las rodillas, justo delante de Axlin, en el lugar que había ocupado su compañero.

El burbujeador bramó. En su trayectoria, los Guardianes le habían amputado otro par de apéndices. Axlin contempló maravillada cómo repetían aquella formidable coreografía, saltando al mismo tiempo por encima del monstruo desde orillas opuestas, ejecutando piruetas imposibles en el aire para seccionar los tentáculos que intentaban atraparlos. Necesitaron solo tres saltos para inutilizarlos todos. Entonces Xein dejó a un lado el machete, enarboló la lanza y volvió a saltar.

Cayó con todo su peso sobre el cuerpo del burbujeador con la punta de la lanza hacia abajo y la hundió prácticamente en dos terceras partes de su longitud. La criatura se sacudió entre estertores de agonía, mientras él se mantenía firme, aferrado a su lanza, a pesar de que sus pies resbalaban sobre la piel viscosa.

Por fin, con una última sacudida, el monstruo sucumbió y comenzó a hundirse lentamente en el agua. Xein recuperó su lanza de un tirón y saltó de nuevo a la orilla, donde aterrizó justo frente a Axlin con elasticidad y elegancia.

—¿Estás bien? —le preguntó entonces Rox.

Ella no podía dejar de mirar a Xein. No obstante, al oír la voz de la Guardiana, parpadeó y se obligó a volverse hacia ella.

—Sí, yo... Muchas gracias.

Se lo dijo a Rox, pero volvió después la cabeza hacia Xein

para incluirlo en su reconocimiento.

Él, sin embargo, no la estaba mirando.

Dex y Oxania se reunieron con ellos. El chico abrazó a Axlin, muy aliviado por verla sana y salva.

—Qué susto he pasado. Todavía no puedo creerlo: ¡un burbujeador aquí, en la Ciudadela! Si no llega a ser por los Guardianes...

Rox lo miraba con curiosidad.

—¿También a ti te interesan los monstruos?

—He leído su libro —respondió Dex, aún con un brazo en torno a los hombros de Axlin—. Trabajamos juntos en la biblioteca.

—Dejad de perder el tiempo con charlas inútiles —interrumpió Oxania, todavía muy alterada—. ¡Tenemos que encontrar a Broxnan!

—El monstruo está muerto, Oxania —trató de calmarla Dex—. Y él logró escapar antes que nadie. Seguro que está bien.

Pero ella negó con la cabeza.

—No es solo el monstruo lo que me preocupa. Mi hermano nos estaba siguiendo, ¿recuerdas? Si lo encuentra...

Axlin, que observaba a Xein y a Rox con el rabillo del ojo, sorprendió de pronto una mirada de entendimiento entre ambos, como si supieran exactamente de qué estaba hablando Oxania.

—La dama tiene razón —dijo él entonces—. Hay que encontrar a vuestro amigo cuanto antes. Hemos matado al monstruo, pero puede que haya más. Voy a hacer una ronda por los alrededores, solo para estar seguro.

—Entendido —asintió Rox—. Nosotros nos encargaremos de buscar a Broxnan.

—Muchísimas gracias —exclamó Dex, muy aliviado.

—Hemos tenido mucha suerte de que estuvieseis de patrulla justo por esta zona —dejó caer Axlin.

Ninguno de los dos Guardianes se molestó en responder, aunque Xein le dirigió una mirada gélida. Ella intuía que su sospecha era correcta, pero, por otro lado, se sentía culpable por desconfiar de quienes acababan de salvarla de una muerte segura.

Xein se despidió con un gesto y se alejó de ellos, volteando la lanza mientras caminaba por la orilla con paso ligero y sin mirar atrás.

El grupo, reforzado ahora por la presencia de Rox, recorrió el canal en busca de Broxnan. Llegaron hasta el túnel del colector sin haberse topado con él. Dex, que iba el primero, se detuvo, indeciso.

—¿Seguimos por ahí?

—No puede haber ido hacia ninguna otra parte —señaló Axlin—. Por otro lado...

Miró a Rox, porque sabía que los de su clase tenían un sentido especial para detectar monstruos.

—Es seguro —confirmó la Guardiana, y Axlin respiró hondo, más tranquila.

Se internaron por el túnel. Todos, salvo Rox, que veía mejor en la penumbra, tardaron un poco en acostumbrarse al débil resplandor que se filtraba por los tragaluces enrejados del techo.

—¡Broxnan! —llamó entonces Oxania.

El eco le devolvió el sonido de su voz. Axlin aguzó el oído, pero no captó ningún tipo de respuesta por parte del joven perdido.

Dex saltó de pronto hacia atrás con un grito de alarma, sobresaltándolos.

—No pasa nada, tranquilos —dijo un instante después—. Era solo una rata.

—Vaya susto me has dado, bobo —protestó Oxania.

Axlin estudiaba a Rox de reojo. Sabía que no era una mujer de muchas palabras, pero le extrañaba que no les hubiese preguntado acerca de su presencia en el canal. Desde luego, no era un lugar adecuado para nadie, y mucho menos para Oxania. Tampoco Xein había hecho ningún comentario al respecto. Su intervención ante el burbujeador había sido providencial. ¿Acaso sabían ya que iban a encontrarlos allí?

Trató de apartar aquellos pensamientos de su cabeza. «Lo más seguro es que estuvieran rastreando al monstruo. Los Guardianes siempre están allí donde hay monstruos o, al menos, eso es lo que ellos dicen.» No era exactamente así, por descontado. Axlin había conocido muchas aldeas que sobrevivían a duras penas sin la ayuda de los Guardianes.

Quizá daban por hecho que Axlin también estaba en el canal porque había un monstruo. Después de todo, conocían bien su trabajo de investigación, en especial Xein.

Pero ¿qué explicación podían encontrar al hecho de que Dex, Broxnan y Oxania la acompañaran?

—Nos dirigíamos al anillo exterior —dijo entonces en voz muy baja.

Sabía que Rox captaría sus palabras. Los Guardianes tenían también un oído muy fino.

—Vuestra ruta no es asunto nuestro —respondió ella.

Axlin se sintió muy aliviada. Así que sus sospechas eran infundadas. Los Guardianes los escoltarían hasta que estuviesen fuera de peligro y después les permitirían seguir su trayecto sin intervenir. Podrían llegar hasta la muralla, Broxnan y Oxania se marcharían en el carro del buhonero y todo habría terminado.

—Muchas gracias —murmuró—. Por salvarnos la vida —añadió después.

—Es nuestro trabajo.

Por supuesto que lo era. Pero Axlin no podía dejar de pensar en Xein apareciendo de repente para interponerse entre ella y el monstruo que había estado a punto de devorarla.

Sabía que en eso consistía la tarea a la que se había consagrado. Sin embargo, por alguna razón deseaba que lo hubiese hecho por motivos personales. Porque se preocupaba especialmente por ella.

Se sintió estúpida por seguir pensando así. Lo había visto en acción y sabía lo que era capaz de hacer. Sin embargo, contemplarlo mientras luchaba junto a Rox había sido algo muy distinto. Parecían dos caras de la misma moneda, como el sol y la luna, tan lejos de las personas corrientes como lo estaban los halcones de los escarabajos.

Sabía que en el mundo de Xein no había espacio para ella. Pero constatarlo una y otra vez no lo hacía menos doloroso.

—¡Broxnan! —exclamó entonces Oxania, y echó a correr por el túnel.

Los demás la siguieron y la vieron abrazarse al joven aristócrata, maltrecho y aturdido, pero vivo. Ella lloraba de alivio y él la estrechó con fuerza, hundiendo el rostro en su cabello rubio.

Dex palmeó con afecto el brazo de su hermano, encantado de verlo. Él le sonrió.

—¿Qué ha pasado con el monstruo? —preguntó.

—Lo han matado los Guardianes —respondió Oxania.

Broxnan reparó entonces en Rox. Se sobresaltó un poco al verla, pero se relajó enseguida.

—Guardiana —murmuró—. Gracias.

Ella inclinó la cabeza.

—Es nuestro trabajo —se limitó a repetir—. Salgamos de aquí. Cuanto antes os alejéis del canal, mejor para todos.

El grupo se puso en marcha de nuevo, con Broxnan y Oxania en cabeza, aún estrechamente abrazados.

—Parece que el susto le ha devuelto a mi hermano algo de sensatez —comentó Dex en voz baja.

Axlin sonrió. No había nada como enfrentarse a un monstruo para valorar las cosas que realmente importaban, pensó. A menudo tenía la sensación de que los habitantes de la Ciudadela dedicaban demasiado tiempo a preocupaciones triviales. Probablemente, porque sabían que tenían toda la vida por delante. En las aldeas del oeste uno nunca podía dar eso por sentado.

Por fin vieron luz al final del pasadizo. Broxnan y Oxania aligeraron el paso y Dex le dio la mano a Axlin para que no se quedase atrás. Por lo general, ella no aceptaba aquella clase de ayudas porque no las necesitaba, pero en aquel momento se sentía especialmente vulnerable. El ataque del burbujeador la había sorprendido con la guardia baja porque, ahora lo entendía, estaba aprendiendo a vivir como el resto de los habitantes de la Ciudadela: centrados en sus propios asuntos y sin preocuparse por los monstruos. Aquello era peligroso, pensó. Cuando crecías sabiendo que tarde o temprano morirías devorado por un monstruo, reaccionabas de forma más racional. En cambio, la Ciudadela otorgaba algo que la gente de las aldeas no tenía: esperanza.

La esperanza era un arma de doble filo. Traía consigo el miedo a perder una vida a la que se le concedía más valor del que había tenido nunca.

Oprimió la mano de Dex casi sin darse cuenta. Todavía se estremecía al pensar en lo cerca que había estado de ser devorada por el burbujeador. Torpe, indefensa, sin poder contar siquiera con su ballesta para defenderse. Y entonces había llegado Xein.

Lo vio de pronto recortado contra la luz al final del túnel y parpadeó, pensando que eran imaginaciones suyas. Pero no: en efecto, los estaba esperando al otro lado.

Adelantaron a Broxnan y Oxania, que se habían detenido para compartir un apasionado beso aprovechando la penumbra, y salieron del túnel para reunirse con el Guardián. Axlin lo observó con disimulo. Las manchas de barro de su uniforme eran el único rastro de la lucha en la que acababa de participar. Él se mostraba tan tranquilo como si acabase de regresar de un plácido paseo. Hasta sus armas volvían a estar limpias.

—Todo despejado —anunció.

Cruzó una mirada con Rox, y de nuevo parecieron entenderse sin necesidad de palabras. Dex soltó entonces la mano de Axlin y ella fue consciente de pronto de que habían estado agarrados hasta ese mismo momento.

—¿Cómo salimos de aquí? —preguntó, tratando de centrarse.

—Hay una escalera nada más doblar la esquina, en el ramal de la izquierda —indicó Xein—. Desde ahí podéis subir a la calle. Saldréis ya muy cerca de la puerta al anillo exterior.

Dex se mostró muy aliviado.

—Gracias por todo. De veras. Llegué a pensar que no lo contábamos.

A Axlin le pareció detectar un leve asomo de sonrisa en el rostro de Xein, pero, de pronto, su expresión cambió como si la hubiesen congelado.

—¿Xein...? —murmuró.

Los ojos de él se habían estrechado y relucían de una forma siniestra. Su rostro se había vuelto de piedra, como si estuviese contemplando algo que lo desagradara profundamente.

Rox también se había dado cuenta. Se tensó, atenta a su señal.

Y entonces pasó algo extraño. Broxnan empujó de golpe a Oxania contra la Guardiana y se lanzó de cabeza al agua.

—¡Brox! —gritó Dex—. ¿Qué haces?

Rox sostuvo a la joven para que no cayera al suelo. Del pecho de Xein brotó un gruñido sordo, como el de un animal.

Axlin no entendía lo que estaba pasando. No había visto a Broxnan arrojarse al agua, por lo que creyó que se había caído. Su estupor aumentó al ver a Xein voltear la lanza y echar el brazo atrás, dispuesto a arrojarla hacia el lugar donde se había sumergido. Lo agarró de la muñeca, alarmada.

—¡Xein! ¿Qué estás haciendo?

Él le dirigió una mirada tan colérica que ella lo soltó, asustada, y retrocedió para apartarse de él.

—Xein, allí —señaló Rox.

Vieron entonces que Broxnan nadaba río abajo con ligereza. Había llegado sorprendentemente lejos.

Xein asintió y echó a correr por la orilla para alcanzarlo.

—¡Brox! —gritó Dex.

Trató de correr hacia él, pero la Guardiana lo detuvo.

—Espera, no vayas, es peligroso. Hay otro monstruo en el agua. Xein va a intentar abatirlo antes de que alcance a Broxnan.

—Oh, no —murmuró el chico—. ¡Por favor, sacadlo de ahí!

Axlin se quedó mirándolos, aún aturdida. La explicación de Rox no justificaba el extraño comportamiento de Broxnan, pero sí el de Xein, o al menos en parte.

No obstante, había visto su expresión al mirar a Broxnan. La determinación con la que había apuntado su arma hacia él. El gesto de ira de su rostro al ver que se le había escapado.

A pesar de que deseaba creer en las palabras de la Guardiana, había algo que no terminaba de convencerla. De modo que, antes de que se diera cuenta de lo que hacía, echó a correr tras Xein. Oyó que Dex la llamaba y creyó que Rox la detendría, pero no lo hizo.

Axlin llegó al lugar en el que el canal se cruzaba con otro más grande que fluía paralelo a la muralla. Torció la esquina y miró a su alrededor. Se sobresaltó al ver que Xein se hallaba apenas unos pasos más allá, en la misma orilla. Todo su cuerpo estaba en tensión, concentrado al máximo. Tenía la lanza preparada y la mirada clavada en una figura que corría por la orilla opuesta.

La joven abrió la boca para gritar, pero Xein fue más rápido. Su arma salió disparada, tan veloz que ella apenas fue consciente de que la había lanzado, y atravesó con brutal precisión el cuerpo de la persona que huía de ellos al otro lado del canal.

Axlin vio como Broxnan, empalado por la lanza de Xein, caía al agua con un sonoro chapoteo.

Chilló.

Fue entonces cuando él reparó en su presencia y se volvió para mirarla. Si Axlin no hubiese estado tan alterada, quizá habría detectado la confusión en su rostro, el horror, el dolor. Pero ella acababa de verlo asesinar a sangre fría al hermano de su mejor amigo.

Cuando Xein trató de sujetarla, ella se lo quitó de encima y lo miró con espanto y repugnancia, incapaz de reconocer en aquel despiadado asesino al muchacho al que había amado.

—No me toques —siseó—. No te acerques a mí.

Algo se rompió dentro de él. Fue como si las lágrimas en los ojos de Axlin tuviesen el poder de atravesar su corazón como la daga más letal. Estuvo a punto de explicarle lo que había sucedido en realidad, de revelarle el mayor secreto de la Guardia de la Ciudadela; cualquier cosa con tal de que ella dejara de mirarlo de aquella manera. Pero la disciplina que había aprendido en el Bastión se impuso sobre sus propios deseos.

Axlin no debía saberlo. Ninguna persona corriente debía saberlo.

Recobró la compostura y se las arregló para responder:

—Debes marcharte de aquí, ciudadana. Regresa con tus amigos y no vuelvas a interferir en el trabajo de los Guardianes.

Ella abrió la boca para decir algo, pero finalmente sacudió la cabeza, volvió a dirigirle una mirada horrorizada, dio media vuelta y se alejó todo lo deprisa que pudo.

Xein la vio marchar, desolado. Huía de él como si fuera un monstruo. Se trataba de un gesto inútil porque, si él hubiese querido hacerle daño de verdad, habría podido alcanzarla de un solo salto. O matarla desde allí con un solo lanzazo.

Se estremeció de horror. Sintió náuseas, pero se mantuvo firme y, solo cuando ella dobló la esquina y desapareció de su vista, se permitió derrumbarse contra el muro, presa de una súbita debilidad.

«Piensa que soy un monstruo. Peor que un monstruo», se repetía a sí mismo. Después de todo, estaba en la naturaleza de los monstruos atacar y devorar a las personas. Pero los seres humanos podían elegir. Y todos, especialmente los Guardianes, superiores a la gente corriente, eran responsables de sus propios actos.

¿Cómo explicarle a Axlin que él jamás haría daño a otro ser humano? ¿Que estaba en su naturaleza protegerlos, velar por ellos..., especialmente por Axlin y por las personas que le importaban?

Cerró los ojos. «Bueno, es lo que querías, ¿no?», se recordó a sí mismo. «Perderla de vista. Dejar de sentir algo por ella.»

El primer objetivo, desde luego, lo había logrado con creces. Axlin jamás volvería a dirigirle la palabra después de aquello. El segundo, sin embargo...

Se había esforzado mucho por convencerse a sí mismo de que la había olvidado. De que ya no la quería. De que su historia había terminado para siempre.

Pero...

Se sobresaltó ligeramente cuando Rox aterrizó con suavidad a su lado.

—¿Todo bien?

Xcin volvió a la realidad y luchó por centrarse.

—Sí, yo... he abatido al metamorfo. Habrá que sacarlo del agua cuanto antes... No nos conviene que los alguaciles encuentren su cuerpo.

Ella asintió.

—He oído gritar a Axlin.

Él respiró hondo.

—Me ha visto matarlo.

Sobrevino un pesado silencio entre ambos.

—Ha sido culpa mía, en parte —reconoció Rox por fin—. Debí haberla detenido. No pensé que te alcanzaría.

—Corre más deprisa de lo que parece. También yo debería

haber tenido más cuidado: me detuve al doblar la esquina creyendo que estaba fuera de su vista. Debería haber perseguido al metamorfo un poco más lejos, pero me precipité y ella ha pensado que... en fin... No la he sacado de su error.

Rox contempló durante unos instantes a su compañero, que, aunque trataba de mantenerse sereno, temblaba ligeramente. Colocó una mano sobre su brazo en señal de apoyo.

—Nos ocuparemos de eso después. Hay que recuperar los dos cadáveres, el del cambiapiel y el del verdadero Broxnan, llevarlos al cuartel y entregar el informe.

Xein alzó la cabeza, esperanzado.

—¿Y si el verdadero Broxnan sigue vivo? Tal vez...

Ella negó con la cabeza.

—El metamorfo usurpó su identidad en los túneles. Vino hasta aquí siguiendo a esos jóvenes, y creo que estaba buscándolo deliberadamente. Si tenía intención de sustituirlo a él en concreto, dudo mucho que lo haya dejado con vida.

Él frunció el ceño, pensativo.

—Es verdad. Se hizo pasar por el hermano de la chica y después por su novio. ¿Crees que estaba interesado en ella en particular?

—Me ha parecido entender que iban a fugarse juntos.

Xein se estremeció de repugnancia.

—Menos mal que lo hemos detenido a tiempo.

—Sí; lo siento por ella, pero es lo mejor. —Rox hizo una pausa y contempló a su compañero—. Es lo mejor —repitió—. Aunque ellos no lo sepan, y no deban saberlo nunca.

Él asintió, todavía tratando de recuperarse del golpe.

—¿Dónde están ahora? Quiero decir...

—Salieron huyendo de vuelta a los túneles. Escapaban de ti —añadió tras una pausa.

Xein cerró los ojos. Rox le dio una suave palmada de ánimo en un hombro.

—Terminemos el trabajo —dijo la Guardiana—. Ellos estarán bien ahora que hemos acabado con todos los monstruos, y a ti te aliviará tener una tarea entre manos. Ya nos encargaremos del resto más adelante, Xein.

15

—¿Vas a explicarnos de una vez qué sucede, Axlin? ¿Dónde está mi hermano?

Ella seguía encogida sobre sí misma, temblando, todavía sin comprender lo que acababa de pasar. Alzó la cabeza para mirar a Dex.

—Tu hermano... —susurró.

—¿Por qué lo has dejado atrás? —se quejó Oxania angustiada—. Si ya no quedan monstruos, ¿por qué nos has hecho salir corriendo sin más?

Axlin tragó saliva y trató de centrarse.

Tras reunirse con ellos, los había convencido para que se refugiasen de nuevo en los túneles del colector. No sabía por qué lo había hecho: si los Guardianes los buscaban, sin duda los encontrarían. Pero, por alguna razón, se sentía más segura allí dentro, en la oscuridad.

No había tenido tiempo de explicarles lo que había visto. ¿Cómo hacerlo, de todas formas? ¿Cómo iba a decirle a Dex... y a Oxania... que el cuerpo de Broxnan flotaba en algún lugar del canal, atravesado por la lanza que Xein había arrojado contra él? Parecía una pesadilla. Y, sin embargo...

Hundió el rostro entre las manos. Sintió enseguida la presencia de su amigo junto a ella.

—¿Qué ha pasado, Axlin? Nunca te había visto así. Ni siquiera cuando ese monstruo se nos ha echado encima.

—Es porque he visto muchos monstruos a lo largo de mis viajes —logró decir ella—. Pero esto... esto es mucho más difícil de aceptar. Lo siento mucho, Dex.

Él se quedó helado.

—¿Qué quieres decir? ¿Qué le ha pasado a mi hermano?

Ella no se sentía con fuerzas para decírselo. Decidió empezar a contarle lo que había sucedido desde el principio.

—Seguí a Xein cuando salió corriendo detrás de Broxnan —murmuró.

—¿Xein? ¿Te refieres al Guardián? ¿Se llama así?

Axlin se estremeció.

—Sí, yo... creí que no lo alcanzaría, pero cuando doblé la esquina... lo vi allí y...

—¿Sí? ¿Y qué pasó después? —se impacientó Dex.

—Tu hermano había salido del agua al otro lado del canal. Corría por la orilla huyendo de Xein, y él, sencillamente..., arrojó su lanza contra él, así sin más, como si tratara de cazar un venado.

Oxania lanzó un pequeño grito de horror. Dex había palidecido.

—¿Qué... qué estás intentando decir?

Los ojos de Axlin se llenaron de lágrimas.

—Lo atravesó de parte a parte, Dex. Cayó al agua con la lanza de Xein sobresaliéndole por el pecho. La corriente se lo llevó río abajo.

Hubo un silencio incrédulo y horrorizado. Solo el sonido del agua se oía por encima de los sollozos de Oxania y la respiración agitada de Dex.

—¿Me estás diciendo que mi hermano está... muerto? ¿Que

un Guardián lo ha matado? —El joven sacudió la cabeza—. Es imposible, Axlin. Debes de estar equivocada.

—¡Sé lo que vi! Lo siento mucho, Dex. No entiendo por qué Xein se volvió contra él de esa manera. Es un Guardián, por todos los monstruos. Broxnan no tenía la menor oportunidad contra él.

Dex seguía moviendo la cabeza, desconcertado.

—Seguro que no fue así como sucedieron las cosas. A lo mejor cayó al agua por otra razón. Debemos ir a buscarlo: quizá sigue todavía vivo y...

Axlin lo retuvo por el brazo cuando ya se marchaba.

—Tienes que creerme, Dex. Xein ha matado a Broxnan. —Le falló la voz al pronunciar aquellas terribles palabras. Se aclaró la garganta y se esforzó por seguir hablando—. No sé por qué lo ha hecho, pero quizá nosotros estemos en peligro también.

Él se volvió para mirarla, todavía con la incredulidad pintada en el rostro.

—Pero ¿por qué iba un Guardián a matar a mi hermano?

—Dijiste que uno de los hermanos de Oxania os estaba siguiendo cuando salisteis de la plaza.

—Sí, pero...

—Creo que los Guardianes no estaban aquí por casualidad. Creo que llegaron siguiendo vuestro rastro. Trabajan con la familia de Oxania, o tal vez para ellos.

—Eso no es posible. La Guardia de la Ciudadela es un cuerpo independiente que no interfiere en asuntos civiles. Solo cazan monstruos. —Se detuvo un momento, reflexionando—. Bueno, es posible que algunos generales sí posean cierta influencia en el Consejo del Jerarca, pero...

—Mi tío es un general de la Guardia —intervino entonces Oxania.

Se había sentado en el suelo, sin preocuparse por los charcos y la suciedad. Se había secado las lágrimas, pero estaba extraordinariamente pálida. Prosiguió con esfuerzo:

—Muchos como él proceden de familias ilustres de la ciudad vieja. ¿Y dices que los Guardianes no interfieren en asuntos civiles? —Sacudió la cabeza con desdén—. No me hagas reír, Dexar. Madura de una vez.

—Pero... pero... eso no significa que...

—¿Quieres decir que tu tío ha enviado a dos Guardianes con tu hermano para encontrarte y... matar a Broxnan? —preguntó Axlin perpleja—. No es posible. La Guardia de la Ciudadela...

—Ninguna institución está al margen de los abusos de poder —cortó Oxania con rabia—. Tampoco la Guardia de la Ciudadela. ¿Querías un motivo, Dexar? Pues ya lo tienes.

Él se apoyó contra la pared, anonadado.

—No puedo creer que la Guardia de la Ciudadela haya matado a mi hermano solo porque... mantenía una relación contigo. Porque tú no querías casarte con De Fadaxi. Así no se hacen las cosas en este lugar, eso sería demasiado... pueblerino.

—Disculpa, en los pueblos no matamos gente, solo monstruos —intervino Axlin ofendida.

—Pero tenemos tribunales de justicia para solucionar las... discrepancias.

—Y acudiremos... a ellos... para exigir... —balbuceó Oxania.

Se interrumpió de golpe y dejó escapar un gemido de dolor que sobresaltó a sus compañeros.

—¿Te encuentras bien? —le preguntó Dex, preocupado.

Axlin frunció el ceño, asaltada por una súbita sospecha.

—Oxania, ¿eso ha sido un calambre?

—Creo... creo que sí... —murmuró ella.

Se había mostrado indignada y decidida a vengar a Broxnan, pero de pronto volvía a parecer una muchacha asustada e insegura. Axlin se inclinó junto a ella, dispuesta a hacerse cargo de la situación. La tomó por los hombros para tranquilizarla y la obligó a mirarla a los ojos.

—¿Has notado otros antes?

—A... a lo largo del día, sí..., pero no muy fuertes. Pensé que era normal —añadió alarmada.

Axlin suspiró.

—Es perfectamente normal, me temo.

—¿Qué pasa? Axlin, ¿qué le pasa?

Ella ayudó a Oxania a incorporarse. Se aseguró de que se sostenía sola sin problemas y se volvió hacia Dex, muy seria.

—Se ha puesto de parto. Así que lo de Broxnan tendrá que esperar, a no ser que quieras que tu sobrino nazca en una cloaca.

Oxania gimió, aterrorizada. Axlin la ayudó a ponerse en marcha y las dos avanzaron hacia la salida del túnel. Dex las siguió, aturdido, incapaz de asimilar todo lo que estaba sucediendo.

Los dos Guardianes que los espiaban desde las sombras los vieron marchar, pero no hicieron nada por detenerlos. Cuando los tres jóvenes salieron de nuevo a la luz y el túnel volvió a quedar en silencio, Xein dijo:

—¿Has entendido algo de lo que han dicho... sobre los generales y las familias ilustres?

Rox sacudió la cabeza.

—Política de la ciudad vieja —se limitó a responder con cierto desdén—. No me pidas que la comprenda. En todo caso, está bien saber que han encontrado una explicación a lo que han visto.

—Una que me deja a mí como una especie de... asesino a sueldo de los intereses personales de algún aristócrata —replicó él con amargura.

Ella lo miró de reojo.

—Parece que lo has entendido bastante bien, después de todo —comentó—. Confía en la Guardia, Xein. Lo solucionarán. Al final, será tu palabra contra la suya. Y la de Axlin no vale gran cosa. No hará ni dos años que tiene la ciudadanía, ¿no es así?

Él no respondió.

—Voy a informar al puesto de guardia más cercano —anunció Rox—. De paso me aseguraré de que esos tres se han ido de verdad y no se quedan por aquí a curiosear. Tú encárgate de recuperar el cuerpo del cambiapiel.

—¿Y el del joven al que suplantaba?

—Ese no corre tanta prisa. Y estará bien escondido, no lo encontrarán con facilidad. Pero el del cambiapiel..., ¿me oyes?, es vital que lo saquemos del agua antes de que lo vea alguien más.

Xein asintió. Sabía que, después de muertos, los metamorfos conservaban el aspecto de la última persona por la que se habían hecho pasar. De modo que, en aquel momento, había en alguna parte dos cadáveres exactamente iguales... o casi.

Rox pareció adivinar lo que pensaba.

—El cuerpo del cambiapiel es el que tiene tu lanza clavada, Xein —le recordó—. El otro, no. Es el cuerpo verdadero el que hemos de devolver a la familia. Si llegan a ver el falso..., lo considerarán una prueba de que tú lo asesinaste y la Guardia no podrá interceder por ti.

Xein alzó la cabeza para mirarla, muy serio.

—Entendido. No te preocupes, me ocuparé de ello. Soy yo quien ha cometido un error de protocolo, y me encargaré de solucionarlo.

Ya estaba atardeciendo cuando Axlin y sus compañeros entraron en el que había sido el refugio secreto de Broxnan en el almacén de grano. Dex había insistido en llevar a Oxania de vuelta a su casa, pues sin duda la estarían buscando, pero ella se había negado rotundamente, temerosa de que su familia estuviese implicada de alguna manera en la muerte de su amado.

De forma que habían avanzado por las callejuelas del segundo ensanche, furtivos como dedoslargos, hasta llegar al sótano que

Axlin había llegado a pensar que no volvería a pisar jamás, y donde Broxnan había dejado huellas evidentes de su paso. Se abstuvo de comentarlo por respeto a Dex y a Oxania, que todavía tenían problemas para asimilar la noticia de que estaba muerto. La joven aristócrata, de hecho, se dejó caer en el catre, aspiró el olor de las sábanas y se echó a llorar con desesperación.

Axlin sintió una profunda lástima por ella. Se había levantado aquella mañana con la certeza de que se reuniría con el amor de su vida y que ambos huirían lejos de la Ciudadela para iniciar una nueva vida juntos.

Y ahora estaba sola de nuevo. A punto de dar a luz, apenas unas horas después de que asesinaran al padre de su hijo.

Se sentó a su lado y la abrazó, tratando de consolarla.

—Todo saldrá bien, Oxania. Si estás decidida a tener aquí al bebé, te ayudaremos.

Ella se secó las lágrimas entre sollozos y asintió, temblando. Axlin se volvió hacia Dex, que permanecía en pie, abrumado, absolutamente superado por la situación.

—Tenemos que limpiar este estercolero. Hay que barrer, sacar fuera los restos de comida y encender el brasero. También necesito agua, paños y sábanas limpias.

El joven asintió con energía, contento por tener algo que hacer. Momentos después, salía de nuevo a la calle para llevar a cabo los recados que le habían encomendado.

La corriente del canal había arrastrado al metamorfo hasta la muralla, donde la reja que cerraba el conducto lo había detenido. Tras asegurarse de que no había nadie por los alrededores, Xein sacó el cuerpo del agua y lo depositó en la orilla. Recuperó su lanza y la limpió cuidadosamente. Después contempló el rostro del monstruo.

Un joven y apuesto aristócrata, de cara agraciada y, por supuesto, sin cicatrices. Sonrió con cierta amargura. La gente de la Ciudadela no solía tenerlas.

Una persona importante, en cualquier caso. Su desaparición llamaría mucho la atención, y si alguien creía a Axlin cuando contara lo que había visto...

Se estremeció. No le preocupaba mucho el hecho de que lo acusaran de matar a una persona; él sabía muy bien qué clase de criatura había abatido, se había limitado a cumplir con su trabajo y confiaba en que la Guardia lo apoyaría por ello. Pero no soportaba la idea de que Axlin creyera que era un asesino sin escrúpulos.

«No debería importarme tanto lo que ella opine de mí», pensó.

Se maldijo por no haber sido más cuidadoso. Había visto claramente los contornos fluctuantes del cambiapiel al reunirse con el grupo fuera del túnel. La criatura lo había identificado como un Guardián de la División Oro, naturalmente. Y había escapado para salvar la vida.

Xein, simplemente, no se había parado a pensar. Los monstruos encendían todas sus alarmas internas, pero aquel en concreto lo había provocado sin saberlo hasta los límites de lo tolerable. Todavía se le revolvía el estómago al recordar cómo había besado a la joven embarazada, caminando despreocupado junto a Rox, seguro de que ella no podía saber lo que realmente era. Tan cerca que podría haberla cogido desprevenida en cualquier momento.

Tan cerca de Axlin que podría haberla matado de un solo golpe antes de que ella fuese capaz de comprender lo que sucedía.

Apretó los puños con rabia. Había actuado por instinto. Para protegerlos a todos, incluido el joven bibliotecario por el que Axlin parecía sentir un aprecio especial.

La única ventaja que le veía al hecho de que Axlin viviese en la Ciudadela y, por tanto, él se viese obligado a cruzarse con ella a menudo... era, precisamente, que estaba a salvo de los monstruos. Que ya no se jugaba la vida en los caminos.

Resopló, irritado, al cargarse el cuerpo del metamorfo sobre los hombros. Maldito monstruo. No se arrepentía en absoluto de haber acabado con él. La simple idea de que pudiera haber hecho daño a Axlin o a Rox lo ponía enfermo.

«Soy un Guardián», se recordó a sí mismo mientras echaba a andar por la orilla del canal. «Estoy aquí para proteger a las personas de todos los monstruos.»

«También a Rox», pensó. Porque ella era muy capaz de defenderse de cualquiera que se cruzase en su camino..., con la única excepción de aquella engañosa criatura que parecía humana, pero no lo era. Y que podía sorprenderla con la guardia baja.

Desanduvo el camino hasta llegar de nuevo al lugar donde había abatido al metamorfo. Ya era prácticamente de noche; el sonido lejano de la música y las risas indicaba que la fiesta continuaba para los ciudadanos, felices y despreocupados, mientras los Guardianes limpiaban los monstruos de las cloacas en silencio.

Se detuvo de pronto al ver una luz más allá, en la entrada del túnel. Se pegó a la pared, atento, y prestó atención. Oyó voces más allá y reconoció el tono autoritario, ligeramente burlón, del capitán Salax. Se sintió profundamente aliviado. Salió de las sombras y se apresuró a reunirse con sus compañeros.

—Ah, Xein —lo saludó el capitán con una media sonrisa, alzando el farol que portaba para verlo mejor—. ¿Qué traes ahí?

Él miró a su alrededor para asegurarse de que no había ciudadanos corrientes entre los Guardianes antes de responder:

—El metamorfo, señor.

—Magnífico. Nosotros hemos encontrado al ciudadano suplantado en los túneles.

El corazón de Xein se aceleró un instante.

—¿Está...?

—Muerto, sí. Y sus amigos piensan que lo mató un monstruo, así que asunto solucionado.

Xein lo miró con sorpresa. El capitán Salax captó la confusión en su gesto y entornó los ojos.

—Rox ha informado de que te vieron perseguir al metamorfo, pero ella les dijo que en realidad ibas a la caza del monstruo que lo acechaba y que no llegaste a tiempo de salvar la vida del joven. ¿Acaso no es así como sucedió?

Xein tragó saliva, anonadado al comprender que Rox le había cubierto las espaldas una vez más. Sin embargo, no podía guardarse para sí su clamorosa metida de pata. El fallo de seguridad había sido demasiado importante como para no informar a sus superiores al respecto.

—Sí, así sucedió al principio —contestó—. Me separé del grupo para poder abatir al cambiapiel sin testigos, pero una de las muchachas me siguió y alcanzó a ver cómo lo derribaba. Yo no fui consciente de su presencia hasta que ya era demasiado tarde. —Respiró hondo—. Asumo toda la responsabilidad, señor. Sé que no he seguido el protocolo y pido disculpas por ello.

—¿Por qué la Guardiana Rox no ha incluido este detalle en su informe?

—Probablemente quería darme la oportunidad de que lo hiciera yo mismo, señor —contestó Xein, escogiendo con cuidado sus palabras—. El error ha sido mío y soy yo quien debía dar cuenta de él.

El capitán le dirigió una mirada pensativa. Finalmente, sacudió la cabeza y dijo:

—Es tu primer cambiapiel, ¿verdad? Sígueme, quiero mostrarte algo.

Xein obedeció. El resto del grupo estaba en el interior del túnel. Lo habían iluminado con lámparas y trabajaban tratando de sacar a la superficie el cuerpo del burbujeador; la corriente lo había arrastrado hasta allí y lo había abandonado junto a la orilla como un saco viejo y desinflado.

—¿Cómo va?

—Ya está casi fuera, capitán —respondió una Guardiana de la División Oro—. Nos falta encontrar el último tentáculo.

—No conviene que los ciudadanos encuentren restos del monstruo —dijo el capitán en respuesta al gesto interrogante de Xein—. Hoy es un día de fiesta; no debemos inquietarlos con preocupaciones.

El joven casi se había olvidado del burbujeador, a pesar de que había estado a punto de atrapar a Axlin. Ahora que lo pensaba con calma, sin embargo, se planteó por primera vez que aquella criatura no debería haberse encontrado allí en primer lugar. Si no andaba muy desorientado, aquellos túneles todavía discurrían bajo el segundo ensanche.

—No sé cómo pudo llegar hasta aquí, capitán —murmuró.

—Se habrá roto alguna de las rejas de seguridad. Tenemos demasiados conductos de los que ocuparnos: pozos, canales, alcantarillado... La Tercera Reforma convirtió la ciudad en un maldito coladero.

Xein había estudiado algo acerca de eso en el cuartel: las murallas hacían de la Ciudadela el lugar más seguro del mundo, pero también la habían transformado en un espacio infecto, cerrado sobre sí mismo, que acumulaba la inmundicia de sus varios millares de habitantes. Los sucesivos Jerarcas habían salvado a los ciudadanos de los monstruos, pero habían condenado a muchos de ellos a morir de enfermedades relacionadas con la falta de limpieza y saneamiento. La Tercera Reforma, acometida por el séptimo Jerarca, había tardado varias décadas en consumarse; pero había dotado a la urbe de un alcantarillado más que decente y de un sistema de canalización que proveía a sus habitantes de agua potable incluso en épocas de sequía.

Con el agua corriente, las enfermedades se redujeron de forma considerable.

Pero también empezaron a entrar más monstruos, a pesar de las rejas de seguridad, de los controles y de la vigilancia de los Guardianes.

—El fallo debe de estar en alguno de los conductos principales —prosiguió el capitán—. Un piesmojados puede colarse por cualquier agujero, pero un burbujeador es algo distinto, no cabe en cualquier parte. Los de mantenimiento deberían encontrar la grieta cuanto antes y sellarla de una vez por todas.

Xein asintió.

—Presentamos un informe al respecto, capitán —le recordó.

—Sí, y nosotros lo hicimos llegar al Consejo de Planificación Urbana, pero esos funcionarios son condenadamente lentos a la hora de poner en marcha las cosas. No es culpa suya, en realidad: tienen que rellenar demasiados papeles, pedir demasiados permisos, informar a demasiada gente. —Sacudió la cabeza—. La gestión de una ciudad como esta es complicada. Cazar monstruos es mucho más simple. Los rastreas, los encuentras y los matas sin más. Y después los haces desaparecer.

»Y esta es a menudo la parte más difícil. ¿Tienes ahí al cambiapiel? —preguntó de pronto.

Xein se irguió, aliviado. El peso húmedo del monstruo sobre sus hombros empezaba a resultarle incómodo y desagradable.

—Sí, capitán.

—Déjalo aquí.

El joven avanzó hasta donde su capitán le indicaba. A la luz del farol vio otro cuerpo sobre el suelo. Vaciló un instante antes de depositar a su lado el del metamorfo.

—¿Lo ves? —preguntó Salax.

—Son exactamente iguales —murmuró Xein asombrado—. Los mismos rasgos, la misma ropa...

—Pero no murieron igual.

—No —constató el joven muy aliviado—. Obviamente, el cambiapiel tiene la herida de la lanza, y al original... —Examinó con atención las marcas de su cuello a la luz del farol—. ¿Lo estrangularon?

—Eso parece. Ahí tienes tu coartada, Xein. Nos desharemos del monstruo y devolveremos el cuerpo de la víctima a su familia.

La testigo podrá contarles que tú mataste al muchacho, pero nadie la creerá.

Xein respiró hondo. Imaginó a Axlin jurando que era verdad lo que había visto; imaginó su estupor ante las pruebas que invalidarían su versión.

Intentó no pensar en ello.

—¿Cómo es posible que nadie notara la diferencia? —preguntó—. A simple vista parece difícil, pero... ¿qué hay de la gente que lo conocía? ¿Su familia? ¿Sus amigos?

—Los metamorfos pueden adoptar el aspecto de cualquiera en cuestión de segundos; pero, si pretenden sustituir a alguien durante un largo espacio de tiempo, primero pasan meses estudiando a su víctima antes de ocupar su lugar. Cuando lo hacen, nadie se da cuenta. Se comportan igual que el original. Hablan igual. Se mueven igual.

—¿Por qué lo hacen?

—No lo sabemos. Pero cada vez están más cerca de la ciudad vieja. Este joven era Broxnan de Galuxen, heredero de su casa. Un tipo importante. Su familia desciende de uno de los Fundadores. Ya no goza de la influencia de antaño, sin embargo. Perdieron el favor del Jerarca hace un par de generaciones y ya no hay nadie con su apellido en el Consejo. —Se detuvo, pensativo—. Tal vez el metamorfo quisiera sustituirlo por alguna razón en concreto, o quizá lo eligiera a él de manera aleatoria. No lo sabemos, pero deberíamos tratar de averiguarlo. Hay que encontrar a sus amigos e interrogarlos cuanto antes.

—Rox se iba a encargar de seguirlos —respondió Xein, contento de poder aportar algo útil—. Estaban muy alterados por la muerte de Broxnan y solo querían esconderse en algún lugar seguro.

«Esconderse de mí», pensó alicaído.

—Magnífico —aprobó el capitán—. Reúnete con ella y encuentra a esos jóvenes. Necesitamos interrogarlos para asegurarnos de que todo queda limpio.

—Pero... pero... no querrán verme... precisamente a mí.

—Xein, eres inocente. ¿Has entendido? Tú no has matado a nadie.

Él asintió, agradecido, pero el capitán no había terminado de hablar.

—Eso no significa que vayamos a pasar por alto el hecho de que has abatido a un innombrable ante una ciudadana corriente. Hablaremos de tu sanción cuando regreses al cuartel.

Xein tragó saliva.

—Sí, señor —murmuró.

—Y ahora escucha con atención, porque esto es lo que vas a decirles a esos chicos. Cíñete a esta versión y asegúrate de que la compartes con Rox también antes de hablar con ellos.

16

—¿Ya es la hora? —preguntó Dex muy nervioso.

—Todavía no —respondió Axlin.

Había insistido en que Oxania caminase lentamente por la habitación para aliviar el dolor de las contracciones y se mantenía a su lado, ofreciéndole su apoyo. Pero ya llevaban horas en aquel sótano, aquello no parecía avanzar y la joven aristócrata se quejaba cada vez más.

—¿No tarda demasiado? ¿Estás segura de que va todo bien?

Axlin no estaba segura, porque no era comadrona, pero había asistido a algunos partos, en su aldea y a lo largo de sus viajes, y sabía cómo debía desarrollarse todo.

—Es primeriza, puede estar así toda la noche.

Oxania gimió, muy asustada.

—¡Duele mucho!¡No podré soportarlo tanto tiempo!

Lo peor solo acababa de empezar, pero Axlin se abstuvo de comentárselo.

—¿Hay... algo que pueda hacer yo? —siguió preguntando Dex—. ¿Voy a buscar una comadrona?

—Sí, eso sería...

—¡No! —exclamó la joven—. No quiero que nadie me encuentre todavía. No quiero...

—Pero, Oxania...

Ella agarró las manos de Axlin con tanta fuerza que le hizo daño.

—¡Tú me ayudarás! ¿Verdad? Has hecho esto otras veces...

—No, he ayudado otras veces. A comadronas expertas. Yo solo...

—Por favor, Axlin. Te lo ruego.

Suspiró. Oxania estaba aterrorizada. Tenía miedo al parto que iba a afrontar, al Guardián que había asesinado a su amado, a su propia familia, que sospechaba que podía estar detrás de aquella muerte. No estaba en condiciones de razonar, pero de todos modos Axlin lo intentó.

—Mira, si es un parto sencillo, puedo manejarlo. Pero si hay complicaciones...

—No va a haber complicaciones —cortó ella—. Todo va a salir bien, ¿verdad?

Axlin suspiró de nuevo.

—Sí, todo va a salir bien.

—Entonces ¿no voy a buscar a la comadrona? —preguntó Dex, un poco decepcionado.

Axlin comprendió que estaba deseando hacer algo para ayudar. Algo que, a ser posible, le diese una excusa para quitarse de en medio.

—No, pero quizá puedas ir al herbolario. Voy a necesitar algunas cosas para una infusión calmante. Manzanilla, tila..., tal vez salvia. ¿Lo recordarás todo?

—¿Al... herbolario?

—Manzanilla, tila, salvia —repitió ella—. Cualquiera de las tres me vale; si son todas, mejor. ¿Podrás hacerlo?

Dex le aseguró que se encargaría de ello y se apresuró a abandonar la estancia.

Axlin ayudó a Oxania a tenderse en la cama y trató de aliviarla un poco con paños calientes. La joven se comportaba como si no entendiera todavía qué le estaba sucediendo en realidad.

—¿Nunca has asistido a un parto? —le preguntó Axlin con curiosidad.

Ella la miró horrorizada.

—¡Por los Ocho Fundadores, no! —exclamó—. ¿Debería?

Axlin se obligó a sí misma a recordarse que en la Ciudadela vivía tanta gente que el trabajo estaba mucho más especializado que en las aldeas. Probablemente, allí las comadronas contaban con sus propias ayudantes y no necesitaban recurrir a otras personas.

—Supongo que no —murmuró—. Pero, si lo hubieses hecho, al menos ahora no estarías tan asustada.

«O quizá sí», pensó.

—Bueno, esto explica muchas cosas —musitó Oxania.

Se recostó sobre el lecho con un suspiro de agotamiento, mientras Axlin la miraba con curiosidad.

—¿Qué quieres decir?

—Una vez me contaste que habías estado a punto de casarte —recordó ella—. Pero te marchaste de tu casa sin tu prometido, ¿no? A lo mejor lo hiciste porque ya sabías lo que te esperaba si te quedabas embarazada.

Axlin no sabía si enfadarse con ella o reírse a carcajadas. Decidió no hacer ninguna de las dos cosas. Parecía que Oxania tenía ganas de hablar, y que eso la distraía y la ayudaba a pasar el tiempo y a sobrellevar el dolor. Ella no podía reprochárselo. «Probablemente, hoy necesita una amiga más que nunca», se dijo. Recordó a Xeira, que había sido su mejor amiga en la aldea. Ahora hacía años que no sabía nada de ella. Estaba embarazada cuando se despidieron; quizá a aquellas alturas habría dado a luz no una, sino dos veces.

—Yo me marché de mi aldea porque quería aprender cosas

sobre los monstruos —le explicó a Oxania—. No puedes hacerlo si te quedas en tu casa para tener hijos. ¿Entiendes?

—Pero ¿por qué? Los Guardianes se ocupan de los monstruos. Ellos...

Se interrumpió de pronto, y una sombra de angustia oscureció su mirada. Axlin comprendió por qué.

Los Guardianes no se ocupaban solo de los monstruos, al parecer.

—En la aldea donde yo nací no hay Guardianes —dijo, devolviendo a Oxania a un lugar remoto, lejos de la Ciudadela, lejos del cadáver de Broxnan flotando en las aguas del canal—. Tampoco hay murallas; solo una empalizada, y solo gente corriente defendiendo a los suyos como pueden.

»Allí, los monstruos matan a muchos niños. La mayoría no llegan a la edad adulta y... Lo siento, quizá no sea un tema de conversación apropiado para este momento.

Lamentó que, de nuevo, solo fuera capaz de hablar de monstruos. No era algo con lo que la mayoría de la gente se sintiese cómoda, especialmente en la Ciudadela.

Con Xein había sido diferente. Él la había escuchado no solo con interés, sino también con auténtica pasión. Su memoria la traicionó evocando las animadas conversaciones que habían compartido, las risas..., los besos que siguieron después.

Sacudió la cabeza y se obligó a sí misma a sustituir aquellos recuerdos por la imagen de Xein arrojando su lanza contra Broxnan. Sin dudar un instante. Sin lamentarlo después.

—No, sigue hablando, por favor —suplicó Oxania—. Quiero saber.

Axlin sospechaba que lo que ella deseaba en realidad era continuar escuchándola para mantenerse entretenida y no pensar en nada. Aunque disertara sobre el ciclo reproductor de las cucarachas.

Deseó fervientemente poder hablar sobre aquel tema. Sobre

cualquier otro tema, en realidad. Más alegre y agradable, a ser posible.

Pero no tenía sentido que tratara de engañarse a sí misma. Había nacido en un mundo triste, violento y tenebroso. Y la única luz que había hallado en su camino se había oscurecido también aquella misma tarde.

—Bien —prosiguió—, los monstruos matan a muchos niños, así que es importante que las mujeres den a luz muchos bebés, cuantos más, mejor, para que las aldeas no se queden despobladas. Eso era lo que todo el mundo esperaba de mí. Pero yo pensé que, aunque tuviese varios hijos a lo largo de mi vida..., no cambiaría nada en realidad.

«Cada niño cuenta», recordó que se decía a menudo en las tierras del oeste.

—Y quise hacer algo que cambiara las cosas de verdad. No solo para los hijos que pudiera tener en el futuro, sino para todos los demás. Por eso me fui de viaje, para aprender. Entonces no sabía que existía la Ciudadela. Ni había oído hablar de los Guardianes.

Y era por eso por lo que se sentía tan pequeña e inútil desde su llegada a aquel lugar. Por mucho que la maestra Prixia insistiera en que su trabajo era importante..., Axlin tenía la sensación de que no valía nada en comparación con lo que hacían los Guardianes. O con la proeza de la gente que había levantado aquellas monumentales murallas que protegían a los que buscaban refugio tras ellas.

Oxania inclinó la cabeza, pensativa.

—Supongo que no tiene sentido tener hijos si sabes que probablemente los matarán los monstruos, antes o después —comentó.

Axlin la miró sorprendida.

Ese era el tipo de pensamiento que la había conducido hasta allí. La idea que, desde el día de la muerte de Pax, había anidado en su interior, había echado raíces y la había llevado a rechazar un futuro junto a Tux. La que la había obligado a mantenerse alejada de los chicos..., salvo de Xein, porque, sin que supiera muy bien por qué, todos aquellos motivos lógicos y racionales parecían fundirse ante su mirada como la escarcha bajo la luz del sol.

Las razones que ni siquiera Xeira había logrado entender, a pesar de que la había conocido y comprendido mejor que nadie.

Sonrió.

—Sí, y por eso, en los enclaves del oeste, los niños son criados por toda la aldea, como si fuesen hijos de todos. Pero tu bebé tendrá una vida muy diferente, Oxania. Estará a salvo en la Ciudadela.

Ella sonrió a su vez. Axlin le dio la mano para animarla, y la mantuvo ahí cuando una nueva contracción tensó el cuerpo de la joven y la hizo clavarle las uñas en la piel.

Iba a ser una noche muy larga, pensó Axlin con un suspiro.

Xein encontró a Rox agazapada sobre un tejado. Se sentó a su lado.

—¿Qué haces aquí? —preguntó ella, un tanto sorprendida.

—Me han dicho en el puesto de guardia que habías localizado a los objetivos —respondió él, sin comprender—. Y que habías pedido refuerzos e instrucciones. Bien, pues aquí me tienes.

Ella lo miró con una media sonrisa escéptica.

—Refuerzos e instrucciones —repitió—. Xein, cualquier Guardián Oro me valdría. ¿Por qué te han enviado a ti? Esos jóvenes creen que eres un asesino, no confiarán en nosotros.

—Precisamente por eso. Tenemos ya los dos cuerpos, Rox. Podemos demostrar mi inocencia. Pero para eso hemos de... desacreditar la versión de Axlin. Si soy inocente, no tengo por qué esconderme de ellos.

Rox frunció el ceño. No parecía estar muy convencida, de modo que Xein le contó todo lo que había hablado con el capitán. Ella asintió por fin.

—De acuerdo. Personalmente, pienso que sería mejor que otros se ocupasen de este asunto en nuestro lugar. Pero, si el capitán opina que debemos concluirlo nosotros, así se hará. Cuenta conmigo.

Él sonrió. Le oprimió suavemente el hombro y dijo:

—Gracias, Rox. Bueno, ¿qué tenemos aquí? —preguntó entonces, tratando de centrarse en la tarea que los aguardaba—. ¿Has encontrado a Ax... a los chicos del canal? —se corrigió.

Rox le dirigió de nuevo una media sonrisa burlona, pero no hizo ningún comentario. Señaló el edificio que se alzaba al otro lado de la calle.

—Se han refugiado allí. Parece un almacén de suministros en desuso, pero tenían la llave de la puerta. Probablemente, no es la primera vez que entran.

—Qué raro. ¿Cómo es que no han vuelto a la ciudad vieja?

—Se están escondiendo. No solo de nosotros, creo. Si piensan que la familia de Oxania está detrás de la muerte de Broxnan, es posible que ya no se fíen de nadie.

Xein asintió, pensativo.

—Entiendo. Habrá que darles motivos para que vuelvan a confiar, pues.

Justo entonces oyeron un grito de dolor. Él se puso en pie de un salto y aferró su lanza.

—¿Has oído eso? ¡Viene del almacén!

—Relájate —lo tranquilizó Rox—. No es la primera vez que lo oigo.

Él se volvió para mirarla.

—¿Qué quieres decir? —preguntó con aprensión—. ¿Qué está pasando ahí dentro?

—Creo que es Oxania. Me parece que está dando a luz.

Xein se quedó mirándola, anonadado.

—Pero...

—Aunque no sea asunto nuestro —prosiguió Rox—, hay que tenerlo en cuenta. Si hemos de hablar con ellos, tal vez este no sea el mejor momento.

Él se quedó callado unos instantes, dudando. Por fin se atrevió a plantear la pregunta que llevaba retorciéndose en su interior desde que había visto a Oxania besándose con el metamorfo.

—¿Crees que... hace mucho que el cambiapiel ocupaba el lugar de Broxnan?

Rox lo miró con los ojos entornados.

—¿A qué te refieres? Lo sustituyó en los túneles, después de que él se separara del grupo tras el ataque del burbujeador.

—No, no me refiero a hoy. Quiero decir... antes. Cuando el cambiapiel se reunió con vosotros..., Oxania no notó la diferencia. Se besaban, Rox —insistió, sin poder reprimir una mueca de repugnancia—. Y a ella le parecía natural. Me pareció incluso que se sentía... cómoda.

La Guardiana se removió, inquieta.

—Bueno, a los metamorfos se les da bien...

—Lo que estoy intentando plantear —cortó él, cada vez más impaciente— es que quizá lo haya hecho... antes. Ocupar el lugar de Broxnan, quiero decir. Hacerse pasar por él. Hasta el punto de que ni siquiera Oxania ha sido capaz de diferenciarlos. Y, si es así, me pregunto si el bebé...

No concluyó la frase, pero Rox entendió por fin y se estremeció.

—Por todos los monstruos, Xein —susurró horrorizada—. ¿Qué estás insinuando?

—Nada —murmuró él—. Nada, es una tontería.

—No es una tontería, es... asqueroso.

Xein trató de eliminar por todos los medios las imágenes que habían empezado a acudir a su mente. Visiones de Oxania dando a luz un hijo deforme o monstruoso. Pero su memoria se empeñaba en evocar la forma en que su mirada de Guardián percibía a los metamorfos, con aquellos contornos fluctuantes... y de pronto visualizó a Axlin sosteniendo entre sus brazos un bebé de aspecto gelatinoso.

Sacudió la cabeza, mareado.

—Lo sé, lo sé —se apresuró a responder—. Es solo que..., si un metamorfo puede besar así a una mujer humana... y ella no nota la diferencia..., quién sabe si...

—Para. No sigas por ahí. Tienes la mente muy sucia, ¿lo sabías?

Él bajó la mirada, muy avergonzado. Las palabras de su compañera le habían recordado la noche en que había tratado de propasarse con ella. Rox se dio cuenta, pero prefirió no ahondar más en la herida. Clavó de nuevo la mirada en el callejón, y fue entonces cuando descubrió una sombra furtiva que se encaminaba al almacén con paso nervioso.

—Mira, ya vuelve el bibliotecario —señaló.

Xein observó a Dex con curiosidad.

—¿Adónde había ido?

—Pensé que a buscar a una comadrona, pero parece que regresa solo. Quizá deberíamos aprovechar para hablar con él. No me parece que Axlin y Oxania estén ahora en situación de atendernos.

Xein asintió.

Dex retrocedió con un grito cuando dos sombras aterrizaron ágilmente ante él.

—Buenas noches, ciudadano —dijo Rox—. Hemos de hablar contigo.

El joven los reconoció entonces y dio un respingo al ver a Xein. Quiso girar sobre sus talones y salir huyendo, pero la Guardiana se movió rápida y silenciosa para cortarle el paso.

—Es importante —insistió—. Hemos encontrado el cuerpo de Broxnan de Galuxen en el canal. Las autoridades ya han informado a tu familia, pero necesitan que Oxania y tú testifiquéis sobre este suceso.

Dex se quedó helado. La miró, incapaz de creer lo que estaba oyendo.

—¿Este... suceso? —repitió—. ¿Queréis que contemos cómo asesinasteis a mi hermano a sangre fría? No puedo creerlo.

Rox no se alteró.

—¿Estás seguro de que fue eso lo que ocurrió? Porque creo recordar que lo que nosotros hicimos fue matar al burbujeador que estaba a punto de devoraros —concluyó con tono acerado.

El joven vaciló.

—De hecho —añadió Xein—, había dos burbujeadores, no uno. Matamos al segundo también, pero no antes de que estrangulara a tu hermano con uno de sus tentáculos. Hicimos lo que pudimos. Lamento que no llegáramos a tiempo.

Dex se quedó mirándolo.

—Lo mataste tú. De un lanzazo.

Xein le sostuvo la mirada, imperturbable.

—¿Por qué habría de hacer eso, ciudadano? Los Guardianes matamos monstruos. No atacamos a las personas. Jamás —concluyó, tan rotundo y convencido que Dex titubeó de nuevo.

—Pero Axlin dijo...

—Quizá Axlin no entendió lo que vio —intervino Rox, con suavidad—. Al fin y al cabo, todo fue muy confuso, y ella estaba asustada. Tu hermano se echó al agua y se alejó nadando por alguna razón que desconocemos. Nosotros detectamos al segundo burbujeador bajo la superficie y Xein salió corriendo para alcanzarlo. Después arrojó la lanza contra el monstruo para salvar a Broxnan. Y le acertó y logró que soltara a tu hermano. Pero la criatura ya lo había estrangulado.

»Nos encargamos de rematarla. Para cuando terminamos, ya os habíais marchado. Avisamos a nuestros compañeros para retirar los cadáveres de los monstruos y entregar a tu familia el cuerpo de tu hermano. Teníamos que informarte a ti también. Y a Oxania.

Dex no dijo nada. Xein leyó el dolor y la confusión en su rostro y se sintió culpable por ocultarle información. Pero el plan del capitán parecía estar funcionando, al menos con el joven bibliotecario. Quiso rogarle que convenciera a Axlin de su inocencia, que intercediera por él para que ella creyera aquella nueva versión, que no era la verdad, como tampoco lo era la interpretación que la chica le había dado a la escena que había contemplado aquella tarde. Pero se mantuvo en silencio.

El joven sacudió la cabeza.

—No lo entiendo. Si es así como sucedió, ¿por qué Axlin...?

—Lo ignoro, ciudadano.

Rox no añadió nada más. Justo en aquel momento oyeron un nuevo grito de Oxania desde el interior del almacén. Dex alzó la cabeza, inquieto.

—¿Necesitáis ayuda? —se ofreció Rox—. ¿Queréis que busquemos una comadrona?

Dex se sobresaltó.

—¿Cómo sabes...? Es igual, no... Oxania no quiere que nadie... Pero, claro, vosotros ya nos habéis encontrado, así que... —Se cubrió la cara con las manos, muy nervioso—. No sé qué hacer.

Xein lo observaba con curiosidad. Sabía que aquel joven era compañero de trabajo de Axlin, y lo había visto comportarse con ella con mucha familiaridad..., con cariño, incluso. Había otro pensamiento que lo reconcomía desde aquella tarde. Además de sus dudas sobre el bebé de Oxania o su inquietud sobre lo que Axlin había visto..., lo turbaba la idea de que ella hubiese iniciado algún tipo de relación sentimental. Con Dex o con cualquier otro.

«No es asunto tuyo», se recordó a sí mismo con firmeza. «Ya no.»

—Si es verdad que un monstruo mató a mi hermano —estaba diciendo Dex—, entonces no tiene sentido que estemos escondidos. Quizá deberíamos llevar a Oxania a su casa...

—No creo que tengáis tiempo ahora mismo —opinó Rox—. Pero insisto: podemos buscar a alguien que asista el parto.

Dex alzó la bolsa en la que llevaba las hierbas medicinales que Axlin le había pedido y la observó desalentado, dudando una vez más.

—No lo sé —dijo por fin, sacudiendo la cabeza—. No lo sé. Voy a preguntar. No quisiera... No sé qué debo hacer.

—Naturalmente, ciudadano —aceptó Rox—. Tómate tu tiempo. Esperaremos aquí fuera.

El muchacho asintió, todavía confuso, y desapareció en el interior del almacén. Xein y Rox guardaron silencio unos instantes.

—No parece que haya ido tan mal, ¿verdad? —comentó él finalmente.

—Los ciudadanos confían en los Guardianes —respondió ella—. Ese chico acabará por creer en nuestra palabra, pero Axlin es diferente. No sé cómo va a reaccionar.

—Vamos a hacer creer a todo el mundo que miente —dijo él, abatido—. No me parece justo.

—No, vamos a hacer comprender a todo el mundo que está equivocada. Después de todo, su versión tampoco se ajusta a la verdad.

Xein no dijo nada. Rox colocó las manos sobre sus hombros y lo obligó a mirarla a los ojos.

—Todo saldrá bien. Sé que te importa lo que ella piense, pero tienes que sobreponerte a esto, ¿de acuerdo? No tiene que ver contigo, ni con ella, ni con lo que quiera que hubiese entre vosotros. Estamos hablando del futuro de la Ciudadela y la seguridad de todos sus habitantes. Es algo mucho más grande e importante que ninguno de los dos.

Él asintió.

—Lo sé. Intentaré estar a la altura.

Ella sonrió.

—Sé que lo harás. Creía —añadió tras un instante de duda— que estabas enfadado con Axlin por alguna razón.

—¿Enfadado? —repitió él.

Hizo memoria. Sí, se sentía resentido porque ella lo había traicionado, porque había contado a la Guardia de la Ciudadela dónde podían encontrarlo. Porque les había entregado el mapa que él había dibujado para ella. Porque ellos se lo habían llevado, su madre se había quedado sola y había muerto por ello mientras él sufría un durísimo adiestramiento en el Bastión.

Pero, después de todo..., Xein era un Guardián. Tarde o temprano su destino habría acabado encontrándolo de todas formas, con o sin Axlin.

Se preguntó de pronto si aquel rencor no sería simplemente una excusa para apartarla de su lado. Porque, como Guardián de la Ciudadela, era eso lo que debía hacer: renunciar a ella y mantenerla a distancia.

—No lo sé —dijo por fin—. Ya no lo recuerdo.

Cualquier barrera emocional que hubiese tratado de alzar entre los dos se había desmoronado en el momento en que Axlin lo había mirado de aquella forma..., como si fuera peor que un monstruo.

—Pero da lo mismo, ¿verdad? —concluyó con una sonrisa cansada—. Soy un Guardián. No debo tener sentimientos de ningún tipo hacia nadie. Ni siquiera rencor. Y mucho menos...

Las palabras murieron en sus labios antes de que llegara a pronunciarlas. Sacudió la cabeza.
—Da lo mismo —repitió.
«Ella me odia», pensó. «Y probablemente sea mejor así.»

17

Dex bajó las escaleras, pero se quedó esperando en la entrada con timidez.
—¿Se puede pasar?
—Sí, Dex, por favor, pon agua a calentar en el brasero y prepara la infusión, ¿quieres? —le llegó la voz de Axlin desde dentro.
—¿Uso... la olla grande?
—No, no, esa la necesito para después. Encontrarás una más pequeña sobre la mesa.
Él hizo lo que ella le había pedido, contento de poder mantenerse ocupado. Al fondo, Oxania se quejaba como si le estuviesen arrancando las entrañas, pero Dex no se atrevía a mirar.
—Axlin, he de hablar contigo en cuanto puedas —dijo en voz alta—. Es importante.
Ella no respondió, pero unos minutos después estaba a su lado, secándose las manos.
—¿Cómo va? —se atrevió a preguntar.
La joven profirió un suspiro.
—Creo que el bebé viene de cabeza.
—¿Y eso es... bueno?
—Es lo mejor que podría pasarnos. Si viniese de nalgas..., no

sabría qué hacer, Dex. No tengo tanta experiencia como para poder enfrentarme a un parto complicado. Pero, en fin..., con un poco de suerte, todo saldrá bien. —Hizo una pausa y lo miró con curiosidad—. Y tú, ¿qué querías decirme?

Él rehuyó su mirada.

—Yo... Nos han seguido hasta aquí, Axlin.

Ella se quedó helada.

—¿Quién?

Dex tragó saliva.

—Los dos... Guardianes. Xein y la chica rubia. Dicen... que debes de estar equivocada. Que ellos no mataron a mi hermano. Que lo hizo un monstruo. Encontraron el cuerpo y...

—¿Están aquí? ¿¡Aquí!? —insistió ella, muy nerviosa.

—No van a hacernos daño. Se han ofrecido a ayudarnos. Solo necesitan...

Pero ella ya no lo escuchaba. Lo apartó a un lado y subió las escaleras tan deprisa como pudo. Abrió la puerta y se asomó al exterior.

Fuera era ya noche cerrada, pero a la luz de la luna distinguió las siluetas de los dos Guardianes. Rox, erguida como un poste; Xein, con la espalda apoyada contra la pared en actitud aparentemente relajada.

Aquello encendió su ira todavía más. Se acercó cojeando a ellos y se plantó ante él.

—¿Cómo te atreves a venir aquí? —le espetó—. ¿Cómo tienes la desvergüenza de seguir molestando a Dex y a Oxania después de lo que les has hecho? Tú...

—Tranquilízate, ciudadana —intervino Rox, con calma—. Se ha producido una lamentable confusión.

Axlin se volvió hacia ella, furiosa.

—¿Tú también? ¡Sé lo que vi! ¿Me vais a decir que miento, acaso? ¿O que estoy loca?

—Las cosas no son siempre lo que parecen —dijo Xein.

Había aguantado la explosión de Axlin sin moverse ni un ápice ni variar la expresión de su rostro. Cuando ella alzó de nuevo la cabeza hacia él, le dirigió una mirada intensa, manteniendo, sin embargo, aquel gesto frío e imperturbable. Ella trató de contener su ira, a pesar de que era la mejor forma que tenía de enmascarar el miedo que la atenazaba por dentro.

—¿Qué queréis de nosotros? —pudo decir al fin—. ¿Por qué no nos dejáis en paz?

—Buscamos a los parientes de Broxnan de Galuxen —dijo Rox—. Su hermano...

—Dexar —murmuró Axlin.

—Sí, y la chica que iba con él. Presuponemos que Broxnan era el padre de su bebé, ¿es así?

—Es lo que ella dice, sí.

Xein se incorporó de pronto, interesado.

—¿Es lo que ella dice? —repitió—. ¿Cómo es eso?

—¿Te interesa la relación entre Broxnan y Oxania? —replicó Axlin irritada—. Pues verás, ahora mismo ella está ocupada y no puede atenderte. Podrías haberle preguntado a él... si no lo hubieses matado, claro.

Xein apretó los puños, pero se las arregló para mostrarse sereno cuando respondió:

—Yo no maté a Broxnan de Galuxen. Lo hizo un monstruo.

Axlin iba a replicar, pero Rox se adelantó, interponiéndose entre los dos.

—Ciudadana, insisto en que aquí se ha producido un terrible malentendido. Los Guardianes no asesinamos gente. Xein hizo su trabajo y acabó con el monstruo que amenazaba a Broxnan. Por desgracia, no llegó a tiempo de salvarle la vida.

Axlin tuvo que alzar la cabeza para mirarla a los ojos, porque Rox era más alta que ella.

—Sé lo que vi —insistió—. No vais a poder convencerme de lo contrario.

—No nos corresponde a nosotros convencerte de nada. Rescatamos el cuerpo del canal y vamos a entregarlo a la familia. Hemos venido a informar a aquellos a quienes pueda interesar.

—¿Ah, sí? —Axlin se cruzó de brazos—. ¿Y por qué os han enviado a vosotros dos?

—Porque estábamos allí —respondió Xein—. Si no nos crees, ciudadana, te invitamos a que comparezcas ante el Consejo de Justicia en calidad de testigo. Allí podrás comprobar que lo que decimos es cierto.

Ella entornó los ojos.

—Puedes apostar a que lo haré. No sé a qué estáis jugando, Xein, pero Dex y Oxania no merecen lo que les estáis haciendo. Se merecen la verdad.

Él le dirigió una fría media sonrisa.

—La verdad es una joya de múltiples facetas —se limitó a responder.

Ella abrió la boca para replicar, pero entonces Dex se precipitó fuera con urgencia:

—¡Axlin, tienes que venir! ¡Creo que está pasando algo!

La joven sacudió la cabeza, tratando de no dejarse contagiar por el nerviosismo de su amigo.

—Marchaos ya, por favor —concluyó con cansancio—. No tenéis nada que hacer aquí. Habíais venido a entregar un mensaje y ya lo habéis hecho. Yo no puedo perder más tiempo con mentiras e historias absurdas. Buenas noches, Guardianes.

Retrocedió de nuevo hasta el almacén y volvió a cerrar la puerta con fuerza para dejarlos fuera. Después bajó la escalera, con Dex pisándole los talones.

—¡Aaaxlin! —chilló Oxania—. ¿Dónde estabas? ¡Tengo que...!

—... empujar, sí, ya lo supongo —completó ella, apresurándose a llegar a su lado—. Esto está bien, porque es exactamente lo que vas a hacer. Y tú —añadió dirigiéndose a Dex, que se había detenido al pie de la escalera— no te quedes ahí parado. Voy a necesitarte cerca por si acaso.

Dex jadeó, horrorizado, cuando la cabeza del bebé asomó por fin. Retrocedió unos pasos, pero Oxania detectó su expresión y dejó escapar un grito de angustia.

—Axlin, ¿qué ocurre? —preguntó, con el rostro congestionado por el esfuerzo—. ¿Pasa algo malo con mi bebé?

—Es... peludo y viscoso —pudo decir Dex, mareado.

Axlin levantó por fin la mirada para fijarla en su amigo.

—Es una cabeza de bebé perfectamente normal, Dex —lo riñó—. No distraigas a Oxania con tus melindres de señorito de ciudad, ¿quieres? Ahora tiene que centrarse en seguir empujando.

El chico asintió, muy pálido, pero retrocedió todavía más, incapaz de seguir mirando. Axlin dirigió a Oxania una sonrisa alentadora.

—Vamos, ya casi está. Sigue respirando y empujando como te he enseñado, ¿de acuerdo?

El bebé nació poco después y, para alivio de Axlin, demostró enseguida que tenía buenos pulmones. Ella le cortó el cordón umbilical, lo lavó lo mejor que pudo con agua tibia, lo envolvió en un paño limpio y lo entregó a su madre, que se había derrumbado sobre el lecho, exhausta.

—No... me lo puedo creer... —susurró entre jadeos, mientras Axlin seguía limpiando a su alrededor—. Tengo... un niño...

Axlin carraspeó.

—No exactamente.

—¿No? —Oxania, alarmada, lo examinó con mayor atención—. ¿Qué quieres decir? A mí me parece...

—Es una niña —aclaró Axlin, sin poder reprimir una sonrisa.

La joven madre sonrió a su vez.

—¿Ah, de verdad? Había pensado en llamarlo Broxnan. Tendré que buscar otro nombre, pero... no me importa. Hola, pequeña —saludó.

La niña se había tranquilizado ante el contacto con su madre, que la acunaba dulcemente entre sus brazos.

—Bueno, parece que está sana —observó Axlin satisfecha—. Solo falta comprobar que se alimenta bien. Sabes que tienes que darle el pecho, ¿verdad?

—¿El pecho? —repitió ella sin comprender—. ¿No están para eso las amas de cría?

—¿Acaso ves alguna por aquí? Tendrás que hacerlo tú misma por ahora. No debería ser complicado, pero, si tienes algún problema, puedes planteárte... —Axlin se interrumpió al ver que Oxania se había quedado mirando a su bebé con una extraña expresión en el rostro—. ¿Qué pasa? ¿Algo va mal?

La joven alzó la cabeza. Parecía asustada, orgullosa, maravillada...; todo a la vez.

—Mira sus ojos, Axlin. Creo... creo que...

Ella se apresuró a inclinarse sobre el rostro del bebé, que había entreabierto los ojos, incapaz por el momento de ver otra cosa que no fuera un juego de luces y sombras. A Axlin le costó apenas un instante descubrirlo también.

—Oh..., vaya —murmuró.

—¿Qué sucede? —preguntó entonces Dex, inquieto.

Se había quedado en el fondo de la habitación para no estorbar, pero las palabras de Axlin lo sacaron de su rincón y lo obligaron a avanzar hasta el lecho con aprensión.

—Míralo tú mismo —lo invitó su amiga, todavía perpleja.

Dex tuvo que observar a la niña unos instantes, hasta que ella abrió los párpados lo suficiente como para que el joven pudiese identificar entre ellos un destello dorado.

—Por el amor del Jerarca —musitó.

—Es una Guardiana —susurró Axlin.

—Sí —confirmó Oxania—. Es una Guardiana.

Se le quebró la voz y abrazó con fuerza a su bebé, que gimoteó un poco.

—Pero eso es... bueno, ¿no? —preguntó Dex, desconcertado ante las lágrimas que afloraron a los ojos de Oxania—. Es un gran honor para una familia que nazcan Guardianes en su linaje.

—Se la llevarán, Dex —susurró ella—. Cuando cumpla quince años. La entrenarán y la obligarán a pelear contra los monstruos el resto de su vida. Morirá joven. Nunca tendrá hijos.

Axlin recordó a Kinaxi, la madre de Xein. Ella lo había mantenido apartado del mundo precisamente para que los Guardianes no lo encontraran. Para que no se lo llevaran con ellos. Para que no lo convirtieran en... lo que quiera que lo hubiesen convertido.

Contempló a la niña de Oxania, una criatura tan pequeña, tan indefensa... y con tanto potencial.

Porque Axlin sabía que lo que la convertía en Guardiana no eran sus ojos, ni el adiestramiento al que la someterían cuando fuera mayor. Lo que la hacía distinta a la gente normal..., e incluso mejor que ellos..., eran sus extraordinarias capacidades como cazadora de monstruos. Sería más rápida, más ágil, más fuerte. Podría ejecutar ataques y movimientos imposibles sin apenas esfuerzo. Percibiría la presencia de los monstruos más esquivos. Los mataría con asombrosa facilidad.

Dedicaría su vida a proteger a la gente corriente. Sería una heroína y, como bien había dicho Oxania..., moriría joven.

Igual que Xein.

—Bueno, es... inesperado, pero no puedes decir que no lo quisieras, Oxania —opinó Dex—. Después de todo, es por esto por lo que ibas a casarte con De Fadaxi en primer lugar.

Ella resopló.

—Dexar, tú sabes tan bien como yo que no es más que un cuento

—Una tradición en la que mucha gente cree —corrigió él—. Es cierto que está basada en una falsa premisa, pero sigue determinando la política matrimonial de las grandes familias hoy en día.

—Disculpad —intervino Axlin, perpleja—. ¿De qué estáis hablando?

Oxania desvió la mirada. Con un resoplido de impaciencia, Dex se llevó aparte a su amiga.

—¿Has oído hablar de la Ley de Refuerzo de la Guardia? —Ella negó con la cabeza—. La promulgó el cuarto Jerarca hace... no sé, cinco o seis siglos. No se me dan muy bien las fechas. En fin, tú sabes que a veces nace un bebé especial en una familia. Se reconoce a los Guardianes por el color de sus ojos, eso lo tienes claro, ¿verdad?

—Sí —asintió Axlin—. También sé que no es hereditario, que es una especie de... anomalía. Es decir, que los padres de los Guardianes no son Guardianes. Y que puede nacer un niño diferente en una familia en la que nunca antes ha habido un Guardián. Es algo que no se puede prever.

—Es así. Por eso, siglos atrás, la Guardia solía recorrer periódicamente las aldeas para llevarse a todos los niños especiales. Los arrancaban del seno de sus madres sin explicación, se los llevaban y los criaban en la Ciudadela para que ingresasen en la Guardia al cumplir los quince años.

Axlin asintió de nuevo. Dex la miró con curiosidad.

—¿No te parece terrible?

—Bueno, hoy en día se siguen comportando igual —respondió ella, encogiéndose de hombros—. Si os parece un escándalo, haced algo al respecto.

—No, eso ya no se hace. Es una costumbre bárbara que los Guardianes abandonaron hace...

—A Xein se lo llevaron contra su voluntad —cortó ella con sequedad—. Él y su madre vivían completamente solos y aislados porque no querían que la Guardia los encontrara.

Él relajó los hombros.

—Ah, debía de ser un extraviado.

—¿Extraviado?

—Hay una ley que protege a los nuevos Guardianes y a sus familias, ya te lo he dicho. Si una mujer da a luz a un niño especial, puede reclamar la ciudadanía y se le concede al instante. Se le facilita una casa en el primer ensanche y se la trata con la mayor consideración y respeto.

—Entiendo. Es decir que ya no secuestran a los niños..., solo los compran.

Dex resopló irritado.

—Es algo muy bueno para cualquier familia —insistió—. Consiguen la protección de la Ciudadela y todas sus ventajas. Y el futuro Guardián vive con ellos hasta los quince años.

—Si es algo tan bueno —discutió ella—, ¿por qué algunos intentan evitarlo?

—Pues no lo sé, Axlin, pero el caso es que nadie lo hace, salvo que no esté muy bien de la cabeza. La mayor parte de los extraviados lo son porque proceden de lugares muy alejados de la Ciudadela y ni siquiera saben que tienen derecho a reclamar la ciudadanía. Hasta ahora, nunca había oído hablar de alguien que la rechazara, y mucho menos si le ofrecen también residencia en el primer ensanche. ¿Tienes idea de lo que eso supone? Protección, seguridad..., la posibilidad de una larga vida.

Ella suspiró. Kinaxi tenía un carácter muy particular, desde luego. Ahora sabía que podía haber escogido una vida cómoda y segura en la Ciudadela y, en cambio, había elegido mantener a su hijo lejos de los Guardianes. ¿Había hecho bien? Axlin no lo sabía, y probablemente no le correspondiera a ella juzgarlo.

—Bueno, y entonces ¿qué? ¿Qué tiene que ver todo esto con Oxania y su hija?

—Ah, sí..., la Ley de Refuerzo de la Guardia. Cuando se promulgó, la Ciudadela estaba formada solo por el centro y el primer ensanche. Así que la recompensa para las familias de los nuevos Guardianes era una casa en la ciudad vieja. ¿Comprendes las implicaciones?

—¿Pasaban a formar parte de la aristocracia? —se sorprendió ella.

—Sí, y ya te puedes imaginar la revolución que supuso aquello. Al principio, las grandes familias eran solo las que descendían de los Ocho Fundadores. Desde la Ley de Refuerzo de la Guardia, cualquiera podía acceder a un estatus social similar al que ellas ostentaban... si alguno de sus hijos tenía los ojos dorados o plateados.

»Hubo mucha rivalidad entre la nueva aristocracia y la vieja. Y el Jerarca que gobernaba por aquel entonces tendía a favorecer a los Guardianes y a sus familias. Así comenzaron las alianzas.

—Alianzas —repitió Axlin, desconcertada.

Oyeron entonces el llanto del bebé y la voz angustiada de Oxania:

—¡Axlin, está llorando! ¿Qué hago ahora?

—Dale el pecho, Oxania —respondió ella sin volverse.

—Pero ¿cómo...? ¡Oh! ¡Lo ha cogido ella sola!

—Menos mal que al menos una de las dos sabe lo que está haciendo —gruñó Axlin; pero no pudo reprimir una sonrisa.

Dex sonrió también. Aguardó un poco y, como el bebé no volvió a llorar, prosiguió:

—Tiempo después, el propio Jerarca tuvo que reformular la ley, porque no había suficiente espacio en la ciudad vieja para seguir aceptando nuevas familias. Desde entonces, a los padres de los niños especiales se los reubica en el primer ensanche, y a veces también en el segundo, dependiendo de la disponibilidad. Desde aquella época, no obstante, ya no basta con descender de los Fundadores para ser alguien en la ciudad vieja, ¿entiendes? Es necesario tener Guardianes en tu árbol genealógico. Por eso, muchos herederos de familias viejas contrajeron matrimonio con parientes de Guardianes, con la esperanza de engendrar más Guardianes.

—Pero es una anomalía —insistió Axlin—. Es aleatorio, no tiene nada que ver con la herencia. Los Guardianes nacen de padres normales. ¿O tal vez las características especiales saltan una generación? —preguntó con curiosidad.

Dex negó con la cabeza.

—No. Créeme, está estudiadísimo. A lo largo de los siglos, los aristócratas han examinado sus árboles genealógicos hasta el mínimo detalle buscando un patrón, tratando de comprender cómo funciona..., sin descubrir absolutamente nada nuevo. Hay familias con un Guardián en su linaje cuyas mujeres jamás han vuelto a dar a luz a otro Guardián. Otros niños especiales, en cambio, nacen en familias sin ningún antecedente. No se puede saber.

—¿Entonces...? Sigo sin entenderlo.

—Las familias siguen buscando alianzas de todos modos. Por tradición. Por si logran dar con la clave de la herencia extraordinaria. Yo qué sé. El caso es que, cuando un aristócrata negocia el matrimonio de uno de sus hijos, siempre tiene en cuenta el número de Guardianes del árbol genealógico del aspirante.

»Mi familia, De Galuxen, desciende de uno de los Ocho Fundadores. Pero nunca antes había nacido un Guardián entre nosotros. Nunca..., hasta hoy.

Se volvieron para mirar a Oxania, que se había dormido con su hija en brazos.

—La familia de Oxania procede de la nueva aristocracia —prosiguió él bajando la voz—. Se llaman De Xanaril, en honor a la Guardiana de la que descienden y cuyo nacimiento les abrió las puertas de la ciudad vieja.

—Descienden... ¿directamente de ella? —inquirió Axlin con curiosidad—. ¿Tuvo hijos?

—No, los Guardianes nunca los tienen, y el hecho de que su nacimiento sea imprevisible les ha permitido mantener esa norma, pese a las presiones que reciben para que la cambien. Son herederos de uno de los hermanos de Xanaril, pero llevan el nombre de ella porque fue la Guardiana.

»No volvió a nacer ningún otro Guardián en su linaje hasta la pasada generación.

—El tío de Oxania, el general —recordó Axlin.

—Exacto. Así que ya van dos... tres, si contamos con la niña que ha nacido hoy. El valor de Oxania en el mercado matrimonial es incalculable ahora mismo.

Axlin se estremeció.

—No me gusta que hables así. Es una persona, no un pedazo de carne.

—A mí tampoco me gusta, pero es así como funcionan las cosas. Y es la razón por la cual la relación entre ella y mi hermano fue tan complicada desde el principio.

—¿Por qué? Tu familia proviene de uno de los Fundadores. Sois gente importante, ¿no es así?

Dex sonrió.

—No tanto como antes. Los De Galuxen hemos ido perdiendo influencia en la ciudad vieja, hasta el punto de que hace ya un par de generaciones que ni siquiera contamos con ningún miembro en el Consejo del Jerarca. Tampoco hay Guardianes en nuestro árbol genealógico. —Suspiró—. En cambio, los De Fadaxi descienden de otro de los Fundadores, y no solo eso: el actual Consejero de Riqueza y Patrimonio, uno de los hombres más poderosos de la Ciudadela, lleva su apellido. Además, cuentan entre sus antepasados con un famoso y heroico general de la Guardia que realizó grandes hazañas en el frente oriental.

—Entonces, por eso la familia de Oxania prefería al otro pretendiente en lugar de a Broxnan...

—Sí, ya ves. Y, si él siguiese con vida... —Suspiró y señaló con gesto vago el lugar donde reposaban madre e hija—, esto podría cambiarlo todo. Esa niña es ya parte del linaje De Galuxen. Nuestro primer Guardián. Independientemente de que el color de sus ojos sea fruto del azar, de una anomalía, como decías..., la tradición de la Ciudadela está de nuestra parte. Ahora que estamos emparentados con la Guardia, ganaremos influencia y podremos enfrentarnos a los De Fadaxi y reclamar la adopción de Oxania y de su hija, y su inclusión en nuestro árbol genealógico.

Axlin se llevó las manos a la cabeza con un gemido de cansancio.

—Todo esto es muy complicado, Dex. No estoy segura de comprenderlo muy bien.

Él sonrió y le dirigió una mirada llena de simpatía.

—¿Por qué crees que me fui de casa? ¿Por qué piensas que cambié el lujo y las comodidades por un pequeño apartamento en el segundo ensanche?

—¿Para no tener que seguir estudiando árboles genealógicos? —bromeó ella—. No, espera, eso lo sigues haciendo en la biblioteca.

Dex se había puesto serio, pero sus ojos aún sonreían, perdidos en una chispa de ensoñación.

—Para poder amar libremente —respondió con sencillez a su propia pregunta.

—Y... ¿lo has conseguido? —preguntó ella en voz baja.

Él la miró y le guiñó un ojo.

—No es momento de hablar de mí, señorita. Hoy las protagonistas son nuestra futura Guardiana De Galuxen y su mamá. —Suspiró—. Ojalá Broxnan pudiera verlas ahora. Estoy seguro de que se arrepentiría de muchos de los comentarios que hizo.

—No sé, Dex —contestó ella con inquietud—. No me parece bien que un bebé pase de considerarse una carga incómoda y vergonzosa a ser una bendición recibida con orgullo y alegría... en función del color de sus ojos.

—No es solo el color de sus ojos. Los Guardianes son... especiales. Mejores que nosotros.

Axlin evocó de nuevo la dureza del gesto de Xein, la chispa de odio en su mirada al arrojar su lanza contra el pobre Broxnan, que jamás llegaría a contemplar el rostro de su hija, y murmuró:

—Yo no estoy tan segura de eso, Dex.

18

Xein sorprendió a Axlin caminando sola por una callejuela del segundo ensanche. Le cortó el paso y ella retrocedió, sobresaltada.

—Se supone que no estás autorizada a salir de tu casa por las noches, ciudadana —dijo él.

Pero no había enfado en sus palabras, ni siquiera reproche. Al contrario, sonreía, y una chispa de diversión animaba sus ojos dorados. Ella le devolvió la sonrisa.

—¿Vas a denunciarme? —preguntó, con un acento juguetón en su voz.

Xein apoyó un brazo en la pared y se inclinó más hacia ella.

—Quizá no —dejó caer tentativamente.

La miró a los ojos y aguardó a que ella respondiera. Axlin alzó una ceja.

—¿No? —le preguntó.

—Quizá —reiteró él.

Se acercó más a ella, y la joven colocó una mano sobre su pecho para guardar las distancias. No lo empujó hacia atrás, sin embargo, por lo que los dos se mantuvieron turbadoramente cerca uno del otro durante unos instantes. Xein casi podía sentir el corazón de Axlin latiendo a toda velocidad, al ritmo alocado del suyo propio.

Entonces Axlin alzó la cabeza hacia él, que se inclinó hasta que sus labios se rozaron... Aquel leve contacto le provocó una deliciosa sacudida por dentro. Ella se apartó un poco, reticente.

—No deberíamos, Xein.

—Me da igual —respondió él, y le brindó un segundo beso, más intenso y profundo que el anterior.

Ella suspiró y elevó las manos para sujetar su rostro con delicadeza y sostenerlo junto al suyo. Él la empujó con suavidad contra la pared y rodeó su cintura con los brazos.

—Te he echado de menos —le confesó al oído—. Muchísimo. Todos los días desde que te fuiste.

—Yo a ti también —contestó ella en un susurro, echándole los brazos al cuello para atraerlo aún más cerca.

Xein hundió el rostro en el cuello de Axlin, aspirando su olor. Volvió a oír la voz de ella repitiendo:

—No deberíamos.

—Nadie lo sabrá —le prometió él antes de besarla por tercera vez.

Y fue un beso pasional, urgente y desesperado. Axlin suspiró entre sus brazos, cerró los ojos y se dejó llevar, enredando su cuerpo en el de él.

Xein entró en el callejón y los vio allí a los dos, abrazados.

—¡Axlin! —gritó—. ¿Qué...?

Él alzó la cabeza y, todavía sosteniendo a Axlin entre sus brazos, contempló a su rival con una siniestra sonrisa.

—¿Quién eres? —logró preguntar Xein, horrorizado.

Los rasgos de la criatura se difuminaban bajo la mirada del auténtico Guardián; pero, para cualquier otra persona, era exactamente igual a Xein. El metamorfo abrazó a Axlin con más fuerza y respondió sin dejar de sonreír:

—Soy tú.

Xein despertó de golpe con el corazón a punto de salírsele del pecho. Tardó unos instantes en percatarse de que no se encontraba en un callejón de la Ciudadela, sino que se hallaba en su habitación del cuartel general, solo y empapado en sudor. Respiró hondo varias veces para terminar de calmarse y se pasó una mano por el cabello húmedo, sintiéndose aún desorientado.

Había sido una pesadilla. La peor pesadilla que había sufrido en mucho tiempo; y no era poca cosa, teniendo en cuenta que las suyas solían estar plagadas de monstruos, y que soñaba también a veces con la muerte de su madre y con los días más oscuros de su adiestramiento en el Bastión.

Cuando por fin logró tranquilizarse, comprendió que no quería volver a dormirse, al menos por el momento. El recuerdo de Axlin en brazos del metamorfo idéntico a él todavía lo hacía estremecerse de horror y repugnancia.

Se levantó, se vistió y salió al pasillo. Aún faltaba un buen rato para el amanecer, de modo que bajó hasta el patio de armas para hacer tiempo. Contempló unos instantes la noche estrellada; como las imágenes de su pesadilla no terminaban de desaparecer, caminó hasta el rincón donde se encontraban las dianas de práctica para entrenarse un poco con el arco. La primera flecha no acertó en el blanco, y Xein se miró las manos. Todavía temblaban.

—¿Estás perdiendo facultades, Xein? —oyó una voz burlona tras él.

Dio un respingo, sobresaltado. Después sonrió.

—Buena guardia, Yarlax —saludó.

—Sí, sí, lo mismo digo.

Su amigo tomó otro arco, cargó la flecha y apuntó a la diana contigua. Antes de soltar la cuerda, sin embargo, dirigió una mirada de reojo a Xein.

—Un buen Guardián ha de ser capaz de acertar al blanco también de noche —le recordó.

Disparó. Su tiro fue notablemente mejor que el de Xein, pero su flecha tampoco se clavó en el centro de la diana.

—Por todos los monstruos —gruñó.

Xein sonrió de nuevo y cargó otra flecha. De forma natural, sin hablarlo previamente, los dos habían iniciado una competición amistosa.

En su segundo tiro acertó exactamente en el blanco. Yarlax también tiró de nuevo e igualó la hazaña. Pero el chico se limitó a chasquear la lengua, decepcionado.

—Demasiado fácil —dijo.

Ambos retrocedieron unos pasos, alejándose de las dianas para aumentar la dificultad del ejercicio.

—Yo acabo de volver de una guardia en la muralla —dijo entonces Yarlax, cargando otra flecha—. ¿Cuál es tu excusa?

—¿Cómo?

—¿No podías dormir?

Las imágenes de su sueño volvieron a asaltarlo. Su siguiente disparo ni siquiera acertó en la diana.

—Una pesadilla —explicó a modo de disculpa.

Yarlax no dijo nada al principio. Dispararon algunas flechas más, y Xein tuvo la oportunidad de corregir su mala puntería anterior. Entonces su amigo comentó a media voz:

—Se diría que no debería haber nada capaz de asustarnos, ¿verdad? Al fin y al cabo, para eso nos entrenan.

Xein meditó sobre sus palabras. Después dijo en el mismo tono:

—Me preocupan los metamorfos.

Yarlax se volvió hacia él, sorprendido. Xein le devolvió la mirada y añadió:

—¿A ti no?

—No especialmente. Después de todo, soy una de las pocas

personas en el mundo capaces de reconocerlos. Es a otros a quienes les deberían preocupar. No a gente como tú y como yo.

Dispararon un par de flechas más. Hacía rato que no comparaban los resultados, pero en el fondo no les importaba.

—Sin embargo —dijo Yarlax, cuando Xein ya pensaba que no tenía nada más que decir—, sí me inquietan las sombras. ¿Qué digo...? Me dan terror. —Sacudió la cabeza—. Podrían estar en cualquier parte. Esperándote a la vuelta de la esquina. Agazapadas bajo tu cama. Detrás de ti —añadió, dándose la vuelta como si hubiese sentido la presencia invisible de una de aquellas criaturas.

Xein se volvió también. Los dos se quedaron un instante inmóviles, alerta, hasta que finalmente Yarlax se relajó de nuevo.

—Ya ves, no es una actitud propia de un Guardián —comentó, encogiéndose de hombros—. Supongo que se debe a que son los únicos monstruos contra los que no sé cómo luchar sin la ayuda de un compañero de la División Plata. Pero los metamorfos...

—No es por mí —se apresuró a aclarar Xein—. Sé cómo enfrentarme a ellos. Se trata de las relaciones que pueden establecer con la gente corriente. Ningún otro monstruo podría acercarse tanto a ellos, no de esa forma. Ni siquiera las sombras. —Hizo una pausa y añadió, frunciendo el ceño—: Hay algo especialmente perverso en el hecho de que un metamorfo pueda hacerse pasar por ti y nadie sea capaz de verlo. Posiblemente sea lo peor que pueda hacerte un monstruo.

—¿Tú crees? Pues yo pienso que caer en las zarpas de un desollador, por ejemplo, debe de ser infinitamente más doloroso.

—No me refiero a daño físico, sino... —Sacudió la cabeza—. No lo sé. Pero es algo peor. Porque afecta también a tu relación con otras personas, supongo.

Yarlax lo miró de reojo.

—Por eso los Guardianes no debemos encariñarnos con nadie. Y mucho menos con personas corrientes. Para poder protegerlos mejor, precisamente. Para que los sentimientos no nos confundan a la hora de hacer nuestro trabajo.

Xein suspiró.

—Lo sé, lo sé. Olvida lo que he dicho, es una tontería.

Siguieron disparando un rato más, en silencio. Después Yarlax comentó:

—Fuiste tú el que abatió al metamorfo del canal, ¿verdad?

—Las noticias vuelan.

—¿Bromeas? He tenido que hacer doble turno hoy en la muralla porque se necesitaban refuerzos para inspeccionar los túneles.

Xein gimió por lo bajo. No se le ocurría nada más aburrido que un doble turno en la muralla.

—Lo siento.

Pero su amigo sonreía abiertamente.

—¿Qué dices? Enhorabuena, uno no acaba con un cambiapiel todos los días. Son condenadamente escurridizos. Lo que no entiendo —dijo poniéndose serio de pronto— es por qué te sancionaron nada más volver.

Xein suspiró, mientras el sordo dolor de su espalda se volvía más intenso. Se las había arreglado para ignorarlo hasta el momento.

—No fue un trabajo limpio —explicó—. Alguien me vio abatiendo al metamorfo.

—Comprendo —murmuró Yarlax, pero no añadió nada más.

Se habían quedado sin flechas, de modo que avanzaron hasta las dianas para recuperar las que ya habían utilizado.

—¿Es verdad que cazasteis también un burbujeador en el canal del anillo exterior? —preguntó entonces Yarlax.

—No, era todavía el tramo del segundo ensanche.

Su compañero lo miró, anonadado.

—¿Cómo es posible? Para llegar hasta el segundo ensanche a

través del canal, el burbujeador tuvo que atravesar tres rejas de seguridad. La de la muralla exterior es doble, ¿lo sabías?

Xein sacudió la cabeza.

—No sé. De todos modos, no es tarea nuestra. Nosotros solo matamos monstruos. No nos ocupamos del mantenimiento de los conductos.

—Pues quizá deberíamos —dijo entonces Yarlax, con calor—. ¿Cómo se supone que vamos a hacer nuestro trabajo si los que tendrían que encargarse de mantener las rejas en su sitio no cumplen con el suyo? Si quieres algo bien hecho, hazlo tú mismo.

—No es eso lo que nos enseñaron en el Bastión, ¿recuerdas? Confía en tus compañeros. Cada miembro del equipo tiene su función. Aprende a delegar.

Yarlax suspiró.

—Sí, lo sé, pero eso vale para los Guardianes, no para la gente corriente. No puedes confiar en una persona corriente igual que en un Guardián; eso es todo.

Xein iba a replicar, pero entonces recordó su sueño. En él, Axlin había sido incapaz de reconocer al cambiapiel. Se preguntó, inquieto, si ella reaccionaría de una manera diferente en el caso de que se encontrase en una situación similar. ¿Lograría diferenciar al Xein verdadero del falso? «Rox tampoco podría», pensó de pronto. «O tal vez sí.»

Al menos, ella conocía la existencia de los metamorfos, aunque no tuviese la capacidad de identificarlos. Axlin, en cambio, estaría completamente desprevenida.

Apretó el puño, tratando de conjurar su ira y su angustia. Yarlax lo notó.

—Oye, no me lo tengas en cuenta —dijo al fin con un suspiro—. Las largas horas de guardia en la muralla me obligan a pensar en cualquier tontería para distraerme.

El sonido de la campana les indicó que el tiempo había pasado más rápido de lo que habían calculado.

—He de irme, tengo cosas que hacer —dijo entonces Xein, dejando a un lado el carcaj—. Ya terminaremos la ronda otro día, ¿vale? Además, iba ganando yo —apuntó con una sonrisa.

—Eh, no presumas tanto. Te recuerdo que soy yo el que no ha dormido en toda la noche.

La sonrisa de Xein se ensanchó. No quiso entretener más a su amigo, que había aplazado su cita con el sueño solo para ofrecerle un rato de reconfortante conversación. Se despidió de él y se encaminó con paso tranquilo hacia la cantina, donde sabía que Rox lo estaría esperando.

Axlin también tenía una cita importante aquella mañana. Ni Dex ni ella tenían previsto acudir a su puesto de trabajo en la biblioteca, porque el requerimiento del Consejo de Orden y Justicia era urgente y no podían aplazar más la visita a sus instalaciones.

Oxania, por su parte, aún no había querido regresar a su casa. Axlin le había conseguido un vestido para cambiarse, mucho más humilde y sencillo que los que ella estaba acostumbrada a llevar, y la joven no hizo ningún comentario al respecto. Solo suspiró levemente al ver que le quedaba muy estrecho.

—Recuperarás tu silueta habitual en unas semanas —la consoló Axlin—. Acabas de dar a luz; todo tarda un poco en volver a su lugar.

Oxania no dijo nada, y Axlin añadió:

– Debes de tener muchos más vestidos en tu casa, y alguno habrá que te quede mejor. ¿Estás segura de que...?

—Sí —cortó ella—. Por favor, no insistas.

Axlin suspiró. Se sentía en parte responsable, puesto que había sido su versión de la muerte de Broxnan lo que había despertado las suspicacias de Oxania contra su propia familia. Sabía, sin embargo, que ni ella ni Dex la creían del todo, no después de la explicación de los Guardianes, que sonaba mucho más lógica y sensata que su historia.

Esa era otra de las razones por las que no podían aplazar más la visita al Consejo de Justicia. Si era cierto que habían encontrado el cuerpo de Broxnan...

Axlin sabía que, secretamente, tanto Dex como Oxania deseaban que aquel cadáver no fuera el de Brox. Después de todo, no lo habían visto caer al canal, abatido por la lanza de Xein. La única prueba que tenían de su muerte eran los testimonios de otras personas. Testimonios que, además, se contradecían.

«Hoy saldremos de dudas», se dijo Axlin, «para bien o para mal».

Tomaron un coche de caballos para desplazarse hasta el edificio del Consejo de Justicia, en el primer ensanche. Aquel era un lujo que ella, por lo general, no podía permitirse, pero sus compañeros hicieron la gestión con total naturalidad. Subieron a la cabina y Oxania se acomodó sobre el asiento sosteniendo a su bebé en brazos con un suspiro de alivio. Ellas eran la razón por la que habían elegido desplazarse sobre ruedas, en lugar de hacerlo caminando, pese a que no estaban demasiado lejos de su destino. Oxania seguía pálida y con ojeras, claramente cansada y dolorida. No obstante, no había proferido ninguna queja.

Dex estaba también más serio y silencioso de lo habitual. Axlin no podía culparlos a ninguno de los dos. Era extraño llevar tantas horas sin saber exactamente qué le había sucedido a Broxnan, si estaba muerto de verdad o no, si lo había asesinado un Guardián o había sido víctima del ataque de un monstruo. Los tres se temían lo peor, pero el hecho de contar solo con información confusa y discordante les permitía conservar, quizá, un resquicio de esperanza.

Como todos los edificios oficiales de la época del quinto Jerarca, el Consejo de Orden y Justicia era una construcción de planta cuadrangular, muros sólidos y estilo sobrio y severo. Había sido levantado con la intención de que resultara práctico y funcional y transmitiera, al mismo tiempo, una sensación de seguridad y confianza en las instituciones.

A Axlin, sin embargo, le parecía monstruosamente grande.

Subieron la escalinata y entraron en el recibidor. Allí, Dex se dirigió al funcionario para explicarle los motivos de su visita. El hombre consultó su libro de registros.

—Ah, sí, el caso De Galuxen. Segundo pasillo a la derecha. Seguid hasta el fondo y llegaréis a un patio interior. Llamad a la tercera puerta a mano izquierda; la Portavoz os está esperando.

—¿Portavoz? —repitió Dex inquieto—. ¿No nos va a recibir un Delegado?

—Estamos hablando de la muerte del heredero de una de las grandes familias —respondió el funcionario sacudiendo la cabeza—. No se trata de un asunto menor.

—No, por supuesto —murmuró el joven.

Siguieron las indicaciones del funcionario hasta llegar al lugar que les había dicho. Allí, en el patio interior, se encontraron con una pareja de mediana edad. Dex se quedó helado al verlos.

Axlin se mantuvo unos pasos atrás, para no llamar la atención, y los observó con disimulo. Parecían aristócratas. Vestían de manera elegante, pero sobria, lejos de la afectada ostentación que solían exhibir Oxania y sus hermanos. Los cabellos de la mujer estaban ya veteados de gris. No se había tomado la molestia de teñírselos, pero se los recogía detrás de la cabeza en un peinado discreto y exquisitamente delicado al mismo tiempo.

El hombre era alto y bien plantado. A Axlin le recordó mucho a Broxnan, sobre todo cuando se volvió hacia ellos para observar a Dex con unos penetrantes ojos azules.

Entendió entonces que eran los padres de su amigo. Estaban allí para identificar el cuerpo que los Guardianes habían sacado del canal y que, según les habían dicho, pertenecía a su hijo mayor.

Dex inspiró hondo y avanzó un par de pasos.

—Padre, madre... —musitó.

Axlin había esperado que se abrazaran, que se tomaran de las manos al menos. Dex era un joven afectuoso, muy inclinado al contacto físico. Sin embargo, y ante su sorpresa, los tres permanecieron inmóviles, sin salvar la distancia que los separaba.

—Entonces ¿es verdad? —preguntó la madre—. ¿Es...?

Dex sacudió la cabeza.

—No lo sé todavía. Probablemente.

La mujer frunció los labios, pero no dijo nada.

—¿Estabas allí? ¿Lo viste? —quiso saber su padre.

—Estaba con él, sí, pero no vi... cómo caía. Nos atacó un monstruo, y... es una larga historia. Se la relataré después con detalle a la Portavoz.

El patriarca De Galuxen inspiró hondo.

—Sí, será lo mejor.

La madre de Dex se volvió hacia Oxania, que sostenía en brazos a su bebé. La reconoció, a pesar de su ropa discreta, su cabello despeinado y sus ojeras.

—Oxania de Xanaril —murmuró—. Tu familia te está buscando.

—Lo sé —respondió ella—. Estaba con Broxnan.

La dama le disparó una mirada helada, como si de alguna manera hiciera a la joven responsable de su desgracia. Esta palideció aún más, pero no bajó la cabeza. Se limitó a mantenerse erguida, con toda la dignidad que su condición le confería, protegiendo con celo a su hija entre sus brazos.

La madre de Dex se fijó entonces en el bebé y frunció ligeramente el ceño.

No tuvo oportunidad de formular la pregunta que asomaba a sus labios, porque en aquel momento se abrió la puerta de la sala, y todos se volvieron hacia la funcionaria que se asomó al patio. Axlin percibió con claridad que el alivio relajaba los hombros de su amigo, como si la interrupción lo hubiese liberado de una penosa obligación.

—Familia De Galuxen —anunció la mujer—. Por aquí, por favor. La Portavoz os está esperando para la identificación.

Los padres de Dex respondieron de inmediato y entraron en la habitación. El joven vaciló un instante, y Axlin aprovechó para llamarlo:

—Dex.

Cuando él se volvió para mirarla, Axlin sintió el impulso de darle el abrazo que obviamente necesitaba con una desesperación palpable y avanzó un paso hacia él. Pero el joven sonrió y sacudió la cabeza.

—Estoy bien, gracias. —Se volvió hacia Oxania—. ¿Quieres... entrar? No tienes que hacerlo si no te sientes con fuerzas —añadió rápidamente.

Pero ella respiró hondo y asintió.

—Sí. Sí, voy a entrar. No lo deseo en realidad, pero... tengo que hacerlo.

Dex sonrió. Oxania se volvió hacia Axlin y le tendió al bebé.

—¿Puedes encargarte de ella un momento? No quiero... no quiero que esté presente.

—Es muy pequeña, Oxania. No se va a enterar de lo que sucede.

—Aun así. Preferiría... preferiría mantenerla al margen todo lo que pueda.

—Claro —asintió Axlin, tomando a la niña en sus brazos—. Cuenta conmigo. Os esperamos aquí.

La puerta se cerró tras Dex y Oxania, y la muchacha se quedó sola en el patio, con la única compañía del bebé. Le habría gustado entrar con sus amigos para echar un vistazo al cuerpo de Broxnan. Deseaba comprobar por sí misma que lo que había visto era cierto. Pero comprendía que la muerte del joven no significaba lo mismo para ella que para aquellos que lo habían amado de verdad: su familia y la mujer que había dado a luz a su hija.

A ella la afectaba por otras razones. Sobre todo porque, en el fondo de su corazón, deseaba que los Guardianes tuviesen razón: que a Broxnan lo hubiese matado un monstruo y no la lanza de Xein.

Sacudió la cabeza. «No debo hacerme ilusiones», pensó. «Sé lo que vi.»

Para hacer tiempo, se puso a pasear por el patio con la niña en brazos. No era muy grande, pero estaba adornado con maceteros llenos de jazmines en flor que desprendían una agradable fragancia. Miró a la niña dormida. Sus extraordinarios ojos dorados quedaban velados por sus párpados.

Suspiró, recordando las palabras de Oxania: «Se la llevarán cuando cumpla quince años. La entrenarán y la obligarán a pelear contra los monstruos el resto de su vida. Morirá joven. Nunca tendrá hijos». Se preguntó también si la enseñarían a obedecer ciegamente a sus superiores, hasta el punto de ser capaz de asesinar a una persona a sangre fría si se lo ordenaban. Se estremeció.

Una puerta se abrió entonces tras ella, y se volvió, esperando ver a Dex y a los demás.

Pero no eran ellos. Un Guardián acababa de salir de otra de las salas que daban al patio. Se detuvo en seco al verla.

Y Axlin también se quedó helada.

Porque se trataba de Xein.

19

É l la miraba con cierta incredulidad, como si no terminase de decidir si ella estaba allí de verdad o se trataba de un mero producto de su imaginación.

—Ax..., ciudadana —empezó por fin; pero Axlin le disparó una mirada irritada, casi agresiva, mientras giraba el cuerpo abrazando a la niña, como si intentase protegerla de su presencia.

—¿Qué haces tú aquí?

Xein parpadeó desconcertado.

—¿Disculpa?

Superada ya la sorpresa inicial, Axlin se tomó unos segundos para observarlo con mayor detenimiento.

Se había aseado y llevaba un uniforme limpio, lo que indicaba que había regresado al cuartel general en algún momento para tomarse un respiro. Sin embargo, ella leyó las huellas del cansancio en su rostro.

Se dio cuenta también de que no portaba armas.

— No estás patrullando —señaló—. ¿Por qué estás aquí?

Él entornó los ojos, comprendiendo.

—¿Crees que... te estoy siguiendo o algo parecido?

—¿No lo haces?

Xein pareció meditarlo un instante. Después negó con la cabeza.

—Hoy no —respondió—. He venido por un asunto oficial. Rox y yo teníamos que... declarar —añadió, echando un breve vistazo a la puerta de la sala que acababa de abandonar, y donde todavía se encontraba su compañera—. Acerca de lo que sucedió ayer en el canal. Debido sobre todo a la infortunada muerte de Broxnan de Galuxen.

—Oh —murmuró ella.

La mirada de Xein se había detenido en el bebé que acunaba entre sus brazos. Axlin vio su expresión de curiosidad... e inquietud. Por alguna razón, temió de pronto por la seguridad de la niña.

—¿Y qué les has contado? —preguntó, atrayendo de nuevo la atención del Guardián.

Sus ojos dorados se fijaron en ella.

—La verdad —contestó.

Pero ahí estaba, pensó Axlin mientras la angustia la devoraba por dentro: un breve instante de vacilación. Xein sostenía su mirada, resuelto y seguro. Y, sin embargo, ella intuía que estaba mintiendo.

Un llanto agudo los sobresaltó. Axlin se dio cuenta entonces de que había estrechado tan fuerte a la niña contra su pecho que la había despertado. La acunó con suavidad, concentrándose en ella y luchando por ignorar la insistente mirada de Xein.

—Ese bebé... —dijo él entonces—. ¿Es el que nació anoche? ¿El de Oxania?

Había algo en el tono de su voz, ansiedad, tal vez un punto de temor. Axlin se preguntó si habría llegado a sus oídos que la niña tenía los ojos dorados. «Como él», pensó con un estremecimiento.

No era posible que lo supiera todavía, decidió. Hasta donde ella sabía, ni Dex ni Oxania se lo habían contado a nadie aún. No habían tenido ocasión.

—Sí —respondió—. De Oxania y de Broxnan —añadió, disparándole una mirada repleta de antipatía.

Quiso recordarle: «El hombre al que asesinaste ayer», pero se mordió la lengua. No quería volver a repetir aquella acusación en voz alta sin pruebas.

La irritó todavía más el hecho de que Xein ni siquiera parpadeara ante la mención del nombre de su víctima. Parecía más interesado en la niña.

Extraña e inquietantemente interesado en la niña, pensó Axlin.

—Y... ¿está bien? —preguntó Xein, tras un momento de duda.

—¿Cómo dices?

—El bebé. ¿Nació... sano? ¿Normal?

Axlin parpadeó, desconcertada. Le resultaba insólito el hecho de que a aquel frío Guardián le importase tanto el bienestar de un bebé. Le habría resultado enternecedor, de no ser porque adivinaba una intención oculta detrás.

Se quedó helada al recordar lo que entendían los Guardianes por «normal».

Gente corriente. Cualquier persona que no fuera como ellos.

Pese a la cortesía con la que los Guardianes se dirigían a la «gente corriente», Axlin siempre había tenido la sensación de que se consideraban por encima de ellos. Mejores. Superiores. Quizá por esa razón le desagradaban las palabras «normal» y «corriente» en boca de un Guardián. Algunos incluso se las arreglaban para emplearlas con un cierto tono condescendiente que a Axlin le sonaba casi como un insulto.

—Tan normal como tú —replicó con tono gélido, dando media vuelta para alejar al bebé de su vista, y aún le disparó una última mirada por encima del hombro antes de añadir—: ¿Qué esperabas que fuera? ¿Un monstruo? Porque he de decirte...

Las palabras murieron en sus labios ante la expresión horrorizada de Xein: se había puesto mortalmente pálido de repente y la miraba como si acabase de conjurar su peor pesadilla. «¿Qué he dicho?», se preguntó desconcertada.

Luchó contra la sensación de angustia que se había instalado en su estómago. Quiso convencerse a sí misma de que era el propio Xein el que la asustaba, pero sabía muy bien que no era así: se trataba del miedo que había visto en sus ojos. Cualquier cosa que pudiera aterrorizar de aquella forma a un Guardián era, definitivamente, una muy mala noticia para cualquier otra persona.

Y, justo en aquel momento, la puerta se abrió de nuevo, y Dex y Oxania volvieron a salir al corredor. Axlin dirigió una breve mirada a Xein y descubrió que él había vuelto a adoptar la expresión seria y concentrada de los Guardianes.

«¿Qué ha sido eso?», se preguntó, todavía confusa.

Oxania se reunió con ella, extendiendo los brazos para recuperar a su hija, y Axlin se la devolvió con una mirada interrogante.

—¿Era...?

—Sí —susurró la joven, y estalló en sollozos.

Axlin la abrazó, echando un tímido vistazo a Dex por encima de su hombro.

—Lo siento mucho —murmuró.

Él sacudió la cabeza con un suspiro apesadumbrado.

—Ya nos lo habían adelantado.

Apretó la mandíbula, tratando de parecer más firme y resuelto de lo que probablemente se sentía. Entonces vio a Xein, que continuaba de pie junto a la puerta de la sala contigua, aguardando a que saliera Rox. Respiró hondo y avanzó hasta él.

—Te debo una disculpa, Guardián.

Xein lo miró sorprendido, y Axlin se maravilló de la gran variedad de emociones que estaba leyendo en su rostro en los últimos minutos, como si los acontecimientos del día anterior hubiesen abierto una grieta irreparable en la máscara del Guardián.

«No pienses de ese modo», se regañó a sí misma. «Es peligroso, y lo sabes. No es el mismo chico que conociste. No sueñes con recuperarlo. Nunca más.»

Dex había avanzado hasta situarse ante Xein.

—Te debo una disculpa —repitió, muy serio—. Si en algún momento creí que tuviste algo que ver con la muerte de mi hermano..., lo lamento.

—Has visto el cuerpo —comprendió él.

El chico asintió.

—Parece que todo sucedió como dijiste. Siento haber dudado de tu palabra. Quiero agradecerte también especialmente todo lo que hiciste por nosotros ayer. Sé que habrías salvado a mi hermano, de haber podido. Igual que nos salvaste a nosotros tres. A los cuatro —se corrigió, señalando al bebé que Oxania sostenía entre sus brazos.

Xein desvió la mirada.

—Es mi trabajo —se limitó a responder.

—Mereces mi más sincero agradecimiento, de todas formas —insistió Dex—. Y el de la familia De Galuxen. Tenemos una deuda contigo, y créeme que no lo olvidaremos.

Axlin miró a su amigo con asombro. Nunca antes lo había oído invocar su apellido de aquella manera ni lo había visto comportarse con tanta dignidad, con una gravedad que se ajustaba más a su educación aristocrática que su habitual conducta jovial y desenfadada.

Xein iba a decir algo, pero entonces el matrimonio De Galuxen salió de la habitación y Dex pareció sentirse de pronto muy incómodo. Se volvió hacia Axlin con una brusquedad y rapidez innecesarias.

—¿Podrías... te importaría acompañarme dentro un momento?

—¿Quién, yo? —se sorprendió ella.

Él asintió.

—Quiero enseñarte algo.

—Dexar... —se oyó la voz de su padre tras ellos.

—Será solo un momento —repitió él. Avanzó hasta Axlin y la cogió del brazo, ignorando la mirada de desaprobación de su madre—. Por favor. Ya sé que te he pedido demasiadas cosas, y quizá... —añadió, al ver que su amiga seguía sin pronunciar palabra.

Axlin se volvió hacia Oxania, interrogante, y esta le dirigió una mirada de mudo asentimiento.

—Claro —respondió entonces—. Si no supone ningún inconveniente para nadie.

—Por supuesto que no —se apresuró a asegurar Dex.

Tomó a su amiga de la mano y tiró de ella para conducirla al interior de la habitación. La joven, aún confusa, no se atrevió a volver la vista atrás para encontrar la mirada de Xein por última vez.

El Guardián se había mantenido en segundo plano, discreto y silencioso. Debería haberse marchado antes, pensó, porque se sentía un intruso en aquella incómoda y dolorosa reunión familiar. Pero Rox seguía en el interior de la sala presentando su informe, y él había decidido esperarla. No tenía sentido que se fuera ahora sin ella.

Se sintió un poco mejor, sin embargo, cuando perdió a Axlin de vista. Le resultó mucho más fácil retroceder hasta la pared y quedarse allí, en silencio. La gente de la Ciudadela estaba ya tan acostumbrada a la presencia de los Guardianes, siempre vigilando en lugares estratégicos, que a veces tendían a comportarse ante ellos como si fueran estatuas y no seres vivientes. Por esta razón, se esforzó por mantenerse inexpresivo ante el embarazoso silencio que se abatió sobre el patio cuando los De Galuxen se vieron a solas con Oxania y su bebé.

Fue ella quien, tras unos instantes de incomodidad, habló en primer lugar. Dio un paso al frente, alzó la cabeza y dijo:

—Soy consciente de lo doloroso que es este momento para todos. —Le temblaba la voz, y aun así continuó—: Pero quizá la tristeza resulte un poco más llevadera... gracias a ella —concluyó, tendiéndoles el bebé.

De Galuxen alzó los brazos en un movimiento reflejo, pero su esposa dio un paso atrás y lanzó a Oxania una mirada envenenada.

—Mi hijo mayor está muerto —replicó—. ¿Qué te hace pensar que tu criatura me consolará de alguna manera?

La joven palideció todavía más, si es que eso era posible.

—Porque mi «criatura» es también la de Broxnan. Su hija. Vuestra nieta.

—Él siempre negó que lo fuera. Decía que era imposible que ese bebé fuera suyo, porque jamás había alcanzado contigo semejante grado de... intimidad.

Oxania inspiró hondo, claramente herida.

Desde su puesto en segundo plano, Xein se estremeció. Las palabras de la aristócrata agitaron de nuevo los fantasmas de su interior. Sacudió la cabeza para alejar aquellas ideas de su pensamiento.

Era completamente imposible que los metamorfos pudiesen... Reprimió el concepto que insistía en acudir a su mente una y otra vez. Quizá sí lograsen engañar a las mujeres humanas hasta ese punto, siguió reflexionando frenéticamente. Pero no podrían tener hijos con ellas. Eran monstruos, por el amor del Jerarca. Podían tener aspecto humano, pero eso era todo.

«Si fuese así», continuó pensando, «si pudiesen... yacer con mujeres humanas y engendrar hijos..., esos hijos no podrían ser humanos. Nunca.»

¿Lo parecerían, acaso? Xein se estremeció. Un poco más allá, Oxania había iniciado una fría discusión con la dama De Galuxen sobre la naturaleza de su relación con Broxnan. Hablaba de testigos que los habían visto juntos, de gente que *sabía* que los dos eran pareja, pero Xein apenas la escuchaba. Su mente divagaba acerca de la posibilidad de que hubiese realmente personas..., *individuos*, se corrigió, con sangre de metamorfo en sus venas. Que aquellas repugnantes criaturas se hubiesen infiltrado hasta aquel punto en la sociedad humana.

Tal vez sus vástagos pareciesen tan humanos que nadie notase la diferencia. «Aun así, los hijos de los monstruos seguirían siendo monstruos», decidió.

También existía la posibilidad de que su verdadera naturaleza se manifestase en ellos de alguna manera. ¿Podrían cambiar de forma? ¿Presentarían alguna particularidad, algo que ayudase a reconocerlos como tales?

La puerta se abrió junto a él, y Rox salió por fin al patio. Xein exhaló un suspiro de alivio mientras se volvía para recibirla con una sonrisa.

Ella le dirigió una mirada crítica.

—Tienes un aspecto horrible. ¿Te encuentras bien?

Él se pasó una mano por el pelo y reprimió una risa nerviosa.

—Sí, yo... probablemente necesite descansar un poco.

—¿Más? Pensaba que volverías a estar fresco después de una noche libre. La vida relajada de la Ciudadela te está estropeando.

Xein inspiró hondo, profundamente agradecido. Las palabras de su compañera sonaban familiares, terreno conocido, rutina. Nada de pensamientos retorcidos y turbadores acerca de la hipotética intimidad entre humanos y metamorfos.

—¿Has acabado ya? —preguntó—. Porque estoy deseando salir de aquí.

—Yo, en cambio, considero este lugar bastante más agradable que las cloacas de ayer —respondió ella, pero se puso en marcha, y Xein la siguió.

Probablemente los aristócratas que seguían discutiendo a cinco pasos de ellos no esperaban que los Guardianes se despidieran, de modo que no lo hicieron. Xein aún podía oírlos discutir mientras Oxania sostenía al bebé ante la pareja para que lo vieran bien.

—... Yo preferiría que mi hija pudiese llevar el apellido De Galuxen, que es el que le corresponde, para honrar la memoria de su padre —estaba diciendo la joven—. Pero estoy segura de que los De Fadaxi también estarán encantados de añadir una Guardiana más a su árbol genealógico.

Xein se detuvo en seco. Rox lo miró con curiosidad.

Tras ellos, los De Galuxen se habían sumido también en un súbito silencio.

—Esto es... inesperado —murmuró entonces la madre de Dex.

—Ojos dorados —señaló Oxania—. Tiene la marca del Guardián.

El matrimonio continuaba en silencio. Un poco más allá, Xein empezaba a sentirse físicamente enfermo. Las piernas le temblaban y el estómago se le había retorcido en un doloroso nudo de angustia.

—Quizá debamos hablar de este asunto más despacio —dijo entonces el patriarca De Galuxen.

—Xein —murmuró Rox—. ¿Qué te pasa?

—Vámonos de aquí —susurró él.

—No lo entiendo —susurró Axlin, sacudiendo la cabeza maravillada.

Se inclinó sobre el cadáver de Broxnan para examinarlo con curiosidad, al parecer sin prestar atención a la cerúlea palidez de su piel, al rostro hinchado ni a los restos de algas que permanecían enredados en su cabello. Su atención se centraba sobre todo en las marcas violáceas de su cuello y en la ausencia de lesiones en su pecho.

—Fue exactamente aquí, Dex —trató de explicarle—. La lanza lo atravesó... de lado a lado. Te lo juro.

Su amigo no se acercó para observar con mayor atención el lugar que ella le estaba señalando. Axlin se dio la vuelta para mirarlo y comprendió que había cometido un grave error.

—Yo... oh, Dex, lo siento —murmuró, horrorizada, al contemplar su rostro demudado.

Dex le dio la espalda con brusquedad, pero ella pudo ver el brillo húmedo de sus ojos. Se apresuró a apartarse del cuerpo de Broxnan de Galuxen para reunirse con su atribulado compañero.

—Lo siento, lo siento, lo siento —repitió.

Él sonrió débilmente y abrió los brazos. Axlin lo estrechó de buena gana entre los suyos, tratando de darle ánimos.

—No quería parecer insensible —musitó—. No debería haber dicho eso.

—Te he pedido que entraras precisamente para que pudieras comprobarlo por ti misma. Te conozco bien y sé que no ibas a creerme si no lo veías con tus propios ojos. Y es exactamente lo que estabas haciendo, así que no debes pedir perdón por eso.

Axlin se separó de él con un suspiro.

—¿Qué se supone que debo creer? —murmuró—. También vi con mis propios ojos... otra cosa. No quiero seguir molestándote con este asunto, pero, si Xein es responsable..., no puede salir impune sin más.

Dex sacudió la cabeza y señaló con un gesto el cuerpo de su hermano.

—¿Todavía piensas en serio que él es responsable?

Ella guardó silencio un instante, meditando la respuesta.

—Ya no sé qué pensar —dijo al fin—. ¿Crees que... lo soñé todo? ¿Que me lo imaginé? ¿Crees que es posible que este... no sea tu hermano, después de todo?

—Eso es imposible, Axlin. Este es Broxnan, sin ninguna duda. Tiene incluso la misma marca de nacimiento en la espalda; todos la hemos reconocido. Oxania también —añadió con una breve sonrisa—, cosa que ha disgustado mucho a mi madre, por cierto. Y hablando de mi familia...—concluyó, echando un vistazo a la puerta cerrada—, creo que no deberíamos hacerles esperar más.

—Por supuesto —asintió ella, aún atribulada.

Todavía se sentía muy confusa, y, cuando siguió a Dex fuera de la sala, comprendió con un breve instante de pánico que tendría que ver a Xein otra vez. ¿Cómo debía comportarse ante él después de lo que había visto? ¿Debía pedirle disculpas, como había hecho su amigo unos minutos antes, con una madurez y generosidad de las que ella quizá carecía?

En el patio, sin embargo, solo se encontraban Oxania, su bebé y los padres de Dex. Axlin miró a su alrededor en busca de Xein, pero descubrió, con una mezcla de alivio e inquietud, que ya se había marchado.

Rox había insistido en que Xein debía visitar de nuevo a la Guardiana Vix, pero él le había asegurado que se encontraba bien y que no era necesario molestarla con pequeñeces. Ambos se reincorporaron a sus labores habituales, cada uno por su lado, y volvieron a reencontrarse por la noche para una guardia en lo alto de la muralla intermedia. Un trabajo fácil y aburrido. Probablemente, alguien había pensado que ya habían experimentado suficientes emociones fuertes en las últimas horas.

Por lo general, Xein intentaba entablar conversación con su compañero de guardia, fuera Rox o cualquier otro, pero aquella noche se mantuvo extrañamente silencioso. No podía dejar de pensar en aquella niña de ojos dorados, la niña que *quizá* fuese la hija de un metamorfo. Era una idea demasiado aterradora como para considerarla siquiera. Había tratado de borrarla de su mente, de convencerse a sí mismo de que era una locura..., pero, por mucho que lo intentase, no se le iba de la cabeza.

—Está bien, ¿qué te pasa hoy? —preguntó Rox por fin.

—¿Cómo dices?

—Te comportas como si hubieses recibido la visita de un malsueño. ¿En qué estás pensando? ¿Es por De Galuxen, por el cambiapiel o... por Axlin?

Xein se volvió para mirarla, pensativo. Se fijó especialmente en sus ojos plateados. Aquellos ojos plateados que podían ver a las sombras, igual que los suyos propios delataban la presencia de los metamorfos. Sacudió la cabeza. Quizá estaba yendo demasiado lejos. Probablemente se precipitaba en sus conclusiones.

—¿Te importa que te pregunte algo, Rox? —murmuró entonces.

Ella se mostró sorprendida.

—Depende —respondió con cautela.

Xein sonrió. La conocía bien y sabía que era muy discreta y no le gustaba hablar de sí misma. Pero, después de todo, ella había empezado.

—¿Qué sabes de tus padres? —preguntó entonces.

—¿Mis... padres? —repitió Rox desconcertada—. ¿Qué clase de pregunta es esa?

—Ya sé que debemos dejar atrás nuestra vida anterior cuando entramos en la Guardia, pero... no sé, sentía curiosidad. Tú fuiste una extraviada, igual que yo. Te criaste en una aldea, ¿verdad?

Ella cruzó los brazos ante su pecho y le disparó una mirada irritada.

—Eso no es asunto tuyo.

Xein abrió la boca para disculparse, pero se detuvo, perplejo, al percibir que ella temblaba ligeramente. La observó con mayor atención y detectó en su expresión algo más que enfado. Un punto de angustia, tal vez... ¿miedo?

—No pretendía incomodarte —murmuró, aún desconcertado—. Lo siento, Rox. No volveré a mencionarlo.

—Más te vale —gruñó ella. Después vaciló, respiró hondo y relajó los hombros—. Discúlpame tú a mí —dijo entonces—. Sé que remover nuestro pasado va contra las normas; sin embargo, no me corresponde a mí reprenderte por ello.

Xein asintió, aceptando su justificación, aunque sabía muy bien que detrás de su enfado había algo más que su interés por seguir las reglas. No obstante, no insistió.

20

«El malsueño se desliza hasta la cama de su víctima cuando está durmiendo», escribió Axlin con su mejor caligrafía. «Se aferra a ella con sus seis brazos y la inmoviliza para que no pueda escapar. Y entonces la sume en un profundo sopor y le inspira una pesadilla de la que no será capaz de despertar por sí misma, ni siquiera cuando el monstruo comience a devorarla lentamente.»

Detuvo el cálamo, pensativa. En todos los bestiarios que había leído se señalaba que había que abatir al malsueño cortándole la cabeza antes de que fuese capaz de reaccionar, porque, en cuanto la criatura se viese en peligro, estrecharía a su víctima con tanta fuerza que la mataría al instante, si esta aún seguía con vida.

Pero ninguno de los libros daba pistas acerca de cómo sanar a aquellos que sobrevivían al ataque de un malsueño. Estas personas estaban condenadas a sufrir la pesadilla que el monstruo les había inspirado todas las noches de su vida, convirtiéndola en un infierno desde entonces. Axlin era capaz de preparar sedantes que aliviaban un poco las secuelas, pero, hasta donde ella sabía, nadie había dado aún con la forma de eliminar las pesadillas por completo.

Hasta entonces, Axlin había evitado escribir sobre los malsueños en su nuevo bestiario, porque antes quería encontrar una manera eficaz de vencer a las pesadillas, para poder registrarla en aquel capítulo. Pero, tras la muerte de Broxnan, había empezado a repasar sus conocimientos sobre monstruos capaces de confundir los sentidos de sus víctimas. Los lenguaraces y las lacrimosas entraban en esa categoría, y también los malsueños, por descontado. No obstante, ninguno de ellos podría haberle hecho creer que había visto algo que no había sucedido en realidad. Si existía alguna especie de monstruo capaz de crear ilusiones a plena luz del día, Axlin, desde luego, no lo había encontrado aún.

Por otra parte, también ella había empezado a tener sueños desagradables por las noches. Algunos reproducían el momento en el que Xein había arrojado la lanza contra Broxnan. También aparecía en sus pesadillas el cuerpo muerto del infortunado joven; Axlin lo examinaba buscando una lesión que no estaba allí, y entonces el cadáver abría los ojos y se quedaba mirándola con expresión vacía. Y Xein, que se hallaba junto a ella, le preguntaba, con aquel tono distante y cortés de los Guardianes: «¿Quieres que lo mate otra vez?».

No podía hablar de ello con Dex, y no solo porque él llevase ya un tiempo sin acudir a la biblioteca, sino porque había decidido que no volvería a mencionar el tema delante de él.

Pero eso no significaba que no pudiese comentarlo con ninguna otra persona. De modo que, aprovechando que no había mucha gente en la sala, se acercó a la maestra Prixia. No le gustaba interrumpirla cuando trabajaba, porque aún le imponía mucho respeto y no deseaba molestarla, pero sentía la imperiosa necesidad de compartir sus dudas con alguien más sabio y experimentado que ella. Así que se detuvo ante su mesa y murmuró en voz baja:

—Maestra, ¿puedo hacerte una consulta?

Ella dejó de escribir un segundo y la miró por encima de sus anteojos.

—¿Qué te preocupa?

Axlin dudó un momento antes de hablar.

—¿Puede alguien... morir dos veces? —preguntó por fin.

La maestra Prixia entornó los ojos.

—¿Morir dos veces, dices? ¿Cómo es eso?

—Una vez vi a alguien... morir... de una forma muy concreta. Pero luego recuperaron su cuerpo... y no presentaba las heridas que se suponía que había recibido. La única explicación que se me ocurre es que no murió la primera vez. Que se curó... de alguna forma que aún no puedo comprender... y que después... lo mató... otro monstruo. —Sacudió la cabeza—. Lo sé, suena absurdo. También puede ser que mis sentidos me engañaran, pero..., vaya, estoy bastante segura de lo que vi. Sé que no lo soñé. ¿Has... leído en alguna parte algún caso similar?

La maestra inclinó la cabeza mientras se acariciaba la barbilla con el muñón de su mano derecha, un gesto propio de ella que a algunas personas, gente de la Ciudadela que jamás había sufrido las consecuencias de vivir rodeada de monstruos, les resultaba embarazoso.

—En los libros, no —reconoció—, pero tu historia me recuerda una leyenda que se contaba en la aldea donde nací.

—¿Una... leyenda? —repitió Axlin, desconcertada.

En las aldeas nadie contaba leyendas. Solo historias que habían sucedido de verdad.

—Sí, entiendo tus reparos. Pero el caso es que se trata de una historia antigua y, aun así, la gente la seguía contando, como si realmente creyeran que había algo de verdad en ella. Relata un supuesto hecho que sucedió en un enclave cercano al nuestro. ¿Quieres oírla?

—Sí, por supuesto.

La bibliotecaria depositó el cálamo en el tintero, apartó el libro que estaba copiando y le indicó que se sentara frente a ella. Axlin obedeció, y la maestra comenzó su relato:

—Cuentan que, una vez, una patrulla entera cayó abatida por los monstruos en el bosque. En su aldea los esperaron unos días y, como no regresaban, asumieron que ninguno de ellos iba a volver. Pero el caso es que una mañana se presentó ante la puerta un único superviviente.

Axlin escuchaba con atención. Hasta aquel momento, nada en aquella historia le resultaba inverosímil.

—Estaba ileso. Relató que se había separado del grupo sin pretenderlo y que por eso había sobrevivido. Confirmó la muerte de todos los demás, y la nueva líder del enclave decidió que era demasiado arriesgado ir a buscar los cuerpos.

»El superviviente se reincorporó a la vida de la aldea sin incidencias. Pero un buen día, al cabo de unas semanas, desapareció sin dejar rastro. Su esposa, que sentía que lo había perdido dos veces, estaba desconsolada. No obstante, lo más extraño de esta historia es lo que sucedió después.

—¿Qué sucedió? —se atrevió a preguntar Axlin.

—Unos días más tarde, llegaron a la aldea unos buhoneros. Traían consigo a otro superviviente. Lo habían encontrado malherido junto al camino y lo habían llevado a la siguiente aldea, donde había pasado varias semanas recuperándose. Cuando por fin se había encontrado en condiciones de regresar, había partido con los buhoneros de vuelta a casa. Allí relató que, en efecto, los monstruos habían acabado con todos sus compañeros. Sin excepciones.

Axlin lanzó una exclamación de sorpresa.

—¿Entonces...?

—Finalmente, se organizó una nueva patrulla para tratar de esclarecer lo que había sucedido. Guiados por el que afirmaba ser el único superviviente, lograron encontrar los restos de sus compañeros en el bosque.

—Estarían en muy mal estado...

—Sí, pero no había lugar a dudas: allí se encontraba también el cuerpo del hombre que había regresado a la aldea en primer lugar y después había desaparecido sin más. Los buhoneros y el verdadero superviviente no comprendían cómo era posible que el resto de la aldea afirmara con tanta rotundidad que aquel hombre, que indudablemente llevaba muerto varias semanas, había regresado ileso y había estado conviviendo con ellos hasta su misteriosa desaparición.

—¿Tal vez había dos? —aventuró Axlin, frunciendo el ceño—. ¿Gemelos, quizá?

—No, aquel hombre no tenía ningún hermano tan parecido a él. De todos modos, le preguntaron a su esposa. Si el retornado...

—¿El retornado?

—Así lo llamaban, en efecto. Si el retornado no era el hombre muerto, sino alguien que se parecía mucho a él..., su esposa debía de haber notado la diferencia, sin duda.

—¿Y qué dijo ella?

—Dijo que sí, que había una diferencia. Que el retornado no era como su esposo desaparecido..., sino mejor.

—Mejor —repitió Axlin, estupefacta—. ¿Qué quiere decir eso?

—Bueno, la mujer que nos contó esta historia a las chicas de mi aldea quiso darle un sentido... picante, tú ya me entiendes. Pero recuerdo que a mí entonces no me lo pareció. Encontré que era un relato siniestro y escabroso.

—Así lo creo yo también. De todas formas..., no es más que una historia, ¿verdad? No pudo haber sucedido en realidad.

—La única manera de saberlo es averiguar si está registrada en el libro del enclave en el que ocurrió. Yo no la he encontrado en ninguno de los volúmenes de esta biblioteca, y los he leído todos.

Axlin no respondió. Seguía pensando intensamente, y la maestra Prixia sonrió ante su expresión reconcentrada.

—En fin —concluyó—, siento no haber resultado de más ayuda.

La joven le dio las gracias y volvió a su trabajo, todavía sumida en un mar de dudas.

Aquella tarde, al regresar a su casa, se encontró con que había alguien esperándola. Era un joven solo un poco más alto que ella, de hombros anchos, brazos robustos y rostro moreno y serio. Acarreaba un pesado fardo a la espalda y, cuando ella llegó, estaba respondiendo con monosílabos a la cascada de preguntas de Maxina. Se mostró muy aliviado al verla.

—Axlin, ¿verdad? —farfulló, y de pronto enrojeció y bajó la vista al suelo.

Ella sabía que lo conocía de antes, pero no terminaba de ubicarlo. Entonces se fijó en el mandil que llevaba, manchado de harina, y lo reconoció.

—Tú trabajas en la panadería del barrio norte, ¿no? —recordó—. Y eres amigo de Dex —añadió de pronto.

El muchacho se ruborizó todavía más, pero asintió con los ojos brillantes.

—Sí. Soy Kenxi —se presentó.

Ella lo había conocido durante su primera etapa en la Ciudadela. El patrón de Kenxi tenía un puesto en el mercado, y a menudo le había regalado bollos o panecillos por pura compasión. De hecho, habían sido ellos quienes, tiempo después, condujeron a Dex hasta la joven escriba cuando él había comenzado a buscarla.

Axlin sabía que Kenxi era un chico tímido y no demasiado hablador. Posiblemente porque aún conservaba un rastro de acento del oeste, y quizá se avergonzaba de él.

—¿Me buscabas a mí? —le preguntó.

—Sí —respondió él—. Porque no puedo ver a Dex. No sale de la ciudad vieja. Desde hace días.

Axlin echó un vistazo a Maxina. La casera fingía barrer la entrada de la casa, pero ella la conocía lo bastante bien como para saber que estaba atenta a la conversación. De modo que se llevó a Kenxi un poco más lejos y le dijo en voz baja:

—Tampoco ha venido a la biblioteca. Suponía que estaba ocupado con el funeral de su hermano, pero pensaba que habría podido pasar por su casa en alguna ocasión por lo menos.

El chico negó con la cabeza. Axlin sabía que la familia De Galuxen había celebrado unas solemnes exequias en honor de su hijo mayor, a las que había asistido mucha gente importante de la ciudad vieja.

—Tú tampoco has podido hablar con él —constató el joven panadero, decepcionado.

—No desde que nos citaron en la sede del Consejo de Orden y Justicia. No tengo permiso para entrar en la ciudad vieja, Kenxi. Solo en el primer ensanche.

—Pero lo verás. En la biblioteca.

—En algún momento, espero. Cuando él pueda volver al trabajo.

Suspiró. Después de todo lo que habían pasado juntos, la biblioteca le parecía vacía y aburrida sin Dex.

Entonces Kenxi le tendió el fardo que había traído.

—Esto es de Dex —dijo abruptamente—. Sus cosas. Dáselas cuando lo veas. Por favor.

Axlin pestañeó desconcertada.

—Pero ¿por qué? ¿Lo han echado de su casa por alguna razón?

El chico inspiró hondo.

—Ahora ya no podrá vivir en el segundo ensanche —le explicó con voz ronca. Axlin lo miró sin comprender, y él añadió—: Por lo de Broxnan. Ahora Dex es el hermano mayor. El heredero de su casa.

—Oh —murmuró ella—. Tendrá que instalarse en el palacio de su familia, claro. Pero eso no significa que no pueda regresar a su casa del segundo ensanche para hacer la mudanza, ¿no?

El panadero sacudió la cabeza con energía.

—No volverá —aseguró—. Ya no le dejarán.

Pareció que iba a añadir alguna cosa más, pero cambió de idea. Depositó el fardo a los pies de Axlin y, con un brusco gesto de despedida, dio media vuelta y se alejó calle abajo, dejándola perpleja y sin saber cómo reaccionar.

Xein había tenido una semana ocupada. Le habían tocado varios turnos de guardia en el anillo exterior, una tarea que requería mayor concentración que las guardias en otros puntos de la ciudad. No se había encontrado con grandes complicaciones, sin embargo. Y tampoco había vuelto a cruzarse con ningún metamorfo.

Eso no le había impedido seguir preguntándose acerca de aquellas criaturas y de la verdadera naturaleza de los Guardianes. Y aquello lo estaba matando por dentro, porque sus dudas lo volvían loco y no se atrevía a compartirlas con nadie. Le habría gustado poder hablar con Axlin al respecto. Ella lo habría ayudado a investigar aquel asunto con su perspicacia habitual y la objetividad que requería. Pero, si había quedado algún rescoldo de su relación tras su paso por el Bastión, sin duda él se había encargado de apagarlo con obstinada determinación. Por otro lado, lo sucedido en el canal había terminado de aniquilar cualquier posibilidad de que volvieran siquiera a ser amigos. Sabía que sus superiores habían sido muy eficientes a la hora de construir una historia alternativa coherente que lo eximiera del asesinato de Broxnan de Galuxen. La familia del fallecido la había aceptado sin cuestionarla, pero él conocía a Axlin lo suficiente como para saber que ella no se la creería con tanta facilidad. A sus ojos, Xein seguía siendo un asesino.

Lo había mirado como si fuera un monstruo. «Y tal vez lo sea», pensaba él a menudo.

Aquella idea lo torturaba más que ninguna otra cosa. Si sus temores eran ciertos, ¿cómo podría volver a mirar a Axlin a la cara? ¿Cómo podría soñar con volver a estar con ella... o atreverse a tocarla siquiera?

Las pesadillas lo acosaban ahora con mayor virulencia. Ya no solo soñaba con metamorfos que ocupaban su lugar junto a sus seres queridos. Ahora, en algunas ocasiones, se despertaba gritando por la noche, porque en sus sueños se había visto a sí mismo transformado en un monstruo que devoraba a las personas a las que debía proteger..., entre ellas, a la propia Axlin.

Sus compañeros habían empezado ya a notar su nerviosismo y su cansancio. Xein no quería despertar sospechas, por lo que se cuidó mucho de compartir sus tribulaciones con ellos. Rox, no obstante, insistió en que debía visitar de nuevo a la médica. Y Yarlax le preguntó directamente por ello durante una guardia en la muralla.

—¿Qué te preocupa, Xein? ¿Sigues sin dormir bien?

Él sacudió la cabeza.

—No tiene importancia, ya se me pasará.

—Sí la tiene. Si no estás descansado, es más fácil que cometas errores durante una caza. Errores que podrían ser fatales para ti, para tus compañeros, para los ciudadanos...

—Lo sé, lo sé. Rox me lo ha repetido hasta la saciedad. Pero no puedo evitar tener pesadillas.

Yarlax lo miró con inquietud.

—¿Sobre los metamorfos? ¿Todavía?

Xein no respondió. Su amigo abrió la boca para hacer otra pregunta, pero entonces él se adelantó:

—¿Piensas a menudo en tu familia? ¿En tus padres?

Yarlax frunció el ceño.

—Ese no es un tema adecuado para...

—Tienes razón. No debería haberlo mencionado, disculpa.

Se mantuvieron un rato en silencio, y luego Yarlax suspiró y dijo:

—Está bien, ¿qué quieres saber?

—Siento curiosidad por la forma en que se cría a los Guardianes en la Ciudadela —respondió Xein—. Aquí, casi todo el mundo nace en una familia, y los Guardianes saben desde muy pequeños que lo son..., se los educa en una escuela especial..., antes del Bastión, incluso...

—Sí, sí, cierto. ¿Y...?

—¿Sigues manteniendo el contacto con tu familia? ¿Los ves alguna vez?

—Sí, alguna vez me he cruzado con ellos. Pero no tiene importancia. Para mí son como cualquier otro ciudadano. Como debe ser.

—¿Se... alegraron cuando naciste? ¿Lo esperaban?

—¿Qué quieres decir?

—Bueno, debían de saber que te verías obligado a abandonar el hogar familiar a los quince años para luchar contra los monstruos. ¿Se lo tomaron bien?

—¿Por qué no iban a hacerlo? Es un gran honor que nazca un Guardián en la familia, ya lo sabes. Los que no se lo toman bien... son excepciones muy contadas.

Los dos callaron un momento al evocar la historia de Dos, uno de los compañeros caídos durante su adiestramiento en el Bastión.

—Mi madre fue una de esas excepciones —murmuró entonces Xein—. Me mantuvo aislado en una aldea abandonada para que los Guardianes no me encontraran. Durante diecisiete años.

Yarlax lo miró un segundo y después se echó a reír.

—Bueno, eso explica muchas cosas.

Xein sonrió.

—Nunca conocí a mi padre —prosiguió—. Murió con el resto de los habitantes de mi aldea en el ataque que la hizo caer, cuando yo no era más que un bebé. A mi madre no le gustaba hablar de él, y ahora lamento no haber insistido. —Suspiró—. Ya no podré hacerlo, puesto que a ella también la mataron los monstruos poco después de mi partida, porque yo ya no estaba allí para protegerla.

—La vida en las aldeas es difícil... —dijo Yarlax con prudencia—. Tu madre dio a luz a un Guardián y podría haberse instalado en la Ciudadela. Si lo hubiese hecho, seguiría viva. Tendrías que tratarla igual que a cualquier otra ciudadana, pero estaría a salvo. Y quizá habrías tenido ocasión de preguntarle acerca de tu padre antes de ingresar en la Guardia.

—Supongo que sí —murmuró Xein.

Sabiendo todo lo que sabía ahora, las decisiones de su madre se le antojaban todavía más incomprensibles que antes. Pero aquello no esclarecía en lo más mínimo sus dudas acerca de sus orígenes.

No hablaron más del tema. Xein era consciente de que su amigo había hecho un esfuerzo abordando un asunto que para los Guardianes era, como mínimo, delicado. De modo que dedicaron el resto del tiempo a centrarse en sus labores de vigilancia y solo intercambiaron comentarios casuales.

Al regresar al cuartel, sin embargo, Xein se encontró con una sorpresa desagradable.

—El capitán Salax te espera en su despacho, Xein —le avisó un compañero de la División Plata.

—¿Qué has hecho ahora? —bromeó Yarlax.

—Pues... no estoy muy seguro —respondió él, desconcertado.

Acudió a la cita con su superior todavía sin saber qué esperar de ella. Tal vez el capitán solo quisiera informarle acerca del asunto De Galuxen, aunque Xein tenía entendido que estaba ya completamente solucionado. O quizá había llegado a sus oídos que había estado preguntando a sus compañeros sobre sus recuerdos de infancia. «O puede que solo quiera interesarse por mi salud y las causas de mi insomnio», se dijo. Después de todo, exhibía unas ojeras más que evidentes para cualquiera que lo mirase con algo de atención.

Sin embargo, no tardó en comprobar que el asunto que lo había llevado ante la presencia del capitán Salax era mucho más grave. Lo adivinó por el gesto sombrío de su superior cuando se cuadró ante él, y por el tono serio de su voz cuando pronunció su nombre.

—Xein —dijo, y él lo miró confundido—. ¿Se puede saber en qué estabas pensando?

—Yo..., con todos mis respetos, señor, no comprendo...

El capitán alzó ante él un documento que parecía oficial. Xein alcanzó a ver el sello de la Guardia, pero seguía sin conocer su contenido.

—Os han denunciado —informó él con frialdad—. A los dos.

—¿Denunciado? Pero... ¿por qué...? Sigo sin entender...

—¿Niegas entonces que mantienes una relación inapropiada con la Guardiana Rox? —cortó el capitán. La irritación era ahora claramente palpable en su voz—. Cuidado con lo que respondes, Xein. Hay testigos, y ella no lo ha negado tampoco.

Él se sintió como si una garra helada le atenazara las entrañas al comprender de pronto de qué le estaban hablando.

La noche en que habían seguido al metamorfo hasta la taberna.

La persecución por los tejados.

La sensación de euforia.

El beso. La vergüenza.

Alzó la cabeza para mirar al capitán con las mejillas ardiendo.

—Yo... no es exactamente...

—Cuidado, Xein —volvió a advertirle él.

Tragó saliva y trató de ordenar sus ideas antes de continuar.

—No mantenemos ningún tipo de relación inapropiada. Fue solo un beso. Totalmente injustificado y fuera de lugar, lo reconozco, y asumiré mi responsabilidad por ello. Pero no hubo ningún otro antes ni después, ni los habrá de nuevo.Yo... —Inspiró hondo y prosiguió—: Creo que tomé algo en mal estado esa noche. Algo que bebí en la taberna...

—¿Estabas borracho? —El capitán lo miró con profundo desagrado.

—¡No! Fue solo una copa, y ni siquiera la acabé. Estábamos... siguiendo a un metamorfo. Había algo en la bebida que me hizo... reaccionar de una forma impropia de mí. No sé qué me pasó entonces. Quise besar a Rox y...

—Comprendo —dijo el capitán, asintiendo con lentitud.

—La Guardiana Vix me examinó después y dijo que probablemente el metamorfo me había drogado, que es algo que hacen a veces para confundir a los Guardianes que van tras sus pasos.

Salax no hizo el menor comentario, y Xein recordó entonces que los dirigentes de la Guardia no compartían aquella teoría. Carraspeó, incómodo, y trató de reconducir la conversación.

—En cualquier caso, Rox no tiene la culpa. Fui yo quien...

—Rox es una Guardiana —cortó el capitán—, no una ciudadana corriente. Si hubiese querido evitar que te propasaras con ella, lo habría hecho sin problemas.

—Pero...

—Si lo que dices es cierto —continuó su superior—, ¿por qué no informasteis de lo sucedido inmediatamente?

Xein guardó silencio, porque no tenía respuesta a aquella pregunta. El capitán sacudió la cabeza con un suspiro, y el joven detectó un brillo de decepción en su mirada.

—No hubo nada más —insistió—. Ni antes ni después. Pero aceptaré la sanción...

—Por supuesto que lo harás.Ya conoces las normas.Y también sabes que no podréis volver a patrullar juntos. Es una lástima, porque formabais un buen equipo. Pero esto... esto... es inaceptable.

Xein inclinó la cabeza, profundamente avergonzado. Sus pensamientos bullían en una caótica confusión. Si no hubiese probado aquella bebida... Si hubiese sido más fuerte, en lugar de sucumbir a sus instintos... Si aquellos jóvenes no los hubiesen visto en el callejón...

Cerró los ojos, tratando de contener la angustia que lo devoraba.

—Lo lamento mucho, señor. Juro que no volverá a ocurrir.

—Eso, por descontado. Y ahora puedes irte, Xein. En breve recibirás detalles sobre la sanción que te corresponde.

—Sí, señor. Solo me gustaría...

—¿Sí?

Xein tragó saliva.

—Me gustaría insistir en que la Guardiana Rox no tiene el mismo grado de responsabilidad que yo en este asunto. Yo perdí el control, ella no. Por eso...

—No te corresponde a ti decidir el grado de responsabilidad de vuestras acciones —replicó Salax, con sequedad—. Aplicaremos las sanciones adecuadas. ¿Queda claro?

Xein luchó por controlar las emociones que amenazaban con desbordarlo.

—Sí, capitán —logró decir al fin, con gesto inexpresivo, antes de retirarse.

21

Una mañana, cuando Axlin llegó a la biblioteca, encontró allí a Dex, charlando con la maestra Prixia. Se le iluminó la cara al verlo. Quiso correr a su encuentro, pero entonces recordó que había estado de luto, y se acercó con cierta timidez, tratando de captar en su rostro algún atisbo de su estado de ánimo.

Él la vio y se volvió hacia ella con una sonrisa. Se mostraba mucho más tranquilo que la última vez que lo había visto, aunque Axlin aún podía detectar una huella de cansancio en su rostro y un nuevo peso sobre sus hombros, ligeramente hundidos.

La maestra Prixia volvió a centrarse en su trabajo, y los dos jóvenes salieron de la sala para poder hablar sin molestarla.

—Bueno, entonces ¿estás listo ya para volver a la rutina? —preguntó ella sonriendo.

Una sombra cubrió de pronto el rostro de su amigo.

—Sobre eso..., en fin..., es complicado. Es posible que no pueda volver a trabajar aquí...

Pareció quedarse sin palabras un momento, y Axlin trató de ayudarlo a continuar:

—¿Durante un tiempo? No te preocupes, es natural.

Ella se había criado en un lugar donde los monstruos mataban a gente a menudo. Los períodos de luto eran cortos, porque los supervivientes no podían permitirse el lujo de paralizar la vida de la aldea por la muerte de alguien. Pero sabía que allí, en la Ciudadela, las cosas eran diferentes, y no tenía problema en mostrarse comprensiva con el dolor de Dex.

Sin embargo, su amigo sacudió la cabeza.

—No, quiero decir... que quizá tenga que dejar la biblioteca... definitivamente.

Axlin asintió con lentitud, recordando entonces lo que Kenxi le había contado.

—Sé que tienes que ocupar el lugar de tu hermano como heredero de tu casa —dijo.

Él sonrió.

—Posiblemente, yo esté más preparado de lo que él lo estuvo jamás —prosiguió—. Y tenemos bastantes libros en la casa familiar de la ciudad vieja, así que no sería tan terrible. Si no fuera por... —se interrumpió de nuevo—. Es igual, no quiero aburrirte con esto.

—He hablado con Kenxi —dijo ella de pronto.

Dex se sobresaltó.

—¿Con... Kenxi? —balbuceó—. Pero...

—Vino a verme el otro día. Dijo que ya no podrías seguir viviendo en el segundo ensanche y que tendrías que volver a la casa de tu familia en la ciudad vieja. Trajo un fardo con tus cosas. Lo tengo en casa, puedes pasar a buscarlo cuando tengas un poco de tiempo.

Él se derrumbó. Alarmada, Axlin lo vio apoyarse contra la pared y hundir el rostro entre las manos con gesto desconsolado.

—Dex... —murmuró, posando una mano sobre el brazo de su amigo—. Lo siento mucho. Si he dicho algo que te ha molestado...

El joven inspiró hondo y alzó la cabeza para mirarla.

—No, no es culpa tuya. Es que Kenxi... —Se mordió el labio inferior, pensativo, y prosiguió—: Su familia llegó a la Ciudadela hace cuatro o cinco años y viven en el anillo exterior, en uno de los barrios nuevos. Como él trabaja en el segundo ensanche, podía pedir la residencia allí, pero es un proceso largo y complicado. Lo ayudé a presentar los papeles el año pasado y por fin le concedieron la residencia hace un par de meses. Así que se instaló conmigo, en mi casa, y ahora..., en fin, tengo que marcharme y dejarlo solo. Y ni siquiera he tenido ocasión de escaparme al segundo ensanche para decírselo en persona. Aunque, al parecer, no ha hecho falta —añadió con una sonrisa amarga.

—Lo siento mucho, Dex —susurró Axlin—. ¿Crees que Kenxi... podría encontrar otro compañero de apartamento?

Él se quedó mirándola con una extraña expresión en el rostro. Finalmente sonrió con tristeza.

—Sería lo mejor, supongo —musitó. Suspiró y sacudió la cabeza, tratando de centrarse—. En fin, hoy he venido aquí por un motivo en concreto. Sé que debería haberte avisado antes, pero me ha pillado un poco por sorpresa porque no conocíamos el protocolo. Necesitamos que nos acompañes esta mañana al cuartel general de la Guardia.

Axlin se sobresaltó.

—¿Cómo? ¿Yo? ¿Por qué?

—Vamos a inscribir a Xantra en el registro de los Guardianes y...

—¿Xantra?

—La hija de Brox y Oxania. Hemos de inscribirla para que pueda acceder a la escuela de los Guardianes cuando crezca un poco, y al adiestramiento en el Bastión al cumplir los quince años.

Axlin desvió la mirada. Aquel era un asunto que todavía le inspiraba sentimientos encontrados.

—Y necesitamos que firmes en el registro —concluyó Dex—.

Para confirmar que Xantra es hija de Oxania, porque tú eres la comadrona que la trajo al mundo.

—Oh. No sabía que fueran necesarios tantos trámites para ingresar en la Guardia.

Después de todo, a Xein se lo habían llevado sin más.

—No, para eso basta con tener los ojos dorados o plateados. Pero, al cumplimentar todos los documentos, podremos incluir a la niña en el árbol genealógico. Siento molestarte con esto, Axlin —añadió Dex, al ver que ella no decía nada—. Sé que ya te hemos causado muchos problemas...

Ella negó con la cabeza.

— Solo es firmar un papel. Pediré permiso a la maestra Prixia y...

—Ya he hablado con ella. ¿No te importa, entonces? Te lo agradezco muchísimo. Oxania no tardará en llegar, tienes que ver cómo ha crecido Xantra en apenas una semana. Está preciosa.

Axlin sonrió. No había sabido nada de Oxania ni de su hija desde el día en que habían ido a identificar el cuerpo de Broxnan, y lo cierto era que tenía ganas de volver a verlas.

Salieron juntos de la biblioteca y se detuvieron un momento en lo alto de la escalinata. Desde allí, Dex otcó la calle en busca de la joven aristócrata. La divisó un poco más allá, descendiendo de un carruaje con su hija en brazos.

—¿Va sola? —se sorprendió Axlin—. ¿Se lo han permitido sus hermanos?

Dex negó con la cabeza.

—Va conmigo —contestó—. Ahora, y hasta que se case, ella y su hija son también responsabilidad de la casa De Galuxen.

—Todas estas normas me parecen absurdas y muy complicadas —opinó ella con un suspiro.

Dex sonrió.

—A mí también —se limitó a responder.

Descendió por las escaleras para acudir al encuentro de Oxania. Axlin, por su parte, se tomó un momento para contemplar el enorme edificio que se alzaba al otro lado de la calzada. Aún le resultaba extraño pensar que iba a cruzar por fin las imponentes puertas enrejadas. Había tratado de entrar allí tiempo atrás para preguntar por Xein, pero siempre la habían despachado con amabilidad y firmeza. La gente corriente no era bienvenida en el cuartel general de los Guardianes de la Ciudadela.

Salvo que fuesen a ofrecerles un vástago de ojos dorados, al parecer.

Entornó los ojos al comprobar que había media docena de carruajes aparcados frente a la puerta. Había pasado por allí todos los días durante el último año y medio, y no recordaba haber visto nunca tanta actividad. ¿Qué estaría sucediendo?

Se apresuró a bajar las escaleras para reunirse con sus amigos. Oxania le dio un abrazo, feliz de volver a verla. Intercambiaron palabras amistosas, y Axlin elogió al bebé que su amiga sostenía en brazos. Xantra había ganado peso y estaba mucho más espabilada. No obstante, no pudo evitar estremecerse al contemplar los iris dorados que asomaban entre sus párpados.

—Parece que hoy tienen muchas visitas —observó entonces, señalando el edificio al que debían dirigirse—. ¿Seguro que es un buen día para realizar este trámite?

—La mayoría de esos vehículos proceden de la ciudad vieja —comentó Dex, pensativo—. Nunca he visto nada igual. ¿Qué estará pasando?

—Han llamado a los generales —respondió Oxania—. Tienen una reunión con el Consejero de Defensa y Vigilancia.

—¿Por qué? —se sorprendió Dex.

—No lo sé, pero no estaba planificada. Mi tío ha tenido que venir desde las Tierras Civilizadas a toda prisa para poder asistir.

El joven frunció el ceño preocupado, mientras Axlin los miraba a ambos alternativamente.

—¿Eso es malo?

—Algo tiene que haber pasado para que los generales se reúnan de forma tan urgente —explicó Dex—. Y cuando se trata de la Guardia, ese «algo» solo puede estar relacionado con los monstruos. Y eso nunca es bueno.

Cruzaron la calzada y se detuvieron ante uno de los Guardianes que custodiaban las puertas. Dex le mostró sus credenciales y le explicó los motivos por los que estaban allí. Entretanto, Axlin dedicó una mirada pensativa a la larga fila de vehículos. Su amigo lo notó.

—No hagas preguntas sobre ello, Axlin —le advirtió en voz baja mientras los Guardianes examinaban los documentos.

—¿Cómo dices?

—Te conozco, y sé lo que estás pensando. Pero no es una buena idea. Ya sabes para qué hemos venido. No molestes a los Guardianes con asuntos que no son de tu incumbencia.

Ella abrió la boca para replicar, ofendida, pero entonces las puertas se abrieron ante ellos, y los dos jóvenes que las custodiaban se apartaron para cederles el paso.

Se adentraron en el patio delantero, guiados por uno de los Guardianes. Axlin miraba a su alrededor con curiosidad. Aquel no era muy diferente de otros edificios similares del mismo barrio. Parecía, de hecho, mucho más austero. Se quedó contemplando el cuerpo principal del cuartel, cuajado de pequeñas ventanas cuadradas. Allí, por lo que sabía, vivían los Guardianes. Una de aquellas ventanas tal vez correspondiera a la habitación de Xein.

Sacudió la cabeza, evitando pensar en ello. Su guía los conducía a un conjunto de edificaciones más pequeñas que quizá serían las dependencias administrativas. Atravesaron una galería y después entraron en una pequeña sala donde había un Guardián sentado ante una mesa repleta de papeles repartidos en montones perfectamente ordenados. Cuando alzó la mirada de sus ojos plateados hacia ellos, Axlin comprobó sorprendida que ya no era precisamente joven. Y, cuando se levantó para saludar a Dex y a

Oxania, echando mano de la muleta que reposaba a su lado, apoyada contra la pared, la joven descubrió que le faltaba una pierna.

Así eran las cosas para los Guardianes, pensó abatida. Luchaban contra los monstruos hasta que alguno de ellos los mataba. Y, por lo que parecía, aquellos que recibían heridas que les impedían seguir luchando continuaban sirviendo a la Guardia de todos modos, realizando otro tipo de tareas.

Se estremeció. ¿Sería así también para Xein? ¿Estaba condenado a una muerte prematura, salvo que quedara tullido para el resto de su existencia?

Era consciente de que así era la vida para la mayoría de la gente de las aldeas del oeste. Pero aquello era la Ciudadela. Sus habitantes tenían muchas más posibilidades de sobrevivir a los monstruos, de ver crecer a sus propios hijos, de llegar a viejos... Un sueño que, sin embargo, la propia Ciudadela les negaba a todos aquellos que nacían con los ojos diferentes.

Sumida en sus sombríos pensamientos, apenas prestó atención a la conversación entre Dex, Oxania y el funcionario. Una vez que este hubo examinado los ojos de la niña, Axlin se limitó a firmar donde le dijeron, y después murmuró una excusa y salió al exterior.

Cuando estaba ya atravesando el patio delantero en dirección a la puerta de entrada, oyó un sonido que le llamó la atención. Eran golpes rítmicos que resonaban desde algún lugar del edificio principal. Llevaba ya un rato oyéndolos, pero en aquel momento le pareció percibir también un quejido humano. Se detuvo, alerta, y retrocedió hasta la pared. Se apoyó allí, fingiendo que esperaba a sus amigos, mientras prestaba atención a los golpes.

Y sí, allí estaba de nuevo. De vez en cuando se oía alguna exclamación de dolor que sonaba arrebatada, como si la persona que la profería hubiese estado luchando por no gritar hasta que no había podido soportarlo más.

«Están pegando a alguien», comprendió horrorizada.

Pero aquellos... golpes... llevaban un buen rato sonando. Estaban pegando a alguien metódica y sistemáticamente. ¿Quién? ¿A quién? ¿Y por qué?

No era una sola persona. Axlin había identificado también una voz femenina y dos series de golpes, así que había como mínimo dos verdugos que azotaban al mismo compás, tan bien sincronizados que al principio le habían parecido uno solo.

Estaba haciendo grandes esfuerzos por mantenerse quieta en el sitio, porque se había dado cuenta de que uno de los Guardianes de la puerta no le quitaba ojo. Pero le costaba mucho fingir que no oía nada o, peor aún, que no le importaba lo que oía. No comprendía qué estaba pasando allí exactamente, a quién estaban castigando ni por qué, pero nunca antes, en todos sus viajes, había asistido jamás a una crueldad semejante. Los humanos no trataban así a otros humanos, nunca. A veces, algún niño se ganaba algún azote, pero nada remotamente parecido a aquella tortura tan fría y despiadada.

Y, justo en ese momento, oyó otro grito de dolor que sonó como si lo hubiesen arrancado a la fuerza de las entrañas del condenado y hubiese escapado entre sus dientes apretados. Axlin comprendió dos cosas en aquel mismo instante, cada una de ellas aún más angustiosa que la anterior.

La persona a la que estaban torturando de aquella manera no quería gritar. Quería aguantar el dolor sin proferir una sola queja, como si aquello fuese lo correcto, como si se lo mereciese.

La persona a la que estaban torturando era Xein.

Le temblaron las piernas, incapaces de sostenerla. Se recostó contra la pared y trató de no dejarse llevar por el pánico. En aquel lugar vivían muchos Guardianes. Era muy improbable que se tratase de él. Le había parecido la voz de Xein, pero podía estar equivocada. Después de todo, nunca lo había oído gritar así, y tal vez...

Sacudió la cabeza. La idea de que estuviesen golpeando a Xein le resultaba insoportable, pero, aunque no se tratase de él, aquello estaba mal, mal, mal, y los Guardianes no debían tolerarlo.

Echó un vistazo a la puerta. Justo en aquel momento, los vigilantes estaban distraídos atendiendo a un nuevo visitante, y Axlin ya no lo pensó más. Se olvidó de las advertencias de Dex y se apresuró a deslizarse, renqueando, en la dirección en la que sonaban los golpes.

Procedían del edificio principal, donde, según tenía entendido, vivían los Guardianes. Era una construcción de dos plantas, levantadas en torno a un patio interior cuadrado, tal como descubrió cuando cruzó la arcada que conducía hasta allí. Se encontró entonces en una galería que recorría todo el perímetro, y que estaba separada del patio por una serie de arcos sostenidos por columnas. Se ocultó tras una de ellas y se asomó, sobrecogida.

En el centro del patio había otra columna, pero no sustentaba ningún techo. Amarrados a ella, arrodillados en el suelo, uno a cada lado, había dos jóvenes, un chico y una chica, ambos desnudos de cintura para arriba. De pie junto a ellos se alzaban dos Guardianes que blandían sendas fustas y los azotaban a la vez, con un ritmo regular e implacable.

Axlin inspiró hondo, horrorizada. Había visto muchas cosas espantosas a lo largo de su viaje, pero, por alguna razón, sintió que aquello lo superaba todo.

El rostro del joven apoyado contra la columna, empapado en sudor, con los ojos fuertemente cerrados y el gesto contraído en una mueca de dolor y determinación, era el de Xein.

El cuerpo de Axlin se movió antes de que su mente pudiese procesar lo que estaba haciendo. Quiso correr hacia él, detener aquella ignominia, patear al Guardián que osaba torturarlo de aquella manera, aunque no tuviese ninguna oportunidad contra él. Pero entonces una mano cayó sobre su hombro y la retuvo con férrea firmeza.

—No puedes evitarlo —sonó una voz tras ella.

Axlin se dio media vuelta, alarmada. El Guardián que había hablado parecía más joven que ella, pero no se dejó engañar. Sabía que los llevaban al Bastión con quince años y que, cuando volvían, una vez superado su adiestramiento, habían dejado de ser niños para convertirse en perfectas máquinas de matar monstruos.

Y también había descubierto que entre sus víctimas no solo se contaban los monstruos.

Se sacudió, tratando de librarse de la tenaza del Guardián. Pero él no la soltó.

—Será peor para él si intervienes —le advirtió.

—¿Me estás diciendo que he de quedarme quieta mientras vosotros torturáis a dos de los vuestros?

Entonces se dio cuenta de lo que el Guardián había dicho. El joven sonrió.

—Tú eres la chica de la biblioteca —señaló—. Conoces a Xein de antes.

No le había preguntado qué hacía allí. Axlin lo observó con mayor detenimiento. Aquel Guardián tenía los ojos dorados y, por la edad, debía de haberse graduado hacía relativamente poco. ¿Habría coincidido con Xein en el Bastión? Cabello negro, cejas arqueadas y facciones agradables. Sí, le resultaba familiar. Quizá los hubiese visto juntos en alguna ocasión, pero no podía estar segura.

—Y tú, ¿eres amigo suyo? ¿Por qué permites esto?

—No está en mi mano detenerlo. Ni en la tuya tampoco. ¿Sabes por qué los han sancionado?

—Querrás decir «torturado» —replicó ella.

Le llamó la atención el hecho de que, en esta ocasión, el Guardián se había referido a los dos jóvenes atados a la columna, y centró su mirada en la chica. Tenía la cabeza vuelta hacia el otro lado y por eso no había podido distinguir sus rasgos desde allí, pero el cabello rubio le dio una pista.

—¿Es... Rox? ¿La están castigando a ella también? Pero ¿por qué?

Se preguntó si todo aquello no tendría que ver con la muerte de Broxnan, después de todo. No se le ocurría nada que mereciera una pena tan terrible, salvo que ellos hubiesen infligido un daño todavía mayor a una tercera persona.

—Por mantener una relación inapropiada —respondió el Guardián a media voz.

—¿Relación...?

—Somos Guardianes —cortó él—. Ni hombres ni mujeres. Solo Guardianes.

Axlin se sintió tan asqueada que fue incapaz de seguir mirando cómo torturaban a esa pareja simplemente por sentirse atraídos el uno por el otro. No era justo. No era humano.

Por otro lado, si era cierto lo que el Guardián había dicho, Xein y Rox eran algo más que amigos y mucho más que compañeros. Esa revelación la rompió por dentro, pero en ese momento solo deseaba que el castigo parase cuanto antes. Para él, para ella. Para los dos.

—Si intervienes —prosiguió el Guardián—, si les das a entender que te importa Xein más de lo que debería..., les darás motivos para pensar que *también* deben castigarlo por relacionarse contigo.

—¿Qué? —soltó ella estupefacta—. Eso... eso fue hace mucho tiempo.

—Pero él aún te importa. Y si, por alguna razón, correspondiera a tus sentimientos, de una manera o de otra... —Señaló con un gesto la columna donde Xein y Rox seguían recibiendo su «sanción»—. Eso pueden ser cien azotes más. O ciento cincuenta, dependiendo de la naturaleza de la relación. Así que yo, en tu lugar, fingiría que te resulta indiferente, por mucho que te cueste.

Axlin apretó los puños, furiosa, y le dirigió una mirada de odio.

—Cómo podéis consentirlo —siseó—. Cómo puedes quedarte mirando... sin más.

—No nos quedamos mirando. ¿Sabes por qué los sancionan en el patio? Para dar ejemplo. Pero ¿ves a alguien más aquí, aparte de nosotros dos?

Axlin se obligó a darse la vuelta. Evitando mirar lo que sucedía en el centro del patio, echó un vistazo al resto de la galería y alzó la cabeza hacia los pisos superiores.

No había nadie.

—No nos gusta ver caer a un compañero —prosiguió él—. No disfrutamos con esto. —Clavó sus ojos dorados en Axlin antes de concluir—: No somos monstruos.

—Cuesta creerlo a veces —murmuró ella.

Se sentía furiosa, angustiada, aterrorizada e impotente. Jamás había llegado a creer que experimentaría aquellas emociones entre seres humanos.

—Es difícil, pero necesario —dijo él—. La instrucción es dura y las normas son estrictas, pero nos vuelven más eficaces en la lucha contra los monstruos. Nos permiten salvar más vidas.

—¿Vale la pena? Si tenéis que renunciar al amor, a la familia, a la vida..., ¿qué sentido tiene?

—Lo hacemos para que la gente corriente pueda disfrutar de todas esas cosas. Pero es un lujo que nosotros no podemos permitirnos. Si lo hiciésemos... y a causa de ello fallásemos en nuestra misión..., no habría amor, familia ni vida para nadie. Tú vienes del oeste y sabes cómo son las cosas allí, sin la Guardia. Conoces la diferencia.

Por alguna razón, a Axlin no le sorprendió que aquel Guardián estuviese al tanto de ese detalle. Debía de ser amigo de Xein, en efecto, o compañero cercano, o cualquiera que fuese el término que utilizasen ellos para no tener que hablar de amistad. Y probablemente en algún momento ambos habían hablado de ella. Quizá tenía razón, y Axlin significaba para Xein más de lo que podía demostrar.

Más de lo que debería sentir.

Sacudió la cabeza. Estaba claro que era Rox quien recibía ahora sus afectos, ya que había estado dispuesto a arriesgarse a que lo castigaran de aquella manera por ella. Suspiró. Xein era todo pasión, todo corazón. Jamás debería haber ingresado en la Guardia.

—Su madre tenía razón al mantenerlo oculto —comentó a media voz—. Si llegase a enterarse de lo que os hacen aquí... Aunque probablemente ya lo sabe —añadió, recordando que Kinaxi ni siquiera le había hablado a su hijo de la existencia de los Guardianes.

El joven le dirigió una mirada extrañada.

—¿Te refieres a la madre de Xein?

—Sí, ¿por qué? ¿Te ha hablado de ella?

Él dudó un poco. Axlin sabía que los Guardianes debían dejar atrás su pasado, su familia, sus amigos y cualquier relación que hubiesen mantenido antes de ser reclutados. Por ese motivo evitaban mencionar su vida anterior, aunque ella empezaba a darse cuenta de que quizá Xein no siguiera todas las normas al pie de la letra. Y parecía que era una costumbre contagiosa que empezaba a afectar también a sus mejores amigos. O compañeros. O lo que fueran.

—Me dijo que la mataron los monstruos en cuanto él ingresó en la Guardia —le explicó el joven.

—¿Qué? No, hasta donde yo sé. ¿Ha mantenido contacto con ella desde que se lo llevaron?

—Claro que no. Ellos dos vivían solos en una aldea abandonada, y cuando él se marchó...

—...la atacaron los monstruos, sí. Pero resistió encerrada en su casa hasta que llegamos.

Axlin veía que el chico se debatía entre su deseo de seguir preguntando y las normas que dictaban que los Guardianes no debían interesarse por la gente que dejaban atrás. Y tampoco por la gente que otros Guardianes dejaban atrás.

«A él también le importa», comprendió. Se sintió un poco reconfortada al comprobar que, a pesar de todo, Xein tenía dentro de la Guardia a algunas personas que se preocupaban por él. Como Rox o como aquel joven Guardián que le estaba dedicando tanto tiempo sin ninguna razón aparente.

—¿Cómo te llamas? —le preguntó de pronto.

Él pareció sorprendido por la pregunta.

—Yarlax de la División Oro —respondió.

—Yo soy Axlin —dijo ella. Hizo una pausa y prosiguió—: En cuanto me enteré de que los Guardianes se habían llevado a Xein, fui a pedir ayuda. Reuní a varios hombres y acudimos a buscar a su madre. La última vez que la vi, estaba a salvo con ellos. En la cantera ¿Lo recordarás?

Yarlax parpadeó desconcertado.

—¿Qué quieres decir?

—Sé que no debería contarte esto, y sé que probablemente Xein tampoco debería saberlo. Pero, si algún día pregunta y tú consideras que es necesario decírselo..., en fin, solo recuérdalo, ¿de acuerdo? La madre de Xein vive en la cantera. Él sabrá dónde encontrarla.

—Creo que deberías irte —dijo Yarlax por fin—. No tienes por qué seguir viendo esto.

La empujó con suavidad, pero Axlin se resistía a marcharse.

—No lo deseo tampoco. Sin embargo, no puedo... irme así, darle la espalda sin más, sin hacer nada. Y no solo por él. Rox tampoco merece lo que le estáis haciendo. Es una buena Guardiana.

—Lo sé —se limitó a contestar Yarlax—. Pero así es como debe ser. Vete, Axlin. Xein y Rox estarán bien. Son más fuertes de lo que piensas.

En aquel momento, Xein dejó escapar otro grito. Axlin apretó los dientes con los ojos llenos de lágrimas, pero permitió que Yarlax la acompañara fuera. Y, en cuanto dejó de oír el sonido de los latigazos, lo único que deseó fue alejarse de aquel horrible lugar tanto como fuera capaz.

Dex y Oxania la encontraron un poco más tarde, sentada en la escalinata de la biblioteca, encogida sobre sí misma y con el rostro hundido entre los brazos, sollozando.

—Axlin —susurró su amigo, sentándose junto a ella—. ¿Qué ha pasado?

La joven se secó las lágrimas, sacudiendo la cabeza.

—No puedo seguir viviendo en la Ciudadela, Dex. Todo me supera. Tengo que seguir mi viaje o me volveré loca.

«Tengo que alejarme de Xein.»

Había muchas razones para ello. Si realmente había matado a un hombre indefenso, era un asesino. Y, aunque no lo hubiera hecho..., ella no podía permitirse el lujo de volver a amarlo. Porque ya estaba Rox, y porque no quería que volvieran a azotarlo así nunca más. Nunca más.

En su angustia, no se percató de que sus dos amigos cruzaban una mirada de entendimiento.

—No creo que sea buena idea, Axlin —dijo entonces Dex, tras un breve instante de vacilación.

Ella alzó la cabeza por fin, con los ojos enrojecidos.

—¿Por qué?

El chico dudó un momento.

—No es algo que podamos discutir aquí, pero he de hablar contigo con calma. Acompañaré a Oxania a la ciudad vieja e intentaré escaparme otra vez a lo largo del día para volver a la biblioteca. ¿Me esperarás?

Ella tardó un poco en responder, todavía algo aturdida. Finalmente asintió con lentitud.

22

Xein se encontraba ya de vuelta en su habitación, tumbado boca abajo sobre su lecho con los ojos cerrados. La sanción había finalizado, pero todavía podía oír el rítmico chasquido del látigo contra su espalda, aún lo sentía mordiendo su piel. Le habían aplicado la cura correspondiente para que pudiera reincorporarse a la rutina habitual cuanto antes, y entretanto le permitirían descansar.

No reprochaba a sus superiores que lo hubieran castigado. Sabía que lo tenía bien merecido.

No obstante, le costaba asimilar el hecho de que Rox hubiese recibido la misma sanción que él. Se sentía angustiosamente culpable por haberla arrastrado a aquella situación.

No había hablado con ella en ningún momento. No se lo permitían.

Tampoco volverían a verse después, cuando ambos se reincorporaran al servicio. Xein sabía que les asignarían nuevos destinos, y que probablemente uno de los dos tendría que abandonar la Ciudadela para evitar en la medida de lo posible que volvieran a coincidir.

Suspiró. Sería lo mejor, especialmente para ella. Pero la echaría de menos.

Alguien llamó a la puerta con suavidad. Xein no contestó. No tenía ganas de ver a nadie.

La puerta se abrió a pesar de todo.

—Te traigo la cena. —Era la voz de Yarlax—. ¿Cómo estás?

Xein gruñó algo ininteligible.

—¿Cómo dices?

—Que no tengo hambre.

Su compañero dejó la bandeja sobre la mesa.

—Deberías intentar comer un poco —opinó—. Te recuperarás más rápido.

Xein no respondió. Yarlax se dio la vuelta para salir de nuevo por la puerta, pero en el último momento dudó y lo miró de nuevo.

—¿Puedo hacerte una pregunta, Xein?

Él no dijo nada; ni siquiera se molestó en levantar la cabeza de la almohada, pero Yarlax prosiguió de todos modos:

—En el fondo, tú no deseas ser Guardián, ¿verdad?

Xein se volvió para mirarlo al fin.

—¿Lo preguntas porque traté de escapar en nuestra primera misión en el exterior, con la Brigada Niebla? Eso fue hace mucho tiempo, Yarlax.

Poco más de un año, en realidad. Sin embargo, le parecía que habían pasado décadas.

—Oh, sí, aquella misión —sonrió él—. Nunca lo olvidaré. Volvíamos ya al Bastión, emocionados porque había sido pan comido, cuando de pronto saltaste como un robahuesos y te lanzaste al río sin más. Y había un buen desnivel, compañero. Pensé que te habías vuelto loco de repente.

—Un poco sí —reconoció Xein, sonriendo a su pesar—. Creí que sería capaz de sobrevivir yo solo. Por poco se me zampa un desollador.

—Eso me contaron.

Xein suspiró.

—¿Qué puedo decir? Era joven, ingenuo y atolondrado.
—Eras diferente.
Xein frunció el ceño sin comprender.
—¿Diferente en qué sentido?
—Bueno, todos los extraviados sois diferentes. —Yarlax se sentó en la cama junto a su amigo—. La mayoría de los Guardianes crecemos sabiendo qué se espera de nosotros. Conocemos nuestro futuro y tenemos claras nuestras responsabilidades. Tú no lo sabías. Te lo ocultaron.

Xein no respondió. Se limitó a volver la cabeza para clavar la mirada en la pared.

—Pero, aun así —continuó Yarlax—, cuando fueron a buscarte, cuando te dijeron quién eras y lo que se esperaba de ti..., ¿por qué te costó tanto aceptarlo? Quiero decir..., supongo que es lógico al principio, pero... mírate ahora. Ha pasado el tiempo, has completado el adiestramiento. Te graduaste con honores y, pese a todo..., sigues sin encajar.

—No me propasé con Rox a propósito, Yarlax. Ya te lo he contado.

—No es solo por eso. Son tus dudas. Las preguntas que haces. Y sé que deseas de verdad ser un buen Guardián, pero es como si, a pesar de todo, algo se rebelara dentro de ti.

Xein tardó un poco en contestar. Cuando Yarlax ya empezaba a pensar que su amigo había dado por terminada la conversación, murmuró:

—Tenía planes.
—¿Cómo dices?
—Tenía planes. Mucha gente en las aldeas no se atreve a imaginar qué le deparará el futuro, pero yo no me las arreglaba mal contra los monstruos, y... —Hizo una pausa y prosiguió—. Soñaba con encontrar una chica, formar una familia y ver crecer a mis hijos. Sabía que sería capaz de defenderlos. Que tendríamos una oportunidad de vivir muchos años, tal vez incluso de ser felices.

—Comprendo —murmuró Yarlax—. ¿Y... encontraste a esa chica?

—Sí, o eso pensaba. Ella también tenía planes, y en aquel momento no coincidían con los míos, pero aquella puerta siguió abierta... hasta que la Guardia la cerró de golpe. —Sacudió la cabeza—. Tal vez fuera lo mejor, de todos modos. Porque creo que empiezo a entender por qué los Guardianes debemos luchar, vivir y morir solos.

Yarlax no estaba seguro de comprender a qué se refería con esto último. Abrió la boca para comentar algo, pero Xein no había terminado.

—Bueno, de todas formas, eso no es tan importante, en realidad. Sé que no soy el primero que tenía planes y la vida se los truncó. Ni seré el último, así que no me voy a quejar por ello. Sin embargo, a veces pienso que los Guardianes podrían haberme... reclutado de un modo un poco más civilizado.

Yarlax lo miró con curiosidad. Él, como tantos otros, se había presentado voluntariamente en el cuartel general el día de su decimoquinto cumpleaños acompañado de sus padres. No conocía otra manera de unirse a la Guardia.

—¿Qué pasó?

—Vinieron a mi casa, golpearon a mi perro, apartaron a mi madre a la fuerza, me atacaron sin mediar palabra, me dejaron inconsciente, me drogaron y se me llevaron sin una sola explicación y sin permitir que me despidiera.

Yarlax no supo qué decir.

—Pero no les guardo rencor por lo que me hicieron a mí —prosiguió Xein—. Tenía intención de defenderme, y supongo que consideraron que esa sería la forma más rápida y efectiva de reclutarme. No obstante, mi madre se quedó sola. Nadie se preocupó por ella, la dejaron abandonada a su suerte en una aldea rodeada de monstruos, donde probablemente no duró ni un solo día. Si me hubiesen permitido..., no sé, arreglar algunas cosas antes de partir..., asegurarme de que ella se quedaba a salvo en algún lugar seguro..., quizá no me habría resultado tan difícil dejar de ver a los Guardianes como enemigos.

—Ya veo —murmuró Yarlax. Dudó un instante antes de preguntar—: ¿Es eso lo que te inquieta, entonces? ¿Una cuenta pendiente, un asunto que no pudiste cerrar?

Xein suspiró. Eran muchos los temas que le preocupaban, especialmente referentes a los monstruos innombrables y su relación con los humanos... y con los Guardianes. Pero no podía compartirlos con su compañero, de modo que respondió:

—Supongo que sí. Pero no le des más vueltas, ¿de acuerdo? Las cosas sucedieron de esa manera y no se pueden cambiar.

Yarlax vacilaba.

—Xein —dijo al fin—. Si yo te dijera que las cosas no sucedieron exactamente como crees con respecto a tu madre..., ¿te sentirías más cómodo en la Guardia?

Él se incorporó para mirarlo fijamente.

—¿Qué estás insinuando?

Yarlax desvió la vista.

—No debería decirte esto, pero estoy pensando que quizá sea lo mejor. Para que puedas pasar página, ¿sabes?

Xein se sentó en la cama, muy serio.

—¿De qué estás hablando?

Yarlax inspiró hondo y soltó por fin:

—Me han dicho que tu madre sigue viva, Xein. Que no murió cuando tú te fuiste.

El joven sonrió y sacudió la cabeza con incredulidad.

—Eso es absurdo. Era una mujer corriente que se quedó sola en una aldea abandonada que ni siquiera estaba bien cercada. Es imposible que pudiera defenderse. Ni siquiera comprendo aún cómo pudimos sobrevivir los dos allí tanto tiempo. Durante años pensé que era ella quien nos defendía a ambos, pero en el Bastión me confirmaron que era al revés. —Frunció el ceño, pensativo—.

No sé de qué manera pude haberla protegido cuando era un niño y no sabía luchar. Supongo que los monstruos *sabían* de algún modo que en nuestro enclave habitaba un Guardián, aunque fuera de corta edad. De todas formas, mi madre no habría tenido la menor oportunidad sin mí.

—No estaba sola. Fueron a buscarla, al parecer.

—¿Quién? ¿La Guardia?

—No. —Yarlax sospechaba que no era una buena idea mencionar a Axlin, de manera que no lo hizo—. La llevaron a la cantera, ¿te suena?

—Sí. Era el enclave más cercano al nuestro. —Frunció el ceño y lo observó con mayor interés—. ¿Estás seguro de lo que dices? ¿Quién te lo ha contado?

—No te lo puedo decir. Pero tengo razones para pensar que no mentía.

Xein permaneció en silencio unos instantes. Después preguntó:

—¿Y por qué me lo cuentas tú?

—Porque no te lo va a contar nadie más.

Xein lo miraba con fijeza, sin saber si podía creerlo o no. Yarlax se levantó con un suspiro.

—Probablemente no tendría que habértelo dicho. Pero, si sirve para que te quedes más tranquilo y te mantengas alejado de los problemas..., valdrá la pena, espero.

Xein inclinó la cabeza.

—Entiendo —dijo solamente—. Gracias, Yarlax.

Él lo miró un instante con el ceño fruncido.

—Conozco ese tono. ¿Qué estás tramando?

—Absolutamente nada —mintió su amigo.

—Xein. —Yarlax se cruzó de brazos con seriedad—. Si te he contado esto, es para que dejes de rebelarte contra las normas y de coleccionar sanciones porque sí. Hazme caso; tu espalda te lo agradecerá.

Él alzó las manos en señal de rendición y le sonrió ampliamente.

—Lo sé, lo sé, tranquilo. Has hecho bien. Es bueno tener las cosas claras. Ayuda a centrarse en lo que de verdad importa, ¿no crees?

Yarlax entornó los ojos.

—No estoy seguro de saber a qué te refieres.

Aún sonriendo, Xein le dijo que se sentía mucho mejor y lo convenció para que lo dejara a solas. Cuando su amigo se marchó por fin, volvió a echarse boca abajo sobre la cama, pensativo.

¿Sería posible que su madre continuase con vida? ¿Le habría mentido el capitán Salax al asegurarle que no había sobrevivido? ¿O quizá simplemente había dado por sentado que había muerto? Lo cierto era que, ahora que lo pensaba, aquella actitud no se correspondía con los valores de la Guardia de la Ciudadela. Después de todo, la institución existía para proteger a la gente corriente de los monstruos.

Durante mucho tiempo, había culpado a Axlin por la muerte de su madre. Porque les había dicho a los Guardianes dónde podían encontrarlos. Sin embargo, ahora sabía que lo que ella había hecho no se diferenciaba mucho de la forma de actuar de la mayoría de la gente corriente. Todos sabían que el lugar de cualquier joven de ojos dorados era la Guardia de la Ciudadela. Informar de la ubicación de un extraviado no era una traición, sino prácticamente un deber cívico.

Habían sido los Guardianes quienes habían abandonado a Kinaxi a merced de los monstruos. Podrían haberla escoltado hasta un lugar seguro, podrían incluso haberla llevado con ellos a la Ciudadela. Pero la habían dejado atrás sin pensarlo dos veces.

Xein sabía, de todas formas, que el trabajo de los Guardianes estaba focalizado en la Ciudadela, y no era que menospreciasen a la gente de las aldeas. Se trataba de que, mucho tiempo atrás, habían asumido que les resultaba imposible proteger a todo el mundo, especialmente si estaban diseminados por una miríada de aldeas minúsculas alejadas entre sí. De modo que habían optado por dedicarse a salvaguardar la Ciudadela, que era el principal foco de la civilización humana, el único que no debía caer jamás, bajo ningún concepto. Porque el día en que lo hiciera, los monstruos ganarían la guerra definitivamente.

En aquellas circunstancias, la vida de una aldeana quizá no tendría tanto valor para ellos. Y menos aún la de una mujer que había dejado muy claro que no deseaba la protección de la Guardia.

Xein frunció el ceño. Su madre podría haberse instalado en la Ciudadela tiempo atrás, tenía esa opción y la había rechazado. No comprendía todavía sus razones, pero sí entendía que los Guardianes no tuviesen un especial interés en mantenerla a salvo.

Sin embargo, si era cierto lo que Yarlax le había contado, alguien la había rescatado y la había llevado a la cantera. Y, al parecer, no habían sido los Guardianes.

El corazón le latió un poco más deprisa. Había pasado mucho tiempo desde su llegada a la Ciudadela y no se sentía capaz de dar la espalda a su nueva vida para volver a instalarse con su madre en una aldea. Pero necesitaba saber si era verdad que seguía viva. Asegurarse de que se encontraba bien. Formularle las preguntas que nunca antes se había atrevido a plantear.

Entornó los ojos mientras un plan comenzaba a cobrar forma en su mente. Lo sentía por Yarlax, pero tenía la intención de romper las normas una vez más.

Estaba dispuesto a asumir las consecuencias, fueran cuales fuesen. Pero en esta ocasión no iba a consentir que nadie más las sufriera por su culpa.

—¿Habías visto antes un mapa como este? —preguntó Dex.

Axlin lo examinó con curiosidad.

Se habían reunido en la biblioteca, en la habitación que utilizaban para guardar los libros que no podían dejar al alcance del público porque eran demasiado antiguos, demasiado valiosos o demasiado frágiles. Dex había extendido sobre la mesa un mapa que representaba los territorios humanos. Todo lo que quedaba fuera de sus límites estaba tan infestado de monstruos que ninguna colonia podía prosperar allí.

Axlin conocía la geografía del mundo, por supuesto. Había comenzado su viaje con un mapa mucho más burdo y sencillo que, pese a sus evidentes limitaciones, se había convertido pronto en una de sus posesiones más preciadas. Más adelante, al acceder al conocimiento que atesoraba la biblioteca de la Ciudadela, había descubierto que su propio mapa reflejaba solo una parte del mundo conocido. Era consciente de que el trozo de papel que la había guiado desde las tierras del oeste hasta la Jaula ni siquiera incluía la Ciudadela, el corazón del mundo civilizado. Pero comprobar en un mapa como aquel lo limitado que parecía el suyo en comparación...

—Tengo algo que preguntarte —dijo entonces Dex—. Tú vienes del oeste, ¿verdad? ¿Me podrías señalar el camino que seguiste para llegar hasta aquí?

Axlin se lo indicó sin dudar, pese a que tiempo atrás ya había descubierto que existían otros caminos que también conducían hasta la Ciudadela.

—Es lo que sospechaba —asintió él—. Lo estuve estudiando hace tiempo. El territorio que llega hasta la Jaula es relativamente seguro. Sus aldeas podrían compararse a las de las Tierras Civilizadas. Si nos alejamos más, en cambio... —Su dedo siguió el camino hacia el oeste, por la misma ruta por la que Axlin había llegado tiempo atrás—. Estos enclaves son bastante más precarios. Y más allá, no se sabe qué hay.

—Más allá está mi tierra —dijo ella. Su aldea era demasiado pequeña como para aparecer en el mapa, pero sabía que estaba allí, y la indicó sobre el plano—. Es de aquí de donde vengo yo.

—Hum —murmuró él, pensativo—. Pero aquí hay un espacio vacío, ¿no? Las aldeas de este tramo del camino cayeron hace mucho tiempo. Todo lo que hay más al oeste quedó incomunicado.

—No del todo, Dex. Hay una pareja de buhoneros que viaja por esta ruta y mantiene la conexión con las zonas más remotas.

«Hasta que dejen de poder hacerlo», pensó con un estremecimiento, recordando la despreocupada determinación con la que Lexis y Loxan se enfrentaban al peligro una y otra vez.

Había esperado que su amigo se mostrara impresionado ante esta revelación. Pero sus palabras solo parecieron entristecerlo más.

—¿Qué sucede, Dex? —preguntó entonces—. ¿Cuál es el problema?

—¿Has oído hablar del Puente de los Chillones? —Hizo una pausa, lo pensó mejor y prosiguió—: Imagino que sí. Después de todo, tienes que haberlo cruzado para llegar hasta aquí.

—Sí, está a unas veinte jornadas de la Jaula. —Su dedo lo buscó en el mapa—. Aquí. Bastante impresionante, por cierto.

—Yo no lo he visto nunca. ¿Es tan alto como dicen?

—No sabría decirte, no me atreví a mirar abajo. El desfiladero es tan profundo que apenas se ve el río que corre por el fondo. Pero, por lo visto, es mucho más seguro de lo que parece.

—Lo construyeron los ingenieros de la Ciudadela durante el mandato del segundo Jerarca. Lo que no sé es por qué lo llaman Puente de los Chillones.

—Porque se dice que, antes de que lo construyeran, un jinete llegó hasta el precipicio huyendo de una horda de chillones —le explicó Axlin—. Su caballo llevaba tal velocidad y él estaba tan desesperado que lo obligó a saltar a pesar de la distancia. Cayeron al otro lado, a salvo, pero los chillones que los perseguían no lograron frenar a tiempo y se precipitaron al vacío. Por eso, cuando, tiempo después, se levantó el puente, lo llamaron así para evocar esta historia.

—Vaya, pues es una buena historia. No recuerdo haberla leído en tu libro.

—Porque no hay pruebas de que sucediera de verdad, así que no tenía sentido anotarla. Tú no has visto ese desfiladero, Dex. Es imposible que un caballo pudiera cruzarlo de un salto. Pero ¿por qué estamos hablando del Puente de los Chillones?

Él tardó un poco en responder.

—Bueno, esto no es oficial —dijo al fin—. ¿Recuerdas que te dije esta mañana que tenía algo que contarte? Oxania y yo nos hemos enterado de algunas cosas inquietantes durante nuestra visita al cuartel de la Guardia.

El sonido de los latigazos volvió a asaltar la memoria de Axlin, que palideció ante el recuerdo. Dex no se dio cuenta.

—Resulta que conozco a uno de los empleados del cuartel porque trabajó hace tiempo como sirviente en la casa de mi familia —prosiguió—. Nos hemos encontrado con él por casualidad cuando salíamos, y nos ha contado que ha oído parte de una conversación entre dos generales...

—¿También por casualidad? —planteó Axlin con una sonrisa.

—Oye, no puedes culpar al chico por ser curioso —replicó su amigo, sonriendo a su vez—. La reunión de hoy ha sido algo muy excepcional. —Se puso serio de pronto—. Parece ser que ha pasado algo grave, algo muy preocupante.

Axlin lo miró con fijeza, turbada ante su expresión sombría.

—¿De qué se trata?

—Del Puente de los Chillones, precisamente. Los monstruos derribaron el muro de contención del lado occidental y mataron a todos los centinelas.

Ella se quedó helada.

—¿Cómo...? —musitó.

—Los aldeanos todavía resisten al otro lado del puente porque, por fortuna, no es muy ancho y no pueden cruzar muchos monstruos a la vez. Pero lo harán, tarde o temprano, y los enclaves cercanos se verán en un grave peligro.

Axlin había atravesado aquel puente una sola vez, dos años atrás, y se esforzó por evocar los detalles.

—Cada extremo del puente estaba reforzado por un muro y dos torres de vigilancia —murmuró—. Siempre había gente custodiando el acceso, siempre. Había una doble puerta, de hecho, para que los monstruos no pudiesen pasar.

Recordó que, en aquel momento, le había parecido el paso más seguro del mundo. Pero eso había sido antes de contemplar las imponentes murallas de la Ciudadela. Antes de ver en acción a los Guardianes.

Los esfuerzos de la gente del oeste por defenderse de los monstruos le parecían ahora muy ridículos en comparación. Lo sorprendente, pensó de pronto, era que aquel puente no hubiese caído mucho tiempo atrás.

Y comprendió entonces las implicaciones de las noticias que Dex le traía.

—Si los monstruos han atacado el puente..., eso quiere decir...

El dedo de su amigo se deslizó por el camino que ella tan bien conocía: desde el extremo occidental del mapa hasta el Puente de los Chillones.

—Quiere decir, Axlin, que es muy probable que toda esta zona haya caído también. Que todas las aldeas hayan sido destruidas. Y que, si alguna aguanta todavía..., no lo hará por mucho tiempo.

Ella no dijo nada. Se dejó caer sobre su asiento, aturdida.

—Hay otro paso que cruza el río un poco más al sur —prosiguió él, buscándolo en el mapa—. Si los supervivientes se encaminan hacia allí, quizá logren ponerse a salvo al otro lado. Los que no lo consigan... o decidan quedarse atrás...

—No —musitó ella, horrorizada.

—Las aldeas del oeste estaban aguantando en condiciones muy precarias, Axlin, tú lo sabes: sin Guardianes que las protegieran, dependientes de los viajes de los buhoneros... Y, cada vez que los monstruos destruían un enclave, los demás quedaban más aislados y vulnerables. Era cuestión de tiempo.

—Pero... pero...

Solo podía pensar en todos aquellos a quienes había dejado atrás. Xeira, Tux, Nixi, Madox, Bexari, Lexis y Loxan, y toda la gente sencilla y valiente a la que había conocido en su camino.

—La Guardia va a enviar refuerzos allí. —Dex frunció el ceño, pensativo—. Quizá deberían haberlo hecho hace mucho, ahora que lo pienso. Si el puente hubiese estado protegido por Guardianes, tal vez los monstruos no habrían logrado llegar hasta él.

Axlin sacudió la cabeza.

—Los Guardianes no llegan tan lejos —respondió—. Créeme, lo sé, he recorrido toda la ruta y no me crucé con ninguno de ellos hasta llegar a la Jaula.

En realidad, había conocido a Xein antes de eso, pero por aquel entonces ni siquiera él sabía que era un Guardián.

—Todo esto que me estás contando —dijo entonces— son solo rumores, ¿no es así? Tú mismo lo has dicho.

—Son fragmentos de una conversación. Puede que el chico los malinterpretara, pero a mí me parece que la información es bastante coherente.

—Pero no podemos saberlo en realidad, salvo que preguntemos a los Guardianes, y ellos no nos lo van a decir.

—Probablemente, no todos los Guardianes lo sepan. Es información privilegiada, Axlin. No sé si eres consciente de lo afortunados que somos por habernos enterado por casualidad.

Ella inclinó la cabeza.

—No sé si querría haberme enterado. Ni siquiera estoy segura de que quiera creerlo.

—Bueno, no tardaremos en confirmarlo. Cada vez que cae un

enclave, los supervivientes se desplazan hasta el siguiente, ¿no es así?

—Sí, claro, buscan un nuevo hogar seguro donde instalarse. Lo he visto otras veces.

—¿Qué sucedería entonces si los monstruos asolaran una región entera? —planteó él—. La mayoría de sus habitantes no sobrevivirían, y la gente de las aldeas que quedasen en pie no esperaría simplemente a que los monstruos los matasen a ellos también. Abandonarían sus hogares y vendrían a buscar refugio en la Ciudadela. Así que, si es verdad que toda la región del oeste ha caído, los supervivientes empezarán a llegar en las próximas semanas y traerán noticias de primera mano.

—Comprendo.

—Lo que quiero decir, Axlin..., es que no puedes marcharte sin más. Si es cierto que hemos perdido la región del oeste, el mundo se ha hecho de pronto mucho más pequeño. Puede que, en el futuro, el único lugar seguro que quede sea la Ciudadela. Piénsalo dos veces antes de plantearte abandonarla... sin saber si serás capaz de regresar.

23

Xein tardó tres días en recuperarse de la sanción. No tuvo que realizar guardias ni patrullas en todo aquel tiempo, aunque colaboró en labores comunitarias en el cuartel. No se cruzó con Rox en ningún momento ni preguntó por ella, y también trató de evitar a sus compañeros más habituales, particularmente a Yarlax. Se limitó a hacer lo que se esperaba de él sin cuestionar a sus superiores ni proferir una sola queja, porque no quería que nadie sospechara de sus intenciones. No podía permitírselo: sabía que en breve lo enviarían a su nuevo destino y debía llevar a cabo su plan antes de que aquello sucediera.

Al amanecer del cuarto día, tuvo por fin su oportunidad. El cuartel estaba muy tranquilo porque los altos mandos habían enviado varias patrullas a atender alguna clase de emergencia en las tierras occidentales. Xein los había visto marcharse días atrás con cierta envidia. No sabía adónde iban exactamente, pero sí tenía claro que pasarían por la Jaula, muy cerca de la aldea donde se había criado y de la cantera donde, según Yarlax, vivía su madre. Pensó que le hubiese gustado acompañarlos, pero enseguida desechó aquella idea. No podía volver a abandonar a sus compañeros en medio de una misión. Lo mejor sería que emprendiese aquel viaje solo.

Se levantó temprano, por tanto, y se encaminó a los establos, cargado con un cubo y un rastrillo. Cualquiera que lo viese pensaría que se disponía a limpiar las cuadras, pero sus planes eran muy diferentes.

Aunque la mayoría de los cubículos estaban vacíos, comprobó, aliviado, que su caballo favorito seguía allí. Le gustaba porque era especialmente manso y le transmitía mucha seguridad. A diferencia de la mayoría de sus compañeros, Xein había llegado a la Guardia sin saber montar a caballo. Había recibido lecciones de equitación en el cuartel y ahora se las arreglaba bastante bien, pero seguía prefiriendo una montura tranquila, al contrario que el resto de los Guardianes, que solían elegir los corceles más fogosos.

—¿Estás listo para un largo viaje, amigo? —le susurró al caballo mientras le acariciaba las crines.

Se estremeció. Lo que estaba a punto de hacer le traería probablemente muchos problemas. Quizá estaría a la altura de su memorable fuga del Bastión, la misma que le había granjeado una brutal sanción cuyo recuerdo todavía lo asaltaba en algunas pesadillas. Sacudió la cabeza. No, aquello había sido mucho peor. Entonces había desertado con la intención de renegar de la Guardia para siempre.

Ahora, en cambio, lo único que pretendía era realizar un corto viaje hasta la cantera, hablar con su madre —si era cierto que vivía allí— y regresar. No alteraría los planes de nadie, porque aún estaba pendiente de que le asignaran un nuevo destino, de modo que no contaban con él.

Suspiró. Lo sancionarían igualmente, por supuesto. Se estremeció al pensarlo. Los latigazos volverían a abrir la carne que apenas había comenzado a sanar, pero valía la pena de todas formas. No solo por su madre, sino también porque en la cantera quizá encontrase respuestas a las preguntas que lo atormentaban desde que había matado al metamorfo en el canal.

Yarlax tenía razón: había algo que lo inquietaba, un asunto pendiente, una cuenta por saldar. Hasta que no estuviese totalmente seguro de que sus sospechas eran infundadas, no se sentiría capaz de integrarse por completo en la Guardia.

Tenía que hacerlo antes o después, se dijo. Era mejor no retrasarlo.

Ensilló al caballo, guardó en las alforjas todo lo que necesitaba y se ajustó la lanza a la espalda y el machete a la cintura.

Momentos más tarde salía del cuartel y descendía al galope por la avenida principal del primer ensanche, rumbo a la puerta oeste de la muralla. Nadie lo detuvo porque, después de todo, el hogar de los Guardianes no era una prisión.

Pero no se entretuvo, por si acaso. Aunque era poco probable que lo interceptasen en la puerta de la muralla, prefería estar bien lejos antes de que a alguien se le ocurriese pedirle explicaciones sobre su destino.

Cuando, un rato después, su caballo enfiló el camino que llevaba al oeste, dejando atrás la Ciudadela, Xein experimentó una embriagadora sensación de libertad. En la primera etapa de su adiestramiento en el Bastión había buscado desesperadamente el modo de escapar, y ahora, por fin, lo había conseguido.

Sacudió la cabeza, tratando de apartar aquellos pensamientos de su mente. No estaba huyendo. No deseaba hacerlo, en realidad. Todavía pensaba que tratar de fugarse del Bastión había sido un error descomunal, y no tenía la menor intención de repetirlo.

Sin embargo, aquella sensación seguía importunándolo, por lo que se limitó a arrinconarla en su interior y a tratar de ignorarla. No debía olvidar, después de todo, que se encontraba en campo abierto y debía dedicar toda su atención a defenderse de posibles ataques de los monstruos.

La Jaula estaba a diez días de camino en carro desde la Ciudadela, pero Xein hizo el trayecto en una semana. No necesitaba avanzar con tanta cautela como la gente corriente, puesto que sus sentidos le advertían con antelación de la presencia de monstruos, de modo que podía acelerar el ritmo cuando no los percibía. Aquel camino, por otro lado, era bastante seguro. Las aldeas estaban bien defendidas y los refugios solían ser sólidos y confortables. También había puestos de vigilancia en los puntos conflictivos del itinerario, y los Guardianes patrullaban a menudo el camino y tenían establecidos destacamentos permanentes en los enclaves más importantes.

Se cruzó con algunos de ellos durante su viaje. Lo saludaban con cordialidad y lo acogieron sin hacer preguntas en las aldeas cuando se detuvo a pernoctar. Colaboró con ellos exterminando a los monstruos que les salieron al paso, y lo hizo con la tranquilidad de saber que seguía formando parte del grupo. Todo el mundo dio por sentado que era un rezagado que acudía a unirse a las tropas enviadas al oeste días atrás.

Por tal motivo, Xein no podía dar a entender que no conocía los detalles de aquella misión en concreto. Pero permaneció atento a las conversaciones, y se enteró de que las tierras occidentales estaban bajo el peor asedio que se conocía desde la caída de la región septentrional, un desastre que en su día había puesto en jaque la supervivencia misma de la Ciudadela y había convertido las tierras del norte en un erial despoblado en el que ya solo resistía el Bastión.

Las noticias eran preocupantes, y Xein no pudo dejar de recordar que se trataba de la tierra natal de Axlin. ¿Estaría en peligro su aldea? ¿Habría caído ya? ¿Qué habría sido de la gente a la que ella conocía? ¿Seguirían vivos, a pesar de todo?

Eran preguntas para las que no tenía respuesta, por lo que trató de centrarse en su viaje y no preocuparse más por ello. Sin embargo, a lo largo del trayecto volvieron a asaltarlo en varias ocasiones porque, a medida que se alejaba de la Ciudadela, empezó a cruzarse cada vez con más viajeros que se desplazaban en sentido contrario. Al principio, no le concedió importancia, pero una tarde se detuvo en una aldea repleta de gente cansada, temerosa y angustiada, y comprendió que el asunto era mucho más serio de lo que había imaginado.

—Vienen del otro lado del río —le explicó un Guardián de ojos de plata—. Son los primeros que lograron atravesar el paso del sur tras la caída del Puente de los Chillones. Pero después llegarán muchos más. Te cruzarás con ellos si sigues hacia el oeste.

—Todos van hacia la Ciudadela —añadió otra Guardiana, sacudiendo la cabeza—. Dicen que son cientos, tal vez miles. De aquí en adelante, las aldeas están tan saturadas que ya apenas pueden acoger a nadie más.

—En la Ciudadela estarán a salvo —respondió Xein, muy convencido—. El camino hasta allí es bastante seguro.

Sabía que algunas de aquellas personas morirían en el trayecto, porque los Guardianes no podrían protegerlas a todas. Pero la mayoría llegarían a su destino y tendrían una oportunidad.

«A la vuelta los escoltaré», se prometió a sí mismo. «Me uniré a algún grupo de viajeros y los ayudaré a llegar a la Ciudadela sanos y salvos.»

Sabía que los Guardianes ya se estaban coordinando para organizar a los recién llegados de la mejor manera posible. Pero eran demasiado pocos, y también los necesitaban en el frente para evitar que los monstruos siguieran avanzando.

Una tarde, por fin, llegó a la Jaula. Había estado allí una vez, cuando lo reclutaron para la Guardia, pero no recordaba el lugar, porque lo habían llevado sedado y a la fuerza. Admiró, por tanto, los enormes barrotes de hierro que protegían el edificio del asedio de los pellejudos, aunque no dejó de notar que no servirían de nada ante otro tipo de monstruos más pequeños. Sabía que la

Jaula estaba preparada para defenderse de todas las criaturas que habitaban en la zona, pero ¿qué sucedería si llegaban otras especies, persiguiendo a los humanos que huían de la destrucción desde el oeste?

Cada vez más preocupado, Xein cruzó la puerta enrejada. Había varias docenas de personas acampadas en el patio, y el interior del edificio estaba también abarrotado.

—No queda sitio en las habitaciones, señor Guardián —dijo el posadero, muy apurado—. No estoy seguro de que podamos ofrecerte siquiera un hueco en el pasillo. —Sacudió la cabeza—. Nunca habíamos visto nada igual.

—No pasa nada —respondió Xein con suavidad—. Me quedaré en el patio y ayudaré a defender a la gente que se ha quedado fuera. No creo que sea seguro pasar la noche allí, a pesar de los barrotes.

El posadero pareció muy aliviado.

—Los pellejudos no pueden atravesarlos, pero nunca dejan de intentarlo. Y a veces han metido la garra entre los hierros y han atrapado a alguien...

—Lo sé. Me encargaré de que todo el mundo se mantenga lejos de su alcance.

El posadero le ofreció una manta y un par de comidas a cambio de su ayuda, pero él solo aceptó una cena ligera. Sabía que la Jaula tendría problemas para alimentar a tanta gente y él no necesitaba más.

Se disponía a salir de nuevo al patio cuando su mirada se cruzó con la de un anciano corpulento de barba gris que estaba sentado junto a la chimenea. El hombre lo observaba fijamente con el ceño fruncido, y Xein se preguntó si lo habría reconocido. Se pasó una mano por el cabello con cierto nerviosismo. Era poco probable que nadie lo relacionara con el muchacho semiconsciente que los Guardianes habían arrastrado hasta allí dos años atrás. Su paso por el Bastión lo había cambiado mucho y, por otra parte, sabía que la gente corriente acostumbraba a identificar a los Guardianes como parte de un colectivo, más que como personas individuales. El hecho de que vistieran todos igual, llevaran el mismo corte de pelo y se comportaran de manera similar contribuía a aumentar aquella impresión.

Finalmente, el anciano desvió la mirada y sacudió la cabeza, y Xein lo dejó pasar.

La noche en el patio fue larga e intensa. Los pellejudos acudieron al anochecer, y él trató de no dejarse alterar por el terror de los viajeros. La mayoría de ellos no había visto nunca un pellejudo, y trataron de entrar en la posada, suplicando ayuda con desesperación. Tardaron un poco en darse cuenta de que los barrotes eran realmente efectivos a la hora de mantenerlos lejos del alcance de los monstruos, y, cuando lo hicieron, Xein consiguió convencerlos de que podían quedarse allí fuera siempre que no se acercaran demasiado al perímetro. Él, por su parte, permaneció despierto toda la noche para asegurarse de que ninguno de los pellejudos lograba alcanzar a los humanos acampados allí. La situación le recordó la angustiosa noche que había pasado en las montañas, cerca del Bastión, durante su prueba final. Entonces, él y Rox habían tenido que enfrentarse también a una bandada de pellejudos, y habían buscado refugio en una cueva. Los monstruos habían tratado por todos los medios de alcanzarlos, pero ellos habían aguantado hasta el amanecer y habían logrado sobrevivir.

Aquella había sido la primera vez que Xein y Rox habían trabajado juntos, como equipo. Esa noche, él había descubierto que existía una conexión especial entre ellos. No era la primera vez que formaba pareja con otro Guardián, ni sería la última. Podía trabajar sin problemas con cualquiera y ser letalmente eficiente, pero su vínculo con Rox iba más allá. Se entendían sin necesidad de palabras, se compenetraban a la perfección; eran buenos luchadores por separado, pero juntos resultaban imparables.

Suspiró mientras los pellejudos seguían arañando furiosamente entre los barrotes, varios metros por encima de su cabeza. Lamentaba mucho haberlo estropeado todo y haber perdido a la mejor compañera que tendría jamás.

«Debo dejar de pensar en ello», se dijo. «Ya pasó y no puedo cambiarlo.»

Lo mejor que podía hacer ahora por Rox era mantenerse alejado de ella.

Ya le había causado suficientes problemas.

El resto de la noche transcurrió sin incidentes. Xein alanceó a varios pellejudos, pero no llegó a abatir a ninguno de ellos. Algunos viajeros, vencidos por el agotamiento y tranquilizados en parte por la presencia del Guardián, lograron dormitar a ratos, pero él no pegó ojo, siempre alerta, pendiente de los monstruos que batían sus oscuras alas contra los barrotes.

Los pellejudos se marcharon poco antes de la salida del sol, y Xein no perdió tiempo. Entró en la posada para asearse un poco y aprovechó para preguntar por el camino a la cantera. Había ido hasta allí a menudo cuando vivía con su madre, pero nunca desde la Jaula. El posadero pareció extrañado, probablemente porque suponía que seguiría hacia el oeste, como el resto de sus compañeros, pero le dio las indicaciones que necesitaba.

Xein se disponía a ir en busca de su caballo para partir de nuevo, cuando alguien lo detuvo.

—Disculpa, Guardián...

El joven se volvió, intrigado. Se trataba del anciano que había visto el día anterior junto a la chimenea. El hombre pareció vacilar un momento antes de preguntar:

—Eres el chico de Axlin, ¿verdad?

La expresión de Xein no varió un ápice.

—No soy el chico de nadie, anciano. Soy un Guardián.

El hombre retrocedió un paso, alarmado.

—Naturalmente, yo... no pretendía ofender. Solo quería..., si no es molestia..., si en alguna ocasión vuelves a verla..., dile, por favor..., que lo siento mucho.

Él sacudió la cabeza.

—No sé de qué me hablas, anciano.

Le dio la espalda y salió de la posada, aparentemente sereno e imperturbable.

Pero el corazón le latía con fuerza.

Axlin. Había tratado de no pensar en ella, pero cada etapa de su viaje lo llevaba un poco más cerca de casa, del lugar donde la había conocido, donde había comenzado su historia juntos. Y los recuerdos volvían a asaltarlo, por mucho que tratara de contenerlos.

«Soy un Guardián», se repitió a sí mismo. «No soy el chico de Axlin. No puedo serlo.»

Un par de días después, llegó por fin a la cantera. Los centinelas le abrieron las puertas, sorprendidos al reconocer el uniforme del Guardián. Más personas acudieron a su encuentro, en su mayoría mujeres, niños y ancianos, porque los hombres que no estaban vigilando el perímetro se hallaban trabajando en la cantera. Xein identificó algunos rostros, pero ellos no lo reconocieron a él.

—¡Guardián! —exclamó una mujer, claramente preocupada—. ¿Por qué has venido? ¿Estamos en peligro?

La gente de las aldeas siempre estaba en peligro, pero Xein comprendió lo que quería decir. La cantera estaba lo bastante cerca de la Jaula como para que las noticias sobre la caída de la región occidental hubiesen llegado ya hasta allí, y estaba bien comunicada con la ruta principal, debido a los cargamentos de piedra que enviaban regularmente a la Ciudadela. Hasta aquel momento, sin embargo, se las habían arreglado bastante bien sin necesidad de que la Guardia instalase allí un puesto permanente para reforzar sus defensas.

Aquello, no obstante, podía cambiar en breve, pensó Xein. Pero esa decisión no le correspondía tomarla a él.

Negó con la cabeza.

—He venido en busca de una mujer que se llama Kinaxi. ¿Vive aquí?

Formuló la pregunta con tono impersonal, como si se tratase de una misión rutinaria. Sin embargo, cuando la multitud se abrió para dar paso a su madre, Xein sintió que su corazón dejaba de latir por un instante.

Debía de estar soñando. Había viajado hasta allí con la esperanza de que Yarlax hubiese estado en lo cierto con relación a ella, pero no lo había creído en realidad. Lo único que pretendía, comprendió en aquel momento, era constatar que su madre había muerto, para no volver a tener dudas al respecto.

Pero allí estaba ella, con el cabello más gris de lo que recordaba, pero con la misma larga trenza colgando sobre su hombro. Se detuvo ante él y lo examinó con los brazos cruzados y el ceño fruncido, como si no supiera muy bien qué pensar del hijo que había regresado.

—Madre —dijo él. Y luego no supo qué otra cosa añadir.

La expresión de ella se suavizó un poco. Xein avanzó unos pasos, pero se detuvo. Volvieron a mirarse. Él estaba rígido, incómodo, y probablemente ella lo notó. Alzó los brazos y tomó su rostro con las manos para mirarlo con atención.

Xein no estaba seguro de cómo sentirse. Había creído durante mucho tiempo que estaba muerta. La había echado de menos. Pero ahora que la tenía ante él, real y cercana, no sabía de qué manera encajarla en su nueva vida. Por dentro se sentía emocionado, sin duda, pero por fuera seguía manteniendo la máscara del Guardián.

—Veo que ya eres uno de ellos —comentó entonces Kinaxi.

Habló con voz helada, y el corazón de Xein se detuvo un instante.

—Soy un Guardián de la Ciudadela —respondió finalmente.

Ella torció el gesto sin decir nada.

—Parece que vosotros dos tenéis mucho de que hablar —intervino entonces una anciana—. Pasa, Guardián. Serás bien recibido entre nosotros.

Kinaxi dio un paso atrás y dejó caer los brazos a ambos lados del cuerpo. No hizo ademán de abrazarlo. Xein quiso tomar la iniciativa y salvar la distancia que los separaba, pero algo en su interior lo mantenía quieto, como si su adiestramiento en el Bastión le hubiese arrebatado también su capacidad de demostrar afecto. Por fin, su madre sacudió la cabeza, le dio la espalda y dijo por encima de su hombro:

Sígueme.

Xein obedeció. Sintió sobre él las miradas de los aldeanos, y se volvió un momento hacia ellos. Había un grupo de niños contemplándolo con la boca abierta. Se las arregló para dedicarles una breve sonrisa, y varios de ellos lanzaron una exclamación emocionada.

Kinaxi lo condujo hasta una casa pequeña, pero de construcción más sólida y reciente que la cabaña en la que lo había criado. Al entrar, Xein se sorprendió al ver un lecho doble en el fondo de la habitación.

—¿Te has... casado de nuevo?

—Todavía soy fértil —se limitó a responder ella, sin emoción.

Xein no dijo nada. Supuso que su nuevo marido estaría trabajando en la cantera, y se alegró de poder mantener aquella conversación a solas con ella.

—¿Tienes hambre?

Él negó con la cabeza.

—Esperaré a la hora de la comida. Pero sí agradecería un poco de agua.

Kinaxi le indicó con un gesto que se sentara ante la mesa y le sirvió lo que pedía. Después tomó asiento frente a él.

—Y bien, ¿qué es lo que quieres?

El ceño de Xein se arrugó levemente.

—Quería asegurarme de que estabas a salvo.

Kinaxi le dirigió una sonrisa escéptica.

—Han pasado dos años, Xein.

—Lo sé. Pero es que hasta ahora no he sabido dónde encontrarte. Me dijeron que estabas muerta, y solo recientemente descubrí que vivías aquí.

Su madre entornó los ojos.

—¿Y qué vas a hacer ahora? ¿Has abandonado la Guardia?

—¿Cómo? ¡No! —Sacudió la cabeza, como si la simple idea resultara absurda—. No puedo renunciar a mis obligaciones, y menos ahora. La región occidental está siendo arrasada por los monstruos. Docenas de aldeas han sido destruidas, y los supervivientes están tratando de llegar a la Ciudadela.

Ella inclinó la cabeza.

—Lo sé. A nuestro enclave también han llegado algunas personas buscando refugio.

—Y llegarán más. En estos tiempos, la labor de los Guardianes es todavía más necesaria.

—Si la situación es tan desesperada como dices, un Guardián más o menos no importará.

—Todos formamos parte de la Guardia. Todos somos importantes.

Kinaxi frunció el ceño.

—Ya veo.

Hubo un denso silencio entre los dos. Xein no sabía qué otra cosa añadir y, por otro lado, tenía la sensación de que su madre tampoco deseaba seguir hablando con él.

—Bien, ahora ya me has visto —dijo ella por fin—. Así que supongo que puedes marcharte. —Él la miró, consternado—. Es eso lo que quieres, ¿no es así? Regresar con los Guardianes.

Pronunció aquella palabra con tanto odio que Xein se echó hacia atrás, desconcertado.

—No se trata de lo que yo quiera hacer, madre. Eso nunca ha contado, ni siquiera cuando vivía contigo. Pero el hecho es que *soy* un Guardián. No tengo elección, en realidad.

—Si te escondí en aquella aldea, fue precisamente para que la tuvieras.

—Tú decidiste por mí. No veo la diferencia.

Kinaxi desvió la vista, claramente malhumorada. Xein respiró hondo. La conversación no se estaba desarrollando ni mucho menos del modo en que había imaginado.

—Me habría gustado saber más cosas —trató de explicarle—. Sobre los Guardianes, sobre mis capacidades. Si realmente tenía elección..., me habría gustado saberlo.

—Ya no importa. Ya te han convertido en uno de ellos.

Xein tardó un poco en responder. Sabía que a su madre no le gustaban los Guardianes, pero no terminaba de comprender las razones de aquel profundo disgusto.

—No estoy tan mal. Defiendo la Ciudadela contra los monstruos. Salvo vidas humanas. Yo... —Kinaxi lo interrumpió con una amarga carcajada—. ¿Qué? Es la verdad.

—La verdad es una joya de múltiples facetas —se limitó a responder ella.

—¿De veras? Pues enséñamelas todas. —Xein plantó las manos sobre la mesa y se inclinó hacia delante, fijando sus ojos dorados en los de su madre—. Háblame de mi padre.

24

Kinaxi se quedó muy quieta durante unos eternos segundos, y después frunció los labios y le dirigió una mirada suspicaz.

—¿Por qué me preguntas ahora por tu padre? Murió cuando tú eras un bebé. No puedes recordarlo.

—Precisamente por eso.

Ella resopló, molesta.

—Eres un Guardián. Debes dejar tu pasado atrás. ¿Por qué insistes en recuperar cosas que deberían permanecer enterradas?

—Porque quiero saber. —Hizo una pausa y reiteró, mirándola con intensidad—. Necesito saber.

Kinaxi seguía observándolo como si tratara de descifrar una intención oculta tras sus palabras.

—¿Qué te han contado?

—¿Cómo?

—Los Guardianes. ¿Te han hablado de tu padre?

Xein ladeó la cabeza, interesado.

—¿Deberían haberlo hecho?

—No se me ocurre otro motivo por el que hayas regresado, la verdad.

Él resopló, molesto.

—Madre, esto es absurdo. He venido a verte porque hasta hace menos de dos semanas creía que estabas muerta. Me dijeron que seguías viva, y he venido solo para comprobar si era cierto. Sé que he estado mucho tiempo fuera, pero no me marché por voluntad propia, y he regresado en cuanto he sabido que podía hacerlo. Tú y tu... nuevo marido podéis volver conmigo e instalaros en la Ciudadela, donde estaréis más seguros. Como Guardián, puedo solicitar...

—Ni lo sueñes —cortó ella—. No pienso aceptar nada de los Guardianes. Ni de ti.

Xein suspiró.

—¿Por qué te molesta tanto que sea un Guardián? Nací con los ojos dorados, así que tú lo sabías desde el principio.

Kinaxi apartó la mirada, pero no dijo nada. Conteniendo la ira, Xein se levantó para marcharse.

—Me alegra ver que gozas de buena salud, madre —dijo con frialdad—. Ahora he de regresar a la Ciudadela y reincorporarme a la Guardia. Si no deseas acompañarme, lo respeto. Pero, en ese caso, ya no tendré otra ocasión de volver a verte, así que, si crees que debes contarme algo, te sugiero que lo hagas ahora.

Ella vaciló. Xein le dio la espalda para dirigirse a la puerta, pero entonces su madre se levantó con brusquedad.

—¡Espera, no te vayas! —Él se volvió de nuevo hacia ella—. Siéntate. Te hablaré de tu padre, si es lo que quieres.

Xein tomó asiento de nuevo frente a ella y esperó. Kinaxi se mostraba claramente incómoda. Se mordía el labio inferior, se retorcía las manos y evitaba cruzar su mirada con la de él. Por fin suspiró, sacudió la cabeza y dijo:

—¿Qué es lo que quieres saber?

Ahora fue Xein quien vaciló. No tenía muy claro cómo plantear las dudas que lo atormentaban, por lo que se limitó a preguntar:

—¿Lo conocías bien? ¿Fue una relación larga... o un encuentro casual?

Ella lo miró con fijeza.

—Lo conocía, por supuesto —asintió por fin—. Era un muchacho de la aldea. Crecimos juntos en la cabaña de los niños. Lo he amado desde que tengo memoria.

Xein inspiró hondo. Aquella no era la respuesta que esperaba, pero trató de disimularlo. Mientras intentaba decidir qué preguntar a continuación, Kinaxi siguió hablando:

—Pero no estaba destinado para mí. No al principio, al menos. Había otra muchacha..., y él la prefería a ella. Fue siempre así, desde que éramos niños. —Sonrió con amargura, perdida en sus recuerdos—. Toda la aldea sabía que ellos dos se casarían cuando alcanzaran la edad adecuada. Yo tendría que elegir a otro, pero, en realidad..., mi corazón solo latía por él.

Xein no dijo nada. Se limitó a aguardar a que ella siguiera hablando.

—Y ellos se casaron, naturalmente. Yo no lo hice. Esperé todo lo que pude, porque sabía que las cosas cambiarían algún día. Y así fue.

Le contó entonces que una noche, de forma inesperada, el hombre al que amaba acudió a visitarla a su casa. Le juró que nunca había querido a nadie más que a ella. Que casarse con esa otra mujer había sido un error. Le susurró enardecidas promesas de amor eterno y se entregó a ella con pasión y sin condiciones.

—Todo debería haber sido perfecto desde entonces —susurró Kinaxi—. Deberíamos haber sido felices..., pero no nos lo permitieron. *Ella* no nos lo permitió.

En la aldea, relató, se mostraron sorprendidos y consternados ante el cambio de actitud de él. Hubo tensión y discusiones. La esposa abandonada exigió que su marido volviese a casa, al menos al principio. Después empezó a decir que su marido... no era realmente su marido, sino otra persona.

Xein se tensó en su asiento.

—¿Otra persona? —repitió con la boca seca.

Kinaxi dejó escapar una risa desdeñosa.

—Nunca fue capaz de aceptar la verdad. Habría dicho cualquier cosa con tal de hacernos daño. Pero no consiguió separarnos, porque yo ya estaba embarazada y ella aún no había logrado engendrar. De modo que seguimos viviendo juntos, y en la aldea lo aceptaron, aunque no les parecía bien.

Pero la mujer despechada siguió insistiendo en su versión de la historia. Y sembró la duda en los corazones de algunas personas, hasta el punto de que Kinaxi y su amado empezaron a pensar seriamente en marcharse a vivir a otro sitio. Tal vez a la Ciudadela.

En este punto de la narración, Xein se aclaró la garganta y logró preguntar:

—¿Y por qué no lo hicisteis?

—Queríamos esperar a que nacieras. Pero justo después atacaron los monstruos y destruyeron la aldea.

Xein había oído aquella historia otras veces: los lenguaraces habían acabado con los centinelas, y los crestados y los rechinantes habían matado al resto de los habitantes del enclave. A todos, menos a dos: una mujer y su bebé.

—Esa fue la noche en que murió mi padre —murmuró.

Pero Kinaxi negó con la cabeza.

—No. Tu padre no murió aquella noche.

Xein la miró, convencido de que no había oído bien.

—Pero ¿cómo...? ¡Me dijiste que murió cuando cayó la aldea!

—Sí. Pero no aquella noche.

Durante el ataque, le explicó, su padre entró en la cabaña de los niños para recogerlos a los dos y llevarlos a una casa vacía, un poco más alejada. Los encerró allí y le dijo a ella que no saliera bajo ningún concepto.

Kinaxi oyó los gritos de terror y agonía; oyó los siseos de los crestados, los bramidos de los rechinantes y el sonido de sus garras al arañar la piedra de las paredes. Permaneció toda la noche acurrucada en un rincón, estrechando a su hijo entre sus brazos, muerta de miedo. Sabía que su hombre estaba muerto, porque no había forma de que hubiese podido sobrevivir a aquello, y que los monstruos no tardarían en devorarlos a ellos también.

Al filo del amanecer, sin embargo, dejó de oír los gritos. La puerta se abrió y allí estaba él, ileso. Los monstruos se habían ido.

Xein inspiró hondo.

—¿Cómo...? ¿Cómo sobrevivió?

—No lo sé. No llegó a contármelo.

Entre los dos, siguió explicando Kinaxi, amontonaron los cuerpos de los aldeanos muertos y prendieron una pira. Desde la cantera vieron el humo, pero tenían sus propios problemas y tardaron varios días en enviar una patrulla a tratar de averiguar qué había pasado. Para cuando lo hicieron, ya era demasiado tarde: alguien se les había adelantado.

—Eran dos, un hombre y una mujer —siguió rememorando Kinaxi—. Jóvenes, fuertes, de cabello corto. Entraron en la aldea; yo estaba limpiando el cobertizo, pero los vi desde la ventana. Recuerdo que me llamó la atención que vistieran igual.

—Guardianes —murmuró Xein.

—Guardianes, sí. Había oído hablar de ellos, pero aquella era la primera vez que los veía. Y ojalá no lo hubiese hecho nunca.

El padre de Xein estaba trabajando en el huerto. Kinaxi vio desde la ventana cómo se acercaban a él y se dispuso a salir a su encuentro. Después de todo, no tenía motivos para desconfiar de ellos. Caminaban con paso tranquilo y no parecían una amenaza. Y entonces...

—Fue todo muy rápido —susurró Kinaxi, con los ojos húmedos—. La Guardiana se quedó mirando un momento a tu padre. Él debió de darse cuenta de que algo sucedía, porque trató de escapar..., pero no tuvo tiempo. Ella sacó de pronto un arma del cinto y saltó hacia delante... Apenas me di cuenta de lo que hacía hasta que fue demasiado tarde.

Kinaxi vio con ojos desorbitados cómo aquella mujer atravesaba el pecho de su amado de parte a parte. Pero no gritó, porque se había criado en un enclave y había aprendido muy pronto que, ante cualquier amenaza, solo había tres posibilidades: luchar, huir o esconderse. Gritar no estaba entre ellas. Y llevaba a su bebé atado a la espalda, de modo que lo mejor que podía hacer era buscar un lugar seguro para ocultarse.

Se refugió en un rincón, detrás de unos toneles. Sacó al bebé de su embozo y lo acunó entre sus brazos para que no se despertara. Conteniendo las lágrimas, con el corazón latiéndole salvajemente contra el pecho, esperó.

Momentos después, los Guardianes entraron en el cobertizo. La mujer que había matado al padre de Xein echó un vistazo alrededor, pero no llegó a mirar en el lugar donde Kinaxi, aterrorizada, estrechaba a su hijo entre sus brazos.

Ella, en cambio, sí pudo ver a la Guardiana. Alzó la cabeza para mirarla desde su escondite, cuando esta se detuvo unos segundos junto a la ventana.

—Sus ojos eran dorados —concluyó en un susurro—. Como los tuyos, Xein.

Se le quebró la voz. Enterró el rostro entre las manos, pero él apenas podía prestarle ya atención.

Porque la historia de su madre confirmaba sus peores sospechas. Porque conocía a los Guardianes y sabía que no tenían ninguna razón para atacar a un hombre corriente sin mediar palabra...

...Salvo que fuera un metamorfo.

Lo sabía porque días atrás, en el canal, también él había hecho lo mismo, ante la mirada aterrorizada de alguien que no debería haber estado presente.

Cerró los ojos y se echó hacia atrás en su asiento, hundido. Ahora que ya conocía la verdad, no sabía qué hacer con ella.

Kinaxi se sobrepuso y siguió hablando. Le contó cómo se había quedado allí todo el día, y solo se había atrevido a salir tras asegurarse de que los Guardianes se habían marchado. Corrió junto al cuerpo muerto de su amado y lloró, porque aquellos desconocidos le habían arrebatado para siempre lo que los monstruos no habían podido.

—Así que ya sabes por qué te mantuve lejos de la Guardia —concluyó, y su voz era apenas un siseo de rabia—. Para que no te convirtieras en uno de ellos. En alguien... como la mujer que asesinó a tu padre.

Xein guardó silencio unos instantes. Se había puesto pálido, pero no por lo que su madre había creído revelarle sobre los Guardianes, sino por lo que le había confesado sobre su padre sin saberlo.

Sacudió la cabeza. No quería creerlo. No era posible que Kinaxi hubiese convivido con un metamorfo durante tanto tiempo y no se hubiese dado cuenta. Con un monstruo que, en teoría, había sustituido a alguien a quien ella conocía muy bien.

—¿Estás completamente segura de que era él? —preguntó de pronto.

Ella lo miró sin comprender.

—¿A qué te refieres?

—A mi padre. Has dicho que cambió de actitud de forma inesperada... y que su mujer decía que...

—*Yo* era su mujer —le cortó su madre con los ojos relucientes de ira—. Ella fue la primera, pero era a mí a quien quería de verdad. No cambió de actitud, solo comprendió que había estado equivocado.

Xein la miró, sorprendido por su vehemencia. ¿Creía realmente lo que decía? ¿Estaba tratando de justificar a su hombre o solo de convencerse a sí misma de que su historia juntos había sido auténtica?

—¿Y no notaste más diferencias? —siguió preguntando—. Después de todo, lo conocías bien...

Kinaxi se levantó de su asiento, furiosa.

—No sé qué estás tratando de insinuar, Guardián. —Pronunció aquella palabra con profundo desprecio—. Y no te consiento que hables así de tu padre.

—¿Qué estoy tratando de insinuar? —replicó Xein con frialdad, sin dejar de mirarla a los ojos.

Y allí estaba: un brevísimo instante de miedo, un leve titubeo tras su actitud defensiva y desafiante al mismo tiempo. Su corazón se congeló de pronto.

Ella lo sabía. *Lo sabía.* Quizá no de forma consciente. O tal vez sí, y simplemente se obstinaba en no pensar en ello.

¿Por qué lo había aceptado sin más? ¿Se había planteado en algún momento la posibilidad de que aquel impostor hubiera asesinado a la persona a la que realmente amaba? ¿O había evitado pensar en ello? ¿Acaso prefería a aquel cambiapiel que había hecho realidad su fantasía por encima del hombre de carne y hueso que no la correspondía? Y, si era así..., ¿hasta qué punto? ¿Había defendido a un monstruo asesino, había convivido con él... sabiendo que lo era?

Se quedó mirando a su madre, horrorizado, incapaz de reconocerla.

—No me mires así —le advirtió ella. Pero de nuevo asomaban a sus ojos el miedo y la desesperación—. No te habrás creído todo lo que ellos te han contado, ¿verdad?

Xein estaba haciendo grandes esfuerzos para contener las emociones que amenazaban con desbordarlo. Logró mantener un tono de voz sereno y moderado cuando preguntó:

—¿Qué sabes tú de lo que me han contado?

Kinaxi desvió la mirada y apretó los labios. Xein sacudió la cabeza. Había acudido allí en busca de respuestas y ya las había conseguido. No tenía sentido seguir presionando a su madre. Si ella

315

había sido capaz de creer la mentira del metamorfo, él bien podía convencerse a sí mismo de que el monstruo la había engañado sin más. Era mejor que considerar siquiera la posibilidad de que hubiese permanecido voluntariamente a su lado. Se estremeció. «Deja de pensar en eso», se ordenó a sí mismo. Se levantó para marcharse.

—¿Te vas? —preguntó Kinaxi a media voz.

—Es lo mejor —respondió—. Me necesitan en la Guardia.

Ella lo miró con incredulidad.

—Ahora que ya sabes la verdad..., ¿vas a volver con ellos igualmente?

—La verdad es una joya de múltiples facetas —se limitó a contestar él.

Kinaxi le dedicó una carcajada amarga.

—Sí, eso es lo que solía decir tu padre. Te pareces a él más de lo que quieres admitir.

Xein apretó los dientes ante aquel comentario; pero había dado la espalda a Kinaxi y ella no tuvo la oportunidad de apreciar su cambio de expresión.

—Me alegro de saber que estás bien, madre —se limitó a decir con voz neutra.

—Lo dudo mucho —replicó ella—. Los de tu clase no tenéis sentimientos.

Xein se detuvo un momento en la puerta para mirarla.

—Tal vez no —reconoció—, pero no porque no los experimentemos..., sino porque no nos los podemos permitir. Adiós, madre.

Kinaxi no dijo nada. Xein salió fuera por fin y no volvió a mirar atrás.

Ella no lo siguió.

No permaneció mucho tiempo en la cantera. Era relativamente pronto; si se daba prisa en marcharse, todavía podría llegar a la siguiente aldea antes del anochecer. Charló brevemente con la líder del enclave, aceptó una comida ligera, sonrió de nuevo al grupo de niños que lo seguía a una prudente distancia y fue por fin en busca de su caballo. Cuando se disponía a ensillarlo, alguien lo llamó por su nombre.

Se volvió, intrigado. El hombre que acudía a su encuentro le resultaba familiar, pero hasta que no lo tuvo delante no terminó de reconocerlo: trabajaba en la cantera, aunque a veces también viajaba con su carro por los enclaves cercanos, incluyendo la Jaula, para intercambiar mercancías o entregar mensajes. Durante mucho tiempo, Draxan había sido el único vínculo de Xein y su madre con el mundo que se extendía más allá de su aldea.

—Xein —dijo el hombre, sorprendido—. Me habían dicho que estabas aquí, pero no quería creerlo hasta que lo viera con mis propios ojos.

—Draxan —respondió él, inclinando la cabeza.

El buhonero lo miró con curiosidad.

—Estás... cambiado —dijo al cabo de un instante—. ¿Te va bien en la Guardia?

—No me puedo quejar.

—Bueno, eso es... En fin, me alegro. Imagino que tenían que reclutarte tarde o temprano, aunque tu madre no lo viera con buenos ojos.

Xein no contestó. Ahora sabía que Kinaxi no había sido la única en ocultar su existencia a los Guardianes. Draxan podría haberles hablado de él mucho tiempo atrás y, sin embargo, había sido muy discreto al respecto, a pesar de que no tenía por qué.

—¿La has visto ya? —siguió preguntando el buhonero—. ¿Has hablado con ella?

—Sí, pero no puedo quedarme. Hay un aviso de movilización en la Guardia debido a lo que ha sucedido en las tierras del oeste.

La expresión de Draxan se ensombreció.

—Lo sé, me han llegado rumores. ¿Es tan malo como parece?

—Todavía no lo sé —respondió Xein con franqueza.

Se despidió con un gesto, pero el hombre no había terminado.

—¡Espera! ¿Volviste a ver a Axlin en la Ciudadela? —Xein lo miró con expresión neutra, y Draxan añadió—: Sabes de quién te estoy hablando, ¿verdad? No la habrás olvidado...

Xein acabó por despegar los labios.

—Me he encontrado con ella por la Ciudadela, alguna vez.

Draxan alzó una ceja.

—¿Y eso es... todo?

El joven no contestó.

—Sé que ha pasado bastante tiempo, pero la última vez que la vi parecía muy preocupada por ti.

El Guardián seguía sin pronunciar palabra. Se limitó a seguir cargando sus cosas en las alforjas del caballo.

—Si no hubiese sido por ella —siguió diciendo Draxan—, no habríamos podido rescatar a tu madre.

Xein se volvió por fin hacia él.

—¿Cómo dices?

—Fue Axlin quien nos avisó de que los Guardianes iban a ir a buscarte —rememoró el buhonero—. Me pidió que la llevara desde la Jaula hasta vuestra aldea para alertaros. Le dije que no llegaríamos a tiempo, pero ella insistió. Cuando llegamos, tú ya no estabas, y los monstruos habían atacado la aldea durante la noche. Kinaxi había resistido encerrada en casa, pero no podría haber aguantado mucho más. Gracias a Axlin, pudimos ponerla a salvo en la cantera. —Se encogió de hombros—. Supongo que ya no tenía sentido que siguiera viviendo allí sola, puesto que la Guardia ya te había encontrado —concluyó—. ¿Axlin no te lo ha contado?

—No hemos hablado de ello.

«No hemos hablado mucho, en realidad», pensó.

—Bueno. Si la ves, salúdala de mi parte.

Xein asintió, pero no añadió nada más. Se despidió de Draxan y de otras personas de la aldea. Volvió la cabeza hacia la casa donde había visto por última vez a su madre, pero finalmente decidió no entrar de nuevo.

Momentos después, galopaba por el camino en dirección a la Jaula, dejando atrás el enclave de la cantera.

No podía dejar de pensar en lo que su madre le había contado. A medida que reunía más información, le resultaba cada vez más obvio que la relación entre metamorfos, humanos y Guardianes era mucho más estrecha de lo que le habría gustado. Una parte de él deseaba acurrucarse en un rincón oscuro y gritar de rabia, odio y frustración. Pero era un Guardián, y estaba solo en el camino; no podía permitirse el lujo de perder la concentración, por muy confundido que se sintiera.

Sin embargo, tampoco podía evitar seguir dándole vueltas a la historia de Kinaxi. Aunque ella lo negara, a Xein le parecía evidente que el hombre a quien ella amaba había sido sustituido por un cambiapiel antes de engendrarlo a él. ¿O quizá para engendrarlo a él? Un escalofrío recorrió su espina dorsal al recordar que el ser que se había hecho pasar por Broxnan se había mostrado especialmente cariñoso con Oxania. Más aún que el verdadero Broxnan, por lo que tenía entendido.

Su mente insistía en atascarse en ese punto, porque había un pensamiento aterrador aleteando en su conciencia y no se atrevía a enfrentarse a él abiertamente: que su padre había sido un monstruo innombrable. Que él mismo era también, por tanto, un monstruo en cierto modo. Que sus propias habilidades como Guardián, incluyendo su capacidad de diferenciar a los metamorfos de las personas corrientes, quizá se debían a aquella herencia maldita. Y que, en ese caso, todos los Guardianes eran hijos de los monstruos a los que combatían.

Sacudió la cabeza y apretó los dientes, furioso. No podía ser verdad. La Guardia llevaba siglos defendiendo la Ciudadela. Si era cierto que sus miembros eran fruto de la lujuria de aquellas criaturas, alguien lo habría descubierto ya tiempo atrás. No era posible que Xein, que era prácticamente un recién llegado, hubiese averiguado aquello por sí mismo.

«Debo de estar equivocado», pensó. «Debe de haber otra explicación.»

25

Cada día llegaba más gente a la Ciudadela. Las autoridades trabajaban a destajo para organizar a los recién llegados y extender permisos de residencia temporal a todos los que tenían amigos o conocidos en otras zonas de la urbe. El resto debía aguardar en el anillo exterior, pero apenas quedaba ya sitio para todos. Las posadas estaban llenas, de modo que muchos viajeros se alojaban en casas particulares cuyos dueños ofrecían habitaciones a cambio de dinero o trabajo. A pesar de todo, había mucha gente durmiendo ya en la calle. Las carpas provisionales que se habían instalado en las plazas estaban repletas, y los funcionarios no tenían tiempo, espacio ni materiales para habilitar más.

Si las autoridades civiles estaban desbordadas, la Guardia no se encontraba mucho mejor. Ya era de dominio público que habían enviado tropas al oeste para contener el avance de los monstruos. De manera que los Guardianes que se habían quedado en la Ciudadela patrullaban sin descanso el anillo exterior, atentos a cualquier criatura que hubiese podido colarse con la riada de viajeros.

—Están pensando en dejar abiertas las puertas por la noche —le confió a Axlin una verdulera en el mercado—. Será el final de la Ciudadela si lo hacen, ya te lo digo yo.

—Pero, si las cierran, la gente tendrá que acampar fuera —intervino su ayudante, una muchacha rubia, con los ojos muy abiertos—. Los monstruos los matarán.

—Hay formas y formas de hacer las cosas —replicó la mujer—. Todo el mundo sabe que se debe salir a los caminos al amanecer para poder llegar de día a tu destino. No podemos poner en riesgo a toda la ciudad solo porque esta gente se planta ante las puertas después de la puesta de sol.

—Tienen prisa por llegar, supongo —murmuró Axlin—. Están asustados.

—Tienen prisa por llegar a un lugar seguro —corrigió la panadera—. Pero ¿qué harán cuando, por culpa de su imprudencia, la Ciudadela ya no lo sea? ¿Qué será de ellos... y de nosotros?

Axlin no tenía respuesta para aquella pregunta. Se despidió y se alejó calle abajo, pensativa.

Todos los días rondaba por el anillo exterior, abrumada ante la marea de personas que llegaban hasta allí huyendo de los hogares que los monstruos habían destruido. Hablaba con unos y con otros, recabando información, y no había tardado en descubrir que lo que Dex le había anticipado era cierto: el Puente de los Chillones había caído y la región del oeste había quedado aislada. Probablemente, ya no quedaba ningún humano vivo más allá de la nueva frontera que defendían los Guardianes, y que había convertido el mundo en un lugar mucho más pequeño.

Axlin había comprendido que Dex tenía razón: no podía abandonar la Ciudadela en aquellas circunstancias. No solo porque Maxina alquilaría su habitación a otra persona en cuanto ella se marchara, sino también porque, de pronto, parecía que no había ningún otro sitio adonde ir.

Quedaban las Tierras Civilizadas, por supuesto. Pero aquellas aldeas, que hasta hacía poco habían sido un modelo de organización y convivencia, tenían también sus propios problemas. Muchos viajeros habían optado por buscar asilo allí, y circulaban rumores de que también era el lugar elegido por las autoridades de la Ciudadela para reubicar a varios centenares de personas.

Axlin se sentía angustiada. Hasta hacía poco, había tenido la sensación de que la Ciudadela funcionaba. Aunque la burocracia era lenta y las cosas tardaban en hacerse, al final siempre se hacían. Pero ahora... ¿cómo iban a gestionar los funcionarios aquella inesperada avalancha de gente?

Le hubiese gustado ayudar de alguna manera, pero no sabía cómo. Estaban ante una emergencia y, sin embargo, los Consejeros seguían insistiendo en que los ciudadanos corrientes no debían intervenir, porque las autoridades se ocuparían de todo.

Axlin no comprendía cómo era posible que mucha gente se mostrara aliviada ante aquellos mensajes. Ella no soportaba la idea de quedarse cruzada de brazos sin hacer nada. Había otras personas que también criticaban la actitud del gobierno de la Ciudadela; pero casi nadie protestaba porque no les permitieran actuar. La mayor parte de las quejas se centraban en el hecho de que las autoridades no hacían lo suficiente, o no hacían lo correcto, o no lo hacían lo bastante deprisa.

Axlin no comprendía qué sentido tenía sentarse a esperar a que otros trataran de solucionar el problema y criticarlos por ello en lugar de actuar por sí mismos. Pero, en aquellos días, todo el mundo parecía tener una opinión sobre lo que estaba pasando, y a menudo los mensajes se contradecían: había que cerrar las puertas, había que abrirlas de par en par; había que acoger a todos los viajeros en los ensanches, había que dejarlos en el círculo exterior o incluso enviarlos a las Tierras Civilizadas; había que enviar a toda la Guardia a luchar contra los monstruos en la nueva frontera occidental, había que replegar las fuerzas para defender la Ciudadela... Y mientras la gente hablaba y hablaba, los funcionarios no daban abasto, y del Jerarca nada se sabía. Al parecer, se reunía diariamente con los Consejeros para analizar la situación, pero nadie lo había visto fuera de la ciudad vieja ni conocía sus opiniones al respecto. Era agotador.

Axlin seguía rondando por el anillo exterior, a pesar de la gente, del caos y del bullicio, porque una parte de ella esperaba poder reconocer algún rostro entre la multitud. Había llorado amargamente cuando las autoridades habían confirmado los rumores que ya le había adelantado Dex, porque eso significaba que su aldea, como tantas otras, había caído también. Estaba tan lejos de la Ciudadela que era muy improbable que alguno de sus habitantes se hubiese salvado y hubiese logrado llegar hasta allí, pero Axlin no podía evitar albergar una llama de esperanza en su interior. Por esta razón seguía buscando, y el corazón le latía un poco más deprisa cuando divisaba entre la gente a alguien que le recordaba a los amigos que había dejado atrás. Se había encontrado con algunas personas a las que había conocido en la última etapa de su viaje, pero hasta el momento no había localizado a nadie de su aldea natal.

—¡Amuletos de la buena sueeerte! —oyó entonces que anunciaba un vendedor—. ¡Defensas contra los mooonstruos! ¡Fabricados en la Ciudadela, protección garantizaaada!

Axlin se detuvo de pronto y se acercó con curiosidad.

El vendedor había montado una pequeña mesa con un toldo para protegerse del sol, y sobre ella había dispuesto varias hileras de figuritas talladas toscamente en madera. La joven las contempló, perpleja. Tardó un poco en darse cuenta de que representaban distintos tipos de monstruos.

—¿Cómo se supone que funciona esto? —se preguntó en voz alta.

El buhonero la oyó y se dirigió a ella con una radiante sonrisa.

—Es muy sencillo, chica. Si quieres salvarte de los ataques de los babosos, tienes que llevar siempre encima este fetiche —le explicó, señalándole una figura de forma indefinida—. Si, en cambio, lo que te preocupan son los dedoslargos, te recomiendo este otro. —Y le indicó una talla que, en efecto, recordaba vagamente a una de aquellas criaturas—. Y si quieres estar protegida de todos ellos... —Su sonrisa se ensanchó al hacer un amplio gesto con la mano—, te sugiero que adquieras uno de cada tipo.

Axlin pestañeó un par de veces y examinó una de las figuras con curiosidad. La talla era bastante burda, y no representaba el aspecto del monstruo con mucha fidelidad. Se preguntó si el secreto de sus propiedades estaría en el material. Pero parecía madera de haya normal y corriente. Alzó la cabeza para mirar fijamente al vendedor.

—¿Me tomas el pelo? —soltó.

Había una mujer examinando una de las tallas, pero, al oír las palabras de Axlin, volvió a depositarla sobre la mesa. La sonrisa del buhonero se congeló en sus labios.

—¿Qué insinúas? —protestó—. Esto son fetiches y amuletos de la más alta calidad. Los habitantes de la Ciudadela adornan sus casas con ellos, y por eso los monstruos no los atacan.

Axlin entornó los ojos.

—Son las murallas y los Guardianes los que mantienen a los monstruos a raya —replicó—. Los habitantes de la Ciudadela no usan estas cosas para nada, y lo sé porque yo también vivo aquí.

El buhonero palideció un poco. Axlin todavía llevaba el pelo corto y solía vestir con pantalones, al estilo de las mujeres del oeste. Probablemente, el hombre había cometido el error de tomarla por una recién llegada.

—Tú no has visto un monstruo en tu vida —prosiguió ella, sintiendo que aumentaba su indignación con cada palabra que pronunciaba—. Si lo hubieses hecho, jamás se te habría pasado por la cabeza tratar de engañar a nadie de esta manera.

—¡Yo no engaño a nadie, chica! ¿Cómo te atreves? ¿Quién te has creído que eres?

—Es la escriba de la biblioteca —susurró entonces la mujer

que había estado examinando las figuras—. Sabe de monstruos tanto como los Guardianes. Puede que más.

Axlin se ruborizó y dedicó a la mujer una sonrisa de agradecimiento. No la conocía, pero al parecer ella sí la había identificado.

Habían alzado la voz sin darse cuenta y, como resultado, se había reunido una pequeña multitud curiosa a su alrededor. Axlin comprendió entonces que no tenía sentido iniciar una discusión en medio del mercado y se dispuso a marcharse, con un resoplido de irritación. Pero, cuando iba a apartarse del puesto, vio algo que le llamó la atención. Había diversos amuletos colgando del soporte del toldo, y algunos presentaban un diseño que le resultó familiar. Cogió uno de ellos y lo examinó de cerca. No era más que un pequeño disco de madera atado a una cuerda; el símbolo floral que había grabado en él, sin embargo, lo había visto antes en otra parte.

Pintado en el arco de entrada de la aldea donde vivía Xein antes de que los Guardianes se lo llevaran, recordó de pronto.

Alzó la cabeza bruscamente y preguntó al buhonero:

—¿De dónde has sacado esto?

Él estaba haciendo todo lo posible por ignorarla, pero, ante su pregunta, se volvió de nuevo hacia ella con una sonrisa sarcástica.

—¿Qué? ¿Ahora sí te interesan mis amuletos?

—¿Qué significa este dibujo? ¿Qué tiene que ver con los monstruos?

—Es un antiguo símbolo de protección que todavía se usa en muchas partes, chica —respondió él, ceñudo, cruzándose de brazos—. Pero, si lo quieres, tendrás que pagar por él.

Axlin apretó los dientes, irritada. No creía realmente que aquella pieza de madera tuviese propiedades especiales, pero deseaba estudiar su diseño con calma. Durante su estancia en la aldea de Xein no se había molestado en copiarlo, porque había creído que se trataba de un simple adorno.

Pero aquel buhonero, por tramposo que fuera, lo había relacionado con un antiguo ritual de protección ante los monstruos. Y los que pululaban por los alrededores de la aldea de Xein jamás cruzaban su perímetro.

Sacudió la cabeza. Eso era absurdo, pensó. Después de todo, los monstruos habían atacado a Kinaxi en cuanto los Guardianes se llevaron a su hijo.

Y entonces su memoria evocó una imagen que la dejó congelada en el sitio: las piedras del arco de la entrada dispersas por el suelo; la que estaba adornada con aquel símbolo, si no recordaba mal, se había partido en dos.

«No puede ser», pensó. ¿Realmente había algo en aquel diseño lo bastante poderoso como para hacer retroceder a los monstruos?

Probablemente no, se dijo a sí misma. Pero, de todos modos, tenía que investigarlo.

Sacó una moneda de su zurrón y se la ofreció al buhonero a cambio del amuleto, pero este negó con la cabeza.

—Para ti son dos monedas, chica.

—¿¡Qué!? —se indignó ella—. Pero ¡si los estabas vendiendo por una sola!

—Para ti serán dos —repitió él—, por las molestias.

Axlin gruñó, pero pagó el precio exigido. Cuando ya se alejaba del puesto con el amuleto entre las manos, oyó a sus espaldas la voz de la mujer que la había apoyado momentos atrás:

—Voy a llevarme dos amuletos como el de ella. No, mejor... que sean tres.

La joven se volvió con rapidez.

—¡No está demostrado que sean realmente efectivos! —se apresuró a aclarar—. Me lo llevo para estudiarlo, pero...

Calló al comprobar que la mujer la observaba sin comprender.

—Lo has comprado —señaló—. Por el doble de su precio.

—Sí, pero...

—¿Por qué no voy a poder comprar uno yo también? —razonó ella.

Y Axlin no supo qué responder a eso. El vendedor, recuperada ya buena parte de su confianza, la observaba con el ceño fruncido.

—Si no vas a comprar nada más, te sugiero que te marches, chica. Porque, si sigues molestando, tendré que llamar a los alguaciles.

Axlin entornó los ojos, furiosa, pero no dijo nada. Guardó el colgante en su zurrón y se alejó de allí sin mirar atrás.

Caminó cojeando hasta la puerta más cercana, se situó en la cola para entrar en el segundo ensanche y trató de armarse de paciencia. Los accesos a los sectores interiores de la ciudad estaban colapsados, porque había gente que trataba de entrar todos los días, a pesar de no disponer aún de los permisos adecuados. Los funcionarios comprobaban las credenciales de todo el mundo y despachaban a los que no cumplían los requisitos. Algunos se desesperaban, suplicaban o se enfurecían, y aquellos episodios retrasaban la cola todavía más.

Axlin rememoró su propia llegada a la Ciudadela, dos años atrás. Toda aquella gente que había llegado de golpe en las últimas semanas encontraría también su sitio allí, tarde o temprano. Pero llevaría su tiempo, porque la Administración era lenta, y más todavía cuando se hallaba desbordada por las circunstancias.

Perdida en sus pensamientos, estuvo a punto de tropezar con las piernas de un hombre que se había sentado en el suelo, con la espalda apoyada en la muralla.

—Lo siento —murmuró, pero él no le respondió.

Axlin se inclinó para mirarlo con mayor atención, temiendo que estuviese enfermo, pero solo parecía profundamente dormido. Probablemente había llegado pronto para hacer la cola, se había sentado a esperar y lo había vencido el cansancio. Vestía ropas sucias y ajadas, estaba muy delgado y su rostro mostraba una profunda huella de angustia y sufrimiento. Su mentón estaba sombreado por una barba pelirroja veteada de gris y un viejo parche de cuero cubría su ojo izquierdo.

El corazón de Axlin se detuvo un instante. Conocía a aquel hombre. Se acuclilló junto a él y le sacudió suavemente el hombro para despertarlo.

—¿Loxan? —susurró—. ¿Eres tú?

El hombre farfulló algo, sacudió la cabeza y entreabrió su único ojo.

—¿Te... conozco? —pudo decir por fin.

Los ojos de Axlin se llenaron de lágrimas.

—Viajamos juntos durante un tiempo —respondió—. Me enseñaste a usar la ballesta.

Él la miró con mayor atención.

—La chica del libro —dijo por fin—. Nos dibujaste un mapa.

—Axlin —le recordó ella sonriendo—. ¿Qué ha pasado, Loxan? ¿Dónde está tu hermano?

El rostro del buhonero se contrajo en una mueca de dolor.

—Caparazones —susurró, con la voz quebrada de agonía—. Uno lo agarró por la pierna, otro le mordió el brazo y tiraron... —Cerró los ojos y enterró el rostro entre las manos—. No pude hacer nada..., no pude hacer nada... Lo desmembraron y después empezaron a devorarlo allí mismo, y yo... todavía oigo sus gritos por las noches...

Comenzó a sollozar, temblando con violencia. Axlin lo abrazó, sin prestar atención al olor y a la suciedad que lo acompañaban.

—Lo siento mucho, Loxan —pudo decir—. Ahora estás en la Ciudadela. Estás a salvo.

«Yo me encargaré de ello», se prometió a sí misma.

Lo primero que había hecho Dex tras rescatarla de las calles había sido llevarla a una posada para brindarle comida, descanso y un buen baño. Axlin, sin embargo, no pudo ofrecerle lo mismo a Loxan, porque todas las posadas del anillo exterior estaban repletas. Le compró, por tanto, una empanada en un puesto callejero, prometiéndose a sí misma que lo llevaría a su taberna favorita del segundo ensanche en cuanto lo ayudara a conseguir los permisos adecuados. Después lo condujo hasta una terma pública, donde se encontró con la desagradable sorpresa de que el precio de entrada había subido considerablemente desde la última vez que había estado allí.

—Hay demasiada gente —le dijo el encargado, encogiéndose de hombros—. Los baños están siempre abarrotados y por las noches tengo que quedarme yo a limpiar y a reparar los desperfectos, porque a los funcionarios de mantenimiento no les veo el pelo desde hace un mes. No puedo ofrecer un buen servicio si no ajusto las tarifas.

Tuvieron que esperar un buen rato en la cola para usar las termas. Cuando, por fin, Loxan se reunió de nuevo con Axlin en la calle, tenía mucho mejor aspecto y parecía bastante más despierto.

—Así está mejor —dijo ella, satisfecha—. Es una lástima que no pueda conseguirte ropa nueva todavía, pero al menos estás un poco más presentable.

—Y huelo a flores —comentó el buhonero, olisqueándose la piel con el ceño fruncido—. ¿Todo el mundo en la Ciudadela huele así?

—Es jabón de lavanda —respondió ella con una risita—. Mucha gente lo encuentra agradable.

Loxan la miró con los ojos entornados.

—¿Es útil para ahuyentar a algún tipo de monstruo? —quiso saber.

—A los mosquitos, tal vez. Te lo he dicho ya: en la Ciudadela no hay monstruos.

—Ayer oí en el mercado que un baboso había matado a dos

personas antes de ser abatido por esos... Guardianes —comentó él—. ¿La gente de aquí no usa redes para babosos?

—No les hace falta; casi nunca entran monstruos en la Ciudadela y, cuando eso ocurre, los Guardianes se ocupan de ellos. Es posible que haya habido más ataques recientemente, pero se debe a que están un poco desbordados con toda la gente que ha llegado en esta última oleada. Desde que perdimos el contacto con las tierras del oeste —añadió Axlin en voz más baja, mirándolo de reojo.

Loxan no dijo nada, y ella optó por no presionarlo.

—¿No te ha dado tiempo a afeitarte la barba? —le preguntó, en cambio.

Él irguió la cabeza con solemnidad.

—No voy a hacerlo —declaró—, como tributo a mi hermano, que siempre decía que, donde no hay dedoslargos, afeitarse es una pérdida de tiempo.

Axlin abrió la boca para responder, pero no le salieron las palabras.

—Pero me la he lavado a conciencia —se apresuró a añadir el buhonero—. Y ya no tiene bichos.

—Eso está bien —contestó ella con una sonrisa.

Pasaron el resto del día haciendo cola ante la oficina del Delegado. Al principio, Axlin mantuvo con su amigo una conversación informal. Le habló de los trámites que tendrían que realizar, de las leyes y costumbres de la Ciudadela y de su trabajo en la biblioteca. Loxan escuchaba con curiosidad y se limitaba a deslizar algún comentario de vez en cuando; poco a poco, sin embargo, fue capaz de hablar con mayor facilidad.

Caía ya la tarde cuando, por fin, le contó cómo había llegado hasta allí.

—Perdí a mi hermano hace seis meses —relató en voz baja, con expresión sombría—. Durante nuestra última ruta. Conseguí llegar hasta el enclave más cercano, malherido. Sabía que tardaría mucho en reunir el valor necesario para viajar de nuevo hacia el oeste, sin él. Si es que lograba hacerlo alguna vez.

Axlin comprendió las implicaciones de lo que estaba relatando. Los dos hermanos habían sido los únicos buhoneros que recorrían la ruta que llegaba hasta las tierras del oeste. Si ellos dejaban de hacerlo, su región natal quedaba aislada del resto del mundo civilizado.

—No tuve ocasión de volver a intentarlo —prosiguió él—. Unas semanas más tarde, la aldea en la que me había refugiado sufrió un ataque especialmente violento. Los escuálidos mataron a mucha gente, y los supervivientes decidieron trasladarse al siguiente enclave porque sabían que su propia aldea no sería capaz de resistir otro ataque similar. Les ofrecí mi carro y mi protección para el camino —concluyó, sacudiendo la cabeza—. ¿Qué otra cosa podía hacer?

Axlin recordaba muy bien el carro acorazado de Lexis y Loxan, porque nunca había visto nada igual, ni siquiera en la Ciudadela. También sabía que Loxan era un gran luchador. No tan bueno como un Guardián, por supuesto, porque nadie podía enfrentarse a los monstruos con la misma eficacia que ellos, pero él y su hermano habían recorrido durante años la ruta más dura y peligrosa del mundo conocido, y lo habían hecho solos.

—Le di la espalda a mi tierra natal —siguió relatando el buhonero—. Me prometí a mí mismo que regresaría algún día, porque no podía abandonar a toda la gente que quedaba atrás..., pero en el fondo sabía que nunca tendría valor para hacerlo... No sin mi hermano.

Se le quebró la voz. Axlin le oprimió suavemente el brazo, ofreciéndole su apoyo, hasta que él fue capaz de continuar.

Su intención, le explicó, había sido la de instalarse en algún enclave de la ruta y volver atrás en cuanto pudiera. Pero cada vez había más aldeas destruidas, más gente que emigraba hacia el este y más peticiones de ayuda que no podía dejar de atender. En algún momento dejó de ser un escolta para convertirse en un viajero más. En algún momento comprendió que ya no había vuelta atrás, ni para él ni para nadie.

—Probablemente fue cuando nos llegó la noticia de que el Puente de los Chillones había caído —murmuró—. Lo habíamos cruzado apenas dos semanas antes. Hasta entonces había viajado sin rumbo, pero ese día... entendí que lo único que podía hacer era tratar de llegar a la Ciudadela —concluyó con una torcida sonrisa—. Aunque quizá no llegara nunca. —Sacudió la cabeza—. No te imaginas la de gente que ha caído en el viaje, Axlin. Aquí, en la Ciudadela, os parece que está llegando demasiada, pero no es ni la mitad de la que partió. Las personas somos muy vulnerables en los caminos. Incluso cuando viajamos en grupos numerosos, los monstruos nos matan a centenares.

—¿Qué fue de tu carro? —preguntó Axlin con curiosidad.

—Lo vacié para poder cargar en él a los heridos y a los enfermos. Así que, como me quedé sin mercancía para intercambiar..., empecé a venderlo a trozos. Llegué a la Jaula ya sin él, y allí me deshice de mi caballo para poder pagar el alojamiento. Tuve que entrar en la Ciudadela a pie. Pero aquí estoy —afirmó, alzando la cabeza y dirigiéndole una mirada repleta de orgullo.

—Sí —asintió ella, brindándole una sonrisa consoladora—. Aquí estás.

Poco después llegó por fin su turno y se hallaron ante un Delegado agotado y desbordado por las circunstancias. Axlin presentó sus credenciales y solicitó en nombre de Loxan los papeles que este necesitaba para cruzar la muralla interior. Ante su sorpresa, el funcionario no les hizo muchas preguntas; se limitó a redactar un breve documento en el que constaba el nombre de Loxan, su oficio, su procedencia y su relación con Axlin, lo firmó, lo selló y se lo entregó sin mirarlos dos veces.

—Permiso de estancia en el segundo ensanche de un mes a partir de hoy. Si en ese plazo encuentras trabajo y puedes acreditarlo, se te concederá un permiso de residencia temporal por un año. Si no, volverás al anillo exterior.

Recitó las instrucciones de forma desganada, casi maquinal; probablemente había pronunciado aquellas mismas palabras cientos de veces en los últimos días.

Loxan miró a Axlin, inseguro. Ella asintió con energía.

—Comprendido, señor Delegado. Gracias, señor Delegado.

Había aprendido que los funcionarios se mostraban más dispuestos a colaborar y a facilitarles las cosas si los trataba con amabilidad.

Arrastró a su amigo hasta la puerta de la muralla interior. Hicieron cola de nuevo y por fin lograron cruzar al segundo ensanche. La funcionaria que revisaba las credenciales los apremió:

—Daos prisa, ciudadanos. No tardaremos en cerrar.

—¿Cómo? —se extrañó Axlin—. ¿Te refieres a las puertas interiores? Pero si siempre permanecen abiertas, incluso por la noche.

—Ya no. El Jerarca ha promulgado un edicto: a partir de hoy, y hasta que la situación se normalice, todas las puertas interiores permanecerán cerradas desde el anochecer al amanecer.

Axlin no preguntó más, porque el flujo de gente la empujaba hacia el otro lado de la muralla.

—Es por la falta de Guardianes —le contó entonces un anciano que estaba en la cola justo delante de ellos—. Necesitan una pareja para vigilar cada puerta, y no tienen suficiente gente. Han enviado tropas al oeste y han redoblado las patrullas en el anillo exterior.

El segundo ensanche también estaba más concurrido de lo habitual, pero mucho menos que el anillo exterior. Loxan inspiró hondo mientras miraba a su alrededor, sorprendido.

—Se respira mejor aquí, ¿verdad? —sonrió Axlin.

—Es todo tan grande..., y está tan limpio y ordenado...

—Pues espera a ver el primer ensanche. Dicen que un día toda la Ciudadela será igual. Pero también dicen que las grandes obras requieren mucho tiempo y esfuerzo, así que quizá yo no llegue a verlo nunca.

Axlin condujo a Loxan hasta su casa, donde discutió largamente con Maxina, porque la casera no quería que lo alojara en su habitación.

—Conozco a este hombre, Maxina —protestó la joven—. Hemos viajado juntos y pasado las noches en los caminos. He dormido en su carro con él y con su hermano. Hemos peleado codo con codo contra los monstruos. ¿No me crees? —planteó al ver el gesto escéptico de la mujer—. ¿Cómo piensas que llegué hasta aquí, volando?

—Axlin es buena con la ballesta —confirmó Loxan sonriendo—. Una vez acertó a un crestado a treinta pasos, entre ambos ojos y al primer disparo, y esos bichos son condenadamente rápidos.

—Oh, te acuerdas de eso —murmuró ella, agradablemente sorprendida.

—Y si le hubiese disparado en cualquier otra parte del cuerpo, lo habría abatido igual, porque el virote estaba impregnado con extracto de tejo...

—De adelfa —corrigió Axlin—. El tejo tarda en hacerles efecto; la adelfa es más rápida.

Maxina los contemplaba con los ojos entornados y los brazos cruzados.

—Bien, de acuerdo, puede quedarse —aceptó por fin—, pero no en tu habitación. Le haré un hueco en el almacén.

—¡Maxina! —protestó Axlin.

—Déjalo, está bien —la tranquilizó Loxan, poniendo una mano sobre su hombro—. Ya has hecho mucho por mí, Axlin.

Ella no estaba convencida, pero sabía que no lograría hacer cambiar de opinión a su casera, y no quería complicarle más las cosas a su amigo.

Poco después, este dormitaba en el jergón que le habían preparado en el almacén. Maxina le ofreció un plato de sopa caliente para cenar, y Axlin se sentó a la mesa con ella y con su hijo, agradecida. Lo cierto era que estaba muy cansada. A pesar de que no había ido a trabajar a la biblioteca, tenía la sensación de que había sido un día agotador.

Después de la cena, pasó por el almacén para ver si a Loxan le apetecía comer algo también; pero el buhonero seguía profundamente dormido.

26

Al día siguiente, Axlin tuvo que dejar a Maxina a cargo de Loxan porque debía ir a la biblioteca. Dado que no se había presentado el día anterior y Dex llevaba ya bastantes días sin acudir, suponía que habría mucho trabajo pendiente. También tenía intención de investigar acerca del amuleto que había comprado en el mercado, si le quedaba tiempo.

Cuando se disponía a subir la escalinata, la retuvo una voz conocida.

—¡Axlin!

Ella se volvió.

—¡Dex! —exclamó encantada.

Su amigo se reunió con ella al pie de la escalera y la saludó con una sonrisa, feliz por reencontrarse con ella.

—Me alegro de verte —dijo—. Ayer estuve por aquí también, pero no coincidimos.

—No pude venir en todo el día. Tuve que ayudar a un amigo a realizar unas gestiones. Todo se ha vuelto mucho más complicado en los últimos tiempos, y el anillo exterior es una auténtica locura. Aunque imagino que en la ciudad vieja apenas han cambiado las cosas. ¿Me equivoco?

Él suspiró.

—Todo sigue igual, como si viviésemos de espaldas al mundo. También es una locura en cierto modo.

Le contó que había logrado convencer a sus padres para que le permitiesen retomar su trabajo en la biblioteca, aunque fuese a media jornada, al menos mientras fuese solo el heredero y no el cabeza de familia.

—No podré regresar a mi casa en el segundo ensanche, me temo —concluyó con tristeza—. Eso está resultando lo más difícil de sobrellevar.

—Bueno, pero vivir en un palacio de la ciudad vieja tampoco puede estar tan mal —opinó Axlin—. Oh, eso me recuerda que aún tengo tus cosas en mi casa. No has pasado a recogerlas.

—No... no he podido —farfulló él, y a Axlin le sonó como una excusa.

—¿Has podido escaparte al menos unas horas para ir a hablar con Kenxi? Cuando lo vi, estaba muy decepcionado porque ni siquiera te habías despedido.

El rostro de Dex palideció de pronto.

—Yo... no puedo. No puedo, Axlin —murmuró, sacudiendo la cabeza. Ella descubrió, alarmada, que tenía los ojos húmedos—. No tengo valor para despedirme de él. Es mejor así, de todas formas. Cuanto antes lo asumamos los dos, mejor.

Su amiga lo miró un momento, confusa, y entonces lo comprendió todo de golpe.

—Dex —musitó, tomándolo de las manos—. Kenxi no es simplemente un amigo que vive alojado en tu casa, ¿verdad? Es tu pareja.

Él le dirigió una triste sonrisa.

—Sí, bueno, lo era. Creía que resultaba evidente.

Axlin se sonrojó.

—No para una chica del oeste como yo —farfulló.

Había conocido otras parejas del mismo sexo a lo largo de sus viajes, por supuesto. En las aldeas occidentales no estaban muy bien vistas porque, al igual que sucedía con las personas estériles, los homosexuales no aportaban nuevos vástagos a la siguiente generación. Por el contrario, en la Ciudadela, donde había gente de sobra, el hecho de que dos muchachos se enamorasen no escandalizaba a nadie.

A Axlin le habían enseñado desde niña que los hombres y las mujeres se emparejaban para engendrar hijos. No obstante, encontraba perfectamente lógico que, en un lugar donde no hacían falta tantos niños, las personas pudiesen elegir otras formas de emparejarse o decidir no hacerlo en absoluto (a pesar de la vocación de casamenteras de algunas matronas como Maxina).

Aun así, todavía interpretaba a menudo algunas señales de la forma equivocada.

—Pero no lo entiendo —dijo—. ¿Por qué no quieres hablar con él? Es evidente que lo echas de menos, y él también a ti.

Dex suspiró y se revolvió el pelo con la mano.

—Es complicado.

Axlin empezaba a molestarse.

—Contigo siempre lo es —le espetó—. Si el problema es que se trata de un chico del segundo ensanche, soluciónalo. Puedes vincularlo a tu familia y conseguir permisos para él con facilidad. Quizá no ahora —añadió ella, al ver que el rostro de su amigo se ensombrecía—, porque los funcionarios están desbordados, pero tal vez en unos meses...

—Mi familia jamás me permitirá estar con él, Axlin —la interrumpió Dex—. Y no porque viva en el segundo ensanche, ni porque haya nacido en una aldea. Vaya, si se tratase de una chica, a lo mejor hasta podría intentarlo..., pero el caso es que los dos somos hombres. No podré engendrar un heredero con él.

Axlin parpadeó, desconcertada, al escuchar un argumento tan propio de los enclaves perdidos en un joven de la ciudad vieja. Se sintió como si hubiese regresado al pasado, a su vida en las aldeas.

—Pero si aquí... hay niños de sobra —pudo farfullar.

Porque los monstruos no se los comían, quiso añadir. Pero le pareció fuera de lugar.

Dex sacudió la cabeza.

—No se trata de cantidad, sino de «calidad» —replicó con amargura—. De la estirpe De Galuxen. Antes de la muerte de Broxnan, esto no era tan importante, porque mis padres contaban con él para perpetuar nuestro apellido. Pero ahora esa tarea recae sobre mí, de modo que me presionan para que me case con una chica de buena familia y les dé nietos legítimos. No puedo obligar a Kenxi a pasar por eso. No se lo merece.

—Bueno, quizá eso sea algo que deba decidir el propio Kenxi, ¿no te parece? —planteó Axlin con suavidad.

—Él no conoce a mi familia. Le harán la vida imposible. Le harán desear no haber salido nunca del segundo ensanche.

—Comprendo —murmuró ella.

—Pero tienes razón en que debería hablar con él y explicárselo todo —concluyó Dex, con una sonrisa cansada—. Y recuperar las cosas que te dio para que me guardaras. Es solo que... —suspiró— necesito algo de tiempo.

—Lo entiendo —asintió ella, oprimiéndole el brazo en señal de apoyo—. Siento haber insistido.

La sonrisa de Dex se ensanchó. Le ofreció el brazo con galantería, y Axlin se lo tomó sin dudar. Los dos entraron juntos en la biblioteca, pero no volvieron a mencionar el tema en todo el día.

Aquella tarde, Axlin decidió dar otro paseo por el mercado para comprar algunas cosas que Loxan necesitaba. Al regresar a casa después del trabajo, había comprobado que su amigo había pasado casi todo el día durmiendo. Se había levantado un rato a media tarde para comer algo y después se había acostado de nuevo. Maxina refunfuñaba por ello, pero Axlin sabía que Loxan distaba mucho de ser un vago. Sin duda necesitaría tiempo para recuperarse del largo viaje que lo había llevado hasta allí, y que había estado repleto de momentos de horror, angustia y desesperanza.

Sus pasos la condujeron cerca del puesto del panadero, donde Kenxi atendía a la clientela. Lo observó desde lejos y fue capaz de detectar la tristeza y el cansancio en sus facciones. Se preguntó si debía decirle algo, pero finalmente decidió no hacerlo. Dex no se lo había pedido, y Kenxi parecía estar bastante ocupado.

Cuando se alejó de allí, descubrió que el puesto del vendedor de fetiches seguía en el mismo lugar. Dio un rodeo para no pasar frente a él, moviendo la cabeza con disgusto.

Entonces, de pronto, divisó a Xein entre la multitud, y su corazón se detuvo una fracción de segundo.

No había vuelto a encontrarse con él desde que había visto cómo lo azotaban en el cuartel, casi tres semanas atrás. Había dado por hecho que después lo habían enviado a detener a los monstruos en la frontera occidental, y todos los días se acordaba de él, a pesar de que no estaba segura de si deseaba que regresara o no. Estaba preocupada por su seguridad, naturalmente, pero Xein era un Guardián y se las arreglaba bien contra los monstruos. Por otro lado, sabía que debía mantenerse alejada de él. Así que, dado que era evidente que ella no iba a poder abandonar la Ciudadela, tal vez que él se hubiera ido fuera la mejor opción.

Pero ahora él estaba allí, de vuelta. Lo vio desde lejos, porque iba acompañado por otros dos compañeros, y aquello le llamó la atención porque, debido a la sobrecarga de trabajo de los últimos días, los Guardianes habían dejado de patrullar en parejas y ahora iban solos para cubrir un área mayor. No era habitual ver a tres de ellos juntos, por lo que Axlin se acercó para tratar de averiguar qué estaba sucediendo.

El nombre brotó de sus labios antes de que pudiera pensarlo dos veces:

—¡Xein!

Había mucha gente y bastante ruido y, aun así, el joven la oyó y volvió la cabeza hacia ella. Axlin estaba preparada para su frialdad y su indiferencia, pero no para el intenso sufrimiento que se adivinaba en su mirada, y que la dejó un instante sin aliento. Pareció que él iba a decir algo, pero entonces los Guardianes lo empujaron con suavidad, pero con firmeza, y lo alejaron de ella.

Los Guardianes habían detenido a Xein al cruzar las puertas de la muralla exterior, pero él ya sabía que lo estaban esperando. Se había encontrado con algunos compañeros en su viaje de vuelta y había detectado sus gestos severos y las miradas de entendimiento que cruzaban entre ellos. Dejó claro en todo momento que regresaba a la Ciudadela para reincorporarse a la Guardia. Aunque había seguido ejerciendo su deber como Guardián escoltando a un numeroso grupo de viajeros en su trayecto hacia la urbe, era consciente de que había incumplido las normas y, por tanto, no se sorprendió cuando los Guardianes le cerraron el paso en la entrada. Se dejó maniatar y conducir por las calles del anillo exterior sin oponer resistencia. Solo se detuvo unos segundos, sorprendido, cuando oyó la voz de Axlin llamándolo entre la gente. Le había impresionado lo abarrotado que estaba el mercado aquella mañana, y lo último que esperaba era cruzarse con alguien conocido en medio de la multitud..., y mucho menos con ella.

Al verla allí, recordó de pronto lo que Draxan le había contado. Apenas había tenido tiempo de pensar en ello, porque había estado preocupado por otros asuntos, pero en aquel momento cruzó por su mente la idea de que tal vez había estado equivocado con respecto a ella. Abrió la boca para pronunciar su nombre, pero la cerró enseguida. No tenía sentido hablar con Axlin, por mucho que lo deseara, porque tenía que alejarse de ella de todos modos. Porque, de entre todas las normas de la Guardia que le habían parecido absurdas o sin sentido, había por fin una que comenzaba a comprender con claridad meridiana: a los Guardianes no les estaba permitido relacionarse con personas corrientes, tener amantes o esposos entre ellos ni engendrar hijos..., porque la sangre maldita, la herencia monstruosa, no debía extenderse más allá.

En el fondo, Xein ignoraba si era aquel o no el motivo de la prohibición, y de hecho temía pensar demasiado en ello, porque, si era cierto..., significaría que aquellos que habían elaborado las leyes sagradas de la Guardia conocían muy bien la naturaleza de sus integrantes... y la habían mantenido en secreto.

Tal vez había otras razones, caviló. Pero, desde luego, aquella era la suya sin lugar a dudas. Por eso, cuando los Guardianes lo apartaron de Axlin, no se resistió. Desvió la vista y los acompañó sin mirar atrás.

Fue entonces cuando ella vio que Xein iba maniatado, y se quedó paralizada de horror.

Algo iba mal, muy mal. Quiso correr tras ellos, volver a gritar su nombre, pero recordó de pronto las palabras de Yarlax: «Será peor para él si intervienes».

De modo que se quedó quieta, apretando los puños y parpadeando para contener las lágrimas de rabia y frustración.

Y entonces oyó un grito de auxilio que procedía de un callejón cercano. Sin pensarlo dos veces, dio media vuelta y se encaminó hacia allí, cojeando. Se asomó para ver qué sucedía y se detuvo de golpe, horrorizada.

Había un hombre tendido en el suelo boca arriba, y un monstruo se había sentado sobre él y lo devoraba con avidez. Por alguna razón, le había arrancado los ojos primero, pero ahora tenía el morro hundido en sus entrañas y producía un desagradable sonido mientras se lo comía.

Axlin apartó la vista de aquel espantoso espectáculo. Era evidente que ya no podría hacer nada por la infortunada víctima, pero había una muchacha de unos once o doce años acurrucada contra la pared, sollozando aterrorizada, y aún no era demasiado tarde para ella.

Alguien más se asomó al callejón, detrás de Axlin.

—¿Qué está...? ¡Por el amor del Jerarca!

—¡Ve a buscar a los Guardianes, rápido! —gritó ella sin volverse, mientras rebuscaba frenéticamente en su zurrón.

Oyó que el ciudadano salía corriendo, y deseó de corazón que fuese a cumplir su encargo y no se limitase a huir lo más lejos posible de allí.

La niña había alzado la mirada al oír las voces.

El monstruo también.

Axlin inspiró hondo. La criatura era de un color verde que recordaba al fango de los pantanos, y su piel parecía igualmente resbaladiza. Poseía una cabeza bulbosa y un cuello largo y flexible, un morro achatado y erizado de dientes y cinco ojos pequeños y redondos dispuestos por su rostro de forma asimétrica, casi como al azar. Tenía las patas traseras más cortas que las delanteras, similares a brazos huesudos y desgarbados. Sus dedos acababan en uñas largas y curvadas que ya estaban empapadas en sangre.

Axlin se estremeció. Sabía muy bien que el monstruo había utilizado aquellas garras para extraer los ojos de su víctima antes de comérselos. Tenía entendido que así era como actuaban los cegadores, aunque aquella era la primera vez que veía uno de cerca.

La criatura parpadeó lentamente. Sus cinco ojos se abrieron y cerraron a la vez, fijos en Axlin.

Los dedos de ella hallaron por fin el saquillo que estaba buscando. Lo extrajo del zurrón y le gritó a la niña:

—¡Cierra los ojos! ¡Por lo que más quieras, no los abras para nada!

Ella chilló y se tapó el rostro con las manos. Axlin cerró los párpados con fuerza y vació el contenido del saquillo, sacudiéndolo en el aire. Una docena de bolitas de madera cayeron al suelo y rebotaron contra los adoquines. Eran de color blanco, y cada una de ellas tenía también pintado un círculo negro rodeado por un anillo de color que emulaba un iris humano.

El monstruo emitió un sonido gorgoteante, desconcertado, y centró su atención en las canicas que rodaban por el callejón.

—¡Corre ahora, corre! —ordenó Axlin a la chiquilla—. ¡Sigue el sonido de mi voz!

—No puedo... no puedo... —sollozaba ella.

Pero se puso en pie y, con una mano apoyada en el muro, avanzó a tientas hacia Axlin, que no paraba de susurrarle palabras de aliento. Mientras tanto, de espaldas a ellas, el monstruo trataba de atrapar los ojos falsos que lo habían despistado.

Axlin no se atrevía a mirar. Seguía llamando a la niña; por fin, sintió que la mano de ella palpaba su brazo, y la aferró con fuerza.

Lentamente, las dos se dieron la vuelta y, con los ojos aún cerrados, comenzaron a alejarse del monstruo en dirección a la boca del callejón.

En aquellos instantes, el cegador se echaba a la boca una de las bolitas que acababa de recoger. Hubo un crujido desagradable cuando sus dientes se cerraron sobre la madera.

Axlin oyó un chillido de ira y el sonido de los ojos falsos rebotando de nuevo contra el pavimento. Comprendió que el monstruo había detectado el engaño y estrechó a la niña entre sus brazos, aterrorizada.

En aquel momento, tres Guardianes se precipitaron en el callejón.

Axlin abrió los ojos cuando oyó sus voces. Los reconoció enseguida: Xein y los dos Guardianes que lo conducían maniatado de regreso al cuartel. Al parecer, lo habían soltado para que pudiera pelear, y él, en lugar de tratar de escapar, estaba luchando junto a ellos para salvar su vida y la de la niña.

El cegador chilló y trató de defenderse, pero no tenía nada que hacer contra los tres Guardianes que lo hostigaban a la vez, perfectamente sincronizados. Cuando por fin el cadáver del monstruo quedó tendido en el suelo, uno de los Guardianes se acercó a ellas.

—¿Estáis heridas, ciudadanas? —preguntó con amabilidad.

Axlin negó con la cabeza. La niña, a la que todavía estrechaba entre sus brazos, lloraba aterrorizada.

—Mi padre... El monstruo ha matado a mi padre...

—Ya no hará daño a nadie más —le aseguró el Guardián—. Nos hemos encargado de ello.

Era un pobre consuelo, pero era el único que podía ofrecerles, dadas las circunstancias. Axlin lo sabía.

—Gracias, Guardián —murmuró.

La niña inspiró hondo, se secó las lágrimas e hizo un esfuerzo por calmarse.

—¡Xaila! —sonó de pronto una voz desesperada.

—¡Madre! —respondió la muchacha a su vez.

Se deshizo del abrazo de Axlin para abalanzarse sobre la mujer que acababa de entrar corriendo en el callejón. Las dos se estrecharon con fuerza.

—Gracias al Jerarca que estás viva —sollozó la madre—. Me dijeron..., me dijeron...

Trataba de evitar mirar los dos cadáveres que yacían sobre los adoquines. Axlin notó que alzaba la mirada hacia el Guardián, como si su sola presencia pudiese infundirle serenidad.

—Un monstruo ha atacado a tu familia, ciudadana —explicó él con suavidad—. Lo hemos abatido, pero tu marido no ha sobrevivido.

La mujer dejó escapar un grito de angustia.

—El monstruo se lo estaba comiendo —gimió su hija—. Y me habría devorado a mí también... si esta chica... no me hubiese rescatado —añadió entre sollozos, volviéndose hacia Axlin.

La madre se mostró confusa, pero el Guardián miró a la joven escriba con curiosidad.

—Ha entretenido al monstruo con esas bolitas blancas... hasta que han llegado los Guardianes —siguió explicando la niña.

Axlin se ruborizó levemente.

—Son un señuelo —explicó—. No engañan a los cegadores durante mucho tiempo, pero sí pueden distraerlos unos instantes. Aunque no parece gran cosa, en algunos casos unos minutos de ventaja pueden llegar a salvar vidas.

Xein, que se había agachado a examinar con curiosidad los ojos de madera, levantó la mirada al oír la voz de Axlin y se volvió hacia ella con una expresión indescifrable.

—Muy ingenioso, ciudadana —admitió el otro Guardián—. Pero ahora debéis salir de aquí. Nosotros nos encargaremos de todo lo demás.

«Todo lo demás» incluía, por descontado, hacer desaparecer los restos del monstruo, limpiar bien el callejón y devolver el cuerpo de la víctima a la familia con la mayor discreción. La mujer se resistió un poco, porque no deseaba abandonar a su marido muerto, pero finalmente accedió a marcharse para poder alejar de allí a su hija cuanto antes.

Cuando Axlin se disponía a seguirla, oyó que Xein decía a sus espaldas:

—Supongo que querrás recuperar esto.

Ella se volvió para mirarlo y descubrió que tenía las manos repletas de bolitas de madera pintada. Las había recogido todas, y Axlin se sintió muy aliviada. Aquellas piezas las habían tallado para ella en la misma aldea donde le habían enseñado cómo debía usarlas y, aunque podía fabricar un nuevo juego, el resultado sería mucho peor, porque apenas tenía práctica. Si todavía conservaba los señuelos originales, se debía a que en su momento nadie había querido comprárselos.

—Sí, yo... Gracias —murmuró.

Alzó la cabeza para mirar a Xein, y se arrepintió al instante de haberlo hecho. Él la contemplaba intensamente, como si quisiera transmitirle muchas cosas con una simple mirada, y Axlin se sintió, una vez más, hechizada por la emoción que asomaba a sus ojos dorados.

Desvió la vista bruscamente, con el corazón latiéndole con fuerza.

—Gracias —repitió, luchando por mantener la cabeza fría.

Abrió la bolsa vacía y él echó los ojos falsos en su interior.

—¿Va todo bien? —le preguntó ella, sin poder evitarlo.

Él dio un respingo, como si le hubiese sorprendido la pregunta. Pero enseguida volvió a adoptar aquel gesto indiferente y respondió:

—Sí, por supuesto.

No parecía tener intención de decir nada más, y Axlin pensó que no debería haber preguntado. No obstante, por mucho que se recordara a sí misma que tenía que olvidarlo, no podía evitar preocuparse por él. Sobre todo ahora que sabía cómo lo trataban en la Guardia.

—Tienes que marcharte —le recordó él, dando por finalizada la conversación.

Lo dijo con suavidad, sin aquel frío desprecio con el que la había tratado en otras ocasiones, y Axlin sintió una súbita y profunda tristeza. «¿Cómo hemos llegado a esto?», se preguntó.

—Gracias, Guardián —se limitó a responder en el mismo tono.

Él desvió la mirada. Uno de sus compañeros se les acercó y ella contempló, perpleja, cómo Xein le ofrecía las manos para que volviera a atarle las muñecas.

Les dio la espalda, turbada, y se alejó de ellos para reunirse con los demás a la entrada del callejón.

—... pero abandonamos nuestra aldea porque nos habían dicho que en la Ciudadela no había monstruos —estaba diciendo la mujer del hombre muerto, muy angustiada.

—No solía haberlos, en efecto —respondió el tercer Guardián—. Pero en las últimas semanas está llegando tanta gente que nos resulta más difícil controlar los accesos a la ciudad.

Axlin frunció el ceño, pensativa. Aquello no era exactamente así, pensó de pronto. Lo cierto era que hacía ya tiempo que se estaban avistando más monstruos en la Ciudadela. El piesmojados que se había llevado a una niña en el barrio nuevo. Los verrugosos que habían atacado a los obreros. El burbujeador del canal. Todo eso había sucedido antes de la caída de la región del oeste.

Recordaba que, ya entonces, varias personas le habían expresado su preocupación al respecto, y ella les había asegurado, como hacían los Guardianes, que se trataba de casos puntuales y que la Ciudadela seguía siendo el lugar más seguro del mundo.

Pero ¿y si estaba empezando a dejar de serlo?

Inquieta, Axlin se alejó de allí, sumida en sus pensamientos.

27

Se encerró en su habitación nada más regresar del mercado, porque aún se sentía impresionada por el encuentro con el cegador y no quería que Maxina se diera cuenta. Se sentó ante su pequeño escritorio y contempló pensativa la bolsa de bolitas de madera que Xein había recogido para ella. «Supongo que querrás recuperar esto», había dicho.

Axlin inspiró hondo. Había tenido mucha suerte aquella tarde. No solo porque los Guardianes habían aparecido justo a tiempo, sino también porque, por pura casualidad, ella contaba con algún recurso para enfrentarse al monstruo que había en el callejón. Hacía ya mucho que no acostumbraba a llevar su ballesta a todas partes y, aunque estaba recuperando poco a poco su colección de venenos, debía reconocer que no se había aplicado a ello con especial esmero. Había algunas sustancias difíciles de encontrar en la Ciudadela, ciertamente, pero también ella se había relajado, dando por supuesto que en aquel lugar no necesitaría defenderse de los monstruos, bien porque no los había, bien porque, en el caso de que se colase alguno, la Guardia se ocuparía de él.

Pero tenía que enfrentarse a la realidad y al hecho de que, si el monstruo del callejón no hubiese sido un cegador, sino cualquier otra criatura, probablemente ella y la niña a la que habían salvado estarían muertas.

Estrechó con fuerza la bolsita de ojos falsos entre sus dedos y tomó una decisión.

Dedicó el resto de la tarde a clasificar sus pertenencias y a elaborar una lista de lo que le faltaba, con la intención de restituirlo cuanto antes. Se detuvo un momento, dudosa, mientras volvía a examinar el amuleto que había comprado en el mercado el día anterior. Ahora tenía la sensación de que el vendedor la había engañado.

Decidió, no obstante, que no le costaría nada comprobar si en la biblioteca había alguna información sobre aquel símbolo en particular, y se guardó el colgante en el bolsillo para no olvidarlo.

Cuando terminó, ya era hora de cenar, y se sentía mucho mejor.

Bajó las escaleras hasta la planta baja para ver si Loxan ya se había despertado. Para su sorpresa, lo encontró compartiendo una animada cena con Maxina y con su hijo. El buhonero estaba relatándoles con entusiasmo una de sus aventuras, que el joven escuchaba atentamente, mientras su madre aderezaba el relato con exclamaciones de horror y consternación. Sin embargo, Axlin se percató de que mostraba interés por saber qué sucedería a continuación.

—¡Axlin! —la saludó Loxan en cuanto la vio—. ¡Siéntate con nosotros! Estoy seguro de que esta historia no te la había contado todavía.

La muchacha no era de la misma opinión, pero, aun así, se unió al grupo con una sonrisa.

La casera y su hijo se retiraron pronto después de cenar. Loxan, en cambio, no tenía sueño aún porque había estado durmiendo todo el día, y Axlin se quedó de buena gana acompañándolo.

Charlaron de varias cosas mientras tomaban sendas infusiones y, finalmente, el buhonero planteó:

—Bueno, ¿qué te preocupa?

—¿Cómo dices? —se sobresaltó ella.

—Te veo distraída. Ayer parecía que estabas de mejor humor, y eso que fue un día complicado.

—Oh. —Axlin removió el contenido de su taza, pensativa—. Son muchas cosas, supongo. Hoy los Guardianes han abatido a un cegador en el anillo exterior. —Loxan no dijo nada, y ella prosiguió—: ¿Sabes lo que es un cegador? También los llaman «sacaojos».

—No los había en nuestra ruta —respondió el buhonero—, pero me han hablado de ellos.

—El caso es... que no debería haber llegado hasta la Ciudadela. Se supone que este es el lugar más seguro del mundo, que es muy difícil que entren monstruos y, sin embargo...

—Eso es lo que tú misma me dijiste ayer, ¿recuerdas? Y que no había de qué preocuparse, porque los Guardianes se encargaban de todos los monstruos. Como han hecho con el cegador de hoy, ¿no es así?

—Sí. Es solo que... —Dudó un momento antes de continuar—. Tengo un amigo Guardián. Lo conocí antes de que ingresara en la Guardia, y era... diferente. Se supone que ellos nos protegen de los monstruos y que eso es bueno, pero ¿a qué precio? Quiero decir... que no es solo que lo hayan cambiado. Es la forma en que lo tratan. —Sacudió la cabeza—. Hoy lo llevaban maniatado como si fuera un criminal. Lo soltaron para que luchara contra el cegador y ni siquiera trató de escapar después. —Se le llenaron los ojos de lágrimas sin que pudiera evitarlo—. Se limitó a levantar las manos para que lo ataran otra vez.

Se secó los ojos con rabia. Loxan la contemplaba en silencio.

—Lo siento —dijo ella—. Supongo que esto es una tontería, comparado con todo lo que te ha pasado a ti.

—Los Guardianes son gente rara —opinó él, encogiéndose de hombros—. No sé si vale la pena que te preocupes tanto por uno de ellos.

—Él no es como los demás, y creo que no encaja en la Guardia. Probablemente porque se crio en una aldea, y no en la Ciudadela. Quizá por eso tiene dificultades para seguir las normas del cuerpo. No hacen más que castigarlo por unas razones o por otras, pero lo peor es que parece aceptarlo sin más, como si realmente creyese que lo merece.

Loxan negó con la cabeza.

—Toda esa gente de ojos extraños es rara, te lo digo yo. Ninguno de ellos es como nosotros, aunque haya nacido en una aldea.

Axlin se quedó mirándolo con extrañeza.

—¿Cómo sabes eso? No llevas tanto tiempo en la Ciudadela, ¿verdad?

—No, pero he visto Guardianes en las aldeas. Aunque por aquel entonces no sabía que se llamaban así. Y ellos tampoco, ahora que lo pienso —añadió, tras un instante de reflexión.

Ella entornó los ojos.

—Tenía entendido que la mayoría de los Guardianes nacían en la Ciudadela —dijo—. Y que los que lo hacían en las aldeas eran..., bueno, una especie de anomalía. He seguido un largo camino hasta llegar aquí, he visitado muchos enclaves y nunca vi a nadie con ojos dorados o plateados... hasta que conocí a Xein, en una aldea cercana a la Jaula.

Loxan suspiró y se rascó la cabeza, pensativo.

—Yo tampoco, la verdad. Pero hace unos años..., diez o doce tal vez, no sé muy bien..., mi hermano y yo llegamos hasta un enclave donde había ocho personas de ojos plateados.

—¿¡Ocho!? —exclamó ella perpleja.

—Nueve, si contamos al bebé —rectificó Loxan—. Es una historia extraña. ¿Te interesa de verdad?

—Por supuesto. —Axlin lo miraba con los ojos muy abiertos—. ¿Cómo es posible que nunca me hayas hablado de esto?

—Bueno, a ti te interesan los monstruos, por lo que yo sé. Tu curiosidad por los Guardianes es nueva para mí. O por un Guardián en particular —añadió, guiñándole el ojo bueno.

Axlin se ruborizó un poco, pero dijo de todas formas:

—Háblame de ese lugar, por favor.

—A ver. —Loxan se recostó en su asiento, haciendo memoria—. Estaba lejos de nuestra ruta habitual. Ni siquiera sabíamos que existía esa aldea porque estaba muy aislada. Seguimos un ramal del camino que no conocíamos de antemano y en el último enclave nos dijeron que había otro más allá, a cinco días de viaje, donde la gente vivía prácticamente incomunicada, pero que resistía todavía. Por aquel entonces Lexis y yo éramos jóvenes y temerarios, de modo que pensamos: «¿Por qué no?». Imaginábamos que una aldea así tendría muchas carencias y recibiría con agrado la visita de una pareja de buhoneros.

—¿Y no fue así? —preguntó ella.

—No sé qué decirte. Lo cierto es que más bien nos rescataron ellos a nosotros. Estábamos ya a medio día de camino cuando un grupo de monstruos nos pilló por sorpresa y nos puso en apuros. Ahora mismo no recuerdo bien si eran trescolas, abrasadores o rechinantes, pero da igual. El caso es que estábamos rodeados y, de pronto, llegaron ellos y se deshicieron de los monstruos sin apenas esfuerzo. Nosotros creíamos que éramos buenos, pero ellos eran..., en fin, nunca habíamos visto nada igual.

—Conozco esa sensación —murmuró Axlin al recordar la primera vez que había contemplado a Xein en acción.

—Eran tres, dos hombres y una mujer, todos con ojos plateados. También era aquella la primera vez que veíamos algo así. Les preguntamos si eran hermanos, pero no nos respondieron.

»Nos escoltaron hasta su aldea. El líder nos recibió con corrección, pero no parecía muy entusiasmado con nuestra visita.

—Qué raro —murmuró Axlin.

—Todo en aquella aldea era raro. No era muy grande y, sin embargo, habían sobrevivido prácticamente aislados gracias a las habilidades de sus... jóvenes especiales. Preguntamos si estaban emparentados y nos explicaron que todos eran hijos de diferentes madres.

»Y aquí viene lo más extraño: la mayoría de aquellas mujeres estaban casadas, pero sus maridos no se consideraban los padres de los niños con ojos de plata.

—Entonces ¿quién...?

—Aparentemente, nadie.

Axlin sacudió la cabeza.

—Eso no tiene ningún sentido.

—Tampoco nosotros se lo vimos al principio. Aquel era un tema del que no les gustaba hablar, pero Lexis..., en fin, sabía ser encantador cuando quería, y se ganó las simpatías de algunas personas en el enclave, y también su confianza. Nos quedamos un par de semanas para recuperarnos de nuestras heridas, y entretanto averiguamos alguna cosa más. Parece que la gente de allí creía que los muchachos de ojos plateados eran hijos de una criatura a la que llamaban «dios».

—¿Dios? —repitió Axlin desconcertada—. ¿Qué es eso? Nunca lo había oído nombrar.

—Nos pareció entender que era un ser superior a los humanos. Con poderes extraordinarios. Los aldeanos hablaban de él con gran respeto y reverencia, y las mujeres que habían dado a luz a sus hijos se sentían muy honradas por ello.

—¿Y qué... aspecto tenía?

—Ni Lexis ni yo lo vimos jamás. Pero lo más curioso es que nadie en la aldea lo había visto tampoco, ni supo ofrecernos pruebas de su existencia, más allá del hecho de que creían que las personas de ojos plateados eran hijos suyos.

Axlin parpadeó con perplejidad.

—Tienes que estar bromeando. ¿De veras creían en la existencia de algo que no podían ver ni tocar?

—Bueno, al parecer las mujeres que habían sido fecundadas por él sí lo habían «tocado» en alguna ocasión.

Ella se estremeció.

—Todo eso es muy raro, Loxan.

—Eso es exactamente lo que le dije a mi hermano. Pero eso no es lo único extraño que pasaba en aquella aldea: al parecer, los monstruos no la atacaban jamás. Y no es que contaran con unas grandes defensas. De hecho, cualquier robahuesos habría podido saltar la empalizada sin problemas, o incluso echarla abajo en algunos puntos. Y el líder del enclave tampoco se molestaba en establecer turnos de guardia. No había centinelas, Axlin, ni siquiera por las noches. Y, aun así..., los monstruos no la atacaban. —Se rascó la barba, pensativo—. Te juro que durante años intenté convencerme a mí mismo de que el tiempo que pasamos allí no había sido más que un sueño... No pareces sorprendida —añadió entonces, mirando de reojo a su compañera.

Ella no lo estaba. Pero había palidecido un poco.

—Porque no es la primera vez que me encuentro con algo parecido. En la aldea de Xein tampoco entraban nunca los monstruos. Y allí solo vivían dos personas: él y su madre.

Entonces, llevada por un súbito impulso, rebuscó en su bolsillo para sacar el amuleto de madera.

—¿Te suena de algo este dibujo?

El buhonero lo examinó con los ojos entornados.

—No sé. ¿Debería?

—¿Lo viste por alguna parte en aquella aldea? ¿Tal vez decorando una pared o una puerta?

Loxan sacudió la cabeza.

—No me acuerdo. ¿Por qué lo preguntas?

Axlin le habló entonces de los dibujos pintados en el arco de entrada de la aldea de Xein, y le contó lo que le había dicho el vendedor de fetiches el día anterior.

—¿Tú no ves una relación?

—Quizá —respondió él—. Ahora que lo mencionas, recuerdo que también había adornos pintados en la entrada del enclave. Me llamó la atención porque era un dintel sostenido por dos pilares de piedra. Un poco absurdo, ya que el resto del perímetro estaba rodeado por una empalizada de madera. Pero no te puedo asegurar que hubiesen dibujado este símbolo en concreto. Ha pasado demasiado tiempo.

Axlin asintió, con el corazón latiéndole con fuerza. ¿Y si aquel símbolo de protección no estaba relacionado con los monstruos... sino con los Guardianes?

—No os explicaron qué significaban aquellos adornos, ¿verdad? —preguntó. Loxan negó con la cabeza—. Ni os contaron cómo era posible que los monstruos no atacaran nunca la aldea, supongo.

—Nada, solo tonterías sobre la herencia de los dioses y cosas por el estilo.

—¿Dioses? ¿Insinúas que hay más de uno?

—Eso era lo que creía la gente de aquella aldea, sí; que había dioses por todas partes, pero los simples humanos no los podíamos ver. Se sentían muy afortunados porque uno de aquellos dioses había decidido establecerse entre ellos y proporcionarles niños especiales que los protegían de los monstruos. Que me lleven los dedoslargos si llegué a entenderlo alguna vez.

Axlin se estremeció.

—Todo eso es absurdo, Loxan. Hasta donde yo sé, los Guardianes de la Ciudadela nacen en familias corrientes, con padre y madre, sin extraños... «dioses» a los que nadie puede ver. Hace poco, de hecho, asistí al parto de una joven que dio a luz a una niña de ojos dorados. Su padre tenía nombre y apellidos. Y era tan humano como tú y como yo. Lo único extraordinario que había en él era el concepto que tenía de sí mismo —añadió con un suspiro.

—Nosotros creímos durante mucho tiempo que la gente de aquella aldea estaba un poco loca. Que, como no podían explicar las peculiaridades de aquellos bebés especiales, se habían inventado aquella historia extraña. Honestamente, nunca creí que volvería a encontrarme con personas como ellos..., con esos ojos inquietantes y esa facilidad para matar monstruos..., hasta que crucé el Puente de los Chillones y los vi al otro lado, vestidos de gris, vigilando el acceso. Había oído hablar de los Guardianes de la Ciudadela, pero no sabía que eran... ellos. Los hijos del dios de aquella aldea de locos.

Axlin asintió, pensativa.

—¿Crees que seguirán allí? —preguntó entonces—. Quizá la Guardia los ha encontrado ya y los ha reclutado para llevarlos a la Ciudadela, aun en contra de su voluntad. Como hicieron con Xein.

—Era un enclave muy apartado y, ahora que todas las aldeas del oeste han quedado abandonadas, quizá la suya haya caído también. —Loxan frunció el ceño—. Tal vez debimos habernos llevado a aquel muchacho después de todo.

—¿Muchacho?

—Sí, verás..., justo antes de que nos marchásemos, el líder del enclave nos ofreció a uno de los chicos de ojos plateados.

—¿Como escolta?

—Como mercancía más bien. Pretendía cambiarlo por la mitad de las cosas que llevábamos en el carro. Sí —confirmó ante la expresión de asombro de Axlin—. Extraño, ¿verdad? Ya te he dicho que estaban todos locos. El pobre chico no protestó, pero estaba claro que no quería marcharse. Por eso rechazamos la oferta. Por eso y porque no comerciamos con vidas humanas, aunque nos juren que no son del todo humanos, sino algo diferente.

«Algo diferente», pensó Axlin.

—En esa aldea solo había gente normal y gente de ojos plateados, ¿verdad? —quiso confirmar—. Nadie de ojos dorados.

—No; de hecho, la primera vez que vi a alguien de ojos dorados fue hace unas semanas, y era un Guardián de la Ciudadela con uniforme y todo.

La joven permaneció en silencio unos instantes, pensando. Loxan añadió:

—No son como nosotros, compañera. Nadie sabe cómo ni por qué nacen estas personas con capacidades especiales y, si para nosotros es desconcertante..., no puedo ni imaginar cómo debe de ser para ellos. Los muchachos de aquella aldea no parecían felices, sino más bien... abrumados, como si soportasen el peso del mundo sobre sus hombros. No sonreían jamás. Los niños parecían pequeños adultos obsesionados con matar monstruos. Mientras estuvimos allí, uno de ellos murió durante una patrulla. Tenía solo trece años, pero nadie en la aldea lo lloró ni pareció echarlo de menos. Dijeron que estaba predestinado.

—¿Predestinado?

—Que el dios lo había engendrado para luchar contra los monstruos y que no tenía otra opción que morir cumpliendo su misión.

—Es lo que los Guardianes le han hecho creer a Xein —murmuró Axlin, con un estremecimiento—. Es lo que les enseñan en el Bastión.

Loxan se encogió de hombros.

—¿Lo ves? Todos son iguales, en las aldeas y en la Ciudadela. Tu chico no es tan diferente. Todos nacemos y vivimos bajo la amenaza de los monstruos, pero los Guardianes son los únicos que no nacen para vivir, sino para luchar. Y lo saben desde muy jóvenes. ¿Te sorprende que se sienta confuso, que tenga miedo o que no siga las normas? —Sacudió la cabeza—. Caramba, eso solo confirma que los Guardianes son mucho más humanos de lo que algunos parecen creer.

Axlin enterró el rostro entre las manos, anonadada.

—Es inútil que intente salvarlo, ¿verdad? —preguntó con voz ahogada.

—Es ilógico porque, después de todo, son los Guardianes los que están aquí para salvarnos a nosotros. O eso dicen, al menos.

La joven no supo qué contestar.

La plaza de los Ocho Fundadores estaba desierta a aquellas horas de la noche. Rox se detuvo junto a una de las estatuas y miró a su alrededor, en busca de su compañero.

Aquel lugar todavía la intimidaba. La ciudad vieja, silenciosa y adormilada, parecía haberse detenido en el tiempo. A veces se oía música en la lejanía, procedente sin duda de algún palacio donde se celebraba una fiesta para la aristocracia. Pero el resto de los edificios, solemnes, vetustos y rodeados por amplios jardines y altas empalizadas, permanecían indiferentes ante los Guardianes que patrullaban las calles.

Rox sabía que en la ciudad vieja no los veían con buenos ojos, a pesar del prestigio del que gozaban las familias emparentadas con ellos. Pero tenía cierto sentido. La presencia de los Guardianes era un recordatorio de que existían monstruos ahí fuera, en alguna parte, y de que nadie podía estar a salvo, ni siquiera en el mismo corazón de la Ciudadela. Por otro lado, era cierto que hacía siglos que no entraba ningún monstruo en la ciudad vieja, de modo que la mayoría de la gente pensaba que las patrullas eran totalmente innecesarias.

Ninguno de los Guardianes podía confesar a aquellas personas que los monstruos estaban más cerca de lo que creían... y que ni siquiera serían capaces de reconocerlos cuando los vieran.

Rox distinguió por fin la silueta de su compañero, un Guardián de la División Oro un poco mayor que ella. Se llamaba Aldrix y habían realizado ya varias patrullas juntos en la ciudad vieja. Era serio, disciplinado y muy competente. Se sentía cómoda trabajando con él.

Aunque echaba de menos a Xein a menudo.

No había vuelto a verlo desde la sanción que les habían impuesto a ambos. Sabía que los separarían, y que lo mejor que podía hacer era no volver a pensar en él. De manera que tampoco había vuelto a mencionar su nombre ni a interesarse por su suerte.

Los rumores, sin embargo, habían llegado hasta ella de todos modos, y se había enterado de que Xein había vuelto a desaparecer varias semanas atrás, de que se había ido del cuartel, y de la misma Ciudadela, sin pedir permiso ni informar al respecto. Por lo que sabía, nadie tenía idea de dónde encontrarlo. Quizá hubiera desertado por fin de la Guardia... para siempre.

Y, si era así, tarde o temprano al resto de los Guardianes se les comunicaría que Xein había sido expulsado del cuerpo y que, por tanto, estaban obligados a matarlo en cuanto dieran con él.

Rox temía el día en que recibiría la orden de dar caza a su antiguo compañero. Por eso agradecía las patrullas en la ciudad vieja: era poco probable que llegara a cruzarse allí con Xein, por lo que, si alguien debía matarlo, al menos no sería ella.

—¿Todo tranquilo? —preguntó entonces Aldrix, devolviéndola a la realidad.

La Guardiana asintió.

—Nada que destacar.

«Este lugar es más aburrido que un caparazón hibernando», pensó, pero se mordió la lengua. Aquel era el típico comentario que habría pronunciado Xein, de hallarse presente.

Había descubierto, no sin cierta consternación, que ahora, durante sus patrullas con Aldrix y otros compañeros más formales, echaba de menos las cosas que la habían irritado de él: su inoportuno sentido del humor, su absurda temeridad, incluso su deseo de exhibirse ante las personas corrientes...

—Deberíamos hacer otra ronda, por si acaso —sugirió Aldrix.

Rox lo miró extrañada.

—¿Lo crees necesario? Nuestro turno ya casi ha terminado. ¿No quieres volver al cuartel?

Su compañero se encogió de hombros.

—Yo no estoy cansado, y probablemente tú prefieras regresar más tarde hoy. —Hizo una pausa y, al comprobar que ella no captaba la insinuación, añadió—: ¿No te has enterado? Xein ha vuelto a la Ciudadela.

Rox permaneció impávida, aunque su corazón latió un poco más deprisa.

—¿Y?

—Todavía no lo han expulsado de la Guardia. Lo han confinado en su habitación y no se le permite hablar con nadie. Al parecer, aún no se ha tomado una decisión definitiva con respecto a su castigo.

La joven Guardiana respiró hondo. Fue entonces cuando se dio cuenta de que había estado conteniendo el aliento.

—Si regresamos ahora al cuartel, llegaremos a la hora de cenar y la cantina estará muy concurrida —insinuó Aldrix.

Rox inclinó la cabeza, percatándose al fin de lo que quería decir su compañero.

A aquellas alturas, ya todo el mundo sabía que a Xein y a ella los habían sancionado, y por qué. Él acababa de regresar después de una ausencia de varias semanas, cuando muchos ya daban por sentado que no lo verían más. Así que sus compañeros harían comentarios al respecto. La mirarían de reojo, preguntándose si ella estaría enterada. Tal vez alguno hasta se atrevería a planteárselo directamente.

Se estremeció. No se sentía preparada para soportar aquel escrutinio.

Le sorprendió que Aldrix hubiese tenido la delicadeza de comprenderlo incluso antes que ella.

—Llevas razón —respondió—. Entonces, si no te importa, me gustaría hacer una ronda más.

Los dos Guardianes se pusieron en marcha de nuevo y no tardaron en fundirse con las sombras del corazón de la Ciudadela.

28

Xein había supuesto que lo llevarían ante el capitán Salax nada más llegar al cuartel; pero, ante su sorpresa, lo mantuvieron recluido toda la tarde en su habitación, y solo cuando ya era noche cerrada acudieron a buscarlo para conducirlo hasta un edificio del cuartel general en el que nunca antes había estado, porque estaba reservado a los altos mandos de la Guardia. Lo hicieron esperar ante un despacho, y Xein, inquieto, se preguntó qué estaba sucediendo. Cualquier capitán podía imponer una sanción; no era necesario molestar a sus superiores con un asunto tan trivial como el de una insubordinación, y mucho menos en aquellos tiempos. Sin duda, los comandantes tenían otros asuntos más importantes que atender.

Cuando por fin le indicaron que podía pasar, entró en el despacho con paso firme y mirada insegura.

La mujer que lo estaba aguardando en el interior no era una desconocida para él: se trataba de la comandante Xalana. Sin embargo, al hombre que se alzaba junto a ella no lo había visto nunca. Cuando se fijó en su uniforme, en busca de una pista sobre su identidad o al menos sobre su graduación, inspiró hondo, impresionado: estaba nada menos que ante un general. Se quedó bloqueado un momento, sin saber cómo reaccionar, hasta que la comandante dijo:

—Tienes el mal hábito de faltar a tu deber voluntariamente, Xein, y eso tiene que acabar.

Él reaccionó por fin.

—Sí, comandante. No pretendía desertar, solo... necesitaba realizar un viaje corto, pero me fui con intención de regresar y...

Las palabras murieron en sus labios. Había preparado un discurso, pero no esperaba tener que recitarlo delante de un general. Había dado por supuesto que podría justificarse ante el capitán Salax, su superior inmediato, y ahora comprendía que cualquier excusa que hubiese elaborado no parecería otra cosa que un balbuceo absurdo e incoherente.

Porque, en el fondo, no había nada que pudiese decir en su defensa. Había quebrantado las normas a propósito y merecía una sanción, probablemente más severa que la anterior. Y eso era todo.

De modo que permaneció callado.

—¿Adónde fuiste, Xein, y por qué? —exigió saber la comandante.

—Regresé a mi aldea natal para ver a mi madre —respondió él—. Me dijeron que seguía viva y...

—¿Quién te lo dijo?

Xein vaciló. Ya había causado problemas a Rox, y no deseaba perjudicar también a Yarlax.

—Alguien a quien conocía de mi vida anterior —contestó, y nada más decirlo comprendió que la comandante pensaría inmediatamente en Axlin. Pero ya era tarde para volver atrás.

—Sabes bien que los Guardianes debemos romper todo vínculo con nuestra vida anterior.

—Lo sé, comandante.

—Así pues, ¿qué importancia tiene que tu madre siga viva o no?

Xein no supo qué responder a eso. Miró de reojo al general, pero este permanecía callado e inmóvil.

—No te creo —soltó entonces Xalana.

Xein la contempló con estupor.

—¿Comandante...?

—No te creo —repitió ella sacudiendo la cabeza—. No dudo que fuiste a la cantera y hablaste con tu madre, pero estoy segura de que no acudiste allí solo para comprobar si había sobrevivido. Ni siquiera tú eres tan estúpido.

Xein se ruborizó levemente, pero en su interior se estaba preguntando cómo sabía la comandante que había estado en la cantera. Él había hablado de su aldea natal. ¿Habían estado sus superiores al tanto en todo momento del hecho de que su madre vivía en la cantera? ¿Le habrían mentido al respecto cuando estaba en el Bastión, o lo habían averiguado más tarde?

—¿Qué era lo que querías saber, Xein? —insistió Xalana.

Él alzó la cabeza para mirarla a los ojos. Si la Guardia sabía tantas cosas..., quizá lo que él había descubierto no era una novedad para ellos. Y, si resultaba que lo era..., entonces alguien tendría que decírselo.

—Fui a preguntarle por mi padre —confesó al fin.

La comandante asintió con lentitud. Tras ella, el general se cruzó de brazos. Pero ninguno de los dos habló.

—Tengo motivos para pensar —prosiguió Xein, vacilante— que mi padre pudo haber sido... un metamorfo.

Pronunció la última palabra en voz muy baja, esforzándose por reprimir el temblor que amenazaba con silenciarlo. Ni Xalana ni el general reaccionaron, y Xein sintió que el mundo se hundía bajo sus pies.

«No es la primera vez que oyen algo así», pensó. «De lo contrario, se habrían reído, o escandalizado, o enfurecido...»

Pero debía seguir hablando. Llevaba demasiado tiempo guardándose para sí las dudas y temores que lo estaban matando por dentro y, si ellos comprendían lo que estaba diciendo..., si lo comprendían de verdad..., entonces quizá podrían responder a algunas preguntas. Y él necesitaba respuestas, aunque lo hundieran todavía más en el horror y la desesperación.

—Y también he llegado a creer —prosiguió, con la boca seca— que todos los Guardianes somos hijos de monstruos innombrables.

Ya estaba. Ya lo había dicho. Ya no le importaba lo que le sucediera después; tenía que saberlo. Necesitaba que alguien confirmara o desmintiera sus sospechas, que le ofreciera una explicación que diera sentido a su vida de nuevo. Miró a Xalana, suplicante, deseando que ella le dijera que todo eran imaginaciones suyas.

Pero la comandante se limitó a devolverle la mirada y a preguntar:

—¿Has hablado de esto con alguien más?

Xein trató de recordar si lo había comentado con Yarlax o incluso con Rox. Los había tanteado sobre los metamorfos, pero no había llegado a compartir sus sospechas con ellos. Afortunadamente.

—No, comandante.

Ella pareció aliviada.

—Bien.

Xein esperó a que dijera algo más. Como no lo hizo, tragó saliva y preguntó:

—Entonces..., ¿es cierto?

Xalana cruzó una mirada con el general. Este asintió y avanzó un paso, con las manos cruzadas a la espalda y el gesto serio y severo.

—El general Duxalen responderá a tus preguntas —dijo ella con tono neutro.

Xein los miró sorprendido.

—¿De verdad...? —empezó, pero se calló de pronto, se cuadró y contestó—. Gracias, comandante.

Ella volvió a mirar al general y, cuando este asintió de nuevo, retrocedió y aguardó respetuosamente en silencio en un rincón.

—¿Qué sabes del fundador de la Guardia, Xein? —preguntó él.

Tenía una voz curiosamente suave y amable que no cuadraba con su rostro duro e impenetrable, marcado por cicatrices de antiguas batallas.

El joven se esforzó por recordar lo que había estudiado al respecto.

—Se llamaba Loxinus —dijo por fin—. Viajaba por las aldeas buscando personas con los ojos dorados o plateados. Ellos formaron la primera patrulla verdaderamente efectiva contra los monstruos, antes incluso de que se fundara la Ciudadela.

El general asintió.

—En efecto. ¿Sabes qué aspecto tenía?

Xein arrugó el ceño.

—¿Loxinus? No estoy seguro. Hay una estatua suya en la plaza de la Guardia, pero, después de todo, él vivió hace cientos de años...

—Sí, en efecto. Pero en las estatuas no se aprecia su mayor peculiaridad: Loxinus, fundador de la Guardia de la Ciudadela..., tenía los ojos azules.

Xein lo miró con sorpresa.

—¿El fundador de la Guardia... no era un Guardián?

Su superior negó con la cabeza.

—En la época de Loxinus, a los niños con ojos dorados o plateados se los mataba nada más nacer. —Xein inspiró hondo, impresionado—. En aquel entonces, todas las personas vivían en aldeas. Todo el mundo se conocía dentro del enclave, y era más sencillo identificar una concepción ocurrida en extrañas circunstancias. La gente de entonces no conocía la verdadera naturaleza de los monstruos innombrables, pero sí sabía que aquellos niños no eran normales. —Hizo una pausa y añadió en voz más baja—: que no eran hijos de los padres que supuestamente los habían engendrado.

—Así pues..., los mataban —concluyó Xein en un susurro.

—No todas las veces, pero sí muy a menudo. Dependía del lugar y de las circunstancias, supongo. Loxinus tuvo la oportunidad de ver crecer a uno de aquellos muchachos en su propia aldea, y descubrió sus extraordinarias habilidades en la lucha contra los monstruos. De modo que inició un viaje por otros enclaves, con aquel chico como escolta, para aprender sobre el origen y las capacidades de aquellos niños de ojos especiales. A lo largo de los años, salvó a varios bebés de ser asesinados y reclutó a más jóvenes por el camino. Ellos le hablaron de los invisibles y los metamorfos. La gente corriente solo podía elucubrar sobre su existencia, pero ellos los veían, sabían que eran reales. Con aquella información, Loxinus acabó por averiguar que lo que todo el mundo sospechaba era cierto, en realidad: los niños de ojos dorados y plateados no eran del todo humanos. Eran producto del mestizaje entre mujeres corrientes y monstruos innombrables.

Xein se estremeció y bajó la mirada, tratando de contener las emociones que amenazaban con desbordarlo. Había pasado semanas enteras devorado por la angustia, preguntándose si las sospechas que lo abrasaban por dentro eran fundadas o si se trataba solo de un producto de su delirante imaginación. No había osado compartir aquellos pensamientos con nadie, por miedo a que lo tacharan de loco o de insensato.

—Aquellos muchachos eran hijos de monstruos —prosiguió el general—, pero también la mejor arma que tenía la humanidad para luchar contra ellos. En una época en la que la gente tenía muchos menos recursos para defenderse y no podían permitirse el lujo de confiar en nada que tuviera relación con los monstruos..., un hombre fue capaz de mirar más allá y vencer al miedo y a los prejuicios.

»Pero pronto descubrió que no todo el mundo era como él.

Xein escuchó, impresionado, la historia de cómo Loxinus había entrenado a aquellos muchachos y los había convertido en la primera generación de Guardianes. Viajaban por las aldeas matando monstruos y defendiendo a los buhoneros en los caminos, pero la gente no se fiaba de ellos. En muchos sitios les cerraban las puertas y no les permitían entrar.

—¿Cómo... cómo lograron ganarse la confianza de las personas corrientes? —se atrevió a preguntar Xein.

—Matando monstruos. A docenas. A centenares. A miles. Luchando por salvar vidas humanas, día tras día, año tras año. Cayendo en la batalla. Una y otra vez. Fue un proceso largo y lento, tanto que Loxinus no logró culminarlo a lo largo de su vida. Desde entonces, y durante siglos, se ha derramado la sangre de incontables Guardianes para proteger a las personas de los monstruos. Ha costado mucho, pero por fin hemos conseguido que se nos valore por lo que hacemos, y no por lo que somos. Hasta el punto de que la gente ha olvidado cuál es nuestro verdadero origen. —Clavó sus ojos plateados en Xein, fríos como el acero—. No queremos que vuelvan a recordarlo. ¿Comprendes?

El joven Guardián lo miró, aturdido, al entender de pronto que le estaba dando una explicación a cambio de una petición de silencio.

—Si la gente corriente supiera lo que somos en realidad —prosiguió el general—, dejarían de confiar en nosotros. Perderíamos la guerra, Xein. Los monstruos lograrían dividirnos y vencerían definitivamente. Nos exterminarían a todos: humanos, Guardianes... Nadie se salvaría.

—Pero... pero..., si Loxinus pudo comprender..., tal vez se les pueda explicar...

El general sacudió la cabeza.

—Se ha intentado antes. Hay gente lo bastante racional como para entender que somos necesarios, pero la mayoría... —Suspiró—. En fin, no son capaces de aceptarlo. No es culpa suya en realidad. Es instintivo. Los monstruos han asesinado a millones de personas a lo largo de nuestra historia. Simplemente, no puedes pedir a la gente corriente que acepte convivir con sus vástagos, no se les puede exigir que pongan su seguridad en nuestras manos..., sin dudar, al menos. Si no lo hiciesen, si no nos temiesen por nuestra herencia, por lo que somos, por lo que representamos..., no serían humanos.

»Pero nosotros tampoco hemos dejado de ser quienes somos: un error, una aberración, la última burla cruel de nuestros enemigos contra la humanidad. No deberíamos existir. Lo único que justifica nuestra vida es que luchamos contra los monstruos mejor que las personas corrientes. Que somos la única esperanza que tienen de ganar esta guerra.

Xein bajó la cabeza. No sabía qué decir.

—Así que ya sabes por qué es un crimen desertar de la Guardia. Porque lo único que hace tolerable nuestra existencia entre los humanos es que la dediquemos, hasta el último aliento, a protegerlos de las criaturas que quieren destruirlos. Mientras lo hagas, tendrás la oportunidad de que se te juzgue en función de tus méritos, y no por ser el hijo de un monstruo —concluyó, clavando su mirada en la de él.

Xein temblaba, apretando los puños para contener las lágrimas que amenazaban con asomar a sus ojos.

—No lo sabía, señor —susurró—. No lo sabía. Lo siento mucho. Si hubiese estado al corriente...

Se oyó entonces la suave risa de la comandante Xalana.

—¿Crees que te hemos mantenido al margen solamente a ti? —planteó.

«No sería la primera vez», pensó él. Pero no lo dijo en voz alta.

—¿Acaso el resto de los Guardianes...?

—¿... conocen nuestra herencia? —completó el general—. Por supuesto que no. Es una información vital y muy delicada que solo está en manos de los altos mandos de la Guardia.

Xein pestañeó, confuso.

—Pero..., mis disculpas, señor... Comprendo las razones por las que no podemos compartirla con las personas corrientes. Sin embargo, los Guardianes...

—¿Cómo te ha afectado a ti descubrir lo que eres en realidad? —preguntó la comandante—. ¿Te ha convertido en un Guardián mejor? ¿Te ha ayudado en tu lucha contra los monstruos? ¿O, por el contrario —añadió tras una breve pausa—, te ha llenado la cabeza de dudas, miedo y angustia?

El joven desvió la mirada y no respondió.

—Dime, ¿de qué manera puedes salvar vidas en ese estado? ¿Y si fallas en una batalla por no estar concentrado? ¿Y si un instante de vacilación te lleva a cometer un error fatal? ¿Y si sigues planteándote preguntas... que te vuelven todavía más débil? Puede suceder, ¿no es así?

—Sí —reconoció él en voz baja.

—Imagina entonces lo que ocurriría si todos los miembros de la Guardia estuviesen enfrentándose ahora mismo a tu misma situación —prosiguió ella—. En la muralla. En los caminos. En el frente occidental. En la Última Frontera. Todos sufriendo inútilmente, sabiéndose diferentes, comprendiendo *por qué*. Haciéndose preguntas. Dudando. Fallando.

Xein se estremeció de horror. Tragó saliva antes de decir, con un hilo de voz:

—Yo... lo siento. Lamento haber descubierto cosas que no debería saber. —Alzó la cabeza para mirar a sus superiores a los ojos—. ¿Qué puedo hacer ahora? Recibiré una sanción, sin duda, pero ¿cómo podré volver a ser un buen Guardián después, olvidar todo lo que he aprendido?

Xalana negó con la cabeza.

—No puedes, Xein.

Él cerró los ojos, hundido.

—A estas alturas, la sanción es lo de menos —continuó la comandante—. No podemos permitir que permanezcas en la Ciudadela, es demasiado peligroso. Para ti, para tus compañeros y para las personas corrientes.

—Entiendo. ¿Me van a asignar un nuevo destino, pues?

—Un destino definitivo y de por vida —concluyó el general Duxalen, frunciendo el ceño y cruzándose de brazos ante él—. Guardián Xein, te comunico que serás trasladado de forma inmediata e irrevocable a servir a la Guardia en el frente oriental, también conocido como la Última Frontera.

Después de su conversación con sus superiores, una pareja de Guardianes lo acompañó de vuelta a su habitación. No habló con nadie sobre su nuevo destino, pero, de todas formas, no tenía nada que decir. Al día siguiente, a primera hora de la mañana, partiría en dirección a la Última Frontera y, probablemente, no regresaría nunca.

No todos los Guardianes morían allí, por descontado. Algunos volvían más o menos intactos al cabo de los años, y seguían promocionándose dentro de la Guardia hasta ser nombrados generales. Xein no aspiraba a convertirse en uno de ellos. Quizá tiempo atrás habría podido hacerlo, pero ahora era muy consciente de que la comandante Xalana tenía razón: dudaba, se hacía preguntas, tenía miedo. Los monstruos lo matarían antes o después. Si había de cometer algún error, era mejor que sucediese en el frente oriental, donde no había personas corrientes, solo Guardianes. Ningún inocente moriría por su culpa y, al fin y al cabo, sus compañeros eran como él.

Todos monstruos. Aunque fuera solo en parte.

Cuando, un poco más tarde, se abrió la puerta de su habitación, apenas se movió. Estaba tendido en la cama, mirando al techo, perdido en sus sombríos pensamientos.

—Xein —dijo el recién llegado—. Levántate.

Él se irguió de golpe al reconocer la voz. Se puso en pie de un salto y se quedó tieso como un poste junto a su cama.

—Capitán Salax —murmuró—. Mis disculpas. No pensé...

—Calma, muchacho —lo interrumpió él, y el joven se relajó un poco—. Me acaban de informar sobre tu nuevo destino.

Xein asintió, pero no dijo nada. El capitán exhaló un suspiro de pesar.

—Esto es... inesperado —reconoció—. Has estado muchos días ausente sin permiso, y por descontado que merecías una sanción, pero... —Sacudió la cabeza—. Apenas hace un año que te graduaste. No es habitual que enviemos Guardianes tan jóvenes al frente oriental.

Él permaneció un momento en silencio, porque no sabía qué decir. Era evidente que nadie le había revelado al capitán por qué lo enviaban allí en realidad. Y comprendió de pronto que se debía a que su superior inmediato no estaba al tanto del secreto que tan celosamente custodiaban los altos mandos de la Guardia, y que él mismo había descubierto por accidente.

—Supongo que llegaron a la conclusión de que las sanciones no me hacían cambiar de actitud —musitó por fin, con la cabeza gacha.

Salax se quedó mirándolo unos instantes, pensativo. Finalmente dejó caer los hombros y dijo:

—Buen viaje, Xein. Y buena guardia.

Él comprendió que aquello era una despedida.

—Gracias, señor —respondió—. Buena guardia.

El capitán dio la vuelta para marcharse, pero se detuvo de nuevo en la puerta.

—Xein. No eres un prisionero, ¿sabes? Puedes salir de tu habitación, hablar con tus compañeros, cenar con ellos... o pasear por la Ciudadela, si lo prefieres.

—Pero... —se sorprendió él.

—No obstante —cortó su superior—, debes estar de vuelta

en el patio al amanecer, listo para partir. Si faltas a la cita, serás oficialmente expulsado de la Guardia. Y ya sabes lo que eso significa.

Xein asintió lentamente. Lo sabía, pero por primera vez lo entendía con claridad.

Si la Guardia expulsaba a uno de sus miembros, todos los demás tenían la obligación de abatirlo en cuanto dieran con él. Sin juicio previo. Sin preguntas.

Le habían explicado esto tiempo atrás, después de su fallido intento de fuga en el Bastión. Dado que a él nadie le había consultado si deseaba o no pertenecer a la Guardia, aquella medida le había parecido cruel y desproporcionada.

Ahora comprendía que un Guardián que no sirviera en la Guardia no era más que un medio monstruo cuya existencia no tenía ningún propósito.

—No faltaré, señor —prometió.

De todos modos, tampoco tenía intención de salir de su habitación. No tenía ningún sitio adonde ir, ni nadie de quien despedirse. No estaba seguro de ser capaz de volver a mirar a los ojos a sus amigos... y mucho menos a Axlin.

De manera que, cuando el capitán lo dejó de nuevo a solas, se tumbó otra vez en el catre y dejó pasar las horas. Ni siquiera tenía previsto bajar a la cantina, porque se sentía tan angustiado que no tenía hambre.

Se levantó de madrugada para salir de la habitación. Comprobó que, en efecto, no había nadie vigilando la puerta. Se encaminó a la letrina, eligiendo pasillos y escaleras secundarias para no cruzarse con ningún compañero. Seguía sin sentirse con ánimos de hablar.

De regreso a su habitación, sin embargo, se detuvo un momento en el patio vacío para contemplarlo con cierta melancolía. Se quedó mirando las dianas del rincón y recordó que hacía apenas unos días había estado practicando allí con Yarlax. Le había prometido una revancha que ya nunca estaría en condiciones de ofrecerle.

También habían hablado acerca de los metamorfos.

Se estremeció al recordarlo. Echaba de menos aquellos días en que sus sospechas eran solo sospechas. Antes de conocer la verdad.

—Xein —dijo entonces una voz tras él, sobresaltándolo.

Se volvió con brusquedad; no había nadie.

29

—E stoy aquí— susurró de nuevo la voz, muy cerca de él.
Había algo repulsivo en ella, un tono inhumano que le produjo escalofríos. Xein saltó hacia atrás y se llevó la mano al cinto, pero iba desarmado. Miró a su alrededor. Estaba solo. En apariencia.

—¿Quién... eres? —murmuró, con el corazón latiéndole con fuerza.

La criatura se rio.

—Oh, soy solo una sombra. Nadie importante. Tan solo un nuevo monstruo al que abatir, ¿no es cierto?

El Guardián se volvió hacia todos lados. El invisible estaba allí, en alguna parte, muy cerca de él. Pero no percibía su presencia igual que la de otros monstruos. Cerró los ojos y trató de escuchar algo, cualquier cosa: sus pasos, su respiración, los latidos de su corazón.

Nada.

—Si fuera tan fácil, no tendría mérito, ¿no crees? —dijo entonces la voz en su oído, obligándolo a saltar hacia atrás, alarmado.

Recordó entonces las palabras de Yarlax: «Podrían estar en

cualquier parte, Xein. Esperándote a la vuelta de la esquina. Agazapadas bajo tu cama. Detrás de ti».

Hasta entonces, no se había preocupado especialmente por las sombras. La única vez que se había topado con una, Rox se había encargado de ella de forma rápida y contundente.

Pero ahora no contaba con la ayuda de su compañera, ni de ningún otro Guardián de la División Plata capaz de ver a la sombra por él.

Retrocedió lentamente, con los puños en alto, dispuesto a defenderse si hacía falta.

—¿Qué es lo que quieres? —murmuró.

—Despedirme, supongo. Después de todo, te envían a una muerte segura.

Xein se volvió hacia su izquierda, desconcertado. La voz provenía de allí ahora, pero él habría jurado que la criatura estaba a su derecha. Se preguntó cómo debía actuar. Nunca antes había mantenido una conversación con un monstruo. Aquello era... absurdo.

Pero, mientras siguiera hablando..., no lo atacaría. Quizá, entretanto, el joven lograría encontrar la manera de llegar hasta él.

—Te mataré en cuanto tenga ocasión —le aseguró, sin bajar la guardia en ningún momento—. ¿Por qué te molestas en hablar conmigo?

—¿Y por qué no? —La voz sonó a su espalda, y él giró sobre sus talones y golpeó con fuerza.

Pero sus puños no hallaron nada sólido. La sombra se rio con suavidad, alejándose en la penumbra.

—¿Sabes?, lo mejor de la Guardia es que es asombrosamente predecible —explicó el invisible, de nuevo junto a él—. Siempre las mismas normas, las mismas rutas, las mismas patrullas. Es insultantemente fácil daros esquinazo, muchacho.

Xein sintió que un escalofrío le recorría la espalda.

La voz de la criatura era suave y susurrante..., y había en ella algo esencialmente oscuro y maligno.

—Pero tú haces cosas inesperadas. Improvisas. No sigues todas las reglas. —El invisible calló un momento, pensativo—. La Guardia comete un gran error librándose de ti.

Xein giró la cadera y levantó la pierna para golpear a su derecha con todas sus fuerzas. Pero el invisible no estaba ahí.

—Nosotros seguiremos aquí cuando te vayas —prosiguió la criatura sin inmutarse—. Y ella también —añadió tras una pausa.

Xein se quedó helado.

—¿Ella? —repitió.

—La chica de la biblioteca —respondió la sombra, casi con amabilidad—. Axlin.

Hubo algo en la forma en que pronunció su nombre que hizo que a Xein se le retorcieran las entrañas de terror. Mientras tanto, el invisible seguía hablando:

—La he estado observando. Hace demasiadas preguntas, ¿sabes? Si descubre la verdad, tendré que matarla.

Xein se esforzó por mantenerse calmado. Inspiró hondo, tratando de centrarse en el sonido de la voz del monstruo.

—Sería una lástima —estaba diciendo el invisible—, porque se me ocurren otras maneras de utilizarla. Después de todo, es una chica joven y fértil.

Con un grito de rabia, Xein se volvió contra el monstruo. Lanzó patadas y puñetazos al aire, pero siguió golpeando el vacío.

—Seguro que te echará de menos —continuó la sombra con una risita—. Y pensará en ti a menudo. Quizá sueñe que vuelves a su lado. Nosotros podemos hacer que sus sueños se hagan realidad, ¿sabes?, aunque tú ya no estés.

Xein se detuvo y trató de controlar la ira que amenazaba con devorarlo. «Me está provocando», advirtió. «No debo caer en su trampa.»

—No termino de comprender por qué engendráis a los mismos Guardianes que os dan caza —comentó, esforzándose por mantener un tono de voz calmado.

—Los Guardianes nos dais caza porque sois esclavos de los humanos. Algún día, sin embargo..., los humanos ya no existirán, y vosotros, nuestros hijos, heredaréis el mundo.

Xein inspiró hondo, aturdido. El invisible se rio, de nuevo muy cerca de él.

—Es cuestión de tiempo que descubráis dónde deben estar vuestras lealtades, Xein —susurró en su oído—. Pero tú ya no estarás aquí para verlo.

El Guardián se volvió con violencia hacia el monstruo y, por un instante, sintió que rozaba un cuerpo sólido y frío; pero, cuando quiso corregir el movimiento para golpearlo de pleno, lo perdió de nuevo.

—Adiós, Xein —dijo la criatura entonces—. Le daremos recuerdos a Axlin de tu parte.

El joven apretó los dientes, furioso, pero no dijo nada. Lo último que oyó fue la suave y siniestra risa del monstruo, antes de que desapareciera definitivamente en la oscuridad.

Unos golpes insistentes despertaron a Axlin de madrugada. Abrió los ojos, sobresaltada, y prestó atención.

Los golpes se repitieron, esta vez con más fuerza. Se dio cuenta de que procedían de la ventana. Ya había decidido que de ningún modo deseaba saber qué era lo que había ahí fuera cuando, de pronto, oyó que alguien pronunciaba su nombre al otro lado.

Se levantó de la cama y se dirigió a tientas hasta allí, descalza y en camisa interior.

—¿Quién anda ahí? —susurró, pegando el rostro a la contraventana.

—Soy yo..., soy Xein.

Ella sacudió la cabeza, convencida de que estaba soñando.

Pero el corazón amenazaba con salírsele del pecho, y comprendió que la única manera de asegurarse de que no lo estaba imaginando todo era comprobarlo con sus propios ojos.

De modo que abrió una de las contraventanas.

Y allí estaba él, apenas una sombra agazapada sobre el alero. La joven ahogó una exclamación de sorpresa y se asomó al exterior, preguntándose cómo se las habría arreglado para llegar hasta el tejado.

—Axlin —dijo el chico con voz ronca—, ¿puedo pasar?

Ella se volvió para mirarlo. Sus ojos dorados relucían de forma extraña en la penumbra, pero era todo lo que podía distinguir de su rostro con aquella luz.

—Xein —susurró, alarmada, irritada y sorprendida a la vez—, ¿qué haces aquí? ¿Por qué has venido?

—¿Puedo pasar, Axlin? —repitió él.

La joven vaciló un instante. Pero entonces recordó la imagen de Xein atado a aquel poste, con la espalda desnuda y lacerada, y evocó la expresión de su rostro aquella misma mañana, al cruzarse con él en el mercado, y el tono de su voz cuando se había despedido de ella. Los Guardianes lo llevaban maniatado y, de hecho, ella había tenido la intención de averiguar qué le había sucedido. Porque se preocupaba por él, a pesar de todo.

Así que dejó a un lado sus escrúpulos y abrió las contraventanas de par en par.

—Vamos, entra, antes de que te caigas.

Casi pudo intuir la sonrisa de él en la oscuridad.

— No voy a caerme.

—Por si acaso.

Se apartó de la ventana todo lo que pudo, en teoría para dejarle el paso libre, pero también porque, en el fondo, no confiaba en él.

Xein se dejó caer en el interior de la habitación con la silenciosa elegancia de un felino. Y se quedó allí quieto, al pie de la ventana, mirándola.

Al verse a solas con él, Axlin sintió crecer su inseguridad. Buscó a tientas su chaqueta, que había dejado sobre el respaldo de la silla, y se la puso por encima de la camisa.

—¿Qué quieres, Xein? —preguntó por fin.

Él tardó un poco en responder y, por fin, sacudió la cabeza, un poco desconcertado.

—Yo... no lo sé muy bien. Quería verte, supongo.

Axlin entornó los ojos. Si algo le había quedado claro en los últimos meses era que Xein no deseaba verla en absoluto.

—¿Te encuentras bien? —preguntó, sin embargo.

El Guardián pareció sobresaltarse ligeramente.

—¿Cómo dices?

—Que si te encuentras... bien. —Axlin tragó saliva antes de continuar—. Sé que últimamente los otros Guardianes... te han castigado por diversas razones.

Xein permaneció unos instantes en silencio antes de contestar:

—Eso no es asunto tuyo.

—Comprendo. —Axlin trató de contener su irritación—. La gente corriente no debe meter las narices en los asuntos de la Guardia, lo sé. Supongo que ningún Guardián debería entrar tampoco en la habitación de ninguna chica corriente..., y mucho menos por la ventana y a horas tan intempestivas.

Él inspiró hondo.

—Tienes razón, no debería. Lo siento, es solo que... quería comprobar que estabas a salvo.

—¿A salvo, yo? —repitió ella perpleja—. ¿A qué viene eso?

—Ha habido... ataques de monstruos y..., en fin, estaba preocupado por ti.

—¿Por mí? —Axlin sacudió la cabeza—. Tenía entendido que a los Guardianes no se os permitía preocuparos específicamente por nadie.

—Y tienes razón, pero... —Hizo una pausa. Axlin se percató

de lo mucho que le costaba hablar, y se preguntó por qué—. Me voy mañana, y quería... quería despedirme.

Ella se quedó mirándolo, todavía desconcertada. Xein no era más que una sombra recortada contra la ventana. Seguía sin moverse, manteniendo las distancias. Pero su cuerpo estaba tenso, como si estuviese dispuesto a precipitarse sobre ella en cualquier momento. Axlin retrocedió un paso más, inquieta. No sabía si era su postura lo que la perturbaba o el hecho de que, en el fondo, deseaba que él se arrojara sobre ella para estrecharla entre sus brazos.

—¿Te han destinado a otro sitio? —acertó a preguntar.

—Sí, pero no a cualquier sitio. —Inclinó la cabeza, rompiendo por fin el contacto visual. Ella respiró hondo, un poco más relajada—. Me envían al frente oriental. A la Última Frontera.

Parecía que quería añadir algo más, pero se mantuvo en silencio, atento a su reacción. Axlin tragó saliva.

—No sé mucho sobre ese lugar —murmuró—. Pero tengo entendido que es peligroso hasta para los Guardianes.

Xein sacudió la cabeza.

—Eso es lo de menos. Lo que quiero que sepas es que yo... no voy a estar por aquí. Sé que las autoridades no ven con buenos ojos que los ciudadanos porten armas, pero ya has visto lo que ha pasado hoy con el cegador, y... en fin, me quedaré más tranquilo si sé que eres capaz de defenderte de cualquier cosa que pueda atacarte. Cualquier cosa, ¿oyes?, aunque sea algo diferente a todo lo que hayas visto antes.

Axlin entornó los ojos.

—He visto muchas cosas, Xein —le recordó—. Y, además, he estudiado los bestiarios de la biblioteca. Créeme: a estas alturas no hay nada que no haya visto antes.

Él vaciló, como si quisiera rebatir aquella afirmación. Pero finalmente permaneció callado.

—Por otro lado —prosiguió ella, cada vez más desconcertada—, ¿no dices siempre que las personas corrientes debemos confiar en los Guardianes?

El rostro de él se iluminó de repente con una sonrisa de alivio.

—Sí —se apresuró a contestar—. Sí, por supuesto. Confía en los Guardianes. Si te encuentras con cualquier cosa extraña, no dudes en acudir a ellos y pedirles ayuda. Te protegerán, aunque yo no esté. De hecho...—Dudó un instante, pero al fin inspiró hondo y prosiguió—, si en algún momento te cruzas con alguien que se parece mucho a mí..., ten muy claro que no soy yo, ¿de acuerdo? Porque yo ya no estaré.

Axlin lo miró extrañada.

—Xein, ¿de qué estás hablando? Sé que todos los Guardianes os parecéis un poco de lejos, pero ¿cómo voy a confundirte con otro? Te conozco, ¿recuerdas?

Él seguía negando con la cabeza. Axlin percibió la profunda angustia que subyacía en sus palabras cuando habló de nuevo:

—Si esa cri..., si esa persona —se corrigió— que se parece a mí llegara a acercarse a ti..., es posible que se comporte de forma... inapropiada.

—¿Inapropiada? —repitió ella levantando una ceja—. ¿En qué sentido?

Xein resopló, abrumado, pero no respondió.

—¿Qué estás intentando decirme? —insistió ella—. ¿Qué está pasando?

El joven se irguió, inspiró hondo y soltó de sopetón:

—Si alguna vez me acerco a ti y te digo que te amo..., o te beso..., o intento... seducirte de alguna manera..., no me escuches. Ni te creas una sola palabra de lo que te diga. Aléjate de mí todo cuanto puedas y ve a pedir ayuda a otro Guardián.

Axlin se quedó mirándolo, boquiabierta, sin saber muy bien qué responder a aquello.

—Porque si actúo así, Axlin —concluyó él—, se debe a que no soy yo, sino otra persona. No lo olvides nunca.

—Pero... pero... —logró decir ella por fin—, ¿por qué...?

—Porque yo nunca me comportaría de ese modo —concluyó él, quizá con mayor brusquedad de la que debería—. ¿Queda claro?

Ella inspiró hondo, herida. No obstante, trató de disimular el daño que sus palabras habían infligido en su corazón.

—¿Qué te hace pensar que yo estoy interesada en que tú te... comportes de ese modo? —preguntó con voz helada.

Xein se volvió para mirarla y se quedó quieto de pronto, como si la viera por primera vez.

—Cierto —reconoció por fin—. Quizá me he... precipitado, y tú no..., después de todo, tú no... —Respiró profundamente, tratando de organizar sus ideas—. Tú estás ahora con el chico De Galuxen. Así que puede que sea él quien trate de... —Hundió el rostro entre las manos, abrumado—. ¿Cómo saber si...? ¿Qué voy a hacer ahora?

Axlin apretó los dientes.

—Dex y yo no somos pareja —informó con frialdad—. Y, de todas maneras, no es asunto tuyo, Guardián. Sigo sin comprender por qué te presentas en mi casa de madrugada, farfullando incoherencias sobre mi vida sentimental, insinuando que podrías... intentar seducirme o algo así..., pero que nunca lo harías... Por el amor del Jerarca, ¿quién te has creído que eres?

—Axlin...

—No, Xein, no he terminado de hablar. —Su tono era bajo, pero ferozmente indignado— No tienes ningún derecho a venir aquí a decirme todo esto... cuando llevas meses apartándome de tu lado o ignorándome en el mejor de los casos... Y no creas que no comprendo en el fondo por qué te comportabas así conmigo... Al fin y al cabo, después de lo de Rox...

—¿Rox? —cortó él, tenso—. ¿Qué tiene que ver ella con todo esto?

—Sé que estáis juntos... o que lo estuvisteis..., y que os castigaron por ello.

—¿Quién te ha dicho...?

—Eso da igual —interrumpió Axlin. Por fin tenía la oportunidad de soltarle a la cara todo lo que sentía, y no pensaba permitir que se lo impidiera—. El caso es que ahora entiendo por qué debías mantenerte alejado de mí...

Xein entornó los ojos.

—¿Lo entiendes de verdad?

—Y pienso que es lo mejor para los dos. Porque tú y yo somos muy diferentes, porque ya no puedo confiar en ti como antes y porque es evidente que, si vas a romper las normas a causa de una chica, si te vas a arriesgar a que te torturen a latigazos, es lógico que sea por alguien como tú.

»Así que no importa lo que yo sienta por ti. Tú y yo no podemos estar juntos, y en ningún caso deberías haber llamado hoy a mi ventana ni...

Axlin no pudo seguir hablando, porque Xein había salvado en dos zancadas la distancia que los separaba y la estrechaba ahora contra su cuerpo. La boca del Guardián buscó la suya y, antes de que ella pudiera darse cuenta, él ya la estaba besando con desesperación. La joven se puso tensa un instante, pero después se derritió entre sus brazos y bebió de aquel beso sin pensar en nada más. Xein la abrazó con fuerza y ella acarició su corto cabello castaño, añorando la época en que podía enredar sus dedos en él.

—Te quiero, Axlin —susurró él en su oído.

Ella cerró los ojos, luchando por mantener el control de sus actos mientras sus emociones amenazaban con desbordarla. Su parte racional chillaba desde algún olvidado rincón de su mente que aquello no era normal, que no entendía nada, que no comprendía por qué Xein se comportaba de aquella manera, que no podía estar realmente segura de...

«No me escuches», había dicho él apenas unos minutos antes. «Ni te creas una sola palabra de lo que te diga.»

Pero lo único que deseaba su corazón era dejarse llevar.

—Xein —logró susurrar, por fin—. Te he echado de menos.

Él se estremeció entre sus brazos.

—Yo... —murmuró.

Y de pronto se separó de ella con brusquedad.

—No debería. No debería. Lo siento, Axlin.

Parecía absolutamente horrorizado, y ella lo miró sin comprender.

—¿Qué...?

—Esto es justo lo que nunca volveré a hacer —dijo él, temblando violentamente—. Jamás, Axlin. Si alguna vez vuelvo a intentarlo..., no me lo permitas. Mantenme alejado como sea, acribíllame con uno de tus virotes envenenados si lo crees necesario, pero no dejes que vuelva a tocarte jamás.

—¿Te has vuelto loco, Xein? —casi gritó ella, con los ojos llenos de lágrimas.

Él dejó escapar una breve carcajada.

—Puede que sí. Puede que sí, por todos los monstruos. —La miró de nuevo, con una intensidad que a ella le puso la piel de gallina—. No puedo volver a besarte, porque no debo tocarte, ni a ti ni a ninguna otra mujer. Porque no soy como ellos y no pienso permitir que... No voy a perpetuar mi linaje una generación más. No lo consientas tú tampoco, Axlin. Te lo ruego.

Ella retrocedió, alarmada.

—Xein, me estás asustando.

El joven se frotó los ojos con cansancio.

—Da igual, sé que lo único que he conseguido con todo esto es confundirte más. Tan solo recuerda, por favor, que me marcho mañana al frente oriental y que no regresaré jamás.

—Pero...

—No volverás a verme, Axlin. Así que, si en alguna ocasión te encuentras con alguien que dice ser yo..., no le creas. Por mucho que se parezca a mí, tan solo recuerda... que el de hoy ha sido nuestro último beso. —Vaciló un instante, como si quisiera añadir algo más, pero al fin concluyó—: Y esto es todo cuanto tenía que decirte hoy. Lo siento.

Dio media vuelta para marcharse, pero Axlin lo retuvo cuando ya volvía a encaramarse a la ventana.

—¡Espera! No lo entiendo. ¿Por qué dices que nunca regresarás?

Él se volvió para mirarla.

—Porque es en la Última Frontera donde mueren casi todos los Guardianes, Axlin.

Ella se estremeció.

—Entonces no vayas. Por favor, no vayas.

Xein alzó la mano para acariciar su rostro una última vez. Pero cambió de idea, cerró el puño y volvió a dejar caer el brazo, impotente.

—No tengo ningún otro sitio adonde ir —replicó sacudiendo la cabeza—. Nadie deserta de la Guardia. Si me convierto en un traidor, mis propios compañeros se verán obligados a darme caza. No quiero hacerles pasar por eso.

Los ojos de Axlin estaban llenos de lágrimas.

—Cuídate, por favor —prosiguió él—. Y recuerda que los peores monstruos son aquellos que no lo parecen.

—¿Cómo...?

—Escribe eso en tu libro. Con un poco de suerte, algún día alguien lo comprenderá.

—¡Xein, espera! —exclamó Axlin, pero era demasiado tarde.

El Guardián ya se alejaba por los tejados, silencioso como una sombra bajo el cielo nocturno.

—¡Xein! —llamó ella de nuevo.

—Axlin, ¿qué pasa? —preguntó de pronto una voz a su espalda, sobresaltándola—. ¿Por qué gritas de esa manera?

Ella se volvió, con los ojos llenos de lágrimas. En la puerta de su cuarto estaba Maxina, en camisa de dormir y con un candil en la mano, contemplándola con desconcierto.

—Por los Ocho Fundadores, niña, ¿qué sucede? ¿Por qué lloras?

Axlin no tuvo ya fuerzas para mantenerse en pie. Se apoyó contra la pared y se abrazó a sí misma, sollozando.

—Ha sido... una pesadilla..., solo una pesadilla —logró farfullar por fin.

Maxina depositó el candil sobre la mesilla, corrió junto a ella y la envolvió en un abrazo consolador.

—Mi pobre niña... Has visto tantas cosas horribles en tus viajes... Es normal que tengas malos sueños a veces. Pero ahora estás en la Ciudadela, a salvo...

Axlin, sin embargo, no podía estar de acuerdo con aquella afirmación. Porque había conocido a Xein cuando se enfrentaba a los monstruos prácticamente sin ayuda y nunca lo había visto tan asustado, tan desesperado y tan destrozado como aquella noche.

«Los peores monstruos son aquellos que no lo parecen», había dicho.

No podía permitir que se marchara así, sin más. Tenía que averiguar qué estaba sucediendo. Y debía evitar como fuese que lo enviaran al frente oriental.

30

Momentos después, ya vestida y con la ballesta pendiendo de la cadera, bajaba precipitadamente las escaleras, seguida por Maxina.

—Axlin, no creo que sea una buena idea... —estaba diciendo la casera.

Pero la muchacha no la escuchaba. Cuando estaba a punto de salir, Maxina la adelantó y se interpuso entre ella y la puerta principal.

—No puedo permitir que salgas de noche, Axlin. Es peligroso.

—Pues es exactamente lo que voy a hacer, Maxina, con tu permiso o sin él. Eres mi casera, no mi perro guardián.

La mujer lanzó una exclamación consternada.

—¡Me preocupo por tu seguridad, eso es todo! Si no fuera por mí, ¿quién cuidaría de ti?

Axlin abrió la boca para protestar, pero de pronto comprendió que no podía perder más tiempo discutiendo. Así que, antes de que Maxina pudiese replicar, la apartó y salió al exterior sin mayor ceremonia.

—¡Axlin! —oyó que gritaba tras ella la mujer—. ¡No tienes permiso para salir de noche!

«Me da igual», pensó ella apretando los dientes.

Recorrió cojeando las calles del segundo ensanche mientras elaboraba mentalmente un plan de acción. Recordaba que el tío de Oxania era general de la Guardia, y que tanto ella como Dex se consideraban en deuda con Xein por haberlos salvado en el canal. Todavía tenía sus dudas sobre lo que había sucedido realmente aquel día, pero había decidido dejarlas a un lado hasta que contase con una explicación lógica que pudiese rebatir la prueba que constituía el cuerpo de Broxnan, que ella misma había tenido ocasión de examinar.

No tenía modo de llegar hasta la ciudad vieja porque no disponía de permiso para entrar allí, ni de día ni de noche. En el primer ensanche, no obstante, podía tratar de contactar con Rox, o tal vez con Yarlax, en el cuartel de la Guardia; a lo mejor podía convencer a alguno de ellos para que enviara un mensaje a la ciudad vieja. Había pensado también en buscar a Dex en la biblioteca, pero él no estaría allí a aquellas horas de la noche, y quizá para cuando llegara al día siguiente, Xein ya se habría marchado.

Dio por supuesto que no tendría ningún problema en entrar en el primer ensanche, a pesar de lo tardío de la hora. Era cierto que solo tenía permiso de trabajo, y eso no incluía paseos nocturnos hasta el cuartel de la Guardia, pero los vigilantes de la puerta solían hacer la vista gorda con ella porque la conocían y sabían que a menudo se quedaba a trabajar hasta tarde en la biblioteca. Por otro lado, a pesar de que se le había prohibido salir de casa por la noche, dudaba mucho que ellos estuviesen al tanto de ese hecho. Al fin y al cabo, todo el mundo sabía que los trámites en la Ciudadela eran lentos y tardaban en hacerse efectivos, sobre todo ahora que los funcionarios estaban tan desbordados.

Pero Axlin no había contado con encontrar las enormes puertas de la muralla cerradas a cal y canto. Se detuvo ante ellas, perpleja. Por lo que tenía entendido, las puertas interiores de la Ciudadela siempre permanecían abiertas.

Entonces recordó que el día anterior una funcionaria les había comunicado a ella y a Loxan que el Jerarca había promulgado un nuevo edicto en el que ordenaba mantenerlas cerradas después de la puesta de sol.

Se le cayó el alma a los pies. Lo había olvidado por completo. ¿Cómo iba a entrar en el primer ensanche ahora? Si esperaba al amanecer, no tendría tiempo de intentar hacer algo por Xein.

Miró a su alrededor, angustiada, pero no vio a nadie a quien pudiera tratar de convencer para que la dejase entrar. Con un resoplido exasperado, llamó a la puerta con todas sus fuerzas. Los golpes resonaron por toda la calle, pero nadie respondió.

«¿Cómo es posible que hayan dejado la puerta sin vigilancia?», se preguntó, perpleja.

Por lo general, las puertas interiores solían estar custodiadas día y noche por dos Guardianes y un funcionario de Orden y Justicia. Imaginó que estarían haciendo turnos dobles en el anillo exterior.

Sin saber muy bien qué hacer a continuación, volvió a golpear la puerta con los puños. Después aferró la aldaba con ambas manos y tiró de ella, tratando de abrir. Como no lo consiguió, la dejó caer sobre la superficie de madera con desesperación.

—Oye, oye, ¿se puede saber qué estás haciendo? —sonó entonces una voz tras ella, sobresaltándola.

Axlin se dio la vuelta. Dos alguaciles se acercaban con el ceño fruncido.

—Yo... no sabía que iban a cerrar la puerta, y... —farfulló—. Por favor, tengo que entrar...

—Muéstrame tus credenciales, chica.

Ella se quedó paralizada un momento, pero se apresuró a sacar el documento de su zurrón.

—Axlin, barrio oeste, segundo ensanche —leyó el oficial—. Tienes permiso para visitar el primer ensanche de día, pero no de noche.

—Lo sé, pero se trata de una emergencia...

—Un momento —intervino entonces el segundo alguacil—. ¿Has dicho Axlin, barrio oeste, segundo ensanche?

Rebuscó en la bolsa que pendía de su costado y sacó un fajo de papeles. Los consultó hasta que encontró lo que estaba buscando.

—Sabía que me sonaba tu nombre —dijo por fin con gesto triunfal—. Tienes prohibido salir de tu casa después de la puesta de sol.

Ella palideció.

—Pero... pero...

—Tendrás que acompañarnos a la oficina del Delegado, ciudadana. Ahora mismo.

—Pero ¡tengo que ir al cuartel de la Guardia! ¡Es muy importante!

Los alguaciles cruzaron una mirada y avanzaron hacia ella, con la intención de detenerla a la fuerza. Axlin se llevó la mano a la ballesta por puro reflejo, y comprendió enseguida que había cometido un grave error.

—¡Vas armada! —exclamó uno de los vigilantes.

Ella retrocedió un paso, tratando de pensar. Si causaba problemas, quizá le quitarían el permiso de residencia; en ese caso volverían a expulsarla al anillo exterior, esta vez para siempre.

Retiró las manos de la ballesta y las alzó en el aire, conciliadora.

—Se... se trata de un malentendido —logró farfullar—. No soy peligrosa. No voy a hacer daño a nadie. Os acompañaré a ver al Delegado.

«Y espero que sea rápido», añadió para sí misma.

Aunque conocía bien la burocracia de la Ciudadela y sabía que aquellas cosas nunca lo eran.

El capitán Salax salió al patio cuando los primeros rayos de sol comenzaban a rozar los tejados de la Ciudadela. Allí lo esperaban ya cuatro Guardianes con los caballos preparados.

Uno de ellos, sin embargo, sostenía de la brida a una quinta montura cuyo jinete aún no había hecho acto de presencia.

—¿No ha llegado Xein todavía? —preguntó el capitán.

—No, señor —respondió una Guardiana de ojos dorados.

Salax frunció los labios, pero no dijo nada.

—¿Reportamos su insubordinación, señor? —planteó ella, inquieta.

El capitán iba a contestar, pero una voz se le adelantó.

—No hay ninguna insubordinación que reportar. Ya estoy aquí.

Xein se acercaba con paso sereno y seguro, aunque su rostro se mostraba inusualmente pálido. Saludó a su superior y a sus compañeros y cargó su petate en las alforjas del caballo.

—Buen viaje, Guardianes —les deseó el capitán cuando estuvieron listos.

Ellos inclinaron la cabeza en señal de respeto, aunque Xein desvió la mirada. Sus compañeros regresarían a la Ciudadela después de acompañarlo hasta el frente oriental. Solo él se quedaría allí de forma indefinida.

Momentos después, los cinco jinetes salían del patio en perfecta formación. El capitán Salax se quedó mirándolos, consciente de que probablemente no volvería a ver a Xein nunca más.

Pero no había nada que pudiera hacer para evitarlo.

Axlin llevaba horas recluida en la oficina del Delegado y no parecía que fueran a dejarla salir en breve. Los alguaciles la habían conducido ante un asistente muy alarmado que se había quejado de que aquellas no eran horas para visitar al Delegado, que obviamente se encontraba en su casa durmiendo y que no llegaría a la oficina hasta la mañana siguiente. La joven había suplicado que la dejaran marchar, prometiendo que regresaría cuando el Delegado pudiera atenderla, pero los alguaciles habían insistido en que no tenía permiso para salir a la calle por la noche. La habían encerrado en una celda y, una vez más, le habían arrebatado su zurrón y su ballesta y los habían depositado en manos del atribulado asistente.

Axlin estaba desesperada. La visita nocturna de Xein le había causado muchos más problemas de los que había previsto en un principio. Había salido armada de casa siguiendo su consejo, y con ello solo había conseguido parecer más rebelde y peligrosa a los ojos de los funcionarios. No le sorprendería nada que volvieran a confiscarle la ballesta, pensó, abatida, y eso si tenía suerte y no le retiraban también los permisos por incumplir el toque de queda.

De modo que allí estaba, viendo pasar el tiempo mientras el asistente, sentado en un escritorio al fondo de la habitación, trataba de ponerse al día con el papeleo pendiente mientras fingía que ella no se encontraba allí, observándolo a través de la rejilla de la ventana.

En un primer momento había tratado de convencerlo de que la dejara salir; le había rogado, suplicado y jurado por el Jerarca y todos sus Consejeros que no tenía intención de hacer daño a nadie. Pero él parecía sentirse más abrumado con cada palabra que Axlin pronunciaba, por lo que ella comprendió finalmente que lo mejor era dejarlo trabajar en paz y permanecer en silencio para no importunarlo.

Por fin, al rayar el alba, la puerta se abrió y entró el Delegado, un anciano delgado e irritable que se mostró muy desconcertado al encontrarla allí encerrada. Su asistente le explicó la situación, muy nervioso, pero con ello solo consiguió molestarlo más.

—¿Me estás diciendo que han detenido a esta ciudadana solo porque paseaba de noche por el segundo ensanche?

—Se... señor, no tenía permiso para...

—¡Tengo doscientas treinta y seis peticiones de ciudadanía que revisar y quinientos cuarenta y nueve permisos de estancia que firmar...!

—Quinientos cincuenta y dos —se atrevió a corregir el funcionario.

—¡... el anillo exterior desbordado de gente y esos inútiles se preocupan por una muchachita que pasea por la noche! ¡Y la detienen! ¡Y me la traen aquí!

—Pero..., señor, llevaba una ballesta.

—¿Y qué?

El asistente se quedó mirándolo, sin saber qué responder.

—¡Si llevaba una ballesta, bien por ella! ¡Significa que esta muchachita sabe defenderse y está dispuesta a hacerlo, por todos los monstruos! ¡Y ya era hora de que alguien en esta ciudad empiece a pensar por sí mismo!

—Pero...

—¡Sácala de ahí inmediatamente!

El funcionario obedeció, aún perplejo. Axlin recuperó sus cosas y se adelantó para darle las gracias al Delegado, pero este le señaló la puerta y ordenó:

—¡Largo de aquí! Y no me hagas perder más el tiempo, o de lo contrario...

Axlin asintió y salió corriendo de la oficina, todavía sin acabar de asimilar que la hubiesen soltado sin más. Una vez en la calle, alzó la mirada hacia el cielo. Estaba ya clareando. Con un poco de suerte, no tardarían en abrir la puerta de la muralla.

Con un poco de suerte, llegaría al cuartel de la Guardia a tiempo para ver a Xein una última vez. Porque estaba claro que ya no lograría evitar que lo alejasen de su lado para siempre.

De modo que echó a andar todo lo deprisa que pudo. Habría corrido, de haber podido; pero, una vez más, su pie torcido la ralentizaba.

Halló —esta vez sí— la puerta de la muralla abierta, y se apresuró a cruzar. En aquel sector de la ciudad no había colas. Después de todo, ninguno de los recién llegados tenía permiso para entrar en el primer ensanche. Recorrió la avenida oeste, pensativa, en dirección al cuartel general de la Guardia.

Aún no sabía qué haría si llegaba a encontrarse con Xein antes de que se fuera. Durante su encierro había tenido tiempo de reflexionar sobre lo que él le había dicho, sobre la forma en la que se había comportado, y no le encontraba ningún sentido. La había besado y le había dicho que la quería, pero también había afirmado que no podían estar juntos bajo ningún concepto y que jamás volverían a verse.

También había insinuado que existían monstruos que ella no conocía.

Y que había alguien tan similar al propio Xein que podría llegar a confundirlo con él. ¿Un hermano gemelo, tal vez? ¿Era eso lo que había encontrado en la Guardia que lo había alterado tanto?

Se quedó quieta un momento, perpleja. ¿Y si...?

Sacudió la cabeza y prosiguió la marcha. No debía seguir aquel curso de pensamiento. Resultaba tentador creer que la persona que había arrojado su lanza contra Broxnan no era Xein en realidad, sino alguien igual a él. Que el muchacho que la había tratado con tanta indiferencia en los últimos meses no era el mismo que se había entregado apasionadamente a ella tanto tiempo atrás.

No tenía pruebas de ello. No mientras no los viera juntos, al menos, y pudiese constatar que eran realmente dos.

Porque, en el fondo de su corazón, sabía que no era así. Por mucho que le doliera.

Se detuvo de pronto al ver a un grupo de jinetes que avanzaban al paso en su dirección. Eran Guardianes, y el corazón se le aceleró.

Los aguardó, conteniendo el aliento, con la espalda pegada a la pared. Cuando pasaron ante ella, trató de identificarlos.

Dos mujeres y tres hombres, todos jóvenes y vestidos con el uniforme gris de la Guardia de la Ciudadela.

El corazón de Axlin se detuvo un breve instante.

Porque a cuatro de ellos no los conocía, pero el quinto... era Xein.

«He llegado a tiempo», pensó muy aliviada.

—¡Xein! —exclamó, antes de ser consciente de lo que hacía.

Los Guardianes se volvieron hacia ella. La expresión pétrea de Xein se transformó en un gesto de sorpresa y desconcierto cuando la reconoció. Su mirada se suavizó. Pareció que iba a decir algo, pero finalmente sacudió la cabeza y desvió la vista hacia el frente.

Los caballos no se habían detenido en ningún momento, y Axlin avanzó tras ellos, cojeando.

—¡Esperad, por favor!

Xein no se volvió, a pesar de que ella sabía que la había oído perfectamente. Una de las Guardianas tiró con suavidad de las riendas de su caballo para bloquear el camino de la muchacha.

—Vuelve atrás, ciudadana —ordenó—. No puedes seguirnos allá donde vamos.

Axlin se detuvo, angustiada, mientras veía cómo el resto del grupo se alejaba calle abajo.

—Por favor, solo un momento —suplicó—. Dejadme hablar con él.

La Guardiana negó con la cabeza, pero no respondió. Axlin contempló impotente a los jinetes que avanzaban por la avenida. Era consciente de que no había nada que pudiese hacer para detenerlos. Ni siquiera Xein parecía dispuesto a hablar con ella por última vez.

Cuando sus compañeros ya estaban demasiado lejos como para que Axlin pudiera alcanzarlos, la Guardiana espoleó a su caballo, volvió grupas y se alejó al trote para reunirse con ellos.

Axlin aún avanzó un par de pasos más antes de detenerse. Se negaba a creer que no volvería a ver a Xein nunca más.

Se dejó caer de rodillas en la calzada, hundida, incapaz de detener las lágrimas que habían comenzado a rodar por sus mejillas. Los Guardianes se llevaban a Xein lejos de ella... otra vez. Y no había nada que pudiese hacer para impedirlo, entre otras cosas, porque él tampoco parecía dispuesto a tratar de evitarlo.

La última vez, recordó, lo había seguido hasta la Ciudadela y había intentado abordar el primer carro que partía hacia el Bastión. Había pagado muy caro aquel error, y comprendió que no podía permitirse el lujo de cometerlo dos veces.

Pero tampoco podía aceptar que él se marchase sin más. Mientras continuase con vida, no pensaba darlo por perdido.

Se secó las lágrimas, con rabia. Cuando por fin perdió de vista a los jinetes, se puso en pie y respiró hondo varias veces, tratando de centrarse. Entonces dio media vuelta y prosiguió su camino en dirección al cuartel de la Guardia, mientras su mente elaboraba poco a poco un plan de actuación.

En primer lugar, debía averiguar qué era exactamente el frente oriental, qué clase de monstruos había allí y por qué resultaban tan peligrosos. También sentía curiosidad por los Guardianes a los que enviaban allí. Tenía entendido que era un destino reservado solo para los mejores, los más hábiles, capaces y experimentados. Pero Xein era prácticamente un novato y, tal como lo había planteado, daba la sensación de que su nueva misión era más bien un destierro, un castigo, y no precisamente una recompensa.

Había demasiadas cosas que no comprendía. Y, cuando había algo que no comprendía..., Axlin sentía la necesidad de investigarlo hasta encontrar las respuestas que buscaba.

Por otro lado, mientras mantuviera la mente ocupada, podría tratar de ignorar la tristeza y la impotencia que se habían instalado en su corazón, anudando su garganta y humedeciendo sus ojos. Apretó los dientes. No pensaba volver a llorar. No mientras existiera alguna posibilidad, por remota que fuera, de volver a reunirse con Xein en el futuro. Aunque él hubiese jurado la noche anterior que aquel había sido su último beso, aunque su corazón latiera por Rox. Lo único que Axlin sabía era que debía salvarlo, no solo de los monstruos, sino del miedo y la angustia que lo torturaban por dentro.

«Tengo que saber», se repetía a sí misma. «Tengo que saber.»

Rox se había despedido de Aldrix en la ciudad vieja y se encaminaba al cuartel para disfrutar de su turno libre cuando oyó que alguien la llamaba. Se dio la vuelta y vio a Axlin cruzando la calle para reunirse con ella.

Se detuvo para esperarla, intrigada. Era poco probable que quisiera volver a hablar sobre la muerte de Broxnan de Galuxen, así que supuso que se trataría de Xein. Se preguntó si se habría enterado ya de que había regresado a la Ciudadela.

—Axlin —dijo, cuando la muchacha se detuvo junto a ella, jadeando—. ¿Qué sucede?

Reparó en la ballesta que colgaba de su cadera, pero optó por no comentar nada al respecto.

—¿Has... visto a Xein? —planteó Axlin.

La Guardiana se envaró.

—No —respondió con cierta brusquedad.

No había vuelto a verlo desde que los habían sancionado a ambos a causa de aquel beso. Y probablemente no volverían a encontrarse en mucho tiempo, si es que lo hacían alguna vez.

Pero Axlin no tenía por qué saberlo, ni tenía la culpa de lo que había sucedido entre los dos.

—Ha regresado a la Ciudadela —añadió, con un tono de voz más amable—, pero no hemos coincidido aún, y es poco probable que volvamos a hacerlo antes de que se marche de nuevo.

Axlin se quedó mirándola.

—¿Cómo... puedes estar tan tranquila?
—¿Disculpa?
—Lo han enviado al frente oriental. ¿Acaso no te importa?
Rox se quedó helada.
—Eso no es posible —murmuró—. Allí solo envían a los Guardianes con experiencia. Xein es demasiado joven y...
—¿Qué hay allí que sea tan peligroso? —siguió preguntando Axlin—. ¿Acaso existen monstruos que no figuran en los bestiarios?
Rox hizo una pausa antes de responder:
—Sí que figuran en los bestiarios, al menos en los que yo he visto. Tal vez la Guardia no los comparta con la gente corriente porque no son la clase de monstruos que pueden encontrarse en los caminos o en las aldeas.
—¿Ah, no? —inquirió Axlin, súbitamente muy interesada—. ¿Y cómo son?
La Guardiana no contestó a la pregunta.
—¿Qué te hace pensar que han enviado allí a Xein? —planteó en cambio, fijando en Axlin sus ojos de plata—. ¿Quién te lo ha dicho?
—El propio Xein. —La muchacha sostuvo la mirada de la Guardiana sin pestañear—. Vino a verme ayer por la noche.
Rox negó con la cabeza.
—Los Guardianes no podemos relacionarnos con las personas corrientes, Axlin. No hasta el punto de hacerles... visitas nocturnas.
—Estaba muy mal. No parecía él mismo.
Ella entornó los ojos.
—Explícate.
Axlin dudó un momento. Por lo que ella sabía, Rox y Xein habían mantenido alguna clase de relación... lo bastante íntima como para que sus superiores decidieran sancionarlos a ambos por ello. Quizá no fuera prudente repetir ante ella las apasionadas

palabras que Xein le había dirigido la noche anterior. Y mucho menos hablarle del beso que habían compartido.

—Me dijo que quería despedirse —respondió con precaución—. Que no volveríamos a vernos nunca. Y que, si por alguna razón creía encontrarme con él..., debía desconfiar.

Rox alzó una ceja.

—¿Desconfiar?

—Especialmente si se mostraba... cariñoso conmigo. Porque no sería él mismo, sino otra persona.

La Guardiana puso los ojos en blanco.

—Oh, por todos los dioses —masculló con exasperación—. No puedo creer que siga dándole vueltas a la misma historia. Escucha, Axlin, no sé... —Se interrumpió al darse cuenta de que ella la miraba con los ojos muy abiertos—. ¿Qué sucede?

—¿Qué acabas de decir? —preguntó ella a su vez.

—¿A qué te refieres?

—Has mencionado a los dioses. —Rox parpadeó con desconcierto—. ¿Has oído hablar de ellos? ¿Sabes lo que son?

—No es más que una expresión —contestó la Guardiana, aún perpleja—. Es algo que solía decirse en la aldea en la que nací. No sé lo que significa. No tiene importancia, en realidad. —Se encogió de hombros—. Algunas costumbres son difíciles de olvidar.

—¿Naciste en una aldea... donde se mencionaba a los dioses a menudo? —quiso asegurarse Axlin.

—Los Guardianes no debemos evocar nuestra vida anterior —le recordó Rox—. No voy a responder a ese tipo de preguntas. Y ahora, si me disculpas, he de volver al cuartel.

Se dio la vuelta para marcharse.

—Es curioso —dijo Axlin a sus espaldas—. Ayer, precisamente, un amigo me contaba que hace años estuvo en una aldea donde nacían muchos niños con ojos plateados... como los tuyos. —Rox se detuvo en seco—. Allí creían que aquellos bebés eran hijos de una criatura a la que nadie podía ver. Decían que era un dios.

La Guardiana se volvió hacia la muchacha, que retrocedió ante la súbita expresión inflexible que mostraba su rostro.

—¿Dónde has oído eso?

—Me lo contó un buhonero. —Axlin se cruzó de brazos—. ¿Conoces la aldea de la que hablo?

—¿Un dios es una criatura a la que nadie puede ver? —siguió interrogando Rox, sin responder a su pregunta.

—No sé lo que es un dios. ¿Por qué te interesa tanto? No es más que una expresión, ¿no es cierto?

La Guardiana dio un paso atrás, ceñuda, y sacudió la cabeza sin una palabra.

—¿Quieres averiguar más cosas? —preguntó Axlin, al ver que se disponía de nuevo a marcharse—. Entonces, quizá no tengas que ir demasiado lejos para encontrar respuestas —concluyó, señalando el edificio que se alzaba al otro lado de la calle.

Rox contempló la biblioteca unos instantes, y después volvió a mirar a Axlin.

—Está bien —accedió—, pero que sea rápido.

31

La maestra Prixia se volvió hacia los tres jóvenes, sorprendida, y los miró por encima de sus anteojos.

—¿Queréis saber cosas sobre los dioses? —preguntó—. Son historias muy antiguas. Comprendo que puedan suscitar la curiosidad de los eruditos, pero no imaginaba que interesasen también a los Guardianes —añadió, echando un vistazo a Rox.

Ella se limitó a desviar la mirada y no contestó.

—Yo nunca había oído hablar de los dioses —manifestó Dex, sinceramente interesado—. ¿Son algún tipo de monstruo?

Axlin notó que Rox inspiraba hondo ante aquella pregunta, pero no hizo ningún comentario. Tenía la sensación de que la Guardiana sabía cosas que no quería compartir con ellos; pero ahora estaba allí, tratando de encontrar respuestas a cuestiones que también eran un enigma para ella. Axlin era consciente de que, cuanto más tiempo consiguiese retenerla en la biblioteca, más posibilidades tendría de sonsacarle alguna información.

—Las historias sobre los dioses son anteriores a los monstruos —respondió la maestra Prixia, y los tres la contemplaron con incredulidad.

—¿Cómo puede haber algo anterior a los monstruos? —inquirió Axlin—. ¿No han existido desde siempre?

—Al parecer, no. Según los relatos más antiguos, hubo una época en la que no había monstruos. —Hizo una pausa mientras Rox, Dex y Axlin asimilaban las connotaciones de aquella revelación—. La gente de entonces creía en los dioses: seres a los que atribuían grandes poderes e incluso influencia sobre el tiempo, las estaciones, la vida y la muerte, y el mundo en general. Al parecer, las personas pensaban que era conveniente tener satisfechos a los dioses para que les proporcionaran salud, protección y bienestar. Cuando sucedía una desgracia, se debía, según ellos, a que algún dios estaba disgustado y les había retirado su favor. De modo que realizaban rituales para pedirles buenas cosechas, tiempo favorable o partos sin complicaciones.

Axlin escuchaba con perplejidad creciente. En este punto del relato, no pudo evitar interrumpir a la bibliotecaria para preguntar:

—Pero ¿cómo es posible? ¿Existían realmente esos dioses? ¿Tenían poder para cumplir los deseos de la gente?

—Hasta donde nosotros sabemos, no. Pero estas creencias reconfortaban a las personas de la antigüedad y les conferían alguna clase de seguridad en un mundo repleto de fenómenos que no podían controlar.

—¿Por qué razón necesitarían sentirse seguros los habitantes de un mundo sin monstruos? —planteó entonces Rox, despegando los labios por primera vez.

—Eran otros tiempos —respondió la maestra Prixia, con un leve encogimiento de hombros—. Y fueron precisamente los monstruos los que acabaron con los dioses, de alguna manera, porque, cuando invadieron el mundo..., los humanos descubrieron que sus dioses no podían protegerlos, por mucho que los invocaran. Así que, con el tiempo, dejaron de creer en ellos y se centraron en sobrevivir.

Axlin asintió. Aquella actitud le parecía mucho más lógica y sensata.

—Con el tiempo —prosiguió la bibliotecaria—, las personas abandonaron todas las supersticiones que no resultaban efectivas contra los monstruos. Principalmente, porque los que seguían confiando en ellas no sobrevivían mucho tiempo. Los que sí lo hacían, tomaban nota y no repetían errores. Así fue como los dioses, los rituales, los conjuros y los amuletos protectores cayeron en el olvido. Los habitantes de los enclaves empezaron a desarrollar sus propias tradiciones y rituales..., seleccionando solo aquellos que habían probado ser completamente eficaces: llevar el pelo corto para evitar a los dedoslargos; plantar espinos al pie de la empalizada para entorpecer el paso de los trepadores; bañarse en esencia de limón para repeler a los sindientes... Todo eso se hace porque funciona.

Axlin miró de reojo a Rox, pero ella parecía haber perdido interés en la explicación de la maestra Prixia. Se preguntó qué había esperado averiguar sobre los dioses y recordó la conversación que las había llevado hasta allí en primer lugar.

—¿Es posible que hoy en día exista alguna aldea donde la gente todavía crea en dioses? —planteó.

—No veo cómo. Si fuera así, no habría sobrevivido mucho tiempo. No se puede plantar cara a los monstruos confiando en algo que no es real.

Axlin bajó la cabeza, pensativa. Conocía lo bastante a Loxan como para saber que no se había inventado aquella historia sobre la aldea de los Guardianes. Si los dioses no existían, ¿cómo era posible que aquellas personas hubiesen prosperado conservando sus antiguas supersticiones? La única explicación que encontraba era que, al menos en aquel caso, no se tratase de supersticiones en realidad.

Que realmente hubiese algo o alguien desconocido entre los habitantes de aquel enclave.

Algo o alguien que nadie podía ver.

Algo o alguien que quizá...

Se volvió hacia Rox, interrogante. Y fue entonces cuando descubrió que ella había salido de la habitación sin hacer ruido y sin despedirse siquiera.

Aún perpleja, agradeció la lección a la maestra Prixia y trató de dedicarse a su trabajo, pero apenas podía concentrarse. Había demasiadas cosas que la distraían. No podía dejar de pensar en Xein y, por otro lado, tenía la sensación de que estaba reuniendo piezas de un rompecabezas de información vital que, sin embargo, no sabía cómo encajar.

El hecho de que apenas hubiese dormido aquella noche no ayudaba tampoco.

—No tienes buena cara —dijo entonces Dex a su lado, sobresaltándola—. ¿Te encuentras bien?

Ella alzó la cabeza para mirarlo a los ojos y suspiró con cansancio.

—Han... enviado a Xein al frente oriental.

Él la miró extrañado.

—¿A la Última Frontera? ¿Para qué? Es en las tierras del oeste donde se necesitan refuerzos.

—No lo sé. Tenía entendido que el frente oriental era un destino para Guardianes experimentados, y él no lo es. Casi parece que sea una especie de... castigo o condena.

—¿Por qué? No tendrá que ver con la muerte de mi hermano...

—No, creo que no. No lo sé seguro, pero tengo entendido que ha... quebrantado algunas normas últimamente. ¿Por qué es tan peligroso el frente oriental, Dex? —preguntó de pronto—. ¿Qué hay en ese lugar?

Él se acarició la barbilla, pensativo.

—Monstruos, supongo. ¿Por qué, si no, enviarían allí a los Guardianes?

—Pero yo conozco prácticamente todos los monstruos que existen. Hay muy pocos capaces de poner en apuros a los Guardianes.

Los dos cruzaron una mirada.

—Ninguna persona corriente ha estado nunca en la Última Frontera —dijo entonces Dex con lentitud—. Es posible que allí haya monstruos de los que solo la Guardia tiene noticia.

Axlin negó con la cabeza.

—Pero he consultado todos los bestiarios que tenemos en la biblioteca. Muchos fueron redactados por los Guardianes. Es verdad que he descubierto en ellos alguna especie que yo no conocía, pero nada que los propios Guardianes no pudieran manejar. —Suspiró—. He preguntado a Rox al respecto, pero no ha querido responderme.

—¿Y sabes... cuándo volverá Xein? —preguntó Dex con delicadeza.

Los ojos de Axlin se humedecieron de nuevo.

—Nunca —susurró—. Es en la Última Frontera donde mueren casi todos los Guardianes.

—¿Quién te ha contado eso?

—Xein. Vino a verme anoche para... despedirse. —Se le tiñeron las mejillas de rubor, y Dex alzó una ceja al advertirlo—. Estaba convencido de que no volveríamos a vernos. Por eso he pensado —añadió ella, antes de que su amigo pudiese responder— que quizá puedas hablar con Oxania para que lo traigan de vuelta. Su tío tiene influencia en la Guardia, ¿no es así?

Dex arrugó el ceño, pensativo.

—Ya entiendo —murmuró—. Sí, podría funcionar. Se lo diré, por supuesto.

El rostro cansado de Axlin se iluminó con una sonrisa.

—¿Lo harás? ¿No te importa?

Él sacudió la cabeza.

—Claro que no, Axlin. Estoy en deuda contigo y con Xein, y

Oxania también. Haremos lo posible por averiguar qué ha pasado con él y por tratar de que vuelva a casa.

Ella dejó escapar una exclamación de alegría y lo abrazó con fuerza, agradecida.

Rox estuvo de guardia en la puerta sur de la muralla interior toda la tarde. Se trataba de un trabajo aburrido y rutinario, por lo que tuvo tiempo para meditar sobre los últimos acontecimientos.

La noticia de que habían enviado a Xein a la Última Frontera la había sorprendido y, aunque no quería reconocerlo, también preocupado. Era demasiado joven para luchar en el frente oriental; no estaba preparado, y era muy probable que no sobreviviera allí demasiado tiempo.

Por otro lado..., Rox había pasado los últimos días convencida de que Xein había desertado de la Guardia y de que tarde o temprano sería expulsado o incluso ejecutado por traidor. El hecho de que lo hubiesen destinado a otro lugar, aunque se tratase del frente oriental, implicaba que él continuaba formando parte del cuerpo y que, por tanto, seguiría con vida por el momento. El tiempo que tardara en caer en combate ya solo dependería de sus propias habilidades y de una buena dosis de suerte.

Pero, si Xein no había desertado..., ¿por qué había abandonado la Ciudadela sin decírselo a nadie? ¿Y adónde había ido?

Rox no se había molestado en intentar averiguarlo con anterioridad porque estaba convencida de que su huida tenía algo que ver con la sanción que les habían impuesto a ambos. Se sentía responsable en cierto modo, y también avergonzada. Y sabía que lo mejor que podía hacer por él era mantenerse alejada de su camino.

Pero ahora Xein había abandonado la Ciudadela, quizá para siempre. Era poco probable que volvieran a encontrarse y, por consiguiente, ella podía permitirse hacer algunas preguntas.

Le inquietaba un poco el hecho de que él hubiese acudido a ver a Axlin la noche anterior. Era lógico que deseara despedirse, pero ¿por qué había tratado de advertirla contra los monstruos innombrables? Parecía que Xein temía que alguno de ellos se hiciese pasar por él para acercarse a ella, pero eso no justificaba de ningún modo que revelase secretos que jamás debían ser compartidos con la gente corriente, y mucho menos con alguien tan perspicaz e inquisitivo como Axlin, quien, era evidente, ya se estaba haciendo preguntas al respecto.

Por un momento, cuando la joven escriba le había hablado de la aldea donde habitaba un ser invisible, Rox había temido que estuviese acercándose demasiado a la verdad. Por eso la había acompañado a preguntar a la bibliotecaria acerca de aquellos «dioses» a los que nadie podía ver, pero se había sentido aliviada y decepcionada al mismo tiempo al comprobar que lo único que tenían era una colección de leyendas sobre antiguos seres mitológicos. Nada que se acercara remotamente a la auténtica naturaleza de los monstruos innombrables.

Para hacer honor a la verdad, Rox no había entrado en la biblioteca con Axlin solo para tratar de descubrir qué había averiguado ella al respecto. Lo había hecho porque aquellas historias sobre «la aldea del dios», donde nacían muchos niños de ojos de plata, la habían removido profundamente por dentro, evocando en ella recuerdos que había dado por enterrados mucho tiempo atrás.

Apartó esos pensamientos de su mente. Probablemente, las historias fuesen solo historias, los dioses fueran solo leyendas, y los invisibles, solamente monstruos.

Decidió centrarse en el destino de Xein y en las razones por las que lo habían enviado al frente oriental. De manera que, cuando regresó al cuartel aquella tarde, buscó a Yarlax para consultarle al respecto. Lo encontró en la cantina, terminando de tomar un rápido tentempié antes de comenzar su turno.

—Tengo que hablar contigo —le dijo sin rodeos.

Él asintió, sombrío.

—Yo también —respondió.

Salieron fuera y buscaron un rincón apartado del patio para mantener una conversación en privado.

—¿Es verdad que a Xein lo han enviado al frente oriental? —preguntó ella.

Yarlax suspiró y desvió la mirada.

—Eso dicen. Yo tampoco quería creerlo, pero parece que alguien se ha cansado de que rompiera las normas constantemente.

—¿Crees que se trata de... un castigo?

—¿Qué otra cosa podría ser? No tiene edad para unirse a las tropas veteranas. Es un buen Guardián, pero le falta experiencia. Me da la sensación de que lo mandan allí porque ya no saben qué hacer con él.

Rox cerró los ojos un momento.

—Tendrían que haberme enviado a mí entonces —murmuró—. No a él.

Yarlax la miró sorprendido.

—¿Piensas que lo han castigado por tu culpa? Ya recibisteis una sanción por... aquello que pasó. Desde entonces, y hasta donde yo sé, tu comportamiento ha sido intachable. En cambio, él desapareció sin más y todos dimos por hecho que había desertado.

—No comprendo por qué se fue —manifestó ella sacudiendo la cabeza—. Si quería alejarse de mí, ¿por qué ha vuelto?

—¿Crees que se fue por ti? —Yarlax inspiró hondo—. Es curioso; yo estaba convencido de que la culpa había sido mía.

Ella frunció el ceño.

—Explícate.

Yarlax resopló, abrumado, sin saber muy bien cómo comenzar su relato.

—El día que os sancionaron... descubrí una cosa acerca de

Xein —dijo por fin—. Debería habérmela guardado para mí, pero pensé que le haría bien saberlo. Se lo dije, y... no tardó ni tres días en salir huyendo.

—¿Qué le dijiste?

El Guardián bajó la mirada, avergonzado.

—Le hablé de su madre. Le conté que seguía viva. Y le dije dónde podía encontrarla. —Ella abrió la boca para replicar, pero él no había terminado—. He hecho cálculos, Rox. Xein ha estado tres semanas fuera. Tiempo suficiente para ir hasta allí y volver.

La Guardiana respiró hondo, tratando de organizar sus pensamientos.

—¿Crees de verdad que fue a ver a su madre? ¿Por qué razón?

—Al parecer, la Guardia se lo llevó de su aldea a la fuerza, y él ni siquiera pudo despedirse de ella. Desde entonces ha pensado que estaba muerta, y a mí... se me ocurrió que, si le contaba la verdad, lo ayudaría a dejar atrás su pasado. No imaginé que iría a comprobarlo por sí mismo.

Una sospecha empezó a germinar en la mente de Rox.

—¿Piensas que solo fue a ver si su madre estaba bien?

Yarlax desvió la mirada.

—Bueno..., no estoy seguro. Últimamente ha estado haciendo algunas preguntas extrañas. Sobre las familias de los Guardianes. Ya sabe que debemos olvidar nuestro pasado y se lo recordé muchas veces antes de que se fuera, pero, aun así, parecía... muy interesado en rastrear sus propios orígenes.

Las palabras que Axlin había pronunciado aquella misma mañana volvieron a asaltar la memoria de Rox: «... una aldea donde nacían muchos niños con ojos plateados... como los tuyos. Allí creían que aquellos bebés eran hijos de una criatura a la que nadie podía ver».

Trató de no pensar en ello.

—Más bien obsesionado —murmuró—. Tenía algunas teorías

sobre los innombrables..., y quizá haya ido demasiado lejos en algunas de sus suposiciones.

—Me confesó que le preocupaban los metamorfos, sí. Hasta el punto de que tenía pesadillas por las noches. Me pareció... raro. Somos Guardianes, no podemos permitirnos el lujo de temer a los monstruos.

Rox sacudió la cabeza con un resoplido.

—Es mucho más que miedo. Me he enterado de que anoche fue a ver a una ciudadana para prevenirla contra los metamorfos, precisamente. No le habló de su existencia —añadió al detectar el gesto alarmado de su compañero—. Guardó el secreto, hasta donde yo sé, y obviamente ella no entendió de qué estaba hablando.

—Fue a ver a Axlin, ¿no es así? —adivinó Yarlax.

Ella sonrió.

—¿Cómo lo sabes? —preguntó.

Su compañero suspiró. Se sacó del bolsillo un papel doblado y se lo tendió. Rox lo desplegó y lo leyó con curiosidad. Decía:

Yarlax, Rox:
Por favor, proteged a Axlin cuando yo ya no esté.
Ellos la están vigilando.
Buena guardia,
                                                                Xein

Alzó la cabeza para mirar a Yarlax, perpleja.

—¿Cuándo te ha dado esto?

—Lo dejó en mi cuarto para que yo lo encontrara. Imagino que, si no te ha escrito a ti también, es porque lo último que os conviene a ambos es que alguien lo vea rondando cerca tu habitación.

Rox volvía a examinar el mensaje.

—¿«Ellos la están vigilando»? —leyó en voz alta—. ¿Se refiere a los innombrables?

—O tal vez a los Guardianes. Por si Axlin estaba cerca de descubrir algo que no debía. —Resopló, irritado—. Pero ¿en qué estaba pensando Xein? Esa chica siempre anda por ahí haciendo preguntas. Es la última persona a la que se me ocurriría darle cualquier clase de pista sobre los monstruos innombrables.

—Sí, estoy de acuerdo —suspiró Rox—. Por fortuna, parece que ella no se tomó muy en serio lo que él le contó anoche. Creyó que estaba delirando o que se había vuelto...

—¿... loco? —la ayudó Yarlax.

Cruzaron una mirada.

—¿Y si por eso lo han enviado lejos, Rox? —aventuró él entonces—. ¿Y si Xein está perdiendo la cabeza? Si es así, tiene lógica que lo hayan destinado al frente oriental para que no ponga en peligro a la gente corriente.

Aquello era una posibilidad, caviló Rox. Pero no era la única.

La otra era que Xein tuviese razón. Que la hubiese tenido desde el principio.

El corazón se le aceleró mientras reunía mentalmente todas las piezas.

Oxania, el metamorfo y su bebé de ojos dorados.

El interés de Xein por los orígenes familiares de los Guardianes.

Su padre ausente y las preguntas que él deseaba formular a su madre..., preguntas para las que tal vez ahora había hallado respuesta.

Su visita nocturna a Axlin y la críptica advertencia que le había dirigido.

Y, por último, la historia del buhonero acerca de aquella aldea con un número inusual de Guardianes de ojos plateados. Hijos de una criatura a la que nadie podía ver.

—¿Rox? —dijo Yarlax entonces—. ¿Te encuentras bien?

Ella alzó la cabeza, tratando de centrarse. Había indicios, pero no certezas. Probablemente, Xein estaba equivocado.

Si hubiese algún modo de saberlo seguro, sin embargo...

Respiró hondo. Le había costado mucho arrinconar algunos recuerdos dolorosos de su infancia en algún lugar recóndito de su memoria, donde no tuviera que volver a enfrentarse a ellos. Se había propuesto olvidarlo todo, empezar de nuevo como Guardiana y no volver a mirar nunca atrás.

Pero, si Xein tenía razón..., si la historia del buhonero era cierta...

«He de investigarlo», se dijo.

—Estoy bien —contestó—. Tengo que irme.

Le dio la espalda para marcharse, pero él la detuvo.

—Espera, Rox. —Ella se volvió para mirarlo, interrogante—. Xein me contó lo que pasó entre vosotros —prosiguió él, incómodo—. Sé que se han reportado otros casos, ¿sabes? De Guardianes que pierden el control a causa del veneno aturdidor.

—Fuimos a ver a Vix después de lo que sucedió —dijo ella a media voz—. Y nos lo contó. Nos dijo también que, «oficialmente, el veneno aturdidor ni siquiera existe» —recordó, repitiendo las palabras de la médica.

Yarlax negó con la cabeza.

—En la Guardia se sabe que esto pasa, pero sancionan igualmente a los afectados si rompen las normas, aunque no hubiesen sido dueños de sus actos entonces. Yo pienso que no deberían hacerlo. Y, por descontado —concluyó en voz baja—, tampoco deberían haberte sancionado a ti.

Rox esbozó una leve sonrisa.

—No deberían haber sancionado a Xein, estoy de acuerdo —respondió—. En cambio, yo sí lo merecía. —Le dio la espalda y musitó—. Él me besó contra su voluntad. Pero yo le devolví el beso.

Se alejó de él, deprisa, antes de que Yarlax pudiese replicar.

32

El almacén de Maxina había sido un amplio salón en tiempos pasados. Ahora, en cambio, ella lo utilizaba para guardar muebles viejos, trastos y provisiones que no le cabían en la despensa. Refunfuñando para sí mismo, Loxan apartó varios sacos de legumbres para alcanzar un rincón de difícil acceso.

—¿Puede saberse qué buscas ahí? —preguntó Axlin a sus espaldas, desconcertada.

Él sacó la cabeza del hueco y se volvió para mirarla.

—Maxina dice que hay un monstruo escondido en alguna parte —respondió, con un suspiro—. Dice que lo ha oído chillar y que, por tanto, debe de ser un chillón. He intentado explicarle que, de ser así, lo habría oído todo el vecindario, y no es el caso. Pero no atiende a razones. La he detenido antes de que fuera corriendo a llamar a los Guardianes, pero, si no encuentro a ese bicho antes de la cena, no podré impedir que lo haga.

Axlin alzó una ceja con curiosidad.

—Entonces ¿es verdad que hay algo?

Loxan no contestó. Movió otro saco y, de pronto, una pequeña criatura gris salió disparada del rincón, arrastrando una larga cola tras de sí.

—Ahí lo tienes —gruñó el hombre mientras el ratoncillo buscaba refugio bajo una pesada cómoda—. En serio, ¿qué le pasa a la gente de la Ciudadela? ¿No sabe diferenciar un monstruo de un animal corriente?

Se arrodilló para introducir el palo de la escoba bajo la cómoda, pero el ratón se negaba a salir. Axlin ahogó una risita.

—Una vez te vi abatir a doce sorbesesos en una sola noche —comentó—. No puedo creer que no puedas con un solo ratón.

Loxan se incorporó con un suspiro.

—Eran otros tiempos —murmuró—. No estaba solo, y contaba con un carro acorazado. —Se volvió hacia ella, con una sonrisa crispada—. ¿Cómo te ha ido a ti con los Guardianes? ¿Pudiste hablar con... como se llame... antes de que se marchara?

—Xein —le recordó ella, sentándose sobre un tonel. Su mirada se ensombreció—. Lo he visto esta mañana cuando se iba, pero no he podido hablar con él. Lo único que puedo hacer ahora es esperar que mis contactos en la ciudad vieja sirvan para algo, pero, en todo caso, no será a corto plazo. —Suspiró—. Ojalá Xein se mantenga vivo hasta entonces.

»También he hablado con otra Guardiana que conozco —prosiguió—. Le mencioné la historia que me contaste anoche y reaccionó de una forma bastante curiosa.

Loxan soltó una exclamación de triunfo cuando, por fin, logró hacer salir al ratón de debajo de la cómoda. Trató de cazarlo de un escobazo, pero el animal se escurrió entre sus piernas y volvió a ocultarse entre los sacos. El buhonero gruñó, frustrado, y empezó a moverlos todos otra vez.

—Parecía interesada en los seres invisibles —prosiguió Axlin, más para sí misma—. Pero dejó de prestar atención cuando la maestra Prixia dijo que los dioses eran criaturas míticas y que no existían en realidad. —Frunció el ceño—. ¿Puede ser que pensara que son reales? No digo que puedan conceder deseos o fecundar a las mujeres, pero, si estuviesen entre nosotros, no tendríamos manera de saberlo. ¿O tal vez sí? ¿Cómo podrías dibujarlos en un bestiario o, como mínimo, describirlos?

Loxan no respondió. Se arrastraba gateando entre los sacos, farfullando maldiciones y jurando que escaldaría al pobre ratón en agua hirviendo en cuanto le echara la mano encima.

—Xein dijo que debía recordar algo importante —siguió hablando ella—: que los peores monstruos son aquellos que no lo parecen. No sé qué quería decir con eso. Todos los monstruos *parecen* monstruos, los reconoces aunque no hayas visto antes una especie en particular. Quizá puedan engañarte un momento, como hacen las pelusas y las lacrimosas, pero no por mucho tiempo, porque se comportan como monstruos, claro.

»Si existieran seres invisibles..., imagino que no parecerían monstruos. O quizá sí, pero no podríamos saberlo, porque no los veríamos. ¿Se refería Xein a eso? ¿Son acaso monstruos las criaturas invisibles? —Frunció el ceño—. Esto tengo que investigarlo. Si pudiese averiguar...

Pero no fue capaz de terminar la frase. De pronto, algo la aferró desde atrás, atenazó su cuello y trató de estrangularla, cubriendo al mismo tiempo su nariz y su boca para que no pudiese gritar... ni respirar.

Axlin manoteó, desesperada, luchando por llamar la atención de Loxan; pero este se había arrastrado bajo una mesa, aún en busca del roedor.

Sintiendo que se quedaba sin aire, intentó volver la cabeza para ver al menos a qué se estaba enfrentando. Pero no había nada y, sin embargo...

La cabeza empezó a darle vueltas. Logró por fin golpear con una mano el flanco del tonel, con tanta fuerza que sobresaltó a Loxan. El buhonero se incorporó de un salto, se dio con la cabeza en el tablero de la mesa y se volvió hacia ella, refunfuñando y frotándose la zona magullada.

Se quedó quieto, boquiabierto, sin comprender lo que veía:

Axlin forcejeaba sola y parecía estar asfixiándose sin motivo aparente. Sus ojos se revolvían con desesperación, suplicando ayuda.

—Pero ¿qué...? —farfulló Loxan, echando mano a su daga. Se detuvo, sin embargo, sin saber contra qué dirigirla.

Y entonces una silueta se precipitó en el interior de la habitación, ligera como un rayo de luna, y se arrojó sobre Axlin. El buhonero apenas pudo entrever el uniforme gris antes de que la Guardiana descargara el hacha sobre la chica.

—¡No! —gritó.

Se abalanzó sobre ellas, pero la Guardiana apartó a la muchacha con brusquedad y la empujó hacia él. Los dos cayeron al suelo, en un confuso montón de piernas y brazos. Cuando Loxan logró incorporarse un poco para sostener a Axlin, ella ya respiraba. Con dificultad, boqueando y sujetándose el cuello dolorido..., pero respiraba.

—¿Estás bien? ¿Qué está pasando aquí?

Ella se volvió hacia la Guardiana, que había acorralado algo contra la pared. El filo del hacha descendió de nuevo y los dos oyeron claramente un siseo y un chillido. Y después, nada.

—Rox —pudo decir Axlin, con la voz quebrada.

La Guardiana se volvió hacia ellos.

—¿Qué está pasando? —volvió a preguntar Loxan—. ¿Qué ha sido eso?

En aquel momento llegó Maxina a la carrera y se detuvo en el umbral.

—¡Por el amor del Jerarca! —gritó al ver a Loxan y Axlin en el suelo, y a Rox con el hacha en alto—. ¿Qué estáis haciendo?

—Ata... cado —jadeó Axlin.

La casera lanzó una exclamación de horror.

—Entonces ¡yo tenía razón! ¡Hay un monstruo en mi casa!

Loxan pestañeó, perplejo.

—Yo solo he visto un ratón de campo —murmuró.

419

—¿Ratón de campo? —repitió Maxina, con los ojos muy abiertos.

Justo entonces vieron al roedor salir de su escondite, esquivando trastos hasta que desapareció por un agujero de la pared.

—Solo eso —confirmó Rox, impertérrita.

—Pero..., pero... —logró decir Axlin.

Se señaló el cuello, donde se apreciaban claramente dos marcas rojas.

—¡Por el amor del Jerarca! —chilló Maxina—. ¿Quién te ha hecho eso? ¡Tú! —acusó, señalando a Loxan con un dedo tembloroso.

—No..., él... no... —se apresuró a aclarar la joven—. Otra... cosa... —Y volvió a mirar con aprensión el rincón donde esa «cosa» había tratado de estrangularla.

Pero no había nada.

—Volveré a inspeccionar el almacén —anunció Rox—. Necesito que salgáis todos de aquí.

La dueña de la casa asintió enseguida, pero Axlin se resistía a salir. Loxan y Maxina tuvieron que sacarla prácticamente a rastras. Los tres aguardaron fuera, inquietos, hasta que la Guardiana volvió a aparecer momentos después.

—Todo en orden —dijo—. No había ningún monstruo ahí dentro. Podéis volver a entrar sin miedo.

Maxina dirigió a Loxan una mirada de sospecha con los ojos entornados antes de asomarse al almacén, confiando en la palabra de la Guardiana. Solo cuando se fue por fin, dejándolos a solas con Rox, el buhonero se plantó ante ella y le espetó:

—¿Nos vas a explicar qué está pasando aquí? ¿Y qué era... lo que sea que ha atacado a Axlin?

—Nada la ha atacado —respondió ella con aplomo.

—No lo creo. —Loxan se cruzó de brazos e intercambió una mirada con su compañera—. Ahí había algo que no podíamos ver, y me parece una curiosa coincidencia que se haya lanzado sobre Axlin justo cuando ella estaba... divagando sobre seres invisibles que podrían ser monstruos.

Rox palideció; Axlin se mostró sorprendida, y Loxan le guiñó el ojo bueno.

—¿Pensabas que no te estaba prestando atención, compañera?

—Yo... no... divagaba —pudo decir ella por fin.

—No había nada ahí dentro —se limitó a decir la Guardiana. Se volvió hacia Axlin y añadió—: He venido a verte porque necesito cierta información. Tengo que ver al buhonero del que me has hablado esta mañana.

Ella se limitó a señalar a Loxan con el dedo.

—Soy yo, supongo —dijo él—. ¿Quieres hablar del misterioso enclave en el que nacen más Guardianes que en ningún otro sitio? —Rox vaciló un instante, pero finalmente asintió—. Bien. ¿Qué quieres saber?

—Necesito que me digas dónde está. Que lo señales en un mapa para mí.

—¿Por qué?

—Porque voy a ir a comprobar por mí misma si tu historia es cierta o no.

Hubo un breve silencio.

—No puedes —replicó él negando con la cabeza—. Esa aldea está en la región del oeste. A estas alturas, probablemente ya no viva allí ningún humano. Y, aun en el caso de que las cosas sean diferentes..., no podrás llegar a ella si todos los demás enclaves han caído ya.

Rox apretó los labios.

—Tengo que ir de todas formas.

Loxan se quedó mirándola.

—No nos vas a contar qué está pasando, ¿verdad?

—No está pasando nada —dijo Rox.

Los dos amigos cruzaron una mirada, pero la Guardiana no añadió nada más.

—Está bien —accedió Loxan por fin—; te prepararemos un mapa. Vuelve mañana a buscarlo y podrás llevártelo..., pero, por favor, responde: ¿existen de verdad los... seres invisibles?

—No sé nada de seres invisibles —se limitó a decir ella.

Axlin dejó escapar un gruñido de frustración y señaló su propia garganta. Loxan entendió lo que quería decir.

—Pero ¿cómo podemos protegernos de ellos si no los podemos ver? —preguntó a Rox de todos modos.

Ella se quedó mirándolos unos segundos, indecisa.

—Confiad en los Guardianes —respondió por fin.

Axlin recordó entonces que Rox no había tenido ningún problema en localizar y abatir a la criatura que la había atacado, fuera lo que fuese.

—Tú... los ves —comprendió de pronto.

La Guardiana se limitó a dirigirle una breve mirada, dio media vuelta y abandonó el edificio sin pronunciar una sola palabra más.

En aquel momento, Maxina volvió a salir del almacén.

—Todo limpio —confirmó, ceñuda. Se volvió hacia Loxan—. Espero que sepas explicarme de dónde han salido las marcas que Axlin tiene en el cuello si ahí dentro solo estabais vosotros tres.

Pero ellos no la escuchaban. Cruzaron una mirada y se apresuraron a entrar en la estancia para tratar de encontrar a la criatura que había atacado a Axlin. Revisaron el suelo en el lugar donde había caído, palparon por todos los rincones..., pero no hallaron nada.

Mientras tanto, la casera los observaba desde la puerta con los brazos cruzados y un brillo de sospecha en la mirada.

Rox había sacado el cadáver del invisible por la ventana del almacén mientras realizaba su «inspección» y lo había dejado abandonado en el callejón de la parte trasera del edificio. Cuando se aseguró de que Maxina y sus huéspedes se habían alejado de allí, regresó a buscarlo y lo llevó al cuartel general de la Guardia.

—Van dos en poco tiempo, Rox —comentó la capitana Bexia cuando lo depositó a sus pies—. Buen trabajo.

Ella inclinó la cabeza, aceptando el cumplido.

—Lo abatí mientras atacaba a una muchacha en el sector oeste del segundo ensanche, señora —relató.

Su superior asintió mientras tomaba notas.

—¿La chica está bien?

—Lo estará. La sombra trató de estrangularla, pero no lo consiguió.

La capitana Bexia alzó la cabeza para dirigirle una mirada ceñuda.

—¿Había más testigos?

Rox describió la situación en la que había hallado a Axlin cuando llegó a casa de Maxina.

—Tuve que matar al invisible o, de lo contrario, la habría asesinado —contestó—. Ella y el hombre que la acompañaba me vieron hacerlo, pero no comprendieron lo que estaba pasando, y yo no les di explicaciones.

»Más tarde, registraron la habitación y no encontraron nada —concluyó Rox—. No pueden explicar lo sucedido, y nadie les creería si lo intentasen. Por otro lado, la casera llegó después y, al ver las marcas en el cuello de la chica, pensó que el hombre había intentado matarla.

La capitana Bexia exhaló un suspiro de alivio.

—Es lo que diremos en el caso de que sigan preguntando o se lo cuenten a otras personas —decidió, y Rox la miró, sorprendida.

—¿Que fue... el buhonero quien la atacó? —preguntó, para asegurarse de que lo había entendido bien—. Pero ambos saben que eso no es cierto.

—Es la explicación más plausible. Si ellos lo niegan, la gente creerá que él intenta exculparse y que ella lo está protegiendo.

Rox alzó una ceja.

—¿Por qué protegería a un hombre que ha tratado de matarla? —razonó.

—No sería la primera, créeme. En todo caso, sería tu palabra y la de la casera contra la versión de ellos.

Rox reprimió un estremecimiento.

—Pero es un hombre inocente. No puedo acusarlo sin más de...

—Si no hubieses matado al invisible delante de dos ciudadanos corrientes, no habría necesidad de elaborar historias alternativas, Guardiana Rox.

Ella guardó un silencio incrédulo.

—¿Debería haber dejado entonces que esa criatura asesinara a la chica? —preguntó finalmente, tratando de mantener un tono de voz neutro.

La capitana tardó un poco en responder.

—No —dijo al fin—. Por supuesto que no. Pero a veces, Rox..., los monstruos nos dejan poco margen de maniobra.

—Comprendo —murmuró ella.

Permaneció callada un momento más, mientras su superior seguía tomando notas. La capitana no tardó en alzar la mirada de nuevo.

—¿Sí, Guardiana Rox?

Ella se aclaró la garganta.

—¿Debo esperar... una sanción, señora? —preguntó con calma.

Bexia la observó un instante, pensativa. Después sacudió la cabeza.

—No, Rox. Hoy has salvado una vida humana. No debes ser sancionada por ello.

—Entiendo. Gracias, capitana.

Pelear contra un innombrable delante de la gente corriente siempre acarreaba una sanción, porque implicaba revelar la existencia de aquellas criaturas a personas que no debían conocerla. Sin embargo, Rox sabía que había una excepción: cuando los monstruos en cuestión amenazaban la vida de alguien. Si no los abatían entonces, independientemente de que hubiese testigos o no, los innombrables se cobrarían una víctima más, y permitirlo iría en contra del principio más sagrado de la Guardia: había que proteger a los seres humanos de todo tipo de monstruos.

Con todo, Rox era consciente de que algunos capitanes anteponían la importancia del secreto a la seguridad de los ciudadanos. Ningún Guardián permitiría a un innombrable dañar a alguien en su presencia, pero que después recibiese o no una sanción por ello dependería del criterio de su superior.

—¿Tienes algo más que reportar, Rox? —interrogó la capitana.

Ella abrió la boca para explicar que la chica a la que el invisible había atacado era Axlin, pero, por alguna razón, en el último momento decidió que esa información no era pertinente.

—No, señora.

Se despidió y se fue en busca de Yarlax.

No coincidió con él hasta la noche, cuando lo vio cruzando el patio tras regresar de su última patrulla. Acudió a su encuentro y se lo llevó aparte para hablar con él.

—¿Has sabido algo de Xein? —fue lo primero que él le preguntó.

—No —respondió ella—. Pero escucha, Yarlax... —Hizo una pausa y miró a su alrededor para asegurarse de que nadie los oía, invisible o no—. Él tenía razón: había una sombra acechando a Axlin.

—¿Cómo? —se sorprendió su compañero—. ¿Estás segura?

Rox le relató lo sucedido, y en esta ocasión no se ahorró ningún detalle. Yarlax escuchaba con gesto sombrío.

—Quizá deberíamos informar de todo esto —opinó.

—Y entonces los altos mandos llegarán a la conclusión de que Axlin sabe demasiado. ¿Y si la expulsan de la Ciudadela por ello?

Yarlax abrió la boca para contestar, pero no se le ocurrió nada que decir.

—Xein nos pidió que cuidásemos de ella —le recordó Rox—. No podremos hacerlo si la echan de aquí.

—Cierto... Entonces ¿qué sugieres?

Rox hizo una pausa, pensando.

—Hay que mantenerla vigilada —decidió por fin—. Para averiguar qué sabe y asegurarnos de que no descubre nada que no deba. Y para protegerla. —Inspiró hondo antes de añadir—: Había una sombra, pero ya no la hay. La intuición de Xein era correcta y nos hemos ocupado de ello, al menos en parte.

—¿En parte?

—Él la advirtió también contra los metamorfos.

—Comprendo.

—Ahí yo no podré ayudarla. Tendrás que estar atento, y si puedes contar con otro Plata de confianza, por si acaso hay más sombras rondando a Axlin...

—¿Otro Plata? —repitió él—. ¿De qué estás hablando?

Rox desvió la mirada.

—Es posible que me marche pronto, Yarlax.

Él preguntó sorprendido:

—¿Te han destinado a otro sitio?

—Xein no se equivocaba con respecto a Axlin —dijo ella, sin responder a la pregunta—. ¿Quién sabe en qué más acertaba?

Se le quebró la voz, y se dio la vuelta para marcharse, incapaz de seguir hablando. Pero él la retuvo por el brazo.

—Espera. Dime que no vas a ir a buscar a Xein al frente oriental.

—Por supuesto que no —contestó, desconcertada ante semejante idea—. Pero tengo otras cosas que hacer... lejos de aquí. No puedo contarte más. Cuanto menos sepas, mejor para ti.

—Te meterás en líos por esto, ¿verdad? —dijo él lanzando un suspiro.

Rox le dedicó una sonrisa sesgada.

—Probablemente.

Yarlax suspiró de nuevo.

—¿Sabes...? —comentó, antes de que ella se alejara de él—, cuando conocí a Xein en el Bastión, me di cuenta enseguida de que le costaría mucho aprender a obedecer las normas. También comprendí que, si no me andaba con cuidado, se las arreglaría para que yo las rompiera también, tarde o temprano. —Sacudió la cabeza—. Jamás imaginé que lo conseguiría antes contigo.

Rox sonrió de nuevo, pero no respondió.

33

Axlin apenas pudo dormir aquella noche. No hacía más que pensar en Xein, y también en la cosa que la había agredido en el almacén. Rox la había salvado; había actuado como si hubiese algo allí realmente, algo que ella podía percibir. Pero luego le había asegurado que su atacante invisible no existía en realidad.

Sabía que mentía. Y aquello la llenaba de dudas inquietantes.

Un ser invisible había estado a punto de matarla aquella tarde. ¿Y si había más? ¿Y si volvían a atacarla? ¿Cómo podría defenderse si ni siquiera era capaz de verlos venir?

Se levantó cuando el horizonte comenzaba a clarear. Se había pasado la noche lanzando miradas nerviosas a los rincones, temiendo que se ocultara en ellos algo que no era capaz de detectar. A pesar del sueño y del cansancio, en cuanto tuvo luz suficiente, se puso a trabajar en el mapa que le había pedido Rox. Tenía en su cuarto todo lo que necesitaba; había confeccionado mapas de la región oeste en otras ocasiones, y aquel no sería muy diferente.

Dibujó el plano general y, más tarde, se reunió con Loxan para que él le facilitara los detalles concretos.

Allí seguían un rato después, en la habitación de la joven, cotejando mapas que habían extendido sobre la cama, mientras ella trabajaba afanosamente sentada ante su escritorio.

—No le va a servir de gran cosa —opinó Loxan, mientras examinaba uno de los documentos—. La función principal de los mapas es señalar las zonas habitadas, y la mayoría de estas ya no lo estarán.

—Imagino que le basta con saber qué camino ha de tomar. —Axlin detuvo el cálamo y suspiró—. Es una locura, Loxan. No sobrevivirá a ese viaje.

—¿Crees de verdad que va a ir ella sola?

—Eso me pareció entender, y solo se me ocurre una razón para ello: que no quiera contar con nadie más. Que no tenga intención de compartir con nadie lo que sabe... o lo que teme descubrir.

—Si es realmente tan importante —caviló Loxan, rascándose la barba—, no entiendo por qué no lo comunica al resto de los Guardianes. Si esa aldea resiste todavía, imagino que tendrán mucho interés en reclutar a esos chicos, sobre todo en los tiempos que corren.

—No lo sé —murmuró Axlin—. No lo sé.

Hundió el rostro entre las manos, abrumada. Sentía que tenía la información al alcance de los dedos; pero era fragmentaria y no sabía cómo recomponerla.

—Loxan —musitó—, ¿qué opinas de los... seres invisibles?

No habían vuelto a mencionar el asunto desde el ataque en el almacén, pero sabía que tendrían que abordarlo tarde o temprano. Aquel era un momento tan bueno como cualquier otro.

El buhonero tardó un poco en responder. Finalmente dijo:

—Que hago bien en ir armado a todas partes.

Axlin sonrió débilmente.

—Parece que ni siquiera en la Ciudadela podemos estar seguros.

—¿Crees que hay... muchos más?

Ella sacudió la cabeza.

—No lo sé. Aunque no se los pueda ver, si se dedican a ir atacando a la gente..., alguien tiene que haber oído hablar de ello en alguna parte.

—O quizá no. Maxina parece pensar que soy yo quien intentó estrangularte ayer. Si esa cosa te hubiese matado, todo el mundo habría dado por supuesto que yo era el responsable, porque no había nadie más. —Suspiró—. Lástima; y pensar que empezaba a caerle bien...

—Espera un momento —cortó entonces ella, alzando la mano—. Eso me recuerda que hace unas semanas hubo un ataque en una casa del primer ensanche... —Frunció el ceño al recordarlo—. Un hombre murió asesinado. Hablé con la criada y me dijo que había sido atacado por algo que nadie había visto..., pero luego llegaron los Guardianes y dijeron que había sido obra de un ladrón humano. Le pregunté a Xein al respecto y me pareció que no me estaba contando toda la verdad. —Se echó hacia atrás en su asiento, sorprendida—. ¿Puede ser que todos los Guardianes tengan esa información y nos la oculten a los demás? ¿Por eso estaba él tan alterado cuando vino a despedirse?

—Es posible, sí.

Axlin inspiró hondo.

—Rox dijo que confiásemos en los Guardianes, y Xein insistió en ello también. Pero ¿cómo vamos a hacerlo si sabemos que nos mienten?

Loxan abrió la boca para responder, pero justo entonces alguien llamó tímidamente a la puerta. La joven invitó a entrar al visitante, presuponiendo que sería Rox, pero fue la cabeza rizada de Dex la que asomó por el hueco de la puerta.

—Buenos días, ¿se puede? —Sonrió al ver a Axlin—. Hola. Tenía intención de esperarte abajo, pero tu casera me ha pedido que suba para «controlar al barbudo». —Se volvió para mirar a

Loxan, mientras la chica gruñía por lo bajo y ponía los ojos en blanco—. Presupongo que «el barbudo» eres tú.

El buhonero se mesó la barba mientras dirigía una mirada pensativa a Axlin, como si esperara que fuera a crecerle vello facial en cualquier momento.

—«El barbudo» tiene nombre —suspiró ella—. Se llama Loxan y es amigo mío, pero parece que Maxina no lo quiere entender.

—De las tierras del oeste, ¿verdad? —dijo Dex entrando por fin en la habitación—. ¿Has llegado con la última oleada?

—¿Tanto se me nota?

—Si llevaras tiempo viviendo en el segundo ensanche, no estarías tan delgado. Me llamo Dex. Trabajo con Axlin en la biblioteca —se presentó el muchacho. Se fijó entonces en los mapas que habían extendido sobre la cama, y su gesto se ensombreció—. ¿Estás... preparando un viaje después de todo? —le preguntó a la joven.

—No —respondió ella.

Hizo una pausa sin saber cómo continuar. No estaba segura de si debía compartir con él la información que tenían.

—Estoy haciendo un mapa actualizado —explicó por fin—. Con la ayuda de Loxan, que conoce los caminos del oeste mejor que yo. Es... un encargo para otra persona.

Dex pareció conforme con la aclaración.

—¿Puedes tomarte un descanso? Tengo que contarte una cosa. Sobre Xein —añadió, mirando a Loxan de reojo.

—Puedes hablar delante de él, ya conoce la historia.

Dex asintió y ocupó el taburete de la esquina, sintiéndose muy cómodo en la pequeña habitación de Axlin y sin importarle, al parecer, las ilustraciones que adornaban las paredes.

—He hablado con Oxania sobre el nuevo destino de Xein. Hará lo posible por convencer a su tío de que interceda por él, pero dice que será complicado. —Suspiró—. La Guardia está desbordada. Han tenido que enviar a mucha gente a asegurar la nueva frontera occidental, y los que se han quedado no dan abasto con las patrullas en el anillo exterior. En estas circunstancias, la suerte de un solo Guardián no tiene tanta importancia. Tienen cosas mucho más serias y complicadas que gestionar.

Axlin bajó la cabeza.

—Entiendo —murmuró.

—Ella seguirá insistiendo. Ya sabes que, cuando a Oxania se le mete algo en la cabeza, es muy difícil convencerla de que lo deje. Pero es muy posible que no le hagan caso hasta que la situación esté bajo control. Eso podría llevar días, semanas... o meses.

—Suponiendo que lleguen a controlarla alguna vez —intervino Loxan—. Siento decirlo, pero he visto aldeas bastante más organizadas que este lugar.

—Las circunstancias son excepcionales —se defendió Dex—. Por lo general, la Ciudadela es el mejor sitio para vivir, el más cómodo y seguro. Y no tenemos monstruos. —Se detuvo al sorprender una mirada significativa entre Axlin y Loxan—. ¿Qué? Es verdad.

Ella decidió no insistir en el tema. Carraspeó para llamar la atención de Dex y señaló con un gesto el fardo que descansaba en un rincón de su cuarto.

—Ya que estás aquí, puedes aprovechar para llevarte tus cosas.

—¡Oh! —exclamó él, palideciendo de pronto—. Yo... no sé, no lo había pensado.

Loxan les dirigió a ambos una mirada curiosa. Axlin se levantó de su asiento y se inclinó junto al taburete de Dex para preguntarle en voz baja:

—¿Has hablado ya con él?

Su amigo suspiró.

—Sí, claro —respondió en el mismo tono—. Tenías razón, no podía desaparecer sin más. Le he dicho que puede quedarse en mi casa del segundo ensanche todo el tiempo que necesite, pero que yo no puedo volver, por mucho que lo desee. Y que no tiene sentido seguir retrasando lo inevitable. —Suspiró de nuevo—. Ha sido muy duro, Axlin. Para los dos. Pero era lo que había que hacer.

Ella tragó saliva.

—Si estás seguro...

—No, no lo estoy. Y supongo que por eso no había venido a recoger mis cosas todavía. Siento las molestias.

—No, no; no es molestia —se apresuró a responder Axlin, pese a que no tenía mucho espacio disponible en realidad, porque su habitación no era muy grande—. Lo siento mucho, Dex. Por los dos.

Él desvió la mirada, y ella detectó un brillo húmedo en sus ojos.

—Ya, bueno... Tardaré en hacerme a la idea. Pero era lo que había que hacer —repitió con obstinación.

Axlin miró de reojo a Loxan, que fingía estar muy concentrado en los mapas que estaba examinando. Iba a decir algo cuando, de pronto, oyeron voces provenientes de la planta baja. Alguien se precipitó escaleras arriba y llamó con urgencia a la puerta de la habitación.

—Axlin, ¿estás ahí? ¡Hay un aviso de monstruo en el segundo ensanche!

—¿Qué? ¡No puede ser! —soltó ella, poniéndose en pie.

Había reconocido la voz del hijo de Maxina. Abrió la puerta para interrogarlo directamente.

—¿Seguro que no se trata del anillo exterior?

—¡No, no! Están evacuando todo el sector noroeste. Dicen que el monstruo tiene seis patas y la piel negra como la noche y que ha matado ya a cinco personas y lo está quemando todo...

—¿Que... quemando...? —repitió Dex con voz ahogada.

—Un abrasador —dijeron Axlin y Loxan a la vez.

—Pero es imposible que haya conseguido... —empezó ella.

No pudo continuar, sin embargo, porque Dex la apartó a un lado, salió por la puerta y echó a correr escaleras abajo.

—¡Dex! —lo llamó Axlin, inquieta—. Espera, ¿adónde vas?

Recordó de pronto que él vivía precisamente en el sector noroeste del segundo ensanche, y su corazón se detuvo un instante. Salió al pasillo, cojeando, tratando de alcanzarlo.

—¡Dex! ¡Espera, no vayas! ¡Vuelve!

Bajó las escaleras a toda prisa, pero, para cuando logró alcanzar la calle, su amigo ya había desaparecido.

Se dispuso a correr tras él, pero Loxan, que la había seguido desde la habitación, la retuvo por el brazo.

—¡Espera! ¿Adónde vas?

—Nunca ha visto un abrasador de verdad, solo los conoce por los bestiarios. No sé qué pretende hacer, pero hay que detenerlo.

—Bien, pero no lo hagas tú. No vas armada. Habla con ella —añadió el buhonero, señalando a Rox, que avanzaba hacia ellos desde el otro extremo de la calle—. Si es verdad que podemos confiar en los Guardianes..., que lo demuestren.

Nadie pudo explicar más tarde cómo había llegado un abrasador hasta aquella plaza del segundo ensanche. Algunos dijeron que lo habían visto saltar desde lo alto de un tejado; otros, que había salido del fondo de un pozo, aunque Axlin sabía que aquello no era posible, pues los abrasadores no sobrevivían al contacto prolongado con el agua.

Pronto, sin embargo, habría otras cuestiones que afrontar. Axlin no fue consciente de ello al principio, cuando se dirigió junto con Loxan al sector noroeste para tratar de averiguar qué había sucedido con Dex. Se cruzó con muchos ciudadanos que huían aterrorizados, soltando alaridos, sollozando y tropezando con sus propios pies. Gente que nunca antes había visto un monstruo, que no esperaba encontrarse jamás con uno de ellos en la puerta de su casa.

Los Guardianes hicieron su trabajo, naturalmente. Rox tenía turno libre, pero se unió al grupo que trataba de dar caza al abrasador y, una vez que comenzaron la tarea, no tardaron mucho en acabarla.

Para entonces, sin embargo, había ya dos casas ardiendo, trece ciudadanos muertos y numerosos heridos.

Axlin buscó a Dex entre el gentío y lo encontró por fin, caminando con lentitud y sosteniendo a Kenxi con cuidado. El muchacho apenas podía andar por sí mismo y presentaba graves quemaduras en varias zonas de su cuerpo.

La joven se apresuró a ayudarlo.

—¡Dex! —susurró—. ¿Estás bien?

Él asintió, aún temblando.

—Estoy bien —musitó. Estrechó a Kenxi con los ojos llenos de lágrimas y una carcajada de alivio que era también un sollozo—. Estamos vivos. Estamos vivos los dos —repitió, como si no pudiera creerlo.

Axlin quiso decir algo, pero no pudo. Tenía un nudo en la garganta.

Loxan sacudió la cabeza, preocupado, mientras observaba a la gente a su alrededor.

—Esto no ha terminado —declaró—. Es posible que lo peor esté por llegar.

Después de acabar con el abrasador, Rox había ido a ver a Axlin. Contaba ya, por tanto, con el mapa que ella le había dibujado y en el que Loxan había señalado la ubicación del enclave donde, en teoría, había un número inusual de Guardianes de ojos plateados.

Había pensado mucho sobre cómo proceder con aquel asunto. Su primera opción había sido solicitar un cambio de destino, tratar de que la enviaran a la frontera occidental y encontrar la manera de proseguir su viaje desde allí.

Pero no tardó en comprender que, en aquellas circunstancias, su petición sería considerada, en el mejor de los casos, como un capricho que la Guardia no podía permitirse. En el peor, despertaría sospechas. Después de todo, Xein también había tomado aquella dirección cuando había huido de la Ciudadela semanas atrás.

De modo que había llegado a la conclusión de que lo mejor sería actuar como lo había hecho su compañero: partir sin informar a nadie y preocuparse por las consecuencias después.

Mientras cargaba las alforjas de su caballo, de madrugada y en silencio, se estremeció ante las implicaciones de lo que estaba a punto de hacer. Sabía que la sancionarían por ello. Quizá la enviaran con Xein al frente oriental o tal vez incluso la expulsaran del cuerpo, puesto que estaría ausente mucho más tiempo que él.

Pero también era muy posible que no regresara jamás.

Dudó. ¿Valía la pena? La historia del buhonero era extraña, sin duda, pero había algunos detalles en ella que la inclinaban a creer que era cierta. Si lograba averiguar la verdad sobre sus orígenes, y si las sospechas de Xein se acercaban remotamente a la realidad..., tal vez la Guardia y sus normas ya no fueran tan importantes... ni para Rox ni para nadie.

—¿Te vas? —preguntó entonces una voz a su espalda, sobresaltándola.

Se volvió, inquieta.

—Aldrix —murmuró al reconocerlo—. ¿Qué haces aquí?

—Acabo de terminar un turno de guardia —respondió él—. No sabía que te habían destinado a otro sitio.

—Me voy a las tierras del oeste —dijo ella sin mentir.

El Guardián ladeó la cabeza mientras la observaba con los brazos cruzados.

—No quieres estar en la Ciudadela cuando las puertas se cierren, ¿eh? Es comprensible.

Ella se quedó mirándolo, desconcertada.

—¿Qué quieres decir?

Aldrix se encogió de hombros.

—Conozco a gente en la ciudad vieja. Tienen miedo de que los alcance el caos exterior. Dicen que el abrasador de hoy ha entrado porque hay menos control en las puertas desde que cayó la región del oeste. Hay quien pretende cerrarlas definitivamente para que no pueda entrar nadie más.

Rox se quedó helada.

—Pero eso es... No es posible que el Jerarca los escuche, ¿verdad?

—Nunca se sabe. Si la decisión es unánime, tal vez el Jerarca ceda a la presión de los aristócratas después de todo.

Ella inclinó la cabeza, pensativa.

—O quizá no —murmuró—. Dicen que se están haciendo progresos en el frente occidental. Si contenemos a los monstruos en el río y reforzamos las defensas, tal vez los aldeanos puedan instalarse en los enclaves del sur y el oeste sin necesidad de sobrecargar la Ciudadela...

—Sí, sin duda. Pero para eso necesitaríamos tiempo, Rox. Y no lo tenemos. La gente corriente está demasiado asustada.

—Pero no podemos dejar a nadie fuera. La gente corriente es la razón por la que luchamos contra los monstruos, Aldrix. Si los abandonamos a su suerte, si permitimos que los monstruos los maten..., no tendremos nada por lo que luchar.

—Podremos luchar por nosotros mismos —sugirió él entonces—. Eso siempre será mejor que desertar, ¿no te parece?

—No voy a desertar.

—¿De veras? No es eso lo que parece.

Rox no respondió.

—Si no me ofreces una explicación convincente —prosiguió

Aldrix—, iré inmediatamente a informar de tus intenciones. Y entonces no podrás marcharte.

Rox inspiró hondo.

—Si te lo cuento, ¿guardarás el secreto? —preguntó con cierto escepticismo—. ¿Y no tratarás de impedir que me vaya?

—Tal vez. Depende de la historia, supongo.

Ella se quedó mirándolo, dudosa. Por fin, sacudió la cabeza, comprendiendo que no tenía opción, y murmuró:

—Me han hablado de una aldea en el oeste donde viven varios Guardianes extraviados. Todos en el mismo enclave. Quiero comprobar si es cierto y, en ese caso..., tratar de averiguar por qué.

Él sonrió.

—¿Vas a buscar una aldea perdida en una región tomada por los monstruos solo porque alguien te ha contado una historia absurda? No te creo.

—No es solo una historia absurda. Yo... —vaciló— creo que podría proceder de allí.

Aldrix entornó los ojos.

—¿Quieres rastrear tus orígenes? Eso nunca trae nada bueno, Rox.

—No se trata de eso. Creo que tengo recuerdos de ese lugar y, si es así..., eso significa que sí que existe. En ese caso, puede que resista todavía. Así que, si hay un enclave aislado con un gran número de Guardianes..., hay que encontrarlo, rescatar a sus habitantes y traerlos hasta aquí.

—¿Has informado de esto a nuestros superiores?

—No me escucharán. Tienen otras cosas en las que pensar y, por otro lado, si no tengo razón..., no debería molestarlos con habladurías. Iré yo sola, buscaré esa aldea y, si existe, informaré al respecto. No tengo por qué hacer perder el tiempo a nadie más en estas circunstancias.

Aldrix se había quedado mirándola, muy serio. Finalmente, sacudió la cabeza con un suspiro.

—Es muy posible que no regreses con vida.

—Lo sé —se limitó a responder ella con brusquedad.

El Guardián no dijo nada. Inquieta ante su silencio, Rox se dio la vuelta. Descubrió entonces que su compañero se había marchado sin despedirse siquiera. No le había dicho al final si tenía intención de denunciarla, pero ella decidió arriesgarse de todos modos. Terminó de prepararse y salió fuera. Abandonó el cuartel de la Guardia sin novedad y, un rato después, cruzó las puertas de la muralla exterior en dirección a las tierras del oeste.

Nadie la detuvo.

Epílogo

El sol lucía por fin después de varios días de lluvias ininterrumpidas. El día había amanecido cálido, y muchos habitantes de la Ciudadela habían optado por caminar, en lugar de utilizar vehículos de ruedas. En la taberna favorita de Axlin habían sacado varias mesas a la calle, y ella, Loxan y Dex se habían citado allí para comer.

No era algo que pudieran hacer a menudo. A pesar de las puertas, las murallas de la Ciudadela los mantenían separados la mayor parte del día. Axlin trabajaba en el primer ensanche, y Loxan no tenía permiso para pasar del segundo. Dex, por su parte, repartía su tiempo entre sus obligaciones en la ciudad vieja, su trabajo en la biblioteca y su hogar en el segundo ensanche, donde Kenxi se recuperaba poco a poco de las heridas que le había causado el abrasador. Había informado a sus padres de que no pensaba instalarse en la residencia familiar todavía. No estaba dispuesto a abandonar a su compañero en esas circunstancias.

Aquella mañana, como de costumbre, llegó el último. Saludó a sus amigos y se sentó a la mesa junto a ellos, apartando los libros que Axlin había depositado allí.

—¿Ahora te dedicas a la botánica? —preguntó echando un

vistazo a los títulos—. ¿Le has dicho a la maestra Prixia que ya no estudias a los monstruos?

—Sigo estudiando a los monstruos —se defendió ella. Suspiró—. Estaba siguiendo una pista, pero creo que no me lleva a ninguna parte.

Le mostró una página de su cuaderno con diversos esbozos que había realizado. Eran variaciones del símbolo grabado en el amuleto que había comprado en el mercado.

—Estoy tratando de identificar esta planta, pero de momento no he tenido mucha suerte.

—A mí no me mires, yo me he criado en la ciudad —respondió Dex.

—Loxan y yo somos gente de campo, y no lo hemos conseguido tampoco.

—¿Tan rara es? —inquirió Dex, frunciendo el ceño.

—No se trata de eso —gruñó Loxan—. Es que el dibujo de Axlin no es muy detallado. Podría ser cualquier cosa.

Ella le mostró el amuleto.

—¿Ves? He encontrado en los tratados de botánica varias flores que podrían parecerse a esta, pero Loxan tiene razón: podría ser cualquiera de ellas. Este dibujo es una representación muy esquemática y...

—¿Estás seguro de que es una flor? —preguntó Dex, de pronto—. Porque a mí me parece una fuente.

Hubo un breve silencio.

—¿Una... fuente? —repitió ella, perpleja.

—Sí, un surtidor de agua. ¿Tú no lo ves así?

Axlin recuperó el amuleto y volvió a examinarlo con atención.

—No sé..., podría ser. Pero, en ese caso, ¿cómo voy a averiguar...? —Sacudió la cabeza, abrumada—. Es igual, supongo que era una idea estúpida de todas formas. No quiero haceros perder el tiempo con esto. —Guardó el colgante y se volvió hacia Dex con una sonrisa—. ¿Qué noticias traes de la ciudad vieja?

—Hoy han estado discutiendo otra vez sobre el cierre de las puertas —les contó él, frotándose un ojo con cansancio—. Están intentando convencer al Consejero de Trámites y Documentación para que vote a favor. Orden y Justicia, Defensa y Vigilancia, y Planificación Urbana defienden el aislamiento. El Consejero de Caminos y Comercio sigue en contra, y el de Abastecimiento y Suministros también. El de Riqueza y Patrimonio propone, en cambio, una solución intermedia: que se cierren las puertas interiores, separando el centro de los ensanches, y que la exterior permanezca abierta para seguir recibiendo a la gente que busque refugio tras las murallas.

—Pero eso es una locura —musitó Axlin—. La mayoría de los ciudadanos nos movemos entre distintos sectores de la Ciudadela. Si cerraran las puertas interiores, ¿qué harías tú?

El joven suspiró.

—Me quedaría en el segundo ensanche de no ser por Oxania y su hija —confesó—. A estas alturas, la herencia de la familia De Galuxen ya me da igual.

Hundió el rostro entre las manos, agobiado. Axlin sabía que se enfrentaba a un dilema difícil de resolver, y que no lograría solucionarlo a corto plazo. Pero no había nada que ella pudiese hacer para ayudarlo.

—¿Crees que llegarán a cerrar las puertas exteriores? —preguntó con inquietud.

—Sí, creo que lo harán, en algún momento —afirmó Dex—. Puede que tarden uno o dos meses, pero, si no mejoran las cosas, acabarán por aislar la Ciudadela. Cada vez hay más gente que pide que lo hagan. Hay quien opina que, de haber mantenido un mayor control sobre las puertas, el ataque del abrasador no se habría producido. Piensan que estamos en una situación muy grave y que, si el Jerarca no actúa pronto, entrarán más monstruos y acabarán por devorarnos a todos.

—Es gente que no sabe cómo es la vida en las aldeas, naturalmente —murmuró Loxan.

—¿Cómo lo van a saber? La Ciudadela es el lugar más seguro del mundo. No hay monstruos aquí.

Axlin y Loxan cruzaron una mirada.

—Yo no estoy tan seguro —respondió el buhonero con prudencia—. Pero, en todo caso, tampoco me gustaría quedarme atrapado aquí, sin poder salir...

Alzó una ceja hacia Axlin, y ella captó el resto de la idea sin necesidad de que la pronunciara en voz alta: «... rodeado de criaturas a las que no podemos ver».

La muchacha suspiró. Tampoco ella se sentía ya segura en la Ciudadela. No desde el ataque del ser invisible, y mucho menos desde que Xein y Rox se habían marchado. La Guardiana había desaparecido también de la noche a la mañana, y Axlin había averiguado a través de Yarlax que sus compañeros temían que hubiese desertado. En los últimos días había visto al Guardián de ojos dorados más a menudo de lo normal, y empezaba a sospechar que no era casual que frecuentaran los mismos sitios. Tenía la sensación de que él la vigilaba discretamente, aunque no acertaba a comprender por qué. Quería confiar en Yarlax porque sabía que era amigo de Xein, pero le resultaba difícil, pues intuía que también él le ocultaba muchas cosas.

—¿Querrías volver a los caminos, Loxan? —preguntó de pronto.

El buhonero lo pensó.

—No por la región del oeste —contestó—, pero no me importaría recorrer otros lugares. Después de todo, aún no he encontrado trabajo aquí.

Axlin asintió pensativa. En otras circunstancias, tal vez Loxan no habría tenido problemas para ganarse la vida en la Ciudadela. Pero, aunque hacía lo posible por ayudar aquí y allá, todo el mundo estaba desbordado y nadie tenía tiempo para considerar siquiera ofrecerle un empleo fijo.

—¿Qué sabes de Xein, Dex? —siguió preguntando la joven.

—Nada, por el momento. Como ya te dije, los generales de la Guardia están ocupados con sus propios asuntos. No van a dejarlos de lado para interesarse por el destino de un solo Guardián.

Ella seguía pensando.

—Loxan —dijo por fin—, ¿estarías dispuesto a llevarme hasta la Última Frontera?

—No sin un carro acorazado, por supuesto.

—¿Y si lo tuvieras?

—¿Si lo tuviera? —El buhonero lanzó una alegre carcajada—. Con un carro acorazado, compañera, puedo ir hasta el fin del mundo.

—Bien. Quizá podamos construir uno antes de que cierren las puertas. ¿Qué piensas?

Él alzó una ceja y la miró fijamente.

—¿Quieres ir a la Última Frontera en un carro acorazado... a buscar a Xein?

Ella se encogió de hombros con una sonrisa.

—Alguien tiene que hacerlo, ¿no?

Dex los miraba alternativamente a ambos con los ojos muy abiertos.

—Oh, por el amor del Jerarca..., ¿estáis hablando en serio? —Los vio compartir una amplia sonrisa y sacudió la cabeza, horrorizado—. Estáis los dos locos, ¿lo sabíais?

—No nos subestimes, niño de ciudad —respondió Loxan guiñando el ojo bueno—. Mi compañera, aquí presente, y yo abatimos más monstruos en un mes de los que verás tú en toda tu vida. —Se volvió hacia Axlin, muy serio de pronto—. Pero no pienso llevarte en mi carro si no vas bien pertrechada, ¿oyes? Ya he visto tu nueva ballesta, pero ¿qué hay de tus venenos?

—Puedo volver a prepararlos —le aseguró ella—. Lexis me enseñó bien.

Una breve sombra de tristeza cruzó por el rostro del buhonero, pero enseguida volvió a mostrar su sonrisa burlona cuando asintió, satisfecho.

—Así me gusta. Bien, bien, un viaje a la Última Frontera no es algo que pueda hacer cualquiera, ¿eh? Espero que tu chico el Guardián valga la pena y valore el esfuerzo.

Axlin sacudió la cabeza, sombría.

—No sé si lo valorará o no, y no me importa en realidad. Lo único que sé es que no voy a dejarlo atrás otra vez. Nunca más.